HITLERS PROPHET

Paul Kohl, geboren 1937 in Köln, studierte Germanistik und Theaterwissenschaft, war Buchhändler und Mitarbeiter bei Fernsehproduktionen. Heute ist er Hörfunk- und Buchautor und schreibt über geschichtliche und sozialkritische Themen, insbesondere über die NS-Zeit. Seit 1970 lebt und arbeitet er in Berlin. 2014 erhielt er den Axel-Eggebrecht-Preis für sein Lebenswerk als Autor für Hörfunkfeatures.

Dieses Buch ist ein Roman. Dennoch sind die meisten Personen nicht frei erfunden, sondern existierten wirklich. Ihre Handlungen beruhen auf einem historischen Hintergrund.

PAUL KOHL

HITLERS PROPHET

HISTORISCHER KRIMINALROMAN

emons:

Bibliografische Information der Deutschen Nationalbibliothek
Die Deutsche Nationalbibliothek verzeichnet diese Publikation in der Deutschen Nationalbibliografie; detaillierte bibliografische Daten sind im Internet über http://dnb.d-nb.de abrufbar.

FSC
www.fsc.org
MIX
Papier aus verantwortungsvollen Quellen
FSC® C083411

Umschlagmotiv: mauritius images/United Archives
Umschlaggestaltung: Nina Schäfer
Gestaltung Innenteil: César Satz & Grafik GmbH, Köln
Lektorat: Marit Obsen
Druck und Bindung: CPI – Clausen & Bosse, Leck
Printed in Germany 2017
ISBN 978-3-7408-0189-2
Historischer Kriminalroman
Originalausgabe

Jetzt tanzen wir nicht mehr auf dem Vulkan.
Jetzt ist er ausgebrochen.

Judith am 30. Januar 1933

Adieu, mein kleiner Gardeoffizier

Der Lechner ist weg. Plötzlich weg. Verschwunden. Seit über einer Woche meldet er sich nicht mehr aus Berlin. Verschollen in dieser Stadt. Hatte er einen Unfall? Liegt er hilflos irgendwo? Wurde er ohne seine Papiere in ein Krankenhaus eingeliefert? Vielleicht hat man ihn aus irgendeinem Grund festgenommen und in ein Gefängnis geworfen. Kein Lebenszeichen von Lechner. In der Redaktion Außenpolitik der Wiener »Arbeiter-Zeitung« breitet sich Unruhe aus, Angst um den Kollegen. Es ist normal, dass sich Lechner vier oder fünf Tage nicht meldet. Doch dass er seit über einer Woche schweigt, ist ungewöhnlich.

Auch bei seiner Frau Lotte ruft er nicht mehr an. Jeden Tag fragt sie in der Redaktion nach einer Nachricht. Voller Panik. Man weiß ja nie, in dieser Stadt, in diesen Zeiten. Redaktionsleiter Gruber vertröstet sie mit allen möglichen Argumenten. Vielleicht hat er zu viel zu tun, vielleicht reist er für eine Recherche übers Land und findet da kein Telefon. Man kann aber in jeder Kneipe, in jedem Restaurant in Deutschland telefonieren. Vielleicht ist er aus dem Volkshaus der SPD ausgezogen und sucht ein neues Zimmer. Normalerweise hätte er die Redaktion darüber informiert. Lechner war immer sehr zuverlässig. Oder er vermeidet einen Anruf aus Angst, die Berliner Politische Polizei oder die Wiener Nationalsozialisten könnten sein Gespräch abhören. Er hat aber früher immer angerufen. Alles, was Gruber Lotte Lechner gegenüber als möglichen Grund für sein Schweigen vorbringt, glaubt er selbst nicht. Auch nicht seine Redakteure. Und Lotte schon gar nicht.

Am Sonntag, dem 22. Januar 1933 sind alle versammelt, um die Montagsausgabe der »Arbeiter-Zeitung« vorzubereiten. Lechners Schweigen ist nicht mehr auszuhalten. Jetzt muss etwas geschehen. Gruber ruft das Volkshaus der SPD in Charlottenburg an, wo Lechner wohnt. Zu diesem hat die »AZ« als Organ der österreichischen Sozialdemokraten eine besonders enge Verbindung.

»Ich möcht Herrn Ludwig Lechner sprechen.«

»Herr Lechner ist nicht mehr hier«, sagt die Frau am Telefon.

»Ist er ausgezogen?«

»Nein.«

»Warum ist er nicht mehr bei Ihnen?«, will Gruber wissen.

»Weiß ich nicht.«

»Seit wann ist er weg?«

Pause. Die Frau scheint in ihrem Gästebuch nachzusehen. Dann: »Seit dem 12. Januar.«

»Haben Sie das der Polizei gemeldet?«

»Ja.«

»Und?«

»Nichts. Vielleicht kommt er wieder, sagten sie.«

»Hat er eine Nachricht hinterlassen?«

»Nein. Er ist am Morgen wie üblich aus dem Haus gegangen, mit seinem Auto weggefahren und nicht mehr zurückgekehrt. Zuerst haben wir sein Zimmer so bewahrt, wie er es verlassen hat. Wir dachten ja, er kommt zurück. Dann haben wir es ausgeräumt und seine Sachen in seinen Koffer gepackt. Der steht jetzt mit seiner Schreibmaschine im Keller. Das muss mal jemand abholen.«

»Wir schicken jemanden. So schnell wie möglich.«

Gruber legt auf und teilt den bestürzten Kollegen mit, was er gehört hat. Er ruft beim Chef der Auslandspresse der NSDAP an, bei Ernst Hanfstaengl, fragt nach Lechner und bekommt zu hören: »Ich weiß von nichts.« Er telefoniert mit den Krankenhäusern Charité, Urban, Westend und Virchow. Am Apparat gäben sie keine Auskunft, man müsse persönlich vorsprechen und sich ausweisen, heißt es. Die gleiche Antwort erhält er vom Leichenschauhaus und von der Gerichtsmedizinischen Abteilung der Charité.

Gruber wendet sich an Martin Stemmer. Ihn hält er für den geeigneten Mann, nach Lechner zu forschen. Stemmer ist trotz seiner dreißig Jahre nicht verheiratet, ist ungebunden und kann problemlos für längere Zeit nach Berlin. Außerdem ist er mit Lechner durch eine besondere Freundschaft eng verbunden. Da mit Lechner vorerst nicht zu rechnen ist, soll er als neuer

Berlin-Korrespondent dessen Arbeit übernehmen, bis Lechner wieder auftaucht. Die wöchentlichen Berichte soll er wie bisher unter Pseudonym schicken. Gruber schlägt für ihn ein neues Pseudonym vor: »Servus«. Er ist jetzt der »Servus« der Redaktion und soll morgen mit dem Nachtzug nach Berlin.

Stemmer ist zumute, als habe man ihm mit einem Knüppel auf den Kopf geschlagen. Morgen nach Berlin! Als neuer Korrespondent. Und Lechner suchen. Damit hat er nicht gerechnet.

Das Zimmer, in dem Lechner gewohnt hat, ist noch frei. Gruber lässt es für Stemmer reservieren und schreibt ihm eine Akkreditierung, mit der er sich beim Auslandspresseamt registrieren soll. Dazu eine Vollmacht für seine Nachforschungen über Lechner. Er schlägt vor, für den Nachtzug einen Platz im Schlafwagen zu reservieren. Das mag Stemmer gar nicht. Er möchte nicht mit Fremden so eng zusammenliegen. Vielleicht stinken sie oder belästigen ihn mit stundenlangen Quasseleien. Also bestellt Gruber für ihn einen Fahrschein erster Klasse ab Nordwestbahnhof. Er kann das Billett vor seiner Abreise am Reservierungsschalter abholen. Schließlich bittet Gruber Lotte, ein paar Fotos ihres Mannes herauszusuchen, die Stemmer bei seiner Suche helfen sollen. Er werde sie morgen Nachmittag bei ihr abholen.

Schon seit einiger Zeit waren der Redaktion große Lücken in Lechners Beitragslieferungen aufgefallen. Um den Zugriff der Berliner Politischen Polizei und auch der österreichischen Nationalsozialisten zu verhindern, versteckte er die Berichte, die er bei seinen Anrufen angekündigt hatte, in den abonnierten Berliner Zeitungen, manchmal auch im »Völkischen Beobachter« oder im »Angriff«. Eingetroffen waren jedoch nur harmlose Artikel.

Im Archiv blättert Stemmer Lechners Beiträge der letzten drei Monate durch. Vielleicht findet er darin einen Hinweis auf einen Grund für sein Verschwinden. Er liest über die Reichstagswahl im November 1932, bei der die Nazis gewaltig verloren, die internationale Segelbootausstellung in den Messehallen, ein Avus-Rennen und den Abriss der alten Häuser am Werderschen Markt, wo das neue Gebäude der Reichsbank errichtet wird. Er liest über ein »Biograph-Theater« im Berliner Scheunenviertel und über die Uraufführung der Operette »Glückliche Reise« von Künneke im Theater am Kurfürstendamm. Eine glückliche Reise wünscht er auch sich selbst. Als Nächstes findet Stemmer Lechners Artikel über die Vorstellungen des Hellsehers Hanussen im »Wintergarten« und in der »Scala« und sein Interview mit ihm. Auch Stemmer will Hanussen in Berlin endlich auf der Bühne erleben. Er ist ein Bewunderer dieses genialen und berühmten Hellsehers. In Wien konnte er ihn noch nicht bestaunen. Seit Jahren ist Hanussen nicht mehr hier gewesen. Überall trieb er sich herum, nur nicht in Wien und auch nicht sonst in Österreich. Man munkelt, er sei 1923 für zehn Jahre aus Österreich verbannt worden. Warum, das kann ihm keiner sagen.

Sosehr Stemmer in Lechners Beiträgen sucht, nirgends kann er etwas Brisantes, Gefährliches entdecken. Nirgends ein Sprengstoff, der Lechners Verschwinden erklären könnte. Wo sind seine angekündigten Berichte über die immer mächtiger werdenden Nazis und ihre brutalen SA-Schlägertrupps? Gruber hatte ihn darauf aufmerksam gemacht, dass das Gespräch abgehört werden könnte. Lechner scherte sich einen Dreck darum. Weiterhin fehlt sein Artikel über den anderen Adolf, den Ganovenboss »Muskel-Adolf« und dessen kriminelle Bande. Stemmer vermisst auch das Interview mit dem Redakteur der »Roten Fahne« der Berliner KPD und seine Reportagen über die katastrophalen Zustände in Berlin. Wo ist das alles geblieben? Wer hat die Artikel in den Bündeln der abonnierten Zeitungen aufgespürt und beschlagnahmt? Sehr merkwürdig.

In seiner Wohnung in der Doderergasse bereitet Stemmer noch am Abend alles vor, was er für seine Zeit in Berlin braucht. Zuerst seine Reiseschreibmaschine, die alte Tornado, sein Schreibzeug, Akkreditierung und Vollmacht, auch warme Wäsche, die dunkle Wollmütze, den dicken Schal und zwei Paar feste Schuhe. In Berlin wird viel Schnee liegen, und es wird sehr kalt sein. Hier in Wien ist es schon seit Langem eisig und die Stadt zugeschneit.

Am nächsten Tag absolviert er seine Abschiedstour. Seit einer Ewigkeit steht bei seiner Mutter alles unverändert herum. Seit vielen Jahren steht auch in ihrem Leben alles still. Ist erstarrt und leblos. Draußen dreht sich die Welt immer schneller, aber davon will sie nichts wissen und hält sich am Krimskrams in ihrer Wohnung fest. So ist alles noch genauso wie das letzte Mal, als er bei ihr war. Und das ist schon eine Weile her. Warum er immer seltener zu ihr kommt, wissen beide.

Im Wohnzimmer welkt noch immer der hochgewachsene Gummibaum in seiner Ecke dahin. An der Wand hängen immer noch das grell kolorierte Herz-Jesu-Bild und der Stephansdom. Auf der Kommode steht seit achtzehn Jahren das eingerahmte Foto seines toten Vaters in K.-u.-k.-Uniform, daneben eines von Stemmer als gesitteter, artiger Junge, das dunkle Haar glatt gekämmt und lachend, so wie ihn seine Mutter gern sieht. Eigentlich hat er strubbeliges, wuscheliges Haar, doch für die Aufnahme musste er seine Frisur mit Pomade einschmieren und ordentlich scheiteln. Ihn hat schon immer gestört, dass seine Mutter sein Foto neben dem Toten aufgestellt hat. Er ist doch noch nicht tot. Er lebt noch. Neben dem Bild seines Vaters leuchtet ein frischer Strauß brauner Astern.

»Neue Blumen?«, bemerkt Stemmer nebenbei.

»Hast du das vergessen?«, fragt seine Mutter vorwurfsvoll.

»Was?«

»Heute vor achtzehn Jahren ist dein Vater gefallen.« Ihr Mund verzieht sich bitter.

Das war 1915 im Krieg gegen Serbien. Stemmer war zwölf. Seine Mutter nimmt es ihm übel, dass er dieses Datum nicht mehr weiß. Sich nicht daran erinnert, an welchem Tag vor achtzehn Jahren sein Vater in Serbien liegen geblieben ist. Seit dessen Tod klammert sie sich an ihn.

»Ich hab doch nur noch dich, Bubi«, wiederholt sie auch jetzt wieder. »Wenn ich dich nicht hätt, wär ich schon längst ins Wasser gegangen.«

Seit dreißig Jahren nennt sie ihn ihren »Bubi«. Das wird sie sich nie abgewöhnen. Bis zu ihrem Tod wird er ihr »Bubi« bleiben. Damit hat er sich abgefunden, mit allem anderen jedoch nicht. Ihre Umklammerung und ihre Eifersucht auf seine Freundinnen stoßen ihn schon lange ab. Vor allem ihre Bosheit gegen Julischka, mit der er eine heftige Liebschaft hatte, die sie durch eine gemeine Intrige hintertrieb. Da war es dann ganz aus gewesen mit ihm und seiner Mutter.

»Ich hab für dich einen Apfelstrudel gebacken. Den magst du doch so gern«, sagt sie und führt ihn an der Hand in die Küche. Auf dem Tisch liegt ihr Apfelstrudel, umhüllt von einer braunen knusprigen Kruste. »Ich freu mich immer, wenn's meinem Bubi schmeckt.«

Stemmer will ihn jetzt aber nicht essen. Schon gar nicht, wenn ihm seine Mutter dabei zuschaut.

»Hab keine Zeit, muss gleich weiter«, versucht er, sich herauszuwinden.

»Wo musst du denn hin?«

Er erklärt ihr, dass er für die Zeitung für längere Zeit nach Berlin muss und nur gekommen ist, um sich von ihr zu verabschieden. Ihr Gesicht verzerrt sich in bitterem Schmerz.

»Geh nicht nach Berlin.«

»Ich muss dahin.«

»Wann kommst du denn wieder, Bubi?«

»Weiß ich noch nicht.«

»Ob ich da noch leb?«

»Hör auf mit dem Schmonzes.«

»Der Tod schleicht sich an jeden ran. Wir müssen alle mal fort.«

Stemmer kennt ihr Kokettieren mit ihrem Tod.

»Du kommst so selten zu mir, als ob ich schon gar nicht mehr da wär.«

Sie packt ihm den Strudel ein.

»Damit mein Bubi unterwegs nicht verhungert.«

Als er ihr ohne Umarmung Adieu sagt, fleht sie ihn an: »Dass dir nur nichts passiert. Ich hab so Angst um dich. Geh nicht nach Berlin, Bubi. Da gibt's nur böse Leut.«

Während er die Tür hinter sich zuzieht, hört er sie sagen: »Man ist und bleibt allein.«

Seine frühere Geliebte Julischka macht keine Geschic' dem Auszug bei seiner Mutter wohnte er zunächs Souterrain in der Unteren Viaduktgasse, doch schc Beletage in ihrer Wohnung. Sie ist eine ungarische Ban... rin, wesentlich älter als er, aber voller Lebenslust. Als Liebespaar genossen sie Tisch und Bett und hatten eine glückliche Zeit. Bis seine Mutter drohte, Julischka wegen Hurerei anzuzeigen. Julischka verliert kein Wort über diese hässliche Intrige und schenkt ihm zur Erinnerung an ihre schöne gemeinsame Zeit eine langstielige rote Rose.

»In deinem Souterrain wohnt jetzt ein Musikstudent.«

»Verstehst du dich gut mit ihm?«

Sie lächelt vielsagend. »Sehr gut sogar.«

Mehr will Stemmer nicht wissen.

»Pass gut auf dich auf, Liebster. Ich möchte dich bald wieder in die Arme schließen.«

Noch einmal küssen sie sich leidenschaftlich, dann muss er gehen.

Bei Lotte in der Burggasse liegen Lechners Fotos bereit. Stemmer betrachtet sie. Da stehen wieder die alten Zeiten vor ihm. Ludwig, Lotte und er bei einem Ausflug im Prater, einander mit den Armen umschlungen. Ludwig bei der Hochzeitsfeier mit Lotte im August 1929, Stemmer steht als Trauzeuge neben ihnen. Ludwig in der Redaktion an seinem Schreibtisch.

Lotte weint bitterlich. Sie ist völlig verzweifelt.

»Ich hab ihm immer gesagt: Geh nicht nach Berlin. Geh nicht nach Berlin«, schluchzt sie. »Aber nein, er musste hin. War nicht davon abzuhalten.«

Er versucht, sie zu trösten, und nimmt sie in die Arme. »Es wird alles gut werden. Bald ist Ludwig wieder da.« Dabei muss er sich Mühe geben, daran zu glauben. Er erinnert sich, wie er sie vor Jahren oft umarmt und geküsst hat. Damals, als sie noch nicht mit Ludwig verheiratet war. Beide, Stemmer und Lechner, waren flammend verliebt in sie, und Lotte war verliebt in beide. Eine vertrackte Dreiecksgeschichte. Zwei Kollegen liebten dieselbe Frau. Es gab jedoch keine Hahnenkämpfe, keinen Streit, keine Feindschaft, nur ein stilles, glühendes Ringen um Lotte. Das ging eine ganze Weile so, keiner konnte sich für eine feste Bindung entscheiden. Bis Lechner zugriff, sie ihm wegschnappte und Lotte heiratete. Auch danach blieben sie enge Freunde und Lechner ein phantastischer Kollege.

Stemmer steckt die Fotos ein. Beim Abschied nimmt Lotte seine Hände und wünscht ihm viel Glück. Ihr Händedruck ist schwach. Sie hat in den vergangenen Tagen zu viel Kraft verloren. Als er sie verlässt, sieht sie ihm mit verweinten Augen nach.

Da hat er nun den Apfelstrudel von seiner Mutter, die rote Rose von Julischka und Lechners Fotos von Lotte.

Eine Reise, die ist lustig, eine Reise, die ist schön

In einem der Erste-Klasse-Waggons findet er seine Reservierung in einem leeren Coupé. Ein Nichtraucherabteil. Er möchte die Nacht allein und ungestört verbringen und nicht durch Zigaretten- und Zigarrenrauch geräuchert werden. Die Polster sind mit rotem Samt überzogen. Er hat einen Fensterplatz, da kann er sich in der Ecke gemütlich anlehnen. Stemmer zieht den Vorhang vor die Abteiltür, besetzt, basta, und hängt seinen Lodenmantel an den Haken. Seinen schweren Koffer und sein hölzernes Schreibmaschinenkästchen wuchtet er ins Gepäcknetz, wirft Wollmütze, Schal und Handschuhe hinterher und stellt seine Reisetasche mit Julischkas Rose auf das Polster. Bevor er sich setzen kann, muss er ein abgegriffenes Heftchen wegnehmen, das auf dem Samt seines Eckplatzes liegt. Es ist ein Groschenroman, den jemand liegen gelassen hat. Stemmer liest den Titel: »Der Tod fuhr mit – Ein Schicksalsroman«. Als Verfasserin ist eine Lydia von Hohenbrinck angegeben. Sicher ein Pseudonym. Kein Mensch schreibt für diese Schundhefte unter seinem eigenen Namen.

Grundsätzlich interessiert sich Stemmer nicht für Groschenromane, doch dieser Titel reizt ihn: »Der Tod fuhr mit«. Während der Reise will er darin lesen und legt das Heft neben seine Tasche. Dann macht er es sich bequem. Das Fenster lässt er geschlossen. Draußen ist es zu kalt. Auf dem Perron hasten noch Reisende am Zug entlang, suchen ihren Waggon. Er hört, wie sich auf dem Gang vor seiner Tür Menschen aneinander vorbeidrängen. Sie sollen draußen bleiben. Hoffentlich kommt keiner herein. Das ist sein Abteil.

Er hat Glück, er kann allein bleiben in seinem Reisenest. Der Zug fährt ab, verlässt den Bahnhof. Seine Reise beginnt.

Ade, Wien. Willkommen, Berlin.

Der Waggon rattert über die Weichen, schwingt hin und her, gleitet dann ruhig und rauschend dahin. Draußen ziehen Signalleuchten vorbei, Stellwerkhäuschen, gelbliche Straßenlaternen, schwach schimmernde Wohnungsfenster, hinter denen noch eine Lampe brennt. Der Zug passiert eine Brücke, unter ihm die Donau, schwarz. Er sieht die Lichter der letzten Häuser von Wien, dann Finsternis. Der Zug beschleunigt seine Fahrt. Rollt durch die Nacht. Die Schienenstöße pulsieren im gleichmäßigen Takt. Tack-tack – tack-tack – tack-tack pocht es an Stemmers Ohr. Der Lech-ner ist weg – Der Lech-ner ist weg – Der Lechner muss her. Er muss seinen Kollegen finden, seinen Freund. Er muss.

Berlin, Berlin, ich fahre nach Berlin, denkt er immer wieder. Trotz seines bedrückenden Auftrags und der überstürzten Abreise freut sich Stemmer auf diese Stadt. Er war noch nie in der Reichshauptstadt, hat aber in Lechners Artikeln so viel darüber gelesen und auch einiges von anderen gehört. Vor allem freut er sich, sein großes, von ihm verehrtes Vorbild Egon Erwin Kisch, den »Rasenden Reporter«, zu treffen, der als Berlin-Korrespondent für seine Brünner Zeitung arbeitet. Er hat fast alles von ihm gelesen. Seine Reisereportagen über Tunesien, Algerien, Amerika, Russland. Kisch war kürzlich sogar in China. Stemmer will auch einmal als Journalist so herumreisen und schreiben wie er. Die Welt in fernen Ländern kennenlernen. Er ist noch nie im Ausland gewesen. Jetzt aber beginnt seine erste Auslandsreise, wenn auch nur in ein Nachbarland. Bis jetzt hockte er alle Zeit im modrigen, morbiden Wien. Er ist froh, dieses Wien zu verlassen, in dem man ohne Krawatte nicht in die Oper darf, während die Nationalsozialisten auf den Straßen Passanten verprügeln. In dem der Expressionismus verpönt ist, der in Berlin gefeiert wird. In dem Tote eingerahmt auf der Kommode stehen und eine Geliebte wegen Hurerei angezeigt werden kann. Luft! Luft! Er braucht frische Luft! Er braucht den flotten Wind von Berlin. Auch freut er sich darauf, in Berlin endlich den genialen Hellseher Hanussen zu erleben, der ihn immer schon begeistert hat, den er aber noch nie auf der Bühne bewundern konnte.

Stemmer wickelt den Apfelstrudel seiner Mutter aus dem Papier und knabbert am knusprigen Ende. Er holt seine Limonadenflasche hervor und nimmt einen kräftigen Schluck. Da stößt der Kontrolleur die Schiebetür auf, reißt den Vorhang auf.

Stemmer muss seinen Apfelstrudel beiseitelegen und sein Billett hervorkramen. Der Schaffner knipst ein Loch in den Fahrschein und wünscht »Gute Fahrt«. Bevor er geht, fragt er: »Möchten S' das Licht weg?«

»Ja, bitte.«

Er knipst die helle Lampe aus. Das Abteil ist nun in einen schwachen dunkelblauen Dämmer gehüllt. Um Stemmer verschwimmt alles im blauen Nebel. Sämtliche Konturen haben sich aufgelöst. Er will jetzt einfach nur dahinduseln und im schummerigen Licht seinen Gedanken nachhängen.

Er denkt daran, wie er zur »AZ« kam. Angefangen hatte es damit, dass er während seines Germanistikstudiums Gedichte schrieb, auch Kurzgeschichten und kleine Reportagen. Er bot sie der populären »Arbeiter-Zeitung« an, die eine sehr hohe Auflage hatte, da würden seine Beiträge von vielen gelesen. Tatsächlich wurde so manches von ihm gedruckt. So kam er mit der Feuilleton-Redaktion ins Gespräch und erhielt nach dem Abschluss seines Studiums eine Festanstellung in der Auslandsredaktion. Gruber war schon damals der Redaktionsleiter. Und einer seiner Kollegen der gleichaltrige Ludwig Lechner, mit dem er sich von Anfang an gut verstand. Aus Kollegen wurden bald Freunde. Doch wenn Stemmer ehrlich ist, kennt er Lechner nicht wirklich. Er erlebte ihn als zuverlässigen Kollegen, aber privat wusste er fast nichts über ihn, und das änderte sich nie. Sie trafen sich hin und wieder nach Redaktionsschluss in einem Beisl, tranken ein Bier oder einen Schoppen Heurigen, sprachen über Kollegen und ihren Redaktionsleiter Gruber, über die immer stärker werdenden Nationalsozialisten in Wien, ihren sonderbaren Kanzler Dollfuß und über neue Filme. Über all das wusste Stemmer Bescheid. Über sein privates Leben hob Lechner jedoch nie den Vorhang. Auch saßen sie nach Ludwigs Hochzeit so manches Mal im privaten Kreis mit Lotte zusammen. Über ihre vorangegangene Dreiecksgeschichte aber sprachen sie nie, obwohl es zwischen Stemmer und Lotte unter der Asche immer noch heimlich glühte.

Lechner war und ist ein guter Journalist, ein echter Spezi. Doch wie arbeitet er wirklich? Ist er der unbestechliche Journalist, für den Stemmer ihn hält? Oder nimmt er Gelder an, um eine sensationelle Story schreiben zu können? Ist er von den Grundsätzen der Sozialdemokratie, wie die Richtlinien der Zeitung als Zentralorgan der SPÖ sie vorgeben, tatsächlich überzeugt? Oder sympathisiert er insgeheim mit einer anderen Partei? Ist er wirklich der treue Ehemann, als der er sich gibt? Oder hatte er während seiner Ehe mit Lotte heimliche Liebschaften? Das alles weiß Stemmer nicht. Überraschen würde es ihn allerdings nicht, wenn man in Lechners dunklen Keller hinableuchten und dabei Verborgenes entdecken würde. Wie bei jedem Menschen.

Seine Mutter geht ihm nicht aus dem Kopf. Apfelstrudel backen, das kann sie, denkt er, aber ihre Intrige gegen Julischka wird er ihr nie verzeihen. Nie. Sie war zerfressen von Eifersucht auf Julischka, hatte Angst, dass sie ihr den »Bubi« wegnimmt, und drohte mit einer Anzeige wegen Hurerei. Besonders ekelt ihn an, dass sie ihm einmal gestand, sie würde sich nach dem Tod seines Vaters sehnlichst wünschen, ihn, ihren geliebten »Bubi«, zu heiraten. Pfui Teufel. Ihn schüttelt es noch heute, wenn er daran denkt. Die Mutter will ihren eigenen Sohn heiraten! In Wien gibt es viel Perverses, aber so was Obszönes nicht. Anscheinend doch. Wenigstens ist es nicht bekannt geworden.

Wenn er Julischka vor sich sieht, wird ihm warm ums Herz. Als Ballettlehrerin hatte sie einen straffen Körper, den er bewunderte. Er riecht noch den betörenden Duft ihres Leibes, spürt, wie sie nackt und eng nebeneinander in ihrem breiten Bett lagen. Die Liebe mit ihr war so schön. Ja, die Julischka, die Julischka aus Buda, Budapest, die hat ein Herz aus Paprika, das keinem Ruhe lässt.

Sie verschaffte ihm Freikarten fürs Ballett, für die Oper und Operette. In der Staatsoper sah er das Ballett »Romeo und Julia« von Prokofjew. Wie die beiden verfeindeten Familien kriegerisch über Kreuz aufeinander zuschritten. Er sah auch »Schwanensee«, bei dem ihre Eleven tanzten, und die berauschende »Fledermaus«. Im Feuerstrom der Reben, da blüht ein himmlisch' Leben. Das kann er nicht vergessen.

Einmal beschaffte sie sogar Karten für den Opernball. Für Julischka kein Problem. Nach dem offiziellen Teil tanzte sie mit ihm den »L'amour-Hatscher«, diesen engpaarigen, langsamen Tanz. Sie presste ihren Unterleib so dicht an ihn, dass sein Johannes beinahe explodiert wäre. Das wär peinlich gewesen. Er auf dem Gala-Opernball mit so einem großen, nassen Fleck vorn in der Hose! Auf dem Heimweg zupfte er im Stadtpark für sie eine rote Rose ab und überreichte sie ihr wie der Rosenkavalier in der Oper von Richard Strauss. Und jetzt hat er von ihr zum Abschied und zur Erinnerung eine rote Rose bekommen, die er in seiner Tasche bei sich trägt.

Als seine Mutter von seiner Liebe zu ihr erfuhr, ging sie wie eine Furie erbost dazwischen. Ihr »Bubi« im Bett mit einer wesentlich älteren Frau! Noch dazu einer ungarischen Ballettlehrerin. So was Unanständiges! Unmöglich! Julischka warf sie hinaus. Sie mussten sich dennoch trennen. Wenn seine Mutter ernst machte mit ihrer Drohung, sie wegen Hurerei anzuzeigen, hätte das für Julischka schlimme Folgen gehabt.

Plötzlich grelles Licht. Im ersten Moment ist Stemmer durch die Helligkeit geblendet, dann bilden sich Konturen heraus. Ein junger Mann steht in der Tür. Er ist etwa Mitte zwanzig. Sein zitronengelbes Haar und seine veilchenblauen Augen leuchten. Sein rosafarbenes Madonnengesicht glänzt. Sehr höflich fragt er, ob noch Plätze frei sind. Obwohl Stemmer am liebsten gesagt hätte: »Alles besetzt«, nickt er zustimmend. Der Mann setzt sich ihm gegenüber ans Fenster.

»Auch nach Berlin?«, fragt der Fremde mit einer hohen, weichen Mädchenstimme. Wieder nickt Stemmer. Prompt ärgert ihn seine erneute Zustimmung. Wohin er reist, geht den Mann einen Dreck an.

Der Blondschopf nimmt aus seiner Zigarettenpackung eine Memphis, klopft auf seinem Daumennagel die Krümel heraus, steckt sie zwischen seine Lippen und will sie mit einem Feuerzeug anzünden.

Stemmer deutet auf das Nichtraucherschild über der Tür. »Wenn ich bitten darf.«

»Oh, Entschuldigung«, sagt der junge Mann höflich. »Selbstverständlich. Habe ich nicht gesehen.« Er löscht die Flamme seines Feuerzeugs, steckt die Zigarette in die Packung zurück und entschuldigt sich nochmals. »Hätte mir auffallen müssen, dass es keine Aschenbecher gibt.«

Stemmer versucht zu schlummern, doch sein neuer Reisekumpan redet und redet. Er kommt nicht zu dem Schlaf, den er sich so wünscht. Immer wieder wird er durch das Gequassel seines Gegenübers aus seinem Nickerchen gerissen. Dieser nimmt keine Rücksicht darauf, dass Stemmer seine Ruhe haben will. Breitspurig erklärt er ihm, dass er der Sohn eines Konditormeisters sei, das Geschäft seines Vaters aber nicht übernehmen wolle.

»Ich will was Höheres werden als Torten-und-Süßzeug-Konditor. Ich will Kunstgeschichte studieren«, bekennt er. »Habe mir in Wien die Museen angeschaut. Die Bilder von Rubens, Brueghel, Tizian. Grandios!«

Stemmer hat keine Lust, diesem Dampfplauderer länger zuzuhören, er nimmt den Groschenroman zur Hand und beginnt, darin zu lesen.

»Was lesen Sie denn da?«, will sein Reisekumpan wissen. Stemmer zeigt ihm kurz den Titel.

»›Der Tod fuhr mit‹. Interessant«, sagt der junge Mann mit dem glänzenden Madonnengesicht. »Sehr interessant. Noch dazu ein Schicksalsroman. Sicher aus dem prallen Leben gegriffen.« Er schwadroniert darüber, wie der Tod unerwartet zugreifen kann und wie wir alle ihm schutzlos ausgeliefert sind.

Stemmer will ihm nicht zuhören und versucht, weiter in dem Heftchen zu lesen. Doch das Gequassel seines Gegenübers wirft ihn immer wieder aus dem Text. Er holt seinen Reiseführer aus der Tasche. »Jeder einmal nach Berlin! Eine Stadt, wie Sie sie noch nicht erlebt haben!« Er blättert im Inhaltsverzeichnis, wählt das Kapitel »Nachtleben. Bars, Tanz, Amüsement« und versucht erneut, darin zu lesen.

»Was lesen Sie denn da?«, will der Fremde auch jetzt wieder wissen. Als hätte er erraten, was Stemmer aufgeschlagen hat, empfiehlt er ihm: »Sie müssen in die ›Femina‹, ins ›Resi‹ und ins ›Haus Vaterland‹. Da gibt es scharfe Nutten. First class. Muss man gesehen haben. Oder in die ›Adonis-Diele‹ und die ›Zauberflöte‹ zu den Schwulen. Die kann ich zwar nicht leiden, ist aber trotzdem sehenswert. Oder in den ›Alexander-Palast‹ und ins ›Monte-Casino‹ zu den Lesben und Transvestiten. In Berlin ist was los!«

Stemmer staunt. Der Typ scheint sich im Milieu gut auszukennen.

»Oder gehen Sie ins Scheunenviertel«, setzt er nach. »Zu den Juden. Dass es die immer noch gibt, versteh ich nicht.«

Der Kerl widert ihn an. Stemmer will von ihm nichts mehr hören und versucht, in einem anderen Kapitel weiterzulesen. Aber unmöglich. Sein Reisekumpan fängt wieder an: »Was machen Sie in Berlin?«

Stemmer will nicht antworten und entgegnet knapp: »Geschäftlich.«

»Was für ein Geschäft betreiben Sie?«

Der Bengel geht ihm ziemlich auf die Nerven.

»Kommerz? Kunst?« Mit Blick auf Stemmers Schreibmaschinenkästchen im Gepäcknetz bohrt er weiter: »Dichter? Schriftsteller? Journalist?«

Stemmer fallen seine Abstufungen auf. Demnach steht er ganz unten. Er schweigt. Er will endlich weiterlesen und tut so, als sei er vertieft in seine Lektüre, kann aber keine Zeile aufnehmen. Sie halten in einem nächtlichen Bahnhof.

»Brünn!«, kräht der Kerl. »Kennen Sie die Abtei St. Thomas? Muss man gesehen haben. Janácek wurde hier geboren. So eine schöne Musik!«

Bei Brünn kann Stemmer nur an seinen großen Kisch denken, der jetzt in Berlin als Korrespondent für seine Brünner Zeitung arbeitet.

Als der Zug den Bahnhof verlässt, will er weg von seinem lästigen Mitreisenden, will in den Mitropa-Speisewagen. Er nimmt sein Gepäck aus dem Netz und greift nach seiner Tasche. Er traut es dem Burschen zu, dass dieser während seiner Abwesenheit darin herumkramt.

»Sie können ruhig alles hierlassen. Ich pass auf.«

Kommt gar nicht in Frage, denkt Stemmer und schwankt mit seiner Last durch die Gänge der schwingenden Waggons bis zum Speisewagen. Die Mitropa hat gerade noch geöffnet. Nur wenige Reisende sitzen an den Tischen. Stemmer lässt sich an einem Fensterplatz nieder und schaut hinaus in die Nacht. Es dauert nicht lange, da erscheint dieser Aufdringling und setzt sich ihm gegenüber.

»Ich wollte Ihnen Gesellschaft leisten.«

Stemmer ist verärgert. Müde schleppt sich der Kellner heran und macht sie darauf aufmerksam, dass man in einer Viertelstunde schließe. Nicht alles, was auf der Karte stehe, sei noch zu bestellen.

»Was gibt es denn noch?«

»Eierspeis. Hühnerbrühe mit Ei. Fleischbrühe mit Ei. Omelett.«

»Sie wollen wohl Ihre restlichen Eier loswerden«, stichelt der Bursche.

Der Kellner überhört seine freche Bemerkung. Stemmer bestellt einen Braunen und ein Omelett. Sein Reisekumpan ein Bier und eine Hühnerbrühe mit Ei.

Bei der Rückkehr ins Coupé will der Bengel Stemmers Koffer tragen.

»Nein, danke.« Er hat Angst, der Kerl könnte womöglich mit seinem Koffer abhauen, und umklammert den Griff. Im Abteil hüllt er sich in seinen Lodenmantel wie in einen Schutzwall und versucht, wenigstens etwas zu schlafen.

Er ist tatsächlich eingenickt. Da reißt ihn eine Trompete aus dem Schlaf: »Prag!« Schläft der Flegel nie? Immer hellwach, die ganze Nacht.

Schlaftrunken kann Stemmer in der Finsternis des Bahnhofs nicht viel sehen. Nur den schneebedeckten Perron im trüben Laternenschein.

»Kafka!«, trötet der Kerl. »Phänomenal! Habe alles von ihm gelesen. Den ›Prozess‹, ›Das Schloss‹. Alles. Und Rilke! Seine Gedichte. Poesie! Poesie! Und Smetana. Die ›Moldau‹. Und Dvorak.«

Er staunt über ihn. So jung und schon so beflissen in Literatur und Musik. Stemmer denkt nur an seinen großen Kisch. Hier wurde er geboren.

Stemmer mummelt sich erneut in seinen Lodenmantel ein

und spürt, wie ihn der Schlaf überwältigt und er langsam in den Schlummer gleitet. Hoffentlich schläft nicht auch der Lokführer ein, denkt er noch, dann weiß er nichts mehr.

»Leitmeritz!« Wieder schreckt ihn sein Gefährte aus dem Schlaf.

Langsam kommt Stemmer zu sich. Eisige Kälte ist in seinen Körper gekrochen. Bis ins kleinste Knöchelchen. Er ist erstarrt, er fröstelt. Sein Mantel hat ihn nicht vor dieser Vereisung geschützt. Er tastet nach seiner Tasche neben ihm. Sie ist noch da. Hat er daraus etwas gestohlen, während er schlief? Er greift hinein. Nichts fehlt.

»Leitmeritz«, wiederholt der schlaflose Typ.

Mit verklebten Augen sieht Stemmer im gelben Lampenlicht ein paar Eisenbahner hin und her rennen.

»Hier war vor ein paar Jahren der Prozess gegen den berühmten Hellseher Hanussen. Leider wurde der Schurke freigesprochen.«

Das rüttelt ihn wach. »Hanussen ein Schurke?«

»Wissen Sie das nicht?«

Das weiß er nicht. Das will er auch nicht wissen. Das kann nicht sein. Seine Bewunderung für diesen begnadeten Hellseher lässt er sich nicht zerstören, nicht von einem wie dem. Seinen Hanussen kann ihm keiner nehmen, schon gar nicht dieser Bursche. Natürlich stimmt nicht, dass Hanussen ein Schurke ist, wie dieser Kerl da behauptet. Er weiß zwar, dass vor drei Jahren in Leitmeritz ein sensationeller Prozess gegen Hanussen begann wegen dessen angeblicher Betrügereien. Der Prozess erregte internationales Aufsehen. Auch von seiner Redaktion wurde ein Berichterstatter entsandt. Am Ende hat man Hanussen jedoch freigesprochen. Es war also nichts dran an der ganzen Anklage.

Deutsche und tschechische Polizisten und Zöllner reißen die Tür auf, bellen: »Passkontrolle. Zollkontrolle.« Stemmer wundert sich, dass sie so früh am Morgen schon so wach sein können. Sein Reisekumpan zeigt ihnen einen Ausweis, seinen Pass wollen sie aber nicht sehen, winken ab. Komisch. Stemmer dagegen muss ihnen seinen Pass geben. Die Polizisten blättern darin hin und her, prüfen die Echtheit, finden nichts Verdächtiges. Dann knallt der deutsche Polizist einen Stempel in sein

Dokument. Einreise in das Deutsche Reich genehmigt. Nun schreitet der Zöllner zur Tat.

»Zu verzollen?«

»Nichts.«

Trotzdem muss Stemmer sein Gepäck herunternehmen und seinen Koffer öffnen. Der Zöllner wühlt in der Wäsche herum, während sein Reisekumpan neugierig zuschaut. Der Zöllner greift in Stemmers Tasche und zieht mit einem »Autsch« hastig seine Hand zurück. Die Dornen von Julischkas Rose haben ihn gestochen. Stemmer freut sich. Recht so.

»Und das Holzkistl da?«

»Meine Schreibmaschine.«

»Öffnen.«

Seine alte Tornado kommt zum Vorschein. Die Aktentasche des Burschen durchsucht der Zöllner nicht. Seltsam. Wortlos verschwinden die Uniformierten wieder.

»Hab's mir doch gleich gedacht: ein Schreiber«, konstatiert der Kerl süffisant. »Interessant. Was schreiben Sie denn?«

Stemmer überhört die Frage. An Schlaf ist jetzt nicht mehr zu denken.

In Dresden steigt gottlob jemand zu. Eine ältere Dame mit einem dunklen Samtbändchen um ihren dürren Hals. Der Bengel hat ein neues Opfer gefunden und redet sofort auf sie ein: »Die Semperoper. Grandios! Wagner. Richard Strauss. Das sind Opern!«

Die Dame nickt stumm. Er lässt nicht von ihr ab. »Der Zwinger, die Frauenkirche. Famos. Famos.«

Sie hat genug von ihm und wendet sich brüsk ab. Der Kunstbesessene quasselt weiter. Ihn stört es nicht, dass er ins Leere redet. Stemmer greift wieder zum Groschenheft, das immer noch neben ihm liegt. »Der Tod fuhr mit« von Lydia von Hohenbrinck. Typisch, dass die pseudonyme Autorin sich bei dieser Art von Schundliteratur als Adelige ausgibt. Noch dazu, da es sich um einen Schicksalsroman handelt. Gelangweilt blättert er durch die Seiten aus billigem Papier und beginnt an irgendeiner Stelle im Text zu lesen.

Ein Zugabteil, nachts. Gräfin Gabriela reist nach Paris, um sich dort endlich mit ihrem Verlobten, dem Marquis de Bourbonion, zu vermählen. Im Palais ihres Marquis ist alles für das glanzvolle Fest vorbereitet. Einhundert Gäste aus den höchsten Kreisen der Pariser Gesellschaft sind eingeladen. Es wird ein unvergessliches Ereignis werden, von dem man noch lange sprechen wird. Im Dämmerlicht des Abteils sitzt ihr gegenüber schweigend ein junger Mann, der sie fortwährend anlächelt. Der Gräfin fällt auf, dass seine Gesichtszüge sehr nobel sind, dass er vornehm gekleidet und sein schwarzes Haar penibel gescheitelt ist. Seine feingliedrigen Finger zeugen von besonderer Sensibilität, seine Fingernägel sind auffallend lang und spitz. Sonst genießt sie es, wenn wohlerzogene Männer aus gutem Hause sie anlächeln. Doch dieses Mal ist ihr unbehaglich zumute. Angst steigt in ihr hoch. Dieser gepflegte Lächler könnte, während sie schläft, seine schlanken Finger mit den langen, spitzen Nägeln um ihren Hals legen und sie erwürgen. Sie gibt sich alle Mühe, nicht einzuschlafen, und fragt ihn, ob er auch nach Paris fahre. Der elegante Jüngling aber antwortet nicht und lächelt sie nur weiter an. Als sie in Paris im Gare du Nord mit ihm aussteigt, ist er gleich darauf im Menschengewühl verschwunden. Gräfin Gabriela ist erleichtert, doch ihre Angst schwelt in ihrem Innersten weiter.

Stemmer legt den Groschenroman weg. So einen Schmarren will er nicht lesen. Sie rollen auf Berlin zu. Nur noch ein Stück, dann sind sie diese lästige Zecke los.

Endstation »Anhalter Bahnhof«. Als sie aussteigen, will Stemmer den Schundroman auf dem Polster liegen lassen.

»Sie haben Ihren mitfahrenden Tod vergessen«, sagt der Reisekumpan und deutet auf das Heftchen. Reflexhaft steckt Stemmer es in seine Tasche.

Auf dem Bahnsteig ist der Widerling gleich darauf im Gedränge verschwunden.

Das ist die Berliner Luft

Stemmer ist perplex über die riesige Halle des Anhalter Bahnhofs. Unter der gigantischen Stahlhaube Lärm, Lärm, Lärm. Es kracht, zischt, dröhnt. Unverständliche, hallende Lautsprecherdurchsagen, Rufe, Schreie, Pfiffe der Lokomotiven, schrilles Quietschen der Bremsen. Auf den Gleisen treffen mit fauchenden Dampfloks Züge ein, andere fahren ab. Es riecht nach Rauch, Kohle, Öl. Das gewölbte Glasdach hoch über ihm ist in der morgendlichen Dunkelheit nur zu erahnen. Dicker Qualm hängt unter dem Eisengerippe. Auf den Bahnsteigen drängen sich Menschenmassen. Gewusel überall. So früh am Morgen sind hier schon so viele Menschen unterwegs!

Mit seinem Koffer, seiner Schreibmaschine und der Tasche zwängt sich Stemmer zwischen den hin und her hastenden Reisenden hindurch. Kofferberge versperren ihm den Weg. Am Ende des Perrons muss er sich an einer Menschenansammlung vorbeidrücken. Er sieht eine alte Frau, die auf dem Boden liegt, ein Sanitäter beugt sich über sie. Dicht geht er an der stampfenden Dampflok vorbei, die ihn hierherbrachte und nun ihre weißen Schwaden über den Perron bläst. Ihr mächtiger Bauch strahlt Hitze aus. Er will stehen bleiben, um sich zu wärmen, doch eine palavernde Reisegruppe hinter ihm schiebt ihn weiter. Verwahrloste Jugendliche, auch Kinder wollen ihm sein Gepäck aus den Händen reißen. »Tragen, tragen«, betteln sie. »Fünf Groschen.« Er drängt sie beiseite, sie umringen ihn, strecken die Hände aus. »Vier Groschen, drei Groschen!« Es gelingt ihm, sie abzuschütteln, sie stürzen sich auf einen anderen Reisenden.

Stemmer erreicht die hell beleuchtete Eingangshalle. Auch sie ist voller Menschen. Reisende, die abfahren, suchen auf den großen Anzeigetafeln den Bahnsteig für ihren Zug, Einheimische halten Ausschau nach ihren eintreffenden Gästen. Passagiere hetzen zu ihren Zügen, Ankommende hasten entgegengesetzt zu den Taxen draußen auf dem Platz. Dazwischen schieben

Gepäckträger ihre Karren, beladen mit Koffern, Taschen und verschnürten Kartons, andere gieren nach Kundschaft. Händler mit Bauchläden voller belegter Brote und Brezeln oder mit silbernen Bottichen, in denen heiße Würste schwimmen, rufen ihre Ware aus. Lautsprecher plärren Unverständliches über Verspätungen, über Änderungen der Abfahrtsgleise, über Kinder, die ihre Eltern suchen. Lärm, Lärm, Lärm, der an den Wänden aus gelbem und schwarzem Marmor widerhallt wie in einer Schwimmhalle.

In den Ecken kauern Gruppen von Männern und Frauen. Anscheinend haben sie hier die Nacht verbracht und Schutz vor der Winternacht gesucht. Dem Aussehen ihrer verwahrlosten Kleidung nach sind es Arbeitslose, Obdachlose, Tippelbrüder. Angeschwemmtes Strandgut. Betrunkene schlafen auf den Holzbänken. Vor den Fahrkartenschaltern stauen sich lange Schlangen. Ebenso lange Schlangen vor der Gepäckaufbewahrung und den Toiletten. Kioske bieten Illustrierte an, Reiseproviant, Stadtführer und Stadtpläne.

An den Zeitungsständen liest Stemmer die Schlagzeile der »Vossischen Zeitung«: »Auflösung des Parlaments ohne Neuwahl? Gerüchte über Notstandspläne der Reichsregierung«. Die »Berliner Morgenpost« meldet: »Heerlager am Bülowplatz. Demonstration unter schärfstem Polizeischutz. Todesschuss auf Gastwirt«. Schon am Morgen ein Toter. Kein schöner Empfang.

Die Schlagzeilen des »Vorwärts«, der »Roten Fahne« und des »Völkischen Beobachters« kann er nicht lesen. Zu viele Käufer drängeln sich davor.

Mehrere Männer treten dicht vor ihn hin. »Hotel? Hotel? Sehr billig. Ganz nah.« Stemmer weist sie ab. Sie lassen nicht locker. »Zimmer sehr billig. Ganz nah.« Schon wollen sie seinen Koffer und seine Schreibmaschine an sich nehmen, da schreit er sie an: »Schleichts euch!«

Sie lassen von ihm ab und suchen sich neue Opfer.

Gleich in den ersten Minuten diese Brutalität. In Wiener Bahnhöfen geht es gütlicher zu. Da reißen einem nicht verwilderte Lackel das Gepäck aus der Hand. Da gibt es Dienstmänner, die höflich ihre Hilfe anbieten. Da wollen keine aufdringlichen Schlepper die Ankommenden in billige Hotels lotsen. Da heben vertrauenswürdige Werber stumm ihre Schilder mit Zimmerangeboten hoch. Das redet er sich ein.

Nach der Nachtfahrt hat Stemmer Hunger. Er muss etwas essen. An einem Stand kauft er Semmeln, die hier Brötchen, Schrippen oder gar Schusterjungen heißen, und Kipferln, die man Hörnchen nennt. Als er den Verkäufer darum bittet, alles in ein Sackerl zu packen, versteht dieser ihn nicht. Aha, ein Sackerl ist eine Tüte. Bei einem Imbissstand dringt ihm der Duft von frischem Kaffee und der Geruch von gebratenen Würsten in die Nase. Heißen Kaffee und eine Bratwurst könnte Stemmer jetzt brauchen. »Curry« wird angeboten. Er weiß nicht, was Currywurst ist. Von so was hat er in Wien noch nie gelesen oder gehört. Da ihn alles Neue reizt, bestellt er eine Curry, die auf einer Pappe serviert wird. »Schnellimbiss« steht über der Wurstbude. Muss er seine angeschnittene Wurst schnell essen? Sie schmeckt ihm. Besonders diese neuartige dunkelrote Soße, die ihn an die Wiener Kommunistische Partei denken lässt.

Dann tritt Stemmer hinaus auf den verschneiten Bahnhofsplatz, in den dunklen Morgen. Schneetreiben schlägt ihm entgegen. Es ist eisig kalt. Er knöpft seinen Lodenmantel bis oben zu, zupft seinen Schal zurecht, zieht seine Wollmütze tief in die Stirn. Schon wollen ihm wieder Jugendliche das Gepäck entreißen, bieten ihm Männer Fotos mit nackten Frauen an, wollen andere ihn in einen Wagen zerren. Stemmer ist nahe daran, um sich zu schlagen. Er muss an Lechner denken. Kein Wunder, dass der hier untergegangen ist.

Neben ihm ragt eine mächtige Litfaßsäule empor, vollgeklebt mit Plakaten. »Haus Vaterland! Dein Erlebnis in Berlin!« – »Protestaktion der KPD auf dem Bülowplatz!« – »Riesenkundgebung der NSDAP im Lustgarten!« – »Staatsoper: Der Rosenkavalier«. Stemmer muss an die Aufführung des »Rosenkavaliers« in Wien denken, die er mit Julischka besuchte. Weiter geht es mit »Wintergarten: Der große Hellseher und Wunderheiler Max Moecke!« – »Und abends in die Scala!«. Darunter, in fetziger

Schrift geschrieben, das Plakat »Hellseher Hanussen! Die Sensation!«. Mit dämonischem Blick starrt er Stemmer an. Kaum ist er in Berlin, schon fixiert ihn sein Idol.

Der Moecke interessiert Stemmer nicht, aber den Hanussen muss er so schnell wie möglich sehen. In Berlin ist was los. Willkommen in Berlin!

Stemmer schaut sich um. Keine Fiaker wie in Wien. Nur Benzinkutschen, die auf Kunden warten. Abseits dösen ein paar Kutscher mit ihren Pferdedroschken. Die Gäule stoßen weißen Dunst aus ihren Nüstern, über ihren Rücken liegen wärmende Decken.

Ein alter Benz fährt vor. Flott springt der junge Fahrer aus dem Wagen und öffnet ihm freundlich den Schlag. Stemmer ist überrascht. Freundlichkeit in dieser Stadt. Erstaunlich.

»Bitte sehr«, sagt der Fahrer gut gelaunt.

Stemmer legt seine Habe auf den Rücksitz und setzt sich nach vorn neben den Fahrer.

»Wohin soll's denn gehen?«

»Zum Volkshaus der SPD. In Charlottenburg.«

»Rosinenstraße 3.«

»Sie kennen das?«

»Und wie wir das kennen!« In seinem schmalen, blassen Gesicht funkeln dunkle, brennende Augen. Trotz seiner Freundlichkeit hat er etwas Gebieterisches, Respektloses an sich.

Der junge Mann biegt rasant in eine enge, stark befahrene Straße, quetscht sich in den fließenden Verkehr, überholt rechts, überholt links, nimmt anderen die Vorfahrt.

»Wilhelmstraße. Bald flattert hier überall das Hakenkreuz«, prahlt er.

»Glauben Sie das wirklich?«

»Dauert nicht mehr lange.«

»Woher wissen Sie das?«

»Weiß doch jeder.«

Stemmer glaubt nicht daran. Die Nazipartei ist zwar groß, aber ein Haufen von Wirrköpfen.

Rücksichtslos biegt der Fahrer links ab, obwohl der Schutzmann schon die Arme zum Stopp ausbreitet.

»Sie können sich ruhig Zeit lassen. Ich habe es nicht eilig«, sagt Stemmer, um ihn zu bremsen.

»Pah, die anderen sollen bleiben, wo sie wollen«, erwidert der Fahrer. »Ich bin für Tempo, Tempo. Nur wer schnell ist, kommt voran.«

Er braust auf das Brandenburger Tor zu, prescht zwischen den Säulen hindurch und gibt auf der dahinter beginnenden breiten Chaussee noch mehr Gas. Stemmer hat Angst vor einem Unfall auf der eisglatten Fahrbahn und verkriecht sich in das Polster. An beiden Seiten huschen Straßenlaternen und Bäume vorüber.

»Tourist? Ausländer?«, forscht der Fahrer mit einem Blick auf Stemmer.

»Österreicher.«

»Hab's gleich an der Sprache gehört. Von wo dort?«

»Wien.«

Sogleich fängt er an zu singen: »Wien, Wien, nur du allein sollst die Stadt meiner Träume sein!«, und fügt schnell hinzu: »Also Deutscher. Österreich gehört zum Reich. Ist doch klar.«

»Österreich ist ein eigener Staat«, protestiert Stemmer.

»Nicht mehr lange, dann gehört es uns.«

Er ärgert sich über diese Unverschämtheit, schweigt aber.

Während der Flegel unter einer S-Bahn-Brücke hindurchjagt, kräht er: »Bald werden Sie die Stadt nicht wiedererkennen. Alles wird voller Hakenkreuzfahnen sein.«

Und dann legt er los, mit dem gleichen Schwung, in dem er seinen Wagen noch mehr beschleunigt, verkündet er: »Mit uns beginnt die neue Zeit! Wir schaffen ein neues, ein besseres Deutschland! Mehr Arbeitsplätze, mehr Freiheit für Deutsche! Mit Hitler hat das Elend ein Ende! Deutschland erwacht!«

Stemmer schweigt, obwohl er Lust hat, diesem Großmaul die Meinung zu geigen.

An einem Rondell zwingt der Fahrer den Wagen so scharf in die Kurve, dass Stemmer Angst hat, das Taxi könnte auf dem Eis und Schnee wegrutschen und sich überschlagen. Dann lenkt er ihn in eine andere breite Chaussee hinein und kurz darauf in eine kleine Seitenstraße. Endlich ist Stemmer in der Rosinenstraße angekommen, beim Volkshaus der SPD. Schnell zahlt er, was der Taxameter anzeigt, keinen Pfennig mehr für diesen Halunken, schnappt sich sein Gepäck und rennt zum Volkshaus.

»Wir besuchen euch bald!«, ruft der Lümmel ihm hinterher.

Brüder, zur Sonne, zur Freiheit

Das Volkshaus der SPD ist ein großer angewinkelter Gebäudekomplex, drei Etagen hoch. Stemmer tritt in die Eingangshalle. Sie ist mit quirligem Leben erfüllt. Menschen strömen aus den umliegenden Räumen, fluten in sie hinein, stehen gehäuft, die Gruppen lösen sich auf, sammeln sich wieder. An den Wänden künden bunte Plakate Vorträge an, auch Konzerte, Versammlungen, Filmvorführungen und Tanzvergnügungen. Ein Wegweiser zeigt zu den verschiedenen Sälen, zum Restaurant und zu den Zimmern. In einer Staffelage werden Prospekte für die Veranstaltungen angeboten. Auf einem Tisch liegt, gratis zum Mitnehmen, ein Stapel der SPD-Zeitung »Vorwärts«.

Stemmer bahnt sich einen Weg zur Anmeldung. Neben dem Rezeptionstresen döst auf einem Hocker ein alter, magerer Mann in einem blauen Arbeitskittel vor sich hin. Sein graues Gesicht ist eingefallen, seine wenigen Haare kleben straff gescheitelt auf seinem knochigen Schädel.

»Guten Morgen«, wünscht Stemmer der Frau im eleganten grauen Kostüm am Tresen. »Sommer« steht auf ihrem angesteckten Namensschild. Er legt seinen Pass vor. »Die Wiener ›Arbeiter-Zeitung‹ hat für mich ein Zimmer reserviert.«

Die Frau sieht im Gästebuch nach, fährt mit dem Finger über die Zeilen und findet die Reservierung.

»Zimmer 214. Zweite Etage.« Besorgt blickt sie ihn an. »Sind Sie der Kollege des vermissten Herrn Lechner?«

Stemmer nickt.

»Eine schlimme Geschichte«, sagt sie mit gequälter Miene. »Er ist am Abend weggefahren, am zwölften, vor zwei Wochen, und nicht wiedergekommen. Keine Nachricht von ihm. Vielleicht hatte er einen Unfall und liegt in einem Krankenhaus. Aber dann hätten die uns Bescheid gegeben. Wir können uns das nicht erklären.«

»Ich werde der Sache nachgehen.«

»Viel Glück dabei. Wie lange werden Sie bleiben?«

»Kann ich noch nicht sagen.«

»Sie können hier wohnen, solange Sie wollen.«

Stemmer füllt den Meldeschein aus, Frau Sommer greift zum Schlüsselbrett und reicht ihm den Zimmerschlüssel, der an einem hölzernen Klotz hängt.

»Leo, hol die Sachen von Herrn Lechner aus dem Keller.«

Der alte Mann im blauen Arbeitskittel schaut auf und erhebt sich müde vom Hocker.

»Du weißt, wo sie stehen.«

Stemmer bietet ihm an, beim Tragen zu helfen, doch er wehrt stumm ab und schlurft mit hängenden Schultern davon.

»Hoffentlich ist Ihrem Kollegen nichts passiert. Immer wieder verschwinden Menschen in dieser Stadt. Gerade in diesen Zeiten. Es wird von Tag zu Tag schlimmer. In unserem Restaurant können Sie frühstücken, zu Mittag und zu Abend essen«, informiert ihn Frau Sommer. »Angenehmen Aufenthalt.«

Mühsam schafft der Alte Lechners Koffer und sein Schreibmaschinenkästchen heran.

»214«, sagt sie zu ihm.

Leo schleppt das Gepäck zum Treppenaufgang. Wieder bietet ihm Stemmer an, ihm wenigstens den Koffer abzunehmen, doch der Alte will keine Hilfe.

»Schon gut. Dafür bin ich da.«

Langsam steigt er die Stufen hoch. Auf dem ersten Treppenabsatz stellt er die Last ab, verschnauft, holt ein großes kariertes Taschentuch aus seinem Arbeitskittel und schnäuzt sich kräftig. Etwas atemlos sagt er: »Ich gehör hier zum Inventar. Ich weiß nicht, junger Mann, ob Sie eine Ahnung davon haben, was das für ein Haus ist. Sie kommen ja aus Wien, und bei Ihrem jugendlichen Alter werden Sie das nicht unbedingt wissen. In diesem Bau habe ich noch einen Vortrag vom Scheidemann gehört. Der '18 die Republik ausgerufen hat.«

Der Alte ist wieder zu Kräften gekommen und stapft mit Lechners Gepäck weiter die Stufen hinauf, Stemmer hinterher. Schon auf dem nächsten Treppenabsatz muss er wieder haltmachen. Die Puste ist ihm ausgegangen. Stemmer bittet ihn, alles stehen zu lassen. Er werde die Sachen später selbst hinauftragen.

»Nix da«, sträubt sich der Alte. »Ich mach das schon ein halbes Leben. Auch den Bebel hab ich hier erlebt. Ein Prachtkerl. Hab alle seine Bücher zu Hause. Alle gelesen. Die heutigen SPD-Bonzen sind nur kalter Kaffee.« Er greift nach der Bagage, schleppt sie schnaubend hoch und schafft es gerade noch bis zum nächsten Treppenabsatz. Er atmet schwer und muss sich auf den Koffer setzen. »Und den Ebert. Ein feiner Mann. Viel zu schade gewesen für die Drecksbande im Reichstag. Die heutigen Sozis sind alle zu lasch. Lassen sich zu viel gefallen von den Braunen. Hab den Krieg erlebt. Na, danke. Hab ihn überlebt. Und muss jetzt zusehen, wie die Nazis unsere Republik zerschlagen. Darf gar nicht daran denken, wie das enden wird.«

Mit letzter Kraft wuchtet er den Koffer und die Schreibmaschine das letzte Stück bis zur zweiten Etage hoch und stellt beides vor der 214 ab. Während Stemmer aufschließt, greift der Alte in die Brusttasche seines Kittels und drückt ihm ein Flugblatt in die Hand: »Aufruf zur Protestkundgebung gegen die braune Herrschaft des Verbrechens! 26. Januar 1933. 17 Uhr. Lustgarten. Kommt alle! – Sozialdemokratische Partei Deutschlands.«

»Das Letzte, was wir noch machen können«, sagt er keuchend. »Gehen Sie hin. Ich kann nicht weg von hier.«

Stemmer nimmt sich vor, zu dieser Kundgebung zu gehen. Wenn nichts dazwischenkommt. Er dankt dem Alten für seine Schlepperei und will ihm ein paar Mark zustecken, doch der wehrt auch das ab.

»Nix da. Werde vom Haus bezahlt. Passen Sie gut auf sich auf bei Ihrer Suche nach dem verschollenen Kollegen.«

Stemmer schafft sein Gepäck und das von Lechner ins Zimmer. Es ist ein einfacher, heller, wohlig geheizter Raum, ausgestattet mit allem Nötigen. Es gibt eine Kochnische, in der er sich etwas zusammenbrutzeln kann, und eine Kammer mit Dusche und Toilette. Durch das Fenster sieht man auf einen zugeschneiten Hinterhof mit ein paar kahlen Bäumen. Schmutziger Schnee bedeckt die Mülltonnen, einen aufgebockten Karren, eine Kinderschaukel und einen Schuppen, in dem rote Transparente und Fahnen auf ihre nächste Verwendung warten. Auf dem Hof sind vier Personenwagen abgestellt, die Reifenspuren im Schnee sind noch frisch, die Scheiben vom Schnee befreit. Nirgends steht ein zugeschneiter Pkw, der Lechner gehören könnte. Ludwig hatte einen Mietwagen, einen schicken Mittelklassewagen, einen DKW. Das weiß Stemmer, weil Lechner ihm bei einer seiner früheren Kurzvisiten in Wien stolz sein Auto zeigte und dabei betonte, dass es Vorderradantrieb habe. Er wunderte sich damals, dass Ludwig sich so einen teuren Mietwagen leisten konnte. Jetzt kein Auto von Lechner im Hof. Wo mag sein DKW geblieben sein?

Als Erstes nimmt Stemmer seine alte Tornado aus dem hölzernen Kasten, stellt sie auf den Schreibtisch, steckt Julischkas Rose in einen mit frischem Wasser gefüllten hohen Kaffeebecher und platziert ihn neben der Schreibmaschine. Dann packt er seinen Koffer aus und richtet sich ein. Zum Schluss öffnet er Lechners Koffer. Er ist vollgestopft mit Kleidern, Schuhen, Toilettensachen und alten Zeitungen. Alles, was das Personal des Volkshauses bei der Räumung seines Zimmers vorgefunden hat, wurde in den Koffer gepackt. Stemmer durchsucht die Taschen der Hosen und Jacketts, um irgendeinen Hinweis auf Lechners Verbleib zu finden, und stößt in einer Jacke auf ein kleines schwarzes Büchlein. Sein Adressbuch. Säuberlich sind Namen und Telefonnummern eingetragen. Daneben stehen Anmerkungen wie »Nur vormittags anrufen«, »3. Hinterhof, 4. Stock rechts«, »Ist bis 3. Jan. 33 verreist«, »Geht erst nach dem fünften Klingeln ran«. Bei Kisch, Günzelstraße 3, steht: »Prager Bier mitbringen«.

Er findet in diesem Büchlein die Namen Hanfstaengl, Leiter des Auslandspresseamtes, Gennat, Kriminalpolizeirat, Franke, Redakteur »Rote Fahne«, Frei, Herausgeber der »Berlin am Morgen«, und den von ihm bewunderten Hanussen. Alle mit vollständigen Adressen und Telefonnummern. Er findet auch den Namen Ulrike. Bei ihr jedoch keine Anschrift, keine Telefonnummer. Wer ist Ulrike?

Dieses Adressbuch muss er sich näher ansehen. Wer weiß, was er darin noch findet. Jetzt jedoch muss er erst einmal dringend auf die Toilette.

Als er die Spülung betätigt, schaut er nach oben zum Wasserbehälter. Da sieht er hinter dem Metallkasten die Ecke eines Päckchens hervorragen. Er holt einen Stuhl, klettert hinauf und zieht das Päckchen heraus. Es ist in eine Zeitung eingehüllt. An seinem Schreibtisch faltet er die Seiten auseinander: Vor ihm liegt Lechners Tagebuch! Eine dicke Kladde in einem grünen Pappeinband. Sein Herz klopft ihm bis zum Hals, seine Finger zittern.

Als er den Band aufschlägt, fällt ihm ein Bündel Geldscheine entgegen. Alles Fünfzig-Mark-Scheine. Er zählt. Einundzwanzig Scheine. Eintausendundfünfzig Mark! Teufel, Teufel. Er muss erst mal schlucken. So viel Kohle hat Stemmer noch nie gesehen. Auch Lechner hat nie so viel Geld besessen. Wie ist er an so eine Summe gekommen? Er hat doch hoffentlich nicht jemanden ausgeraubt, bestohlen, sich bestechen lassen, krumme Geschäfte gemacht, und man hat ihn deshalb verschwinden lassen? Als er den Packen Geld in den Händen hält, ist ihm mulmig zumute. Etwas muss dahinterstecken. Irgendeine schiache Sach.

Immer wieder blättert Stemmer das Bündel Scheine durch. Damit könnte er in Berlin gut leben. Sehr gut sogar. In Saus und Braus ordentlich einen draufmachen. Die Möpse springen lassen. Zugleich schreckt ihn diese Vorstellung ab. Ihm gehört das Geld nicht, es ist Lechners Geld. Und außerdem kann er mit diesem Reichtum nicht sorglos leben, während sein Freund vermisst wird, er nicht weiß, wie es ihm geht und ob er vielleicht schon tot ist. Das kann er nicht. Das wäre schäbig von ihm. Er legt die Banknoten in die Schreibtischschublade.

Das Tagebuch ist nur zu einem Drittel gefüllt. Er sucht Lechners letzten Eintrag und findet ganz unten auf einer Seite: »Donnerstag, 12.01.33 – Bin einer dicken Sache auf der Spur.« Er blättert um. Nichts mehr. Danach nur noch leere Seiten.

Stemmer entdeckt, dass die Fortsetzung seines letzten Eintrags herausgerissen ist. Die Papierzacken am Bund sind deutlich zu sehen. Warum hat er dieses Blatt mit dem anschließenden Text herausgerissen? Was hat er auf der fehlenden Seite notiert? Und was ist das für eine dicke Sache, die er auskundschaften wollte? Der 12.01.33 ist der Tag, an dem er verschwand. Was geschah danach?

Als Stemmer genauer auf den Riss schaut, ist an den Papierzacken deutlich zu sehen, dass Lechner auch eine zweite Seite herausgetrennt hat. Warum? Ist es die Fortsetzung seiner Eintragung vom 12. Januar? Was stand auf diesem Blatt? Etwas, das er unbedingt verheimlichen wollte? Der rätselhafte Ludwig.

Stemmer blättert zurück und liest: »Wollte Thälmann interviewen. Nicht gelungen. Dafür Interview mit Gustav Franke, Redakteur der ›Roten Fahne‹, Karl-Liebknecht-Haus, KPD-Zentrale, Bülowplatz. Hat viel erzählt über die Schikanen der Nazis und ihre Überfälle.«

Weiß er etwas über Lechner? Oder über die Sache, der Lechner auf der Spur war?

»Besuche oft das Romanische Café bei der Gedächtniskirche. Dort Bruno Frei kennengelernt. Journalist und Herausgeber von ›Berlin am Morgen‹. Sehr sozialkritisch. Sehr sympathisch.«

Auch Frei könnte vielleicht etwas über Lechners Verschwinden wissen. Er muss ihn treffen.

Einige Seiten weiter vorn fällt ihm der Name Hanussen auf. »Habe mir seine Vorstellung im ›Wintergarten‹ angesehen. Genial und großartig, dieser Schurke. Erstaunlich, was der Gauner auf der Bühne zeigt.«

Warum nennt Lechner sein Idol einen Schurken und Gauner? Auch sein lästiger Reisekumpan hatte ihn so genannt.

»Wieder einen Hanussen-Auftritt gesehen. Diesmal in der ›Scala‹. Wieder phantastisch, dieses Großmaul! Will unbedingt ein Interview mit ihm. Will ihn fragen, was es mit den Anfeindungen gegen ihn auf sich hat. Bin neugierig, ihn kennenzulernen.«

Wenige Tage später folgender Eintrag: »Interview mit Hanussen. Im Büro seiner Luxuswohnung am Kurfürstendamm, direkt neben dem Gloria-Filmpalast. Enttäuschend. Nicht sehr ergiebig. Unangenehmer Typ.«

Stemmer mag das nicht glauben, er will sein Idol unbedingt selbst kennenlernen und beschließt, sich schleunigst um einen Termin für ein Interview mit ihm zu bemühen.

»Kenne nun die Tricks des Hellsehers Hanussen. Habe mir aus Wien ein Buch eines gewissen Erich Juhn schicken lassen, in dem er sämtliche Tricks aufdeckt. Sehr entlarvend.«

Stemmer fasst sich an den Kopf. Warum kennt er dieses Buch nicht? In Wien hat er nie davon gehört, es nie in einer Buchhandlung gesehen. Wer ist dieser Erich Juhn?

»Werde darüber einen Artikel schreiben. Mal sehen, wie der große Meister darauf reagiert.«

Sofort beginnt Stemmer, in Lechners Koffer dieses Enthüllungsbuch zu suchen. Alles wühlt er durch, alle seine Kleider. Kein Buch von Juhn. Wo ist es? Er befürchtet, dass Lechner es Hanussen gegeben hat, um ihn zu provozieren. Aber so blöd wird er nicht gewesen sein. Oder doch?

Stemmer setzt sich wieder an den Schreibtisch und liest weiter im Tagebuch: »Dieser Hanussen, ein ganz übler Bursche. Großer Trickser, ein dicker Freund der SA. Werde weiter über ihn recherchieren. Ob die ›AZ‹ meine Enthüllungen veröffentlicht, ist fraglich. Hanussen ist der berühmte große Sohn ihrer Stadt. Werde dennoch alles über diesen Scharlatan auskundschaften. Ist zwar gefährlich, die Nazis schützen ihn. Trotzdem.«

Stemmer zuckt zusammen. Lechner wollte sein Idol entlarven. Seinen bewunderten Hellseher. Hat er sich daran die Finger verbrannt? Wie weit ist Lechner gegangen, hat er die Nazis, die Hanussen schützen, gegen sich aufgebracht? Hat man ihn deshalb verschwinden lassen? Stemmer mag nicht glauben, dass der verehrte Hellseher ein Betrüger sein soll. Doch er weiß auch, dass er dem Urteil seines Freundes trauen kann. Er muss zu Hanussen, ihm etwas über Lechner entlocken.

Ein weiterer Tagebucheintrag erregt seine Aufmerksamkeit: »Wollte die SA-Gruppenführer Helldorff und Ernst interviewen. Haben Termin immer wieder verschoben. Habe über beide brisantes privates Material gesammelt. Ebenso über ihre neuen Folterkeller. Unmöglich, darüber zu schreiben. Zu gefährlich.«

Was ist das für ein brisantes Material, das Lechner über die beiden SA-Führer gesammelt hatte? Wo hat er es versteckt?

In einem geheimen Seitenschlitz des Tagebuchs entdeckt Stemmer einen Zettel mit den gesuchten Informationen. Über Wolf-Heinrich Graf von Helldorff steht da: »Führer der SA-Gruppe Berlin-Brandenburg. Homosexuell. Hoch verschuldet durch sein ausschweifendes Leben. Schuldner von Hanussen. Reichstagsabgeordneter. Organisiert Überfälle auf Juden und Kommunisten.«

Über Karl Ernst liest Stemmer: »SA-Gruppenführer Berlin. Rivale von Helldorff. Homosexuell. Alkoholiker. Intrigant. Hoch verschuldet. Schuldner von Hanussen. Früher Stricher und Page im Hotel Eden. Liebschaft mit dem homosexuellen SA-Stabschef Ernst Röhm. Durch ihn Karriere in der SA. Organisiert Überfälle auf Juden und Kommunisten. Reichstagsabgeordneter. Preußischer Staatsrat. Lässt Regimegegner foltern.«

Dieser Sprengstoff in Lechners Tagebuch! Stemmer kann diese Nachlässigkeit nicht fassen. Ein Glück, dass es nicht in die Hände der Politischen Polizei und der SA geraten ist. Aber Lechner ist trotzdem verschwunden. Warum? Er blättert weiter im Tagebuch.

»Will Muskel-Adolf interviewen. Berüchtigter Ganovenchef und Vorsitzender seines ›Geselligkeitsvereins Immertreu‹. Herrscht über eine Bande gut organisierter Krimineller.«

Diesen Namen kennt Stemmer. Zusammen mit Lechner hatte er vor längerer Zeit in Wien den Film »M – Eine Stadt sucht einen Mörder« von Fritz Lang gesehen. Lechner hatte ihm dabei einiges über den Film erzählt. Darin spielen Muskel-Adolf und seine Gang eine wichtige Rolle. Damit nicht die Polizei nach einem gesuchten Lustmörder fahndet und dabei die kriminellen Machenschaften eines Gangsterbosses aufdeckt, macht sich dieser mit seiner Bande selbst auf die Suche nach dem Mörder. Dazu verkleiden sich seine Kriminellen als Ballonverkäufer, Bettler, Drehorgelspieler und Straßenhändler und fassen den Mörder mittels eines verabredeten Signalsystems. Fritz Lang engagierte tatsächlich die Ganovenbande für seinen Film, ließ aber Muskel-Adolf von einem Schauspieler darstellen. »Wenn ich einmal in Berlin bin«, hatte Lechner damals in Wien gesagt, »muss ich diesen Muskel-Adolf interviewen.« In seinem Tagebuch hat er das bekräftigt und dick unterstrichen: »Über den Kerl muss ich schreiben. Versuche, Informationen über seine verbrecherischen Geschäfte auszukundschaften.«

Als er das Tagebuch abtastet, fällt Stemmer im hinteren Umschlag ein weiterer Schlitz auf. Vorsichtig öffnet er ihn und zieht ein mehrfach gefaltetes Blatt heraus. Auf einer Schreibmaschine engzeilig getippt steht da: »In Berlin Dutzende Ringvereine. ›Geselligkeitsverein Immertreu‹ nur einer davon. Die anderen Decknamen: ›Sportklub Deutsche Kraft‹, ›Hand in Hand‹, ›Felsenfest‹, ›Glaube, Liebe, Hoffnung‹. Betreiben Nachtbars, Bars für Schwule und Transvestiten, illegale Spielclubs und Wettbüros. Brechen in Juweliergeschäfte ein, in Spirituosenläden und Luxuswohnungen, überfallen Geldboten, handeln mit Kokain, Morphium und Opium, stehlen Luxuskarossen, verschieben sie nach Polen. Knacken Banktresore, Tresorknacker sind spezialisierte ›Schränker‹ und, da Nachtarbeiter, ›Günstlinge des Mondes‹. Wird einer geschnappt, besorgen sie falsche Zeugen und fingierte Alibis. Erpressen Schutzgelder. Macht ein unter ihrem Schutz stehendes Geschäft Pleite, täuschen sie einen Einbruch vor. Versicherung zahlt, Inhaber saniert, Verein kassiert einen Teil der Versicherungssumme. Bei Weigerung der Zahlung von Schutzgeld Demolierung des Ladens. Beschaffen ihren Mitgliedern und Familienangehörigen in teuren Vergnügungslokalen Posten als Portiers, Kellner, Schlepper, Zuhälter, Prostituierte, Toilettenfrauen, Bardamen, Animiermädchen und Tänzerinnen. Sorgen für ihre Prostituierten, ihre ›Pferdchen‹, gesicherte Reviere. Unter den Mitgliedern des ›Geselligkeitsvereins‹ sind auch Reichstagsabgeordnete und hohe Polizeifunktionäre. Nach Aufspüren von gesuchten Mördern und Sexualverbrechern Übergabe an die Polizei. Dafür die Polizeioberen den Ganoven dankbar.«

Nichts davon hat Lechner in seinem Artikel über Muskel-Adolf erwähnt. Zu brisant waren die Informationen für eine Veröffentlichung.

Stemmer stößt auch im Tagebuch auf den Namen Ulrike.

Kein Nachname, nur »Ulrike«. Wer ist sie? Darüber keine Information. Nur immer wieder Eintragungen: »Habe mich mit Ulrike getroffen.« – »Ulrike scheint reich zu sein. In Restaurants besteht sie darauf, dass sie bezahlt. Nun gut, wenn sie so viel Geld hat, mir soll's recht sein.« – »Ulrike hat mir Geld zugesteckt. Mehrere Fünfzig-Mark-Scheine.« Aha, dämmert es Stemmer. Daher das Geld im Tagebuch. »Wollte sie nicht annehmen, doch sie wehrte ab, sagte: ›Ist schon gut. Behalt's.‹ Kann das Geld gut brauchen.«

Das Geld in seiner Schreibtischschublade ist also von dieser Ulrike. Warum und wieso, das steht nicht da. Stemmer liest weiter: »Würde gern sehen, wie sie lebt. Wiederholte Wünsche, sie in ihrer Wohnung zu besuchen, lehnt sie ab. Warum will sie nicht, dass ich zu ihr nach Hause komme?« – »Ulrike hat mir auf dem Tauentzien einen teuren Pelzmantel gekauft. Fuchspelz. Wollte nicht, doch sie sagte: ›Zieh ihn an. In deinem dünnen Mantel holst du dir den Tod.‹ Seitdem laufe ich mit dem Fuchs herum. Wärmt gut. Woher hat sie so viel Geld? Verdient sie so viel? Habe gefragt, wo sie arbeitet. Sie lächelte nur. Ist sie eine Luxusnutte mit reichen Freiern?« – »Ulrike hat mir Lederhandschuhe gekauft. Feinstes weiches Kalbsleder. Dazu Lederstiefel, gefüttert mit Dachsfell. Aller Widerstand vergebens. Habe nun warme Hände und Füße.« – »Da Ulrike mich nicht in ihre Wohnung lässt, verbrachten wir ein paar Nächte in Hotels.«

Stemmer stutzt. Schau, schau, Ludwig hat sich mit dieser Trutschn eingelassen, denkt er und liest weiter: »›Eden‹, ›Esplanade‹, ›Kaiserhof‹, ›Adlon‹. Alles Luxushotels, dass mir der Kopf schwindelte. Ulrike zahlte immer alles. Die Nächte mit ihr sehr schön. Wie ich sie noch nie erlebt habe. Auch nicht mit Lotte. Bin mehr und mehr überzeugt, dass sie eine teuer bezahlte Prostituierte ist. Na schön, mir soll's recht sein, wenn sie das Geld ihrer Freier für mich ausgibt und mich aushält. Doch warum behält sie ihr Geld nicht für sich?«

Danach keine Eintragungen mehr über Ulrike. Stemmer blättert weiter. Kein einziges Wort, bis … Er schreckt hoch. Was ist das? »Bekam einen anonymen Drohbrief, Morddrohung. Dass ich im Volkshaus wohne, kann jeder im Einwohnermeldeamt erfahren. Wurde ich bei meinen Recherchen observiert? Von der Politischen Polizei? Von der SA? Wegen meines gesammelten Materials über die SA-Führer, über Muskel-Adolf? Oder kommt die Morddrohung von Ulrikes Freiern? Warum? Werde beim nächsten Treffen mit ihr über diese Drohung berichten.«

Einige Tage später wieder eine anonyme Drohung an Lechner: »›Dich kriegen wir noch!‹ Um die Morddrohungen schere ich mich einen Dreck. In meinem Briefkasten drei Patronen. Recherchiere trotzdem weiter. Was ich über die berüchtigten SA-Gruppenführer Helldorff und Ernst bisher herausgefunden habe, darf ich nicht schreiben. Bin sonst erledigt.«

Verwirrt legt Stemmer das Tagebuch beiseite. Er braucht einen Moment, um sich über alles klar zu werden, was er da gelesen hat.

Das Buch von Juhn über Hanussens Schwindel muss doch irgendwo zu finden sein. Nochmals durchsucht er Lechners Koffer, tastet alle seine Kleider ab. Nichts. In der Brusttasche des Jacketts knistert etwas. Er zieht ein Blatt heraus, faltet es auseinander. Es ist ein Brief von Ulrike, nur wenige Zeilen. Kein Umschlag mit ihrer Adresse, nur dieses eine Blatt: »11.1. Mein Liebling, pass gut auf Dich auf, wenn Du morgen dahin gehst. Sei vorsichtig! Danach gehen wir wieder in ein schönes Hotel. Ganz zärtliche Küsse von Deiner geliebten Ulrike.« Die mit Bleistift geschriebenen Sätze liest Stemmer mehrmals.

Was wollte Lechner am 12. Januar ausspionieren? Was war das für eine »dicke Sache«, der er auf der Spur war, wie er zuvor im Tagebuch angedeutet hatte? An diesem Tag verschwand er.

In Stemmer verstärkt sich der Verdacht, dass die Morddrohungen an Lechner und dessen Verschwinden mit der Liebesbeziehung zu Ulrike zu tun haben. Er muss diese Frau unbedingt auftreiben. Doch wie kann er sie ausfindig machen? Er hat keinen Nachnamen, keine Adresse, keine Telefonnummer. Nichts. Nur den Namen Ulrike. Er muss sich etwas überlegen. Ihm wird schon etwas einfallen, wie er sie trotzdem erreichen kann.

Da hat Stemmer nun vier Verdächtige, die Lechner beseitigt haben könnten: Hanussen, der weitere Entlarvungen durch ihn befürchtete. Die SA-Gruppenführer, die eine Veröffentlichung ihres skandalösen Privatlebens verhindern wollten. Der Gangsterboss Muskel-Adolf, der sich durch Lechner in seinen Geschäften gestört fühlte. Und Ulrikes Freier, die ihn aus welchem Grund auch immer loswerden wollten. Sie alle könnten hinter Lechners Verschwinden stecken. Es könnte aber auch jemand ganz anderer gewesen sein. Stemmer sieht sich in einem Labyrinth, aus dem er so einfach nicht mehr herauskommt.

Er wickelt das Tagebuch mit den Notizen über die SA-Gruppenführer und über Muskel-Adolf zusammen mit Ulrikes Brief in das Zeitungspapier ein und versteckt es wieder in der Toilette hinter dem Wasserbehälter der Spülung. In seiner Tasche darf er dieses Päckchen nicht mit sich herumtragen. Bei einer Festnahme würde man es entdecken. Dann wäre es aus mit ihm.

Als er es gut verstaut hat, holt er das Bündel Geldscheine aus der Schublade und lässt die Banknoten durch seine Finger gleiten. Es juckt ihn sehr, damit etwas zu kaufen, was er in diesem kalten Januar nötig hat. Eine Pelzmütze. Schöne Lederhandschuhe, damit er nicht mehr die wollenen Handwärmer tragen muss, die ihm Julischka geschenkt hat. Warme Stiefel. Und eine neue Ledertasche. Seine alte ist schon erbärmlich abgewetzt. Zwei Scheinchen könnte er von Lechners Geld abzweigen. Später wird er sie ihm zurückgeben. Auch könnte er morgen einen Wagen mieten, so ein feines Auto, wie es sich Lechner geleistet hat, nicht so eine kleine, billige Chaise. Davor aber schreckt er zurück. Lechners Geld will er dafür nicht anrühren. Er muss es für ihn bewahren, bis Ludwig wieder auftaucht.

Stemmer braucht einige Zeit, um den Wirbel in seinem Kopf zu sortieren. Schließlich geht er hinunter zum Tresen und meldet bei Frau Sommer ein Gespräch nach Wien an. Kaum steht er in der Telefonkabine, klingelt das schwarze Monstrum, das Fernsprechamt stellt ihn durch. Bald hat er Gruber am Apparat. Er teilt ihm mit, dass er nun im Volkshaus angekommen sei und in Lechners Koffer dessen Tagebuch gefunden habe. Von seinen Eintragungen und den Notizen über die beiden SA-Gruppenführer sagt er nichts. Auch nichts über Ulrike. Er muss erst herausfinden, wer sie ist, was es mit ihr auf sich hat. Wie er das anstellen will, ist ihm noch ein Rätsel. Aber das schafft er schon.

Wenn er gar nicht daran denkt und mit etwas ganz anderem beschäftigt ist, kommen ihm oft die besten Ideen.

Er geht nach draußen, in den Tabakladen nebenan mit der großen Schrift »Cigarren«, und kauft für Julischka eine Ansichtskarte mit dem Aufdruck »Schöne Grüße aus Berlin«. Im Restaurant des Volkshauses schreibt er ihr liebe, aber für die Postkontrolle unverfängliche Zeilen und bestellt eine große gebratene Leber nach Berliner Art mit Apfelscheiben und Kartoffelpüree mit gerösteten Zwiebelstücken. Dazu zum ersten Mal ein Berliner Bier, ein Schultheiß. Der erste Schluck in einer neuen Stadt ist immer der beste. Wie es ihm später schmecken wird, darauf lässt er es ankommen. Am Nachmittag mietet er im Bahnhof Zoo von seinem eigenen Geld einen billigen Mietwagen, einen kleinen DKW, und fährt damit zur Charité in die Luisenstraße, der größten Klinik in der Stadt. Er will wissen, ob Lechner in diesem Krankenhaus liegt. An der Anmeldung weist er sich aus.

»Sind Sie ein Familienangehöriger? Ein Verwandter?«

»Ein enger Freund und Kollege. Ich möchte mich erkundigen, ob er als Patient hier liegt.«

Man blättert im dicken Eingangsbuch, kann jedoch keinen Ludwig Lechner finden.

»Wann soll er eingeliefert worden sein?«

»Am 12. Januar oder auch später.«

Wieder überprüft man die Eingänge ab 12. Januar.

»Nicht bei uns.«

»Vielleicht liegt er in einem anderen Krankenhaus.«

Man schickt Stemmer nach nebenan in ein Büro hinter einer Glaswand. Wieder wird er gefragt: »Sind Sie ein Familienangehöriger? Ein Verwandter?«

Wieder gibt Stemmer an: »Ein enger Freund. Ich suche ihn in einem der Berliner Krankenhäuser.«

Die Frau im weißen Kittel bittet ihn, Platz zu nehmen, greift zum Hörer ihres massigen Bakelit-Telefons und beginnt, die Wählscheibe zu drehen. Im Robert-Koch, im Urban, im Virchow, im Westend und im Rot-Kreuz-Krankenhaus – nirgends ein Lechner.

»Wenn er ohne Papiere eingeliefert wurde, haben wir ein Problem«, sagt die Frau.

Stemmer bedankt sich für die Mühe und verlässt deprimiert die Charité. Hätte Lechner in einem der Hospitäler gelegen, hätte er ihn lebend angetroffen. Nun aber muss er das Schlimmste befürchten.

Um ihn herum fahren immer wieder Krankenwagen vor, werden auf Tragen Patienten aus den Fonds gezogen und auf Wägelchen in den Koloss der Charité hineingeschoben. Es lohnt nicht, die Kranken und Verletzten genauer anzusehen. Nach so langer Zeit kann Lechner kaum noch als Patient eingeliefert werden. Was bleibt noch? Von Anfang an hatte Stemmer sich gegen einen Gedanken gesträubt, nun aber rückt diese Möglichkeit beängstigend nahe: das Leichenschauhaus. Die Sammelstelle aller unbekannten oder auf unnatürliche Weise ums Leben gekommenen Leichname dieser Stadt. Endstation so mancher Schicksale. Ihn schüttelt es bei dieser Vorstellung. Jetzt hätte er am liebsten einen Schnaps. Den kräftigsten. Ihm wird schlecht bei dem Gedanken, Lechner dort zu finden. Schließlich überwindet er sich und geht mit zitternden Knien hinüber in das angrenzende Gebäude der Charité in der Hannoverschen Straße. Es ist ein Bau aus schmutzig gelben Backsteinen, der dem Anschein nach in der wilhelminischen Zeit errichtet wurde.

Bei der Anmeldung muss sich Stemmer wieder der gleichen Prozedur unterziehen, wie er sie eben im Krankenhaus erlebt hat. Sein österreichischer Pass wird penibel gemustert. Wieder will man wissen: »Sind Sie ein Familienangehöriger? Ein Verwandter?«

Abermals muss Stemmer seinen Spruch vortragen. Man hat Verständnis für ihn und sieht in den Einlieferungen nach. Schon bald kann man ihm mitteilen: »Kein Eingang Lechner bei uns.« Stemmer ist erleichtert. Wenigstens scheint Lechner noch irgendwo zu leben. Ihm bleibt die Hoffnung, dass er in einem Gefängnis steckt. Zur Strafverbüßung wegen irgendetwas oder in Untersuchungshaft.

Auf dem Rückweg kauft er mit den beiden eingesteckten Fünfzigern in kleinen Geschäften, was er nötig hat: eine Pelzmütze, Lederhandschuhe, warme Stiefel und eine Ledertasche. Skrupel und ein schlechtes Gewissen hat er dabei, doch Lechner wird für seinen Kauf Verständnis haben. Beim Bezahlen klopft ihm jedes Mal das Herz bis zum Hals. Anstandslos nehmen die Verkäufer seine ominösen Scheine.

Morgen wird er die Gefängnisse nach Lechner abklappern. Davor muss er sich im Auslandspresseamt registrieren lassen und einen Presseausweis erhalten. Das Dokument wird ihm die Nachfragen in den Gefängnissen erleichtern.

Zersplitterndes Glas, berstendes Holz, umgeworfene Möbel, Brüllen, Grölen. Stemmer schreckt aus dem Schlaf hoch. Im ersten Moment glaubt er, der Lärm sei in seinem Zimmer. Doch der Tumult kommt von unten. Er schaut auf seinen Wecker. Sechs Uhr. Was ist da los? Er springt aus dem Bett, verstaucht sich beinahe den Knöchel, rennt zur Tür, öffnet sie vorsichtig. Das Krachen und Brüllen kommt aus der Eingangshalle. Was geht da vor? Seine Kehle ist vor Entsetzen trocken wie Gips. Er verschließt die Tür, rennt zum Fenster. Draußen ist es noch stockfinster. Im Hof ist nichts zu erkennen. Hastig schlüpft er in seine Kleider, setzt sich auf sein Bett und wartet ab.

Unten wird es nach und nach ruhiger. Jetzt hört er in der Eingangshalle das Schreien von herumirrenden Menschen. Stemmer kann sich noch immer nicht vom Bett erheben. Er ist wie gelähmt. Da pocht es heftig an seine Tür. Er rafft sich hoch, schließt auf und öffnet. Vor ihm steht Frau Sommer von der Anmeldung.

»Alles in Ordnung bei Ihnen?«

»Was ist denn los?«

Schon ist sie wieder weg, Richtung Treppe. Stemmer rennt ihr nach, stürmt hinter ihr die Stufen hinab, erreicht die Eingangshalle. Sie ist völlig zertrümmert. Die großen Fenster zur Straße sind eingeschlagen, überall liegen Glassplitter auf dem Boden. Der Anmeldetresen umgeworfen und zerstört, Tische und Stühle zerschlagen, die Bänke umgekippt, die Plakate von den Wänden gerissen, sämtliche Prospekte verstreut, die Telefonkabine mit Hakenkreuzen beschmiert. Menschen stolpern zwischen den Trümmern umher. Verwirrt und kopflos. Frau Sommer hastet von einem zum andern, versucht zu beruhigen. Vergebens. Manche stehen wie betäubt da, sind verstört, können nicht fassen, was passiert ist. Der Alte in seinem blauen Arbeitskittel steht an eine Wand gelehnt. Kalkweiß im Gesicht starrt er auf das Trümmerfeld. Stemmer richtet einen Hocker auf, an dem ein Bein fehlt, und stellt ihn neben den Alten. Mühsam lässt der sich auf dem wackeligen Ding nieder.

»Das hab ich kommen sehen«, bringt er hervor. »Der Sturm 33. Der Maikowski. Ich hab ihn erkannt.«

»Was für ein Sturm 33?«, fragt Stemmer.

»Von Charlottenburg. Sturmabteilung der SA. Die haben ganz in der Nähe ihr Quartier. Haben schon öfters gedroht, uns zu überfallen.«

Frau Sommer bringt ihm ein Glas Wasser.

»Leo, trink.«

Zitternd führt der Alte das Glas an seine Lippen, nippt langsam, Schlückchen für Schlückchen.

Zu Stemmer sagt Frau Sommer: »Vielleicht kommen sie morgen wieder.«

Stemmer hat Angst. Vielleicht stürmen sie dann auch sein Zimmer, schlagen ihn zusammen, finden Lechners Tagebuch. Nicht auszudenken. Er muss weg von hier. Sofort weg. Wo soll er heute Nacht schlafen? Jetzt Zimmersuche. So ein Scheißdreck! Hier hat er sich schon am ersten Tag wohlgefühlt. Hatte alles, was er brauchte. Das Volkshaus ist gut gelegen, sein Zimmer schön eingerichtet und warm, die Atmosphäre im Haus sympathisch. Wie soll er jetzt ein neues Zimmer finden? Er wollte sich heute beim Chef der Auslandspresse registrieren lassen und in den Gefängnissen weiter nach Lechner suchen. Sein ganzer Plan ist jetzt umgestoßen. Alles muss er nun verschieben, bis er eine neue Unterkunft hat. Scheiß-Sturm 33! Scheiß-Maikowski! Ihm hat er es zu verdanken, dass er jetzt umziehen muss. Den Schädel wird er ihm einschlagen, wenn er ihn mal sieht.

Widerstrebend packt er seine Tornado in das Holzkästchen, nimmt seine Klamotten aus dem Schrank und wirft sie in den Koffer, holt in der Toilette Lechners Tagebuch hinter dem Wasserbehälter hervor und das Geldbündel aus der Schublade und versteckt beides tief unten in seinem Koffer. Julischkas Rose verstaut er sorgsam in seiner Tasche. Deprimiert blickt er sich um. Hat er nichts vergessen? Zweimal muss er für sein und Lechners Gepäck hinab in den Hof zu seinem Mietwagen.

Hinaus in die Kälte, in den dunklen Morgen. In der Nacht hat es geschneit. Überall dichter Schnee. Bevor er losfahren kann, muss er den Neuschnee vom Auto wischen. Beim wieder aufgestellten und provisorisch hergerichteten Anmeldetresen gibt er seinen Schlüssel ab. Frau Sommer, die ihm gestern so freundlich »Angenehmen Aufenthalt« gewünscht hat, ist völlig niedergeschlagen.

»Meine Gäste verlassen das Haus«, sagt sie unter Tränen. »Sie haben Angst vor einem neuen Überfall. Gegen so einen Angriff können wir nichts machen. Die Polizei ist nicht einmal gekommen, um den Schaden aufzunehmen.«

Für seine Zimmersuche empfiehlt sie ihm, zum Bahnhof Zoologischer Garten zu fahren. Da gibt es in der Bahnhofsmission einen Zimmernachweis. Stemmer verabschiedet sich von ihr und wünscht ihr für die nächste Zeit viel Glück. Stumm nimmt sie seinen guten Wunsch entgegen.

Als er mit dem Auto durch das Tor hinaus auf die Straße fährt, sieht er an der Fassade hingeschmierte Parolen: »Schweinestall ausmisten!« – »Sozis verräckt!«

In der Bahnhofsmission steht er vor einer Wand, an der Dutzende von Zetteln aufgespießt sind. Aufgeteilt in »Zimmersuche« und »Zimmerangebote«. Er geht die Angebote zur Untermiete für Herren durch. Bei den meisten heißt es dick unterstrichen: »Nur mit eigenem Bettzeug!«, »Keine Paare!«, »Kein Damenbesuch, auch nicht tagsüber!«, »Nur solventer Herr über 50!« Vorschriften, Vorschriften, Vorschriften. Ist das die Stadt, in der angeblich ein Lotterleben herrscht, wie man in Wien immer behauptet? Ist das der Sündenpfuhl mit dem berauschenden Nachtleben voller Nutten, Schwulen und Lesben, wie es im Stadtführer steht und vor dem ihn die Wiener Kollegen warnten?

»Gibt es noch andere Angebote?«, fragt Stemmer beim Zimmernachweis. Auf einen Zettel schreibt man eine Adresse und schickt ihn in den Osten der Stadt, in die Nähe des Schlesischen Bahnhofs. Mit seinem Wagen kämpft er sich im Schnee durch den Dschungel der Großstadt. Über breite Chausseen, vorbei an Mietskasernen, U-Bahn-Stationen, über verworrene große

Kreuzungen, wie er sie in seinem gemütlichen Wien nicht kennt, dicht neben ihm Doppeldeckerbusse und über ihm die lärmende Hochbahn. Er verfährt sich wegen der komplizierten Umleitungen, der Straßenbauarbeiten, der Absperrungen und wegen Häuserabrissen und Neubauten. Er hat das Gefühl, diese riesige Stadt stürzt auf ihn ein, stülpt sich über ihn, verschlingt ihn.

Nach einigen Irrfahrten kommt er endlich an: Madaistraße, direkt neben dem Schlesischen Bahnhof, nahe beim Güterbahnhof. Entfernt hört er das Pfeifen von Rangierloks. Der Name Madaistraße gefällt ihm überhaupt nicht. Die ganze Gegend ist ihm zuwider. Bettler, Obdachlose, Säufer mit Bierflaschen in den Händen, schon so früh am Morgen. Verrottete Möbel und ausgeweidete Matratzen liegen auf dem Bürgersteig. Vielleicht von Mietern, die man aus den Wohnungen geworfen hat. Aus einigen Fenstern hängen zerschlissene Hakenkreuzfahnen.

Eine Wurstbude reiht sich an die andere. Die Menschen hier scheinen nur von Würsten und Bier zu leben.

Auf dem Zettel steht »5. Stock«. Auch das noch. Er lässt sein Gepäck im Wagen und verschließt ihn gut. Hoffentlich wird er nicht aufgebrochen, während ich weg bin, denkt Stemmer besorgt. Das Treppenhaus ist verwahrlost. Die Wände vollgeschmiert. Überall liegt Müll herum. Es stinkt säuerlich nach Pisse. Ein Anschlag verkündet: »Betteln, Hausieren, Musizieren und Spielen von Kindern im Hof verboten!« Nein, hier will er nicht wohnen. Aber heute muss er irgendwo schlafen. Für ein paar Nächte wird es schon gehen, dann wird er etwas anderes suchen.

Stufe für Stufe steigt er die fünf Etagen hoch, bis fast unters Dach. Außer Atem klingelt er an der einzigen Wohnungstür, die es hier oben gibt. Nach langer Zeit hört er schleppende Schritte, die Klappe am Guckloch wird zurückgeschoben, innen rappelt eine Kette, im Türschloss knirscht es, eine alte grauhaarige Frau in einem langen schwarzen Kleid öffnet die Tür. Ihr Gesicht sieht aus wie eine verschrumpelte Kartoffel, aus der die Keime sprießen.

»Für das Zimmer? Für Sie allein? Ohne Frau? Ohne Hund?«

Sie führt ihn durch einen langen dunklen Flur. Ihr scharfer Geruch nach ranziger Butter sticht ihm in die Nase. Am Ende des Ganges ist quer ein Vorhang gespannt. Sie nimmt eine Taschenlampe vom Boden, schiebt den Vorhang beiseite und leuchtet in das finstere Loch.

»Da«, sagt sie wie selbstverständlich. »Tagsüber können Sie den Vorhang offen halten, für etwas Licht.«

Kein Fenster, kein Tisch, kein Stuhl, nur eine Matratze auf dem Boden.

»Keine Kerze nachts!«, befiehlt sie.

Wut und Zorn steigen in ihm hoch. Eine Unverschämtheit, ihm so etwas anzubieten. Ein solches Loch kann man niemandem zumuten. Er hätte Lust, ihr die Taschenlampe aus der Hand zu schlagen und sie in ihre Gruft zu stoßen, doch er reißt sich zusammen, dreht sich voller Ärger um und haut ab.

Sein Wagen wurde nicht aufgebrochen. Zwei verwahrloste Gestalten liegen daneben und schlafen auf dem Bürgersteig ihren Suff aus. Erbost pflügt er sich raus aus dem Osten, durch das Großstadtgewühl zurück in den Westen, nach Charlottenburg.

Hunger bohrt in seinem Magen. Wie mit Nägeln sticht er in ihm herum. Er muss etwas essen, um wieder ins Gleichgewicht zu kommen. Das »Aschinger« am Bahnhof Zoo ist rappelvoll, alle Stehtische sind besetzt. Die Luft ist erfüllt von Küchendunst, ein Gemisch aus stickigem Bratengeruch und rätselhaftem Suppendampf. Hinter dem Schanktisch brutzelt eine dicke Matrone in einer Pfanne scharf riechende Kartoffelpuffer. Die braunen Scheiben schwimmen im brodelnden Öl. Das ist nichts für ihn. So ein Fettzeug traut er seinem Magen jetzt nicht zu. Im Angebot stehen auch Rotwurst mit grünen Speckbohnen und Hühnerleber mit Champignonsoße. Für fünfzig Pfennige holt er sich eine Terrine Erbsensuppe mit Wurst, greift sich einen Packen Servietten und aus einem Körbchen eine Handvoll blasser Gratisschrippen. An einem biernassen Stehtisch findet er einen Platz zwischen einem mit Mörtel bespritzten Bauarbeiter und einem feinen Herrn im noblen Anzug mit Krawatte. Der Arbeiter hat ein Stück Eisbein zwischen den Zähnen; der Herr im Anzug schneidet auf einem Teller fein säuberlich sein Kotelett zurecht.

»Grüaß Gott«, grüßt Stemmer.

»Mahlzeit«, kommt von den beiden, dann unterhalten sie sich weiter auf Berlinerisch, während der Mann im Arbeitskittel mit seinen Zähnen das rosa Fleisch vom Knochen fieselt und Sauerkraut nachschiebt und der Herr mit einer Gabel seine Kotelettstückchen zum Mund führt. Stemmer versteht kein Wort. Nur ab und zu kann er einzelne Wörter wie »abjemurkst«, »Schickse«, »Hupfdohle« und »Wida uffm Damm« vom Rest unterscheiden. Mit seinen Servietten wischt er die Bierpfützen von der Holzplatte und löffelt seine Erbsensuppe. Die warme Pampe mit den Wurststücken tut ihm gut, sein Magen beruhigt sich wieder.

Nach seinem wohltuenden Essen streunt er ratlos durch die Hardenbergstraße, vorbei an der Kunsthochschule. Studenten strömen hinein, heraus. Vielleicht gibt es dort eine Zettelwand mit Wohnungsangeboten. In der Eingangshalle findet er tatsächlich eine Wand mit einem Wirrwarr von bunten Zetteln. Teils halb abgerissen, teils durchgestrichen. Suchend gleitet sein Blick über die Papierfetzen. »Ankauf«, »Verkauf«, »Tausch«. Darunter entdeckt er »Zimmervermietung«. Er sucht die Zettel nach einer Wohnung ab; ein Zimmer mit Ofenheizung und Außenklo will er nicht. Auch keinen Souterrainraum. Den kennt er aus Wien. Da entdeckt er einen Zettel: »Schönes Zimmer in Charlottenburg, Potsdamer Straße 23, Schlossnähe.« Das gefällt ihm. Dazu nur der Name Judith und eine Telefonnummer. Auch das ist gut. Telefon ist wichtig für ihn, damit er für seine Zeitung erreichbar ist. Er reißt den Zettel ab, wie man in einer Lotterietrommel nach einem Los greift. Wird sich herausstellen, ob er wieder eine Niete zieht. In einer Telefonkabine beim Eingang ruft er an und fragt, ob das Zimmer noch frei sei. Eine kecke, helle Frauenstimme: »Sonst würde das Ding da nicht hängen. Bei Elsner klingeln. Erster Stock.«

Als er zur Potsdamer Straße fährt, ist es schon dunkel geworden. Er hasst es, wenn es im Winter so früh dunkel wird. Er braucht Licht, Helligkeit. Jetzt kann er kaum erkennen, wohin ihn diesmal sein Weg führt. Wenn es mit der Wohnung klappt, wird er erst morgen früh sehen, wo er gelandet ist. Wenigstens kann er in der Dunkelheit ausmachen, dass es sich um ein Viertel handelt, in dem keine Besoffenen und merkwürdigen Gestalten herumlungern. Anscheinend eine sichere Gegend.

Sein Gepäck lässt er auch diesmal vorerst im Auto und geht hinauf zum ersten Stock. An der Wohnungstür ist ein großes holzgeschnitztes Schild mit dem Namen »Elsner« angebracht. Jeder Buchstabe ist mit einer anderen Farbe gemalt. Er klingelt.

Eine hübsche junge Frau mit roten lockigen Haaren und moosgrünen Augen öffnet. In ihrem Gesicht glimmen Sommersprossen.

»Judith«, sagt sie.

»Martin Stemmer«, stellt er sich vor.

»Lass den Stemmer weg.« Sie reichen sich die Hände. »Komm rein. Leg ab.«

Gern hört er ihre samtene Stimme, hängt seinen Mantel über einen Haken und stülpt seine neue Pelzmütze darüber.

»Tolle Mütze. Bräucht ich auch, so was.«

Sein erster Gedanke: Ich kauf ihr eine von Lechners mysteriösen Fünfzigern.

In der Diele hängen Operettenplakate. »Im Weißen Rössl« von Benatzky, Großes Schauspielhaus. »Land des Lächelns« von Lehár mit Richard Tauber, Metropol-Theater. »Ball im Savoy« von Abraham, Großes Schauspielhaus.

»Meine Schlachtfelder«, sagt Judith, die seinen Blick bemerkt. Als sie auf das letzte Plakat, »Hundert Meter zum Glück« von Spoliansky, zeigt, schwingt Bitternis in ihrer Stimme. »Meine letzten hundert Meter.«

Stemmer will mehr darüber wissen, doch sie winkt ab.

»Später.«

Auf einer Kommode steht ein Telefon. Darüber, an eine Korktafel gepinnt, Dutzende Zettel mit Nummern. Neben dem Telefon funkelt ein großer ovaler Spiegel in einem goldenen Barockrahmen, an dem eine Kette aus großen Muscheln baumelt. Über die Rahmenspitze ist eine schwarze Baskenmütze gestülpt.

Sie führt ihn in das Zimmer, das sie ihm zur Untermiete zur Verfügung stellt. Es ist groß, eingerichtet mit einem alten, breiten Schreibtisch, daneben ein riesiger, aus Bast geflochtener Papierkorb, einem Schrank mit schöner Holzmaserung und einem Bett aus ebenso schönem Holz. Vor dem Fenster hängt ein weißer Leinenvorhang, befestigt an Ringen auf einer langen

Holzstange. Sie zieht den Vorhang beiseite, er schaut hinunter zur dunklen Straße.

»Das ist die Potsdamer. Gegenüber hast du einen Bäcker, etwas weiter einen Metzger und einen Gemüseladen und an der Ecke eine Zeitungsbude. Der Matzke hat alles. Bis auf den ›Völkischen Beobachter‹, ›Angriff‹ und ›Stürmer‹. Er sucht für mich immer die Theaterkritiken heraus.«

Sie zeigt ihm das gekachelte Bad mit einer Duschkabine aus geriffeltem Milchglas und einer alten emaillierten Badewanne, die auf gusseisernen Löwentatzen steht.

»Du hast Glück, dass bei mir nicht die Leitung eingefroren ist wie in den anderen Häusern. Kein Wunder, bei den Temperaturen.«

Im Flur öffnet sie das kleine Kabinett mit der Toilette. Auf dem Fensterbrett stapeln sich Bücher.

»Lesen Sie auf dem Klo?«, fragt Stemmer.

»Natürlich. Übrigens sind wir beim Du.«

Schließlich führt sie ihn in die mit bunten Kacheln ausgelegte Küche. In einem blauen Wandregal reihen sich blau bemalte Gewürzgläser aneinander, mit gezackten Etiketten beklebt und beschriftet. Auf dem Fensterbrett stehen Töpfchen mit Schnittlauch und Kräutern, die er nicht kennt. Dazwischen hat ein kleines Radio sein Plätzchen. Ein schöner alter weiß gestrichener Küchenschrank aus Großmutters Zeiten ist das Schmuckstück ihrer Küche.

»Hab ich von meinen Vormietern geerbt«, sagt Judith lächelnd.

Hinter den Scheiben der Kredenz häufen sich Teller, Tassen, Terrinen und Gläser.

»Die hab ich auf Flohmärkten zusammengekauft.«

In den zierlichen Holzrahmen der beiden Fenster stecken alte Fotos. Unter einem blühenden Apfelbaum ein kleines Mädchen mit einem roten Wuschelkopf und einer Schleife im Haar, daneben ein Mann und eine Frau mit strengem Gesicht.

»Das bin ich mit meinen Eltern in Detmold. Ist lange her.«

Es sind auch neuere Fotos darunter, eines davon zeigt Judith mit drei Männern, die jeweils ihren Arm um ihre Schultern legen.

»Das ist der Piscator, das der Charell und das hier der Rotter. Alles Regisseure, mit denen ich vor Jahren zusammengearbeitet habe.«

Sie zeigt auf den Gasherd.

»Hier kannst du kochen. Die Töpfe und Pfannen und alles Übrige sind hier.« Sie öffnet ein Schränkchen, in dem sich Nudeln, Reis, Mehl, Fischdosen, Gläser mit Gurken und Rote Bete aneinanderreihen. Auch drei Flaschen Rotwein.

Stemmer muss an das finstere Loch am Ende des Flurs beim Schlesischen Bahnhof denken.

Sie einigen sich auf eine günstige Miete, und Judith händigt ihm die Schlüssel aus. Das Zimmer und die hübsche Vermieterin gefallen ihm sehr. Was will er mehr?

Stemmer holt sein Gepäck aus dem Wagen. Judith geht mit hinunter, um ihm beim Tragen zu helfen.

»So viel Gepäck?«

»Die Hälfte ist von meinem Freund.«

»Kommt der auch?«

»Ich suche ihn noch.«

Fragend schaut sie ihn mit ihren moosgrünen Augen an. Stemmer erklärt ihr die ganze Geschichte. Am Ende sagt sie: »Pass nur auf, dass du dabei nicht unter die Räder kommst.«

Später bringt ihm Judith eine große Vase für Julischkas rote Rose in sein Zimmer.

»Von deiner Frau in Wien?« Ihr Ton ist etwas spitz. »Kommt die auch?«

»Ich bin nicht verheiratet.«

»Von deiner Geliebten?«

»Die Beziehung ist beendet.«

»Scheint mir nicht so«, bemerkt sie mit einer Stimme, in der Eifersucht schwingt. Sie schaut auf sein hervorgekramtes Groschenheftchen »Der Tod fuhr mit«. »So was liest du?«, fragt sie verächtlich.

»Hab ich im Zug gefunden«, tut er ihr Missfallen ab.

Als er seine Schreibmaschine auf den Tisch stellt, stutzt sie. »Schriftsteller?«

»Journalist. Für eine Wiener Zeitung.«

»Dann kannst du für meine neue Premiere ’ne tolle Kritik schreiben.«

»Bist du Schauspielerin?«

»Kostümbildnerin. Freiberuflich. Von wem ich gerade Aufträge bekomme. Operette, Revue, auch Kabarett. Ich zeig dir meinen Arbeitsraum.«

Die Mitte des Raums nimmt ein großer Tisch ein, bedeckt mit Skizzenblättern, Buntstiften, kleinen Farbtöpfen, Pinseln und gefärbten Stoffmustern.

»Schneiderst du auch selbst?«

»Das machen die Werkstätten.«

In den Regalen stehen dicke Bildbände.

»Meine Inspirationsquellen«, sagt Judith.

Auf dem Holzboden steht ein Koffergrammophon mit aufgeklapptem Deckel. Eine Platte liegt auf dem Teller: Marlene Dietrichs »Wenn ich mir was wünschen dürfte«. Daneben stapeln sich Schallplatten. Die Comedian Harmonists, Friedrich Hollaender und obenauf eine Platte »Frivole Lieder«.

»Um mich in Stimmung zu bringen, höre ich auch Jazziges. Teddy Stauffer oder so. Oder Kaffeehausmusik. Die hat so was Schmusiges.«

Judith zeigt auf ihre farbigen Figurinen auf dem Tisch. Ein Leierkastenmann, eine Diva mit Stola, ein Arbeitsloser, ein Wurstverkäufer, eine Prostituiere, ein Zeitungsjunge mit Ballonmütze.

»Die sind für meine Premiere am Sonntag. ›Tanz auf dem Vulkan‹. Eine Revue mit den alten Songs von Friedrich Hollaender. Im Renaissance-Theater in der Hardenbergstraße. Da machen wieder alle mit ihren Liedern mit. Die Ebinger, die Kühl, der Bois, der Gerron. Die Nazis haben vor drei Wochen Hollaenders Tingel-Tangel-Theater im Theater des Westens geschlossen und alle Kostüme verbrannt. Musste sie deshalb neu machen. Ich habe zwei Karten. Kannst mitkommen, wenn du willst. Wird dir sicher gefallen.«

Stemmer will sich das gern ansehen. Allein schon wegen Judiths Kostümen.

»So, und jetzt essen wir was«, entscheidet sie abrupt.

Ihr Schlafzimmer zeigt sie ihm nicht. Vielleicht liegen da intime Sachen herum, die er nicht sehen soll, vermutet er. Pikante Dessous, Unterwäsche, delikate Dinge.

In der Küche tischt sie Brot, Käse und Wurst auf, dazu schwarze Oliven und geschnittene Paprika. Sie öffnet eine Flasche Rotwein, schenkt die beiden Gläser voll und hebt ihr Glas. Sie hat schöne Hände, lange, schlanke Finger. Sie stoßen an.

»Judith«, sagt sie.

»Martin.« Er prostet ihr zu.

»Ach du heiliger Sankt Martin!«, prustet sie beim ersten Schluck heraus und hätte sich beinahe verschluckt. »Hoffentlich bist du nicht heilig!«

»Heilig nicht, aber katholisch.«

»Auch das noch.«

»In Wien ist jeder katholisch.«

»Aber jetzt bist du im heidnischen Berlin.«

Wieder stoßen sie an und trinken den weichen Burgunder.

»Willkommen im Roten Kiez«, sagt Judith. »Hier gibt es zwar keine Christenverfolgung, dafür aber eine andere.«

»Roter Kiez?«, fragt Stemmer.

»Weil hier hauptsächlich Kommunisten wohnen. Bei uns ist immer was los, wenn die Braunen zuschlagen.« Judith ist plötzlich ernst geworden. »Schlimm ist es, wenn der Sturm 33 hier durchzieht. Das Charlottenburger Rollkommando mit seinem Anführer, dem Maikowski. Ein besonders brutaler Hund. Seine Bande hat ihr Rattenloch hier in der Hebbelstraße.«

Stemmer erzählt ihr von dem Überfall auf das Volkshaus durch den Sturm 33 unter Maikowski. Sie schweigt eine Weile, dann gesteht sie: »Vor dir hat bei mir ein Schlosserlehrling gewohnt. Anfangs ein ganz harmloser Typ. Doch dann fing er an, vom neuen Deutschland zu quatschen. Vom Erwachen des Vaterlandes. Er wollte mich sogar für die Nazis anwerben. Mich! Gerade mich! Auf einmal erschien er hier in SA-Uniform. Da hab ich ihn rausgeschmissen und sein Zimmer durchlüftet. Auch wenn ich die Miete gebraucht hätte. Kann mich sowieso nur durch Untervermieten über Wasser halten, aber dieser braune Gestank in meiner Wohnung, unerträglich. Später hab ich ihn mit seinem Geschmeiß auf der Straße vorbeimarschieren sehen. ›Rot Front verrecke!‹, hat er mit seinen Dreckskerlen gebrüllt. Und ›Juda verrecke!‹. Mir wurde eiskalt.« Sie macht eine Pause und entscheidet dann lebhaft: »Aber wir lassen uns nicht unterkriegen. Wir räumen nicht das Feld für diese Bande. Wir müssen gegen sie kämpfen. So lange es geht.«

Wie aus Trotz gießt sie noch mal die Gläser voll und stößt mit Stemmer an.

»Wir lassen uns das Leben nicht verbittern.«

Stemmer kann nicht oft genug in ihre moosgrünen Augen schauen. Ihre lockigen roten Haare leuchten im Schein der Küchenlampe, und ihre Sommersprossen glühen.

»Ich weiß, was du denkst«, sagt sie.

»Was denn?«

»Rote Haar und Sommersprossen sind des Teufels Tischgenossen.«

Stemmer stutzt. Das hat er noch nie gehört.

»Sagt man doch«, erklärt Judith.

»Dann bin ich der Teufel?«

»Wer weiß?« Sie lacht.

»Na prosit«, entgegnet Stemmer feixend. »Da hast du dir was Schönes an Land gezogen.«

Nach einem kräftigen Schluck holt Judith ihr Rauchzeug hervor. Einen Zigarettenwickler, Blättchen und ein Päckchen Feinschnitt.

»Du auch?«, fragt sie.

»Danke. Bin Nichtraucher.«

Sie legt ein Blättchen in den Wickler, füllt die Mulde mit Tabak, drückt ihn zurecht, leckt über den Rand des Blättchens und dreht mit ihren schönen schlanken Fingern beide Enden des Wicklers. Die gedrehte Zigarette stößt sie leicht auf die Tischplatte und zündet sie mit einem Streichholz an. Genüsslich lässt sie den Rauch zwischen ihren vollen Lippen hervorquellen. Zwischen den Zügen hört Stemmer ihre weiche Stimme.

»Ich liebe diesen Kiez hier. Ein sympathisches Fleckchen. Die Menschen halten zusammen. Allein bist du in Berlin aufgeschmissen. Ich habe hier viele Freunde. Wir sind eine verschworene Gemeinschaft. Neben mir wohnt ein Borsig-Arbeiter, der Geschke, KPD-Mitglied, mit seiner Frau. Sie hat einen Frisierladen um die Ecke in der Nehringstraße. Das ist ihr Dorfbrunnen. Sie weiß immer alles. Oft kommt sie rüber auf eine Tasse Kaffee und ein Schwätzchen. Obwohl ich keine Zeit hab, wegmuss oder drüben arbeiten muss. Aber durch sie erfahr ich so dies und das. Dazu bringt sie mir oft Essen, das sie zu viel gekocht hat. Mal Bohnensuppe, mal Linseneintopf. Dann brauch ich nicht selbst kochen. Unter mir wohnt ein Ehepaar, eingefleischte Sozis, mit seinen Kindern. Und über mir auch ein Ehepaar, beide heftige Kommunisten. Er bei Siemens, sie Verkäuferin bei Tietz. Auch mit Kindern. Ich hör die Kleinen oft herumtrampeln. Aber das stört mich nicht. Ich freu mich, dass sie so lebendig sind.«

Während sie trinkt, hängt sie ihren Gedanken nach. »Ich möchte gar nicht woanders wohnen. Auf dem Friedrich-Karl-Platz gibt es einen Markt. Da kannst du billig einkaufen. Und gleich gegenüber liegt das Schloss mit seinem Park. Manchmal geh ich zum Bassin, sehe den Enten und Schwänen zu und vergesse die ganze Politik. Bin vor fünf Jahren nach Berlin gekommen. Hab noch die ›Dreigroschenoper‹ von Brecht im Theater am Schiffbauerdamm erlebt. War für mich total neu. So was gab's bei uns in Detmold nicht.«

»Wo liegt das?«

»In der tiefsten deutschen Mongolei. Wo Sibirien und China zusammentreffen. In diesem Tal liegt Detmold. Wenn du nach Berlin kommst und in diesem Häusermeer eine Wohnung suchst, hängt es vom Zufall ab, wo du landest. Ich hatte Glück. Wenn ich an den Norden und Osten denke, schüttelt es mich. Gut, da leben auch hauptsächlich Arbeiter von Borsig, Schering und Siemens, aber die Stimmung ist rauer. Natürlich, die Menschen dort kennen es nicht anders. Sind da geboren oder durch einen Zufall dort gelandet, haben Wurzeln geschlagen. So, noch ein Glas und dann Schluss für heute.«

Beim dritten Glas Burgunder gesteht sie, dass sie drei Jahre jünger ist als er und Jüdin. Als solche fühlt sie sich immer mehr bedroht, wenn die SA-Horden unten auf der Straße randalieren.

Oft hat sie Angst, dass sie in ihre Wohnung stürmen. Sie hat zwar die Sicherungskette vorgelegt, doch wenn sie die Tür eintreten mit ihren Stiefeln, was soll sie dagegen machen?

»Gott sei Dank ist mein Name am Schild nicht jüdisch. Es gibt aber genug Denunzianten. Da weiß man nie.«

»Warum hast du die Operetten in der Diele deine Schlachtfelder genannt?«, fragt Stemmer.

»Das waren die wichtigsten der Aufführungen, bei denen ich mithalf, die Kostüme zu machen. War aufregend, mit den großen Stars zusammenzuarbeiten. War oft schwer, mich da durchzusetzen. Ging nicht ohne Krach. Kämpfen muss man am Theater immer. Hat mir trotzdem Spaß gemacht. War 'ne tolle Zeit. Ist aber jetzt vorbei. Schwamm drüber. Mein letztes Engagement hatte ich bei der Revue von Spoliansky im Metropol-Theater, ›Hundert Meter zum Glück‹. Premiere war an Silvester. Ein katastrophaler Misserfolg, der Theaterleiter machte Pleite. Vorhang zu. Das waren also meine letzten hundert Meter zum Glück.« Sinnend hält sie einen Moment inne, dann fügt sie hinzu: »Gut, dass ich gleich darauf das Engagement für ›Tanz auf dem Vulkan‹ bekam. Sonst wär's aus gewesen mit mir. Wird aber wohl mein letzter Auftrag sein. Wer weiß, wie es dann weitergeht.«

Sie rafft sich vom Stuhl auf.

»Bevor wir zu Bett gehen, noch einen kräftigen Kaffee«, schlägt sie vor. »Oder kannst du danach nicht schlafen?«

Sie stellt den Wasserkessel auf den Gasofen, mahlt in einer alten hölzernen Mühle knarrend die Bohnen, gibt ordentlich Kaffeepulver in die Tassen und gießt das heiße Wasser darauf.

Nach diesem anstrengenden Tag, der Flucht aus dem Volkshaus und der Zimmersuche macht der starke Kaffee Stemmer hellwach. Noch lange kann er in seinem neuen, weichen Bett nicht einschlafen. Aus Judiths Schlafzimmer klingt melancholische Musik. Sie hört die Dietrich-Platte, die auf dem Teller ihres Grammophons lag. Stemmer lauscht angespannt. Deutlich kann er den Text verstehen.

»Wenn ich mir was wünschen dürfte, käm ich in Verlegenheit, was ich mir denn wünschen sollte, eine schlimme oder gute Zeit.«

Was wünscht sich Judith?, fragt er sich. Das würde er gern wissen.

»Wenn ich mir was wünschen dürfte, möcht ich etwas glücklich sein, denn wenn ich allzu glücklich wär, hätt ich Heimweh nach dem Traurigsein.«

Die frohe, muntere Judith hat Heimweh nach dem Traurigsein? Für ihn ein Rätsel. Er wünscht sich, mehr von ihr zu erfahren.

Dann ist es still. Nach kurzer Zeit hört er ein fetziges Chanson der Dietrich: »Ich bin die fesche Lola, der Liebling der Saison! Ich hab ein Pianola zu Haus in mein' Salon. Ich bin die fesche Lola, mich liebt ein jeder Mann. Doch an mein Pianola, da lass ich keinen ran.«

Das gefällt ihm schon besser. Doch was meint sie mit dem Pianola, an das sie keinen ranlässt?

»Und will mich wer begleiten, da unten aus dem Saal, dem hau ich in die Seiten und tret ihm aufs Pedal.«

Also Vorsicht, Stemmer, Vorsicht, ermahnt er sich. Sonst haut sie dich in die Seiten und tritt dir aufs Pedal. Einen Moment lang grübelt er über diese Warnung. Vielleicht ist sie aber auch ganz anders. Mal sehen.

Judith legt keine neue Platte auf. Nach der feschen Lola bleibt es still in ihrem Schlafzimmer. Und Stemmer dämmert hinüber in den Schlaf.

Fremd bin ich eingezogen, fremd zieh ich wieder aus

Als Stemmer die Augen aufschlägt, ist es draußen schon hell. Er schiebt den weißen Leinenvorhang beiseite. Auf der verschneiten Straße herrscht emsiger Betrieb. Frauen in dicken Mänteln schleppen kleine, prall gefüllte Säcke, vielleicht mit Kartoffeln und Kohlköpfen. Eine Gruppe alter Männer steht beisammen. Ein Lastwagen voller Kohlen rattert über das Kopfsteinpflaster. Ein Pferdefuhrwerk trottet hinterdrein, der Kutscher geht neben der Karre und bimmelt mit einer großen Glocke, ruft: »Lumpen! Knochen! Papier!«

In der Küche will er Judith einen guten Morgen wünschen. Keine Judith. Auch in ihrem Arbeitsraum keine Judith. Auf dem Küchentisch liegt ein Zettel: »Musste früh weg. Kostümwerkstatt. Mach dir Frühstück. Weiß nicht, wann ich zurückkomme. Lieben Gruß, Judith.« Darunter, unterstrichen: »Wenn es dreimal kurz und dreimal lang klingelt, mach auf. Es ist Richard. Lass ihn rein.«

Wer ist Richard?

Er blickt vom Küchenfenster in den Hof und sieht einen zugeschneiten, stark verwilderten Garten. Im Schnee stehen zwischen hohem Gestrüpp eine nackte Frau aus Gips, ein ausgestopfter Mann in schwarzer Uniform und aus Balken ein Galgen, an dem ein alter Sack hängt. Sicher aus einem Theaterfundus. Als er frühstückt, schrillt dieses merkwürdige Klingelsignal. Es klingt nach »Alarm«.

Stemmer öffnet. Vor der Tür steht ein junger Mann mit Ballonmütze in abgewetzter Lederjacke und zerknautschter Hose. Erschrocken starrt er Stemmer an.

»Muss zu Judith«, keucht er.

»Ist nicht da.«

Schnell dreht er sich um und rennt die Treppe hinab. Von seinem Zimmer schaut Stemmer auf die Straße und sieht gerade noch, wie dieser Mann in das Haus nebenan läuft.

Bevor er zum Auslandspresseamt fährt, um sich akkreditieren

zu lassen und einen Presseausweis zu erhalten, ruft er von Judiths Telefon seine Zeitung an. Gruber ist nicht da, nur die Redaktionssekretärin. Er nennt ihr seine neue Adresse in der Potsdamer Straße und Judiths Nummer, unter der er jetzt erreichbar ist.

Das Auslandspresseamt befindet sich im Außenministerium in der Wilhelmstraße. Vor dem lang gestreckten Gebäude sperren Schutzpolizisten und SS-Männer den Zugang ab. Erst nach genauester Prüfung seines Passes und Durchsuchung seiner Tasche darf er den Bau betreten. Wie in einem Labyrinth irrt Stemmer durch die langen Flure des Ministeriums. Endlich findet er das Pressebüro. Der älteren freundlichen Dame mit einem Haarknoten am Hinterkopf legt er seine Papiere vor. Sie registriert seine Akkreditierung, stellt ihm einen Presseausweis aus, klebt sein mitgebrachtes Foto hinein und knallt einen großen Stempel mit einem gigantischen Reichsadler darauf. Jetzt ist Stemmer amtlich und offiziell anerkannter Auslandskorrespondent. Anschließend will er sich dem Leiter des Auslandspresseamtes Ernst Hanfstaengl vorstellen und ihn nach Lechner fragen.

»Der Chef ist da«, sagt die Dame. »Gehen Sie nur rein.«

Hanfstaengls Büro ist ein geräumiges Gemach, das früher anscheinend einmal ein barocker Salon war. Verschnörkelte Stuckornamente schmücken die Decke; auch an den Wänden prangen Imitationen von üppigem Weinlaub mit Trauben und Blumengirlanden. Alles in Weiß. An einer Seite des Raumes steht ein schwarzer glänzender Flügel mit aufgeschlagenen Notenblättern. Stemmer staunt. Der Chef des Auslandspresseamtes ein Pianist? Hinter einem breiten Schreibtisch erhebt sich mit hängenden Schultern ein sehr elegant gekleideter, an die zwei Meter großer Herr, stattliche Figur, Mitte vierzig, die dichten dunklen Haare zu einem Mittelscheitel gekämmt.

»Willkommen in Berlin! Als neues Wiener Mitglied in unserer großen Familie«, begrüßt er ihn lachend, als Stemmer sich vorstellt. Er redet mit starkem bayerischen Akzent. In seiner Redaktion hat Stemmer erfahren, dass er aus München stammt, aus einer bekannten Kunsthändlerfamilie. Er studierte in mehreren europäischen Städten, sogar in den USA, und betrieb wie sein Vater Kunsthandel. Das Weltmännische sieht man ihm an. Vornehm erkundigt er sich, wie es Stemmers »Arbeiter-Zeitung« unter den österreichischen Nationalsozialisten geht. Stemmer ist verblüfft. Er hat auch erfahren, dass Hanfstaengl ein persönlicher Freund von Hitler ist, sein enger Vertrauter, und ihn finanziell kräftig unterstützt hat. Da steht er nun einem Hitler-Verehrer gegenüber, der um den Fortbestand seiner sozialistischen Zeitung besorgt ist. Unerklärlich für ihn.

Nach ein paar Höflichkeitsfloskeln trägt Stemmer dem Leiter des Auslandspresseamtes seine Angst um Lechner vor.

»Verschollen, sagen Sie? Seit zwei Wochen verschollen? Das ist bös.«

Hanfstaengl sieht in Lechners Akkreditierungsakte nach.

»Seit zwei Jahren bei uns registriert. Kein aktueller Eintrag. Ihre Redaktion hat vor ein paar Tagen angerufen, das ist alles. Ich weiß leider nix über Ihren vermissten Kollegen. Ich kann über ihn nur sagen, dass er mich mal gebeten hat, ihm ein Interview mit Hitler zu vermitteln. Ist aber nix draus geworden. Bei unseren Pressekonferenzen ist er mir oft durch seine forschen Fragen aufgefallen. Dinge, die man eigentlich nicht fragen soll auf so einer PK. Ein bisserl keck war er immer, der Lechner Ludwig. Aber seine Frechheit hat mir imponiert. War nicht so ein Abnicker wie die meisten anderen mit ihrem Halleluja und Ja und Amen. Die alles brav schlucken, was die Herrschaften vorkauen.«

Hanfstaengl greift zum Telefon, wählt eine Nummer, fragt jemanden nach Lechner, horcht mit besorgter Miene in die Muschel und legt auf.

»Auch mein Assistent weiß nix über Ihren Kollegen.«

Hanfstaengl grübelt.

»Wenn ich mal nicht weiterweiß, setz ich mich ans Klavier und spiel was Melancholisches. Vom Schubert. Winterreise. ›Fremd bin ich eingezogen‹ oder so was. Da kommt mir manchmal eine Idee.«

Stemmer weiß nur, dass Schuberts »Winterreise« ein Liederzyklus ist, er hat sie oft in Wien am Konzertsaal angeschlagen gesehen, ist aber kein Freund von gesungenen Liedern. Meistens knödeln die Sänger die Texte so, dass man kein Wort versteht. Am liebsten hätte er zu Hanfstaengl gesagt: Wenn Ihnen der Schubert hilft, dann setzen Sie sich doch hin und spielen was von ihm. Vielleicht kommt Ihnen dann eine Idee.

»Verschwunden seit zwei Wochen«, sinniert Hanfstaengl bedächtig. »Bös. Sehr bös. Wundert mich nicht in dieser Stadt. Bei diesen Zuständen. Wenn ich wüsst, wo er ist, könnte ich den Lechner vielleicht rausholen. Vorausgesetzt, es ist eine politische Sach. Wär's aber eine Geschicht im Rotlichtmilieu, mit so einer Schnalle, da könnt ich nix machn. Es gibt in gewissen Gegenden viele fesche Damen, die Männer mit Versprechungen einfangen. Und die Tollpatschen fallen drauf rein. Dafür bin ich nicht zuständig.«

»Wie kann ich ihn finden?«

»Haben Sie schon in den Krankenhäusern nachgefragt? Im Urban, Virchow, Westend, Rot-Kreuz?«

»Hab ich gestern gemacht. Nichts.«

»Dann gehen Sie zum Gennat. Ernst Gennat. Kriminalpolizeirat im Polizeipräsidium am Alex. Vielleicht hat man ihn arretiert, und er sitzt im Knast. Das kann der Gennat rausfinden. Der Gennat hat eine riesige Kartei über Vermisste, Ermordete et cetera. Hat so was als Erster in Deutschland angelegt. Vielleicht hat er in seiner Kartei einen Eintrag. Der Gennat weiß alles. Hat die Spurensicherung eingeführt. Wundern Sie sich nicht über sein Arbeitszimmer. Er schert sich nix um bürokratische Vorschriften. Ein toller Bursch, der Gennat. Sagen Sie ihm einen schönen Gruß von mir. Übrigens, wenn Sie mal ein Problem haben mit der SA oder der Politischen Polizei und in der Patsche sitzen, wenden Sie sich an mich. Ich kann Ihnen sicher helfen. Bin ja für meine Korrespondenten verantwortlich. Sie sind meine Schützlinge. Ich bin also immer für Sie da.«

Für Stemmer unbegreiflich, dass der Hitler-Freund Hanfstaengl ihm bei einer Notlage durch die SA oder Politische Polizei aus der Klemme helfen will. Das kann nicht sein. Stemmer dankt ihm dafür und fragt ihn, ob er weiß, wo er Egon Erwin Kisch antreffen kann.

»Der Kisch ist grad mal wieder auf Reisen. Ist immer unterwegs. Weiß nicht, wann er zurückkommt.«

Enttäuscht will Stemmer sich von Hanfstaengl verabschieden.

»Moment, Moment. Gut, dass Sie heut kommen. Ich hab was für Sie.« Aus seinem Schreibtischfach holt er einen großen Umschlag, öffnet ihn, zieht eine blütenweiße Karte hervor und verkündet: »Neujahrsempfang für unsere Auslandskorrespondenten beim Hitler. Im Hotel Kaiserhof. Wilhelmplatz. Allerdings schon morgen.«

Stemmer stockt der Atem. Empfang bei Hitler! Für alle internationalen Kollegen. Kaum ist er in Berlin, schon wird er vom Führer empfangen! Ihm wird fast schlecht, er muss sich an der Sessellehne festhalten.

»Allerdings Frackpflicht«, fügt Hanfstaengl hinzu. »Haben Sie so was?«

Stemmer hat noch nie einen Frack besessen. Wozu auch? Für seine »Arbeiter-Zeitung« war so ein Pinguinkostüm nie nötig.

»Können Sie bis morgen so ein Ornat besorgen?«

Auch das muss Stemmer verneinen. Einen Frack will er sich von seinem dubiosen Geld auf keinen Fall kaufen.

»Macht nix. Als Sozialist werden Sie auch so reinkommen. Die Nazis sind ja angeblich auch Sozialisten, wenn auch nationalistische. Sie dürfen nur keine verdächtigen Sachen sagen wie Ihr Lechner.« Er reicht ihm den Umschlag mit der Karte.

»Parteizentrale der NSDAP«, liest Stemmer und starrt auf den großen Reichsadler mit dem Hakenkreuz. Ihm ist schwindelig bei der Vorstellung, morgen Hitler gegenüberzustehen. In diesem Luxushotel.

»Warum im ›Kaiserhof‹?«

»Schon seit Langem haben sich Hitler und seine Paladine in der gesamten obersten Etage eingenistet. Sie dient als Parteizentrale für ihre Propagandaarbeit und ihre Wahlkämpfe. Haben alles belagert. Von dort ihre Aktionen organisiert und geleitet.«

Stemmer muss an Wallensteins Lager denken. Damals wurden die Meldungen und Befehle durch Kuriere per Pferd übermittelt, heute vom »Kaiserhof« durch Telefon und Fernschreiber. Mit zitternden Fingern hält er die Einladung und bedankt sich dafür. Wieder greift Hanfstaengl in seine Schublade und holt diesmal eine orangegelbe Faltkarte hervor.

»Ich bekomme immer wieder Einladungen für unsere Korrespondenten von hiesigen Unternehmen, Organisationen und Gesellschaften. Das hier ist eine Einladung zum Galaball des ›Geselligkeitsvereins Immertreu‹.«

Stemmer erinnert sich an Lechners Notizen über diesen »Geselligkeitsverein Immertreu« und den Gangsterboss Muskel-Adolf, der über ein Imperium von Kriminellen herrscht.

»Immertreu ist kein Club für Eheleute«, sagt Hanfstaengl aufklärerisch. »Ist ein Männerbund. Spezielle Männer. Spezis sozusagen. Die veranstalten regelmäßig Frühlings-, Silvester- und Witwenbälle. Diesmal einen Gründungsball. Ich geh da nicht hin. Das ist nix für mich. Einladung für zwei Personen. Haben Sie hier eine Freundin? Gehen Sie hin.«

Hanfstaengl reicht ihm auch diese Einladung. Der Adresskopf ist erhaben in silberner Schrift gedruckt, darunter steht auf geschöpftem Büttenpapier: »Einladung zum Gründungsball anlässlich des dreißigjährigen Bestehens. Die Wohltätigkeitsveranstaltung findet am Samstag, dem 11. Februar 1933, im Hotel Kaiserhof am Wilhelmplatz statt. Einlass ab 19 Uhr. Genehme Journalisten sind willkommen. Angemessene Kleidung (für Herren Frack, für Damen Großes Abendkleid) ist Pflicht. Um freundliche Anmeldung wird gebeten.« Es folgt die Telefonnummer, unterzeichnet ist die Einladung mit »Adolf Leib«.

»Leib ist der bürgerliche Name vom Muskel-Adolf«, erklärt Hanfstaengl freimütig. »Ganz so wie der Hitler lädt auch der andere Adolf, der Muskel-Adolf, in das Nobelhotel ein. Den beiden ist das Feinste grad fein genug. Die lassen sich nicht lumpen. Der Muskel-Adolf ist allerdings strenger bei der Kleiderordnung. Bis zu seinem Gründungsball müssen Sie sich in einem Kostümverleih einen Frack besorgen.«

Oder Judith kann aus einem Theaterfundus einen Frack und ein Abendkleid organisieren, denkt Stemmer.

»Was Ihren verschollenen Lechner betrifft: Sollte der Muskel-Adolf ihn g'schnappt haben, könnt ich da auch nix machen. Dieser Halunke gibt nämlich grundsätzlich keine Auskunft.«

Trotzdem hofft Stemmer, dem Ganovenhäuptling ein Interview abluchsen und ihm dabei etwas über Lechner entlocken zu können.

Hanfstaengl erhebt sich und reicht ihm zum Abschied die Hand. »Ich wünsche Ihnen, dass Ihr Kollege bald wieder auftaucht. Wenn Sie beim Gennat was erfahren, sagen Sie mir Bescheid. Interessiert mich auch, wo er abgeblieben ist. Aber gehen Sie im Präsidium auf keinen Fall zum Nebe, Kriminalkommissar. Da können Sie sich gleich mit einer Giftschlange ins Bett legen. Und gehen Sie auf keinen Fall zur Politischen Polizei, zum Diels. Der Hund beißt. Der hält Sie gleich fest und liefert Sie irgendwo ein.«

Wieder kann Stemmer nicht begreifen, dass der Hitler-Vertraute ihn vor diesen Leuten warnt.

Als er auf der Wilhelmstraße steht, schaut er auf die Uhr. Er hat noch den ganzen Tag vor sich. Zeit genug, um jetzt zu Gennat zu fahren.

Lass den Kopf nicht hängen

Da er Angst hat, sich in dem rasenden Rondell des Alexanderplatzes zu verfahren und nicht mehr herauszukommen, parkt Stemmer seinen Wagen hinter dem S-Bahnhof, auf der Seite, die dem Polizeipräsidium gegenüberliegt. Unter der S-Bahn-Brücke treten Stricherknaben, junge und alte Nutten auf ihn zu, bieten ihm ihre Körper an. »Na, Süßer, soll ich dich verwöhnen?« – »Willste mal?« Verwahrloste Gestalten halten ihm kleine weiße Tütchen hin. »Sauber. Billig.« Was soll er damit? Keine Ahnung, was da drin ist. Bettler strecken ihm ihre zitternden Hände entgegen. Menschen liegen in verdreckte Decken gehüllt auf dem Bürgersteig. Er muss über sie hinwegsteigen.

Der Alex ist eine einzige Baustelle. Auf der einen Seite das monströse Kaufhaus Hermann Tietz, auf der anderen Seite Hochhäuser und dazwischen überall Absperrungen, Umwege über Holzbohlen, riesige Sandhaufen, hochgestapeltes Baumaterial. Bagger schieben Erdmassen hin und her, Dampframmen lärmen. Man baut eine neue U-Bahn-Station. Stemmer schaut in die tiefen Gruben hinab, in denen trotz der Kälte Arbeiter verschwitzt rackern. Er kommt an einer Pferdemetzgerei vorbei. Lange Schlangen von Heruntergekommenen stehen vor dem Laden an, um das billige süßliche Fleisch der alten Gäule zu ergattern. Man braucht die Zugtiere nicht mehr. Es gibt jetzt immer mehr stinkende Benzindroschken.

Dann steht er vor dem Polizeipräsidium. Ein massiver roter Backsteinbau, der wie eine Festung aussieht. Sechs Stockwerke hoch und an den vier Gebäudeecken je eine Kuppel. Eine »Zwingburg der Gerechtigkeit«, wie die Zeitungen schreiben. An der Portiersloge fragt Stemmer nach Gennats Büro. Er muss in den ersten Stock hinauf. Der Flur zum Morddezernat ist vollgeklebt mit Fahndungsplakaten. Fotos von harmlos aussehenden Männern und Frauen. »Gesucht wegen Mordes«, »Gesucht wegen Raubmordes«, »Gesucht wegen Beihilfe zum Mord«. Dann Fotos von Opfern, die in Parkanlagen gefunden wurden, in Abrisshäusern, in Kellern oder aus der Spree oder einem Kanal gezogen wurden. Erschossen, erwürgt, erschlagen, zerstückelt. Entsetzlich zugerichtete Leichen, grauenhaft entstellte Gesichter. Kein Foto von Lechner. Und am Schluss große Vermisstenanzeigen. »Vermisst wird …«, »Vermisst wird …«. Auch hier kein Hinweis auf Lechner.

Nach langem Suchen findet Stemmer endlich eine Tür mit der Aufschrift »Leiter Zentrale Mordinspektion Kriminalpolizeirat Ernst Gennat«. Vor dem Amtszimmer liegt ein Fußabstreifer mit der Aufschrift »Tritt ein – bring Glück herein.«

Ein Fleischkoloss, wahrscheinlich hundertfünfzig Kilo schwer, mit hängendem Dreifachkinn sinniert lächelnd hinter einem Schreibtisch, der überhäuft ist mit Akten, Dossiers und losen Papieren. Der Dicke sieht aus wie ein gütiger Buddha. Wohlwollen geht von ihm aus. Mit dem Stift, den er in seinen wulstigen Fingern hält, notiert er etwas auf einen Block, dann schaut er auf. Väterlich blickt er Stemmer an und erhebt sich schwerfällig, tappt auf Stemmer zu und reicht ihm grinsend seine breite Pranke. Gennat ist unrasiert, sein abgetragener Anzug platzt aus allen Nähten. Seinem schlampigen Aussehen nach kann der etwa Fünfzigjährige nur Junggeselle sein.

»Du bis jewiss dea Stemma aus Wien«, sagt er in deftigem Berlinerisch. »Dea Hanfstaengl hat mir schon anjerufen. Ick weeß, worum's jeht.«

Direkt vor dem Fenster kracht quietschend die S-Bahn vorbei, Gennat stampft zum Fenster und schließt es.

»Is ulkich«, sagt er immer noch grinsend, »ick mach dit Jeräusch. Würde se nich fahrn, würdit mir fehln. Aba wenn dit Fenster uff is, kann man keen Wort vastehn.«

Er bietet Stemmer einen Platz auf einem der beiden durchgesessenen Plüschsessel an, muss aber vorher einen Packen Papier wegräumen. Als Stemmer sich setzt, ächzen die Metallfedern und das Holzgestell. Das Polster senkt sich so tief, dass er das Gefühl hat, auf dem Boden zu hocken. Neben ihm droht ein Aktenturm umzukippen. Gennat sucht einen Platz, auf den er sich setzen kann, brummbärt herum. Sein Blick fällt auf sein zerschlissenes grünes Sofa mit einer zerknüllten Wolldecke. Es sieht aus, als hätte er die vergangene Nacht darauf geschlafen. Von der Decke wirft er ein paar Aktenordner auf den Boden und lässt sich langsam und stöhnend auf dem Sofa nieder. Ließe er sich einfach niederfallen, würde das alte Möbel wohl zusammenbrechen. Beim vorsichtigen Setzen stößt er an die Füße eines runden Tischchens vor ihm. Es wackelt beängstigend.

Gemächlich lehnt sich Gennat zurück, holt aus der Brusttasche seines zerknitterten Jacketts eine Zigarre, zündet sie an und bietet auch Stemmer eine an. Dankend lehnt Stemmer ab. Davon würde er als Nichtraucher einen Hustenanfall bekommen.

»Is so 'ne Jewohnheit von mir. Wenn ick 'n Jauna oda Schwerverbrecha zum Verhör vor mir hab, biet ick ihm erst ma wat zum Roochen an. Und wie nüscht plaudat der Schurke, wat ick sonst nie aus ihm herausbekommn hätte.«

Genüsslich saugt er an seiner Zigarre und sieht dem weißen Rauch nach, den er zwischen seinen Lippen herausbläst.

»Aba nu zu Ihrm Fall. Nu sehn ma mal, ob wa Ihrn Freund und Kollegn ausklamüsern könn. Ick hab nämlich 'ne schöne Kartei. Einmalig in Deutschland. Drin sin alle Nam afasst, die als vermisst jemeldet wurdn. Die der Tod jeholt hat durch Mord, Raubmord, Totschlag, Verkehrsunfälle, Verjiftung, durch Suizid oder sonst wie. Alle uffjefundnen identifiziertn Leichn. Füa noch nich Identifizierte hab ick 'n Rejister nach Datum und Fundort. Erfasst sin ooch alle, die festjenomm wurdn und in eenem unsrer Jefängnisse rumhängn.«

Er tippt die Zigarrenasche in eine Kaffeetasse, die vor ihm auf dem wackeligen Tischchen steht, und zieht wieder bedächtig an seinem Kolben. Nach einer Weile reicht er Stemmer einen Zettel und bittet ihn, den Namen der gesuchten Person aufzuschreiben und seit wann sie vermisst wird.

»Knauf!«, ruft Gennat zum Nebenraum. »Knauf, komm ma!«

Ein Kriminalbeamter tritt ein.

»Guck mal, ob wa den ham.« Der Kripomann verschwindet wieder nach nebenan.

An der Wand hängt ein Pharus-Plan von Groß-Berlin, gespickt mit Nadeln mit bunten Köpfen. Jeder dieser farbigen

Punkte bedeutet etwas. Stemmer wird angst und bange, wenn er sich vorstellt, dass eine dieser Markierungen auch Lechner betreffen kann. Neben dem Pharus-Plan schauen mehrere eingerahmte Porträtfotos auf Stemmer herab. Das Gesicht eines Mannes kommt ihm bekannt vor, er weiß aber nicht, wer das ist.

»Dit is der Edgar Wallace«, gluckst Gennat fröhlich, als er sein ratloses Gesicht bemerkt. »Der war mal bei mir un hat sich für een seena Krimis nach meina Ermittlungstechnik erkundigt. Spurensicherung, Psychogramm von Tätern, Vernehmungstaktik un so 'n Kram.«

Eine ältere schlanke Dame in einem grauen Kostüm kommt herein, anscheinend seine Sekretärin. Ihre angegrauten Haare hat sie zu einem Zopf zusammengebunden, und in den Händen hält sie ein Tablett mit einer Kaffeekanne, zwei Tassen und vier großen Tortenstücken darauf. Freundlich grüßt sie Stemmer und stellt ihr Tablett mit mütterlicher Geste auf das wackelige Tischchen, wobei sie mit einer Hand die Tischplatte festhalten muss. Vorsichtig gießt sie Kaffee in die beiden Tassen, setzt die Zitronencreme-, Nuss-, Käsesahne- und Schokoladentortenstücke auf je einen Teller und platziert sie auf den Aktenstapeln ringsum.

»Danke, Else«, sagt Gennat und legt seine qualmende Zigarre beiseite.

»Greifen Sie zu«, fordert sie Stemmer im Hinausgehen auf. Der wartet, bis Gennat sich zuerst einen Teller genommen hat. Sogleich schaufelt der Buddha schmatzend das erste Stück in sich hinein. Lächelnd entschwindet die Tortenfee, schnell vertilgt Gennat auch das zweite Stück. Stemmer nimmt sich die Nusstorte, und kurz darauf ist auch die letzte Portion zwischen den Lippen des Kriminalpolizeirats verschwunden, gefolgt von einem kräftigen Rülpser.

In dem Moment kommt der Mitarbeiter zurück und zuckt mit den Schultern. »Nüscht«, sagt er und reicht Stemmer den Zettel mit Lechners Namen. »Absolut nüscht.«

Stemmer weiß nicht, ob er enttäuscht oder erleichtert sein soll.

»Dit is fürs Erste schon mal 'ne jute Nachricht«, erklärt Gennat und setzt seine erloschene Zigarre wieder in Brand.

Stemmer sieht ihn fragend an.

»Dokumentiert ham wa nur, wat 'ne jemeldete kriminelle Tat is. Wat uns nich jemeldet wird, könn wa natürlich nich in de Kartei uffnehm. Klar. Da ham wa dann ja ooch nüscht drüber. Bleibt zum Trost immahin noch der unjemeldete Rest. Un der is jewaltig.«

Stemmer sinkt vor Enttäuschung noch tiefer in seinen knarrenden Sessel.

»Leida sind die Schutzpolisei, die Politische Polisei un ooch die SA oft nich anner Uffdeckung von Varbrechn interessiert un behaltn ihre Information für sich. Sogar einige Kollegn vonna Kripo hier im Haus vaschweign mir jern wat. Aus politischn Gründn. Un Konkurrenzneid. Da kann ick nüscht machen nich.«

Die ominöse Briefeschreiberin Ulrike fällt Stemmer wieder ein. Sie stand mit Lechner in engem Kontakt und scheint über dessen letzte Schritte vor dem Verschwinden informiert gewesen zu sein. Vielleicht ist sie hier gemeldet. Er bittet Gennat, nach Ulrike suchen zu lassen. Kategorie Prostituierte.

»Nur Ulrike? Sonst nüscht? Keen Nachnam? Ulrikes ham wa en gros inna Kartei«, sagt Gennat. »Aba ohne Nachnam is dit aussichtslos.«

Er kenne zwar viele Geigen, rein beruflich natürlich, ergänzt er bedauernd, aber keine Ulrike.

»Hoffentlich hatta sich nich mitm Muskel-Adolf einjelassn«, gibt Gennat zum Schluss leichthin zu bedenken. »Wenn man dem seine Jeschäfte in de Quere kommt, vasteht der Muskel-Adolf keen Spaß nich. Da kanna sehr unjemütlich werdn. Ick hatte ihn schon 'n paarmal hiea zur Vernehmung. Konnte dem raffiniertn Hund aba nüscht nachweisn. Musste ihn wieda loofn lassn. Nüscht zu machn. Wenn Ihr Lechner seine Jeschäfte jestört hat, also da müsst ick schon konkrete Beweise ham. Er wird aba hoffentlich klug jenuch jewesen sein, sich mit diesm Oberjauner nich anzulejen. Wer weeß, wat der mit ihm sonst anjestellt hat.«

Stemmer verschweigt ihm, dass er von Hanfstaengl eine Einladung für einen Galaball dieses Gangsterbosses erhalten hat, nimmt den letzten Schluck seines kalt gewordenen Kaffees und bedankt sich für die Sucherei.

»Junge, lass den Kopp nich hängn«, tröstet ihn Gennat und klopft ihm mit seiner Tatze auf die Schulter. »Dein Lechner findn wa schon. Ob tot oda lebendich. Mach's jut, Jung.«

Niedergeschlagen steht Stemmer zwischen den lärmenden Baumaschinen am Alex. Was weiß er jetzt über Lechner? Er liegt nicht in einem der Krankenhäuser und nicht im Leichenschauhaus. Er gilt nicht als vermisst, ist nicht in einem Gefängnis eingesperrt, wurde nicht ermordet, erschlagen, erschossen oder vergiftet. Jedenfalls wurde keine solche Tat gemeldet. Und wenn sie nicht gemeldet wurde, aber dennoch geschehen ist, aus welchem Grund auch immer, was dann?

Und von dieser Ulrike keine Spur.

Als er auf dem Rückweg zum Auto an einer der Baugruben vorbeigeht, hat sich dort eine Menschenmenge versammelt. Alle schauen hinab in die Tiefe und diskutieren heftig miteinander. In der Nähe stehen ein paar Polizeiwagen. Auch Stemmer will wissen, was da zu sehen ist. Er drängt sich durch die Menge bis zu den Sicherungsbalken, die vor dem Hinabstürzen in die Grube schützen. Eingezwängt zwischen den Schaulustigen kann er nun sehen, was es da unten gibt. Zuerst erkennt er nur Baumaterial, Stapel von Verschalungsbrettern, einen Betonmischer und einen kleinen Bagger. Zwischen den Baugeräten rennen Arbeiter hin und her. Mit dem kleinen Lastenaufzug an der Grubenwand werden Männer in Zivil und mit Helmen hinabgelassen und verschwinden unter einem Gerüst.

»Was ist denn los?«, fragt Stemmer die Neugierigen um ihn herum.

»Da ist wohl ein Bauarbeiter verunglückt«, sagt man ihm. »Oder ein Besoffener ist runtergestürzt.«

»Oder man hat einen runtergestoßen, nachts. So was kommt ja vor.«

»Den wollte einer loswerden«, bemerkt ein Mann.

»Die Arbeiter haben ihn beim Ausschachten gefunden«, erzählt ein anderer.

»Soll schon eine Weile da unten gelegen haben.«

»Lebt er noch?«, will jemand wissen.

»Der nicht mehr«, bekommt er zur Antwort.

Stemmer muss an Lechner denken. Er will sehen, wen man da nach oben bringt. In dem Moment schleppen Arbeiter einen Körper unter dem Gerüst hervor, begleitet von den Männern in Zivil. Ein Raunen geht durch die Menge.

»Sag ich doch. Tot.«

Stemmer kann nicht erkennen, ob es ein junger oder älterer Mann ist. Seine Kleidung ist völlig verschmutzt. Man hievt ihn auf die Plattform des Lastenaufzugs und transportiert ihn hinauf. Sofort drängen die Menschen zu der Stelle, wo die Leiche ankommt. Auch Stemmer quetscht sich dazwischen. Die Männer in Zivil schieben die Schaulustigen beiseite, trotzdem gelingt es ihm, ganz vorn zu stehen, und er sieht nun von Nahem den Toten. Ist das Ludwig? Sein Gesicht kann er nicht erkennen. Es ist über und über mit Schlamm verschmiert. Die Kleidung ebenso. Da trifft es ihn wie ein Keulenschlag: Der Tote trägt einen Pelzmantel. Der Pelz ist zwar durch Schlick und Morast verdreckt, doch an einigen Stellen kann Stemmer die rötliche Farbe sehen: Es ist ein Fuchspelz. Lechner hatte von Ulrike einen solchen Fuchs geschenkt bekommen.

Die Leiche trägt nur einen Stiefel. Ein Arbeiter legt den zweiten Stiefel auf den Leichnam. Stemmer sieht, dass er mit Dachsfell gefüttert ist. Es gibt keinen Zweifel. Es ist sein Lechner, der da auf einer Bahre in einen schwarzen Wagen geschoben wird. Er will nach der Bahre greifen, sie festhalten. Fast hätte er geschrien: Das ist mein Lechner. Der gehört mir! Doch die Männer in Zivil schubsen ihn weg.

»Ich kenne ihn!«, ruft er ihnen zu. Sie reagieren überhaupt nicht. Er will zum Fahrer, ihn daran hindern wegzufahren. Wieder halten ihn die Männer zurück. Er kann nur hilflos danebenstehen und zusehen, wie der Wagen mit Lechner davonfährt. Aufgewühlt und verwirrt steht er da. So nahe war er dran an Lechner. Zum Greifen nah. Jetzt ist er weg. Wohin bringen sie ihn? Wahrscheinlich ins Leichenschauhaus. Da war er schon einmal. Vorgestern. Da muss er jetzt wieder hin.

Die Menge zerstreut sich, die Bauarbeiter rackern in ihrer Grube weiter. Stemmer muss sich setzen. Kaum hat er sich auf einem Bretterstapel niedergelassen, da schiebt sich donnernd ein Schaufelbagger heran. Stemmer muss weg, muss ihm Platz machen.

Während seiner Fahrt zum Leichenschauhaus muss er sich zwingen, auf den Verkehr zu achten. Nur mit Mühe kann er sich konzentrieren. Zu viel geht in seinem Kopf herum. Ihm graut es davor, in der Leichenhalle vor seinem toten Freund zu stehen.

»Sind Sie schon wieder da?«, fragt man ihn bei der Anmeldung.

Nach seiner Erklärung sieht die Frau im Eingangsbuch nach.

»Bei uns wurde kein Leichnam in einem Pelzmantel eingeliefert.«

»Vor einer Stunde.«

»Auch dann nicht.«

»Der Tote aus der Baugrube am Alex.«

»Nichts. Die letzte Einlieferung war gestern.«

»Ich habe doch gesehen, wie man ihn abtransportiert hat.«

Die Frau zuckt mit den Schultern. »Wenn hier nichts steht, gibt es ihn nicht bei uns.«

»Wohin hat man dann den Leichnam gebracht?«

»Keine Ahnung.«

Da steht er nun, ratlos. Wieder ist sein Lechner verschwunden. Wohin hat man ihn gebracht?

Von einer Telefonzelle aus ruft er Hanfstaengl an, um ihn über Lechners Tod zu informieren. Doch Hanfstaengl ist nicht erreichbar. Er wird es später erneut versuchen. Dann wählt er Gennats Nummer und berichtet ihm, dass man seinen Lechner aus einer Baugrube am Alex herausgeholt hat und dass er nicht ins Leichenschauhaus eingeliefert wurde.

Zuerst herrscht ein paar Sekunden Schweigen am anderen Ende der Leitung, dann macht Gennat seiner Empörung Luft: »Davon weeß ick nu rein jar nischt. Man hat mir nich zur Spurensicherung jeholt. Wieda mal nich. Un ooch keen Totn nich jemeldet. Verdammich noch mal!«

Stemmer hört Gennat schwer schnaufen. Nach einer Weile fragt der Kriminalpolizeirat: »Woran ham Se denn Ihrn Lechner erkannt? Am Jesichte?«

Stemmer muss gestehen, dass er sein Gesicht nicht genau sehen konnte. Es war zu sehr mit Schlamm verschmiert. Hastig versichert er ihm, dass er Lechner aber an seinem Fuchspelzmantel und seinen Stiefeln erkannt habe.

»Mitm Fuchs un so ne Stiefl laufn hier vülle rum. Dit sin keene Beweise nich.«

»Was soll ich denn jetzt machen?«, fragt Stemmer verzweifelt.

»Wird sich schon irjendwie klärn.«

»Seine Leiche muss doch irgendwo sein.«

»Wenn dit seine Leiche is.«

»Aber so ein Toter muss doch irgendwohin gebracht werden.«

»Ja, irjendwohin schon.«

»Was heißt das?«

»Mann, Stemmer, ham Se 'ne Ahnung, wat man nich allet machn kann mit so 'ner Leiche? Wenn er irjendwann mal bei mir jemeldet wird, sach ick Ihn Bescheid. Ick betone: wenn.«

»Und bis dahin?«

»Ick rat Ihn, lassn Se de Finger davon. Stöbern Se nich herum. Sie kommn da nua in Teufels Küche.«

Stemmer begreift nichts mehr. Die Finger davon lassen? Auf keinen Fall. Er ist nach Berlin geschickt worden, um seinen Freund zu finden. Und dann soll er ihn nicht suchen, nicht »herumstöbern«? Und was meint Gennat mit »Teufels Küche«, in die er dann kommt?

Verwirrt sucht er ein paar Groschen zusammen, wirft sie in den Apparat und ruft Bruno Frei an. Laut Lechners Tagebucheintragungen war er mit ihm befreundet. Er erreicht ihn in der Redaktion von »Berlin am Morgen«. Frei willigt sofort in eine Verabredung ein. Sie wollen sich in zwei Tagen treffen. Am Samstagnachmittag im Romanischen Café bei der Gedächtniskirche. Jetzt will Stemmer zu Gustav Franke, der im Karl-Liebknecht-Haus am Bülowplatz Redakteur der »Roten Fahne« ist. Mit ihm führte Lechner ein Interview über die KPD. Vielleicht weiß Franke etwas über ihn. Und vielleicht auch schon etwas über seinen Tod in der Baugrube.

Auf zum letzten Gefecht

Auf seinem Weg zum Karl-Liebknecht-Haus kommt Stemmer an einem modernen Eckbau vorbei. Das Kino »Babylon«. Gezeigt werden die sowjetischen Filme »Panzerkreuzer Potemkin« – die zensierte Fassung –, »Die Mutter« und »Sturm über Asien«. Dann steht er vor dem weiten Bülowplatz. Links, mitten auf dem Platz, ein gigantischer Monolith: der frei stehende Block der Volksbühne, die aussieht wie der Panzerkreuzer Potemkin, und rechts das Karl-Liebknecht-Haus. Über die Fassaden aller vier Stockwerke sind riesige Transparente gespannt: »Im Geist von Rosa Luxemburg und Karl Liebknecht voran!« – »Mit der KPD vereinter Kampf gegen Faschismus, Terror und Hunger, für Arbeit, Brot und Freiheit!« – »Rot Front!«.

Beim Pförtner fragt er nach Gustav Franke, dem Redakteur der »Roten Fahne«, und legt seinen Presseausweis vor. Der Mann in einer abgenutzten grauen Livree studiert ihn genau.

»Sind Sie angemeldet?«

»Nein.«

»Wir können nicht jeden Unbekannten durchlassen. Sicherheitsmaßnahme.«

»Sagen Sie Herrn Franke, es geht um Ludwig Lechner.«

Der Pförtner greift zum Telefon, wählt eine Nummer.

»Da ist ein Herr Stemmer. Journalist aus Wien. Der möchte Sie sprechen. Es geht um Ludwig Lechner.«

Nach einer Weile legt der Pförtner auf. »Erster Stock, Zimmer 115.«

Als Stemmer die Treppe hinaufsteigt, hört er das durchgehende dumpfe Rumoren der gewaltigen Rotationsmaschine. In der österreichischen »Roten Fahne« hat er gelesen, dass diese riesige moderne Druckpresse vom Keller bis in den ersten Stock hinaufreicht. Eigentlich wollte er sich dieses Monstrum ansehen, doch nach Lechners Tod ist ihm die Lust dazu vergangen.

Frankes enges Büro ist vollgehängt mit Stalin- und Lenin-Bildern und einer roten Fahne mit Hammer und Sichel. Dazwischen auch ein Foto von Egon Erwin Kisch, die Zigarette im Mundwinkel, wie man ihn kennt. Franke ist mager, er hat ein spitzes Gesicht mit einem Leninbärtchen. Auf seiner Nase funkelt eine dünne Nickelbrille.

»Was kann ich für Sie tun?«, fragt er.

Stemmer berichtet ihm von Lechners Verschwinden und dass er eben gesehen hat, wie man ihn tot aus einer Baugrube am Alex herausholte.

»Lechner tot?« Entsetzt starrt Franke ihn an. »Sind Sie sicher, dass er es war?«

»Ich habe ihn an seiner Kleidung wiedererkannt.«

Franke ist so erhitzt, dass seine Brillengläser beschlagen und er sie abwischen muss.

Stemmer berichtet auch, dass Lechners Leichnam nicht in das Leichenschauhaus gebracht wurde und man ihm nicht sagen konnte, wohin sonst.

»Haben Sie eine Ahnung, wo er jetzt sein könnte?«, fragt er.

Franke schüttelt bestürzt den Kopf. »Ständig verschwinden in dieser Stadt Menschen und tauchen nicht mehr auf. Lebendige und tote. Keiner weiß, wo sie geblieben sind. Gerade Journalisten sind gefährdet, wenn sie die Wahrheit herausfinden wollen. Ein gefährlicher Beruf in diesen Zeiten. Kann tödlich sein.«

»Er kann doch aber nicht einfach verschwunden sein!« Stemmer hat Mühe, nicht aufzubrausen.

»Mich wundert das nicht in diesem Chaos.« Franke streicht sich über seine schwitzende Stirn. »Ich erinnere mich gut an ihn. Ein sehr sympathischer Kollege. Haben uns sofort gut verstanden, als er für ein Interview bei mir war. Waren sozusagen Genossen.«

»Hat er Ihnen irgendetwas über seine Pläne erzählt, seine Vorhaben, was er als Nächstes unternehmen wollte?«, erkundigt sich Stemmer.

Franke verneint. »Nach unserem Treffen hatte ich keinen Kontakt mehr mit ihm. Bei uns geht seit Wochen alles drunter und drüber. Immer wieder wird unsere Zeitung für ein paar Tage verboten, dann wieder erlaubt und wieder für einige Zeit verboten. Unsere ›Rote Fahne‹ ist für die Nazis natürlich ein rotes Tuch. Schon oft wurde unsere Zentrale überfallen. Von der SA, der SS, von der Politischen Polizei, auch von der Schutzpolizei. Wir können gar nicht mehr richtig arbeiten. Wenn das so weitergeht, sind wir bald endgültig erledigt.« Während er spricht, fährt er sich mehrmals nervös mit der Hand übers Gesicht. »Vor vier Tagen haben vor dem Haus fünfzehntausend SA-Lümmel demonstriert. Der ganze Bülowplatz war braun. Die Polizei hat sie beschützt und anschließend das Haus besetzt. Erst nach Stunden zogen sie wieder ab.«

Franke ist so aufgewühlt, dass er innehalten muss. Fahrig deutet er auf einen Stapel seiner »Roten Fahne«, als wolle er sagen: Alles vergebens. »Und heute hat der Schleicher seinen Rücktritt angeboten. Dann haben wir wieder keinen Kanzler. So geht das seit Jahren. Der Luther, der Müller, der Brüning, der Kommunistenhasser Papen. Wenn die Richtung falsch ist, nützt das Auswechseln der Pferde gar nichts. Und jetzt der Schleicher. War nur zwei Monate Kanzler. Hat seinem Namen alle Ehre gemacht und sich eingeschlichen in dieses Amt. Keiner weiß, wie's jetzt weitergeht. Die Kacke ist am Dampfen. Bald explodiert sie. Wenn Hitler drankommt, dann Gnade uns Gott. Ich habe mit meinen fünfundvierzig Jahren schon oft im Gefängnis gesessen. Als Kriegsdienstverweigerer, als Pazifist, als Kommunist. Unter Hitler werde ich die Haft nicht überleben.«

Nach einer bedrückenden Pause zeigt er auf das Stalin-Bild. »Möchte es am liebsten von der Wand nehmen. Es war von uns ein großer Fehler, sich so an Stalin zu ketten. Ein fundamentaler Irrtum. Aber wir waren gläubig. Und dabei so unfassbar naiv, so blind! Wir sind nicht Klein-Moskau. Das ist nicht der Kommunismus, für den wir kämpfen. Wir sind selbstständige Kommunisten. Wären wir es nur gewesen! Wir hätten uns von Stalins Knute lösen und einen deutschen, demokratischen, sozialen Kommunismus aufbauen müssen. Jetzt ist es zu spät.«

Er deutet auf das Kisch-Foto. »Ich war sein Redakteur. Er hat viel für uns geschrieben. Auch seine Reise durch die Sowjetunion wurde von uns veröffentlicht. Vor acht Jahren. Er war damals so begeistert von Hammer und Sichel. Heute denkt er endlich anders. Ist klug geworden. Gott sei Dank.«

Kischs Gesinnungswandel macht ihn für Stemmer noch sympathischer, doch das bringt ihn bei seiner Suche nach Lechner auch nicht weiter.

Als sie sich verabschieden, sagt Franke, noch immer fassungslos: »Der Tod Ihres Kollegen trifft mich schwer. Vielleicht hat er sich mit der SA angelegt. Bei diesem Gesindel ist man schnell erledigt. Aber auch aus anderen Gründen werden Menschen hier umgebracht.«

Auf dem Bülowplatz leuchten Stemmer an einer Litfaßsäule bunte Plakate entgegen. »Comedian Harmonists«, Philharmonie – »Im Weißen Rössl«, Deutsches Theater – »Glückliche Reise«, Theater am Kurfürstendamm. Für Stemmer erscheinen diese Veranstaltungen wie aus einer anderen Welt. In eine ebenfalls ganz andere Welt muss Stemmer morgen. In den »Kaiserhof« zu Hitlers Neujahrsempfang für die Auslandskorrespondenten. Danach ist ihm jetzt gar nicht mehr zumute. Alles ist noch zu neu für ihn. Die riesige, überwältigende Stadt, die Brutalität und das Elend auf den Straßen, die feindliche Stimmung, die zum Greifen in der Luft liegt. Und dann noch all die neuen ausländischen Kollegen, die er dort treffen wird, während er nicht weiß, worüber und wie er mit ihnen als Neuling reden soll. Wäre nur sein Kisch auch dort! Er würde ihn unter seine Fittiche nehmen und ihm beistehen. Gar nicht zu reden von Hitler, der ihm leibhaftig gegenüberstehen wird. Er kann ihm doch nicht sagen, dass er ihn und seine Nazis verabscheut! Stemmer hat einen gewaltigen Bammel vor diesem Empfang. Doch er hatte Hanfstaengl zugesagt, jetzt muss er auch hin. Schließlich gehört er zu dieser Gilde.

Nach seiner Rückkehr erzählt er Judith, was er am Alex erlebt hat.

»Vielleicht war es gar nicht dein Lechner«, wendet sie ein. »Du hast ihn nicht genau erkennen können. Und solche Pelzmäntel tragen viele.«

Die gleichen Worte wie von Gennat. Dann berichtet er Judith von dem jungen Mann, der heute früh bei ihm klingelte und weglief, als er öffnete.

»Das war Richard.«

»Wer ist Richard?«

»Der Hüttig, von zwei Nummern weiter. Er leitet unsere Häuserschutzstaffeln. Unsere kommunistische Bürgerwehr gegen die Überfälle der SA.«

»Warum ist er weggerannt?«

»Er kannte dich nicht. Er muss vorsichtig sein bei Fremden. Die SA ist hinter ihm her. Er wird sich schon wieder melden.«

Kurz darauf klingelt es.

»Das ist die Geschke von nebenan. Erkenn ich am Klingeln«, sagt Judith und öffnet. Eine stämmige Frau in einer Kittelschürze kommt herein. Über ihrer Oberlippe schimmert ein dunkler Haarflaum, in den Händen hält sie eine Suppenterrine.

»Oh, een neua Mieta?«, fragt sie überrascht. »Hab ick nich jewusst, hätt sonst ne zweete Portion mitjebracht. Müssn sich halt teilen.«

Judith macht die beiden miteinander bekannt.

»Schön, dat Se hiea sin«, sagt die Geschke. »Dann is dit Mädche nich so alleene.« Sie stellt die Terrine auf den Küchentisch. »Voasicht. Is noch heiß. Diesma Bohnensuppe. Hab ooch Speckwürfel rinjeschnittn. Nu schnabuliert ma. Lauwarm schmeckt se nich.«

Stemmer und Judith machen sich über die dampfende Suppe her, über die die Geschke eine Menge Petersilie gestreut hat. Stemmer hat den ganzen Tag noch nichts Warmes gegessen.

»Na denn Mahlzeit«, wünscht die Geschke und schaut den beiden beim Essen zu.

»Habta schon jehört von de Kungelei in de Rejierung?«, fragt sie. »Da brodelt's jewaltich. De Deutschnationalen und de Nazis wolln den Schleicher stürzn. Un der Kalksack Hindenburg wird so bescheuert sein un sein Rücktritt annehm. Dann hätt der Fatzke mit dem Schnäuzer freie Bahn. Na prost.« Ohne Pause fährt sie fort: »Habta schon jehört von der Schießerei in Steglitz vorje Nacht? Da hat de SA mal wieda uff de Stahlhelmer jeschossn, uff ihre Konkurrenz. Un dit bei der Saukälte. In Breslau wars minus dreißich Jrad. Un der Rhein friert zu bei de Loreley. Zieht euch warm an, Kinda. Es kommen lausje Zeiten. Ick brooch keene Zeitungen. Ick hab in meen Frisiersalon meene Kundschaft. Von der erfahr ick allet.«

Die Geschke fragt Judith, wie es mit ihrer Aufführung geht, und empfiehlt ihr: »Iha müsst den Richard Tauber angaschiern. Da wird eure Bude voll. Aba der singt ja jerade im Admiralspalast in ›Frühlingsstürme‹. Dit sin mia scheene Frühlingsstürme in de Regierung un bei der Saukälte.«

Bevor sie geht, schaut sie sich Stemmer genau an. »Se müsstn ooch mal zu mia kommn. In meen Frisiersalon. Sie ham's nötich. Ick mach allet, wat kommt. Ick schnipple alle zurecht. Na, denn absentier ick mir mal.«

Nach Geschkes Abgang überrascht Stemmer Judith mit seiner Neuigkeit: »Ich muss morgen zum Hitler. Neujahrsempfang im ›Kaiserhof‹.«

Judith muss sich erst mal setzen. »Ein Wildschwein vor der Nase und keine Flinte dabei«, bedauert sie.

In der Nacht steht plötzlich Lechner in seinem Zimmer. Stemmer erschrickt nicht; für ihn ist es normal, dass er gekommen ist und nun an sein Bett tritt. Er sieht immer noch so aus, wie er ihn aus ihrer Zeit in Wien kennt. Immer noch der jugendliche Typ mit seinen blonden verwuschelten Haaren, etwas draufgängerisch, selbstbewusst, von seinen Fähigkeiten überzeugt. Der sympathische, sportliche Typ, auf den die Frauen fliegen. Er trägt seinen rötlichen Pelzmantel und Lederstiefel.

»Ich war es nicht, den man da aus der Grube holte«, sagt er lächelnd.

»Lebst du noch?«

Ludwig lächelt und schweigt.

»Wie geht es dir?«, fragt Stemmer.

»Nicht gut, nicht schlecht«, kommt es von Ludwig.

»Wo bist du jetzt?«

»Such mich weiter. Pass aber gut auf. Sei vorsichtig.«

»Wo kann ich dich finden?«

»Du wirst mich finden.«

»Wo?«

»Wirst schon sehen.«

Dann löst er sich in Nebel auf, verschwindet. Stemmer knipst seine Nachttischlampe an. Kein Ludwig im Zimmer.

Am nächsten Morgen erzählt er Judith von seinem sonderbaren Traum.

»Nimm den Traum ernst«, sagt Judith und sieht ihn mit ihren moosgrünen Augen eindringlich an. Sie glaubt an Geistererscheinungen.

»Es war nur ein Traum.«

»Nimm ihn trotzdem ernst.«

In keiner Zeitung findet Stemmer eine Meldung über den Toten in der Baugrube. Wird der Fund verschwiegen? Warum? Sehr merkwürdig.

GLÜCKLICH IST, WER VERGISST, WAS DOCH NICHT ZU ÄNDERN IST

In der Eingangshalle des »Kaiserhofs« bieten Blumenstände Rosen, Lilien und Dahlien an, Confiserien offerieren verlockende Pralinen und Trüffel in Rauschgoldfolie. Pagen in roten Westen mit goldenen Knöpfen, dunklen Samtkragen und schwarzen Hosen mit Biesen eilen hin und her. An ihrer Brust glänzen Messingschilder mit Nummern. Wartende sitzen in breiten Ledersesseln versunken. An kleinen Tischen nippen Gäste an ihren Mokkatassen und kosten mit gespitzten Lippen Kuchen. Und zwischen den Tischen schlendern in ihren Livreen Zigarettenboys mit ihren Bauchläden, schieben befrackte Kellner ihre Servierwagen, vollgeladen mit Petits Fours und Torten.

Als Stemmer vor drei Tagen seinen dunkelgrauen Sonntagsanzug aus dem Koffer geholt hat, war dieser völlig zerknautscht. Ein Glück, dass er sich inzwischen am Bügel ausgehängt hat. Trotzdem streicht er sein Jackett vorn und an den Ärmeln nochmals glatt und zupft sein weißes Hemd zurecht, um in der großen Eingangshalle dieses Prunkbaus manierlich auszusehen. Auch seinen Krawattenknoten rückt er gerade. Sonst trägt er nie Krawatte, diesmal muss er.

Fünf Aufzugtüren führen nach oben. Eine der Türen wird von SA- und SS-Männern in einem weiten Halbkreis abgesperrt. Wohlbefrackte Herren und Damen in schwarzer Robe warten auf den Durchlass. Stemmer reiht sich in seinem schlichten, etwas provinziell anmutenden Anzug in die Schlange der Korrespondenten ein. Er hört die Kollegen in feiner Artikulation Englisch reden, in breitem, ordinär klingenden Slang Amerikanisch; er hört Französisch, Spanisch, Holländisch. Auch Polnisch, Tschechisch oder Slowakisch. Diese Sprachen mit ihren irrsinnigen Zischlauten hat er noch nie unterscheiden können. Eine Dame in schwarzer Robe spricht wohltuend Italienisch. Er lauscht und versteht kein Wort von dem internationalen Geplauder.

Dann ist er an der Reihe. Den Uniformierten überreicht er Hanfstaengls Einladungskarte, seinen Pass und seinen Presseausweis. Mit einem Stift geht der Kontrolleur die Namen auf seiner Liste durch und hakt Stemmer ab. Er kann in den Aufzug, dessen breite Kabine mit glänzendem dunkelbraunem Mahagoniholz getäfelt ist. An den drei Wänden sind große Spiegel angebracht, sodass es scheint, als würden sich nicht zehn Personen darin befinden, sondern hundert. Im Aufzug schweigen alle. Der Aufzugführer drückt den Knopf für die oberste Etage. Dort angekommen, erstreckt sich vor Stemmer ein langer Flur mit roten schallschluckenden Teppichen. Ein SA-Mann in korrekt sitzender Uniform erwartet sie und weist auf eine gepolsterte Doppeltür.

Mit den anderen aus dem Lift betritt Stemmer einen hellen, schmucklosen Raum. Nur ein übergroßes Gemälde, ein gerahmtes Porträt des greisen Reichspräsidenten Hindenburg, hängt an einer Wand. Auf dem Parkett haben sich bereits etwa fünfundzwanzig vor ihnen eingetroffene Journalisten zu einem Stehkonvent versammelt, alle im Frack mit weißer Hemdbrust. Wie Pinguine stehen sie da, jeder ein Glas in der Flosse. Nur einer fehlt: sein Kisch. Anscheinend ist er immer noch unterwegs auf einer seiner Reisen.

Aus einer Ecke ertönt hallendes Klavierspiel. Hanfstaengl sitzt dort an einem Piano, seine Finger fliegen über die Tasten. Bis zum Auftritt seines Herrn spielt er zur Unterhaltung der Gäste die Ouvertüre von Wagners »Meistersinger von Nürnberg« und dann den Einzug der Meistersinger auf der Festwiese. Vermutlich ein ironischer Hinweis von Hanfstaengl, dass die Korrespondenten für Hitler Meistersinger sind. Während seines virtuosen Klavierspiels bieten junge, hübsche Frauen auf silbernen Tabletts Weißwein, Sekt, Obstsaft und Mineralwasser an. Auch Stemmer greift nach einem Glas Sekt. Wenn schon, denn schon. Und dazu gratis. Schnell sind alle Silbertafeln abgeräumt, neue Angebote folgen umgehend.

Hanfstaengl beendet sein Klavierspiel, und ein geschniegelter junger Mann, wahrscheinlich ein Adjutant, kündet Hitlers Auftritt an: »Es erscheint der Vorsitzende der Nationalsozialistischen Deutschen Arbeiterpartei NSDAP, der Oberste Führer der SA, unser Führer Adolf Hitler!«

Durch eine Flügeltür schreitet Hitler herein. Ernst und mit starrem Blick. Die Lippen fest zusammengepresst. Er trägt eine anthrazitfarbene Uniformjacke und eine schwarze Hose. An seiner Brust das Eiserne Kreuz und am linken Oberarm die Hakenkreuzbinde. Ihm hinkt ein kleines dürres Männlein hinterher, Gauleiter Goebbels, lächelnd mit breit auseinandergezogenem Mund. Sein Pferdegebiss glänzt. Hitler stellt sich zu seiner Ansprache auf, streicht über seine quer über den Kopf geklatschte Frisur und hält dann beide Hände vor sein Geschlechtsteil, als wolle er es beschützen. Eine Haltung, die man von vielen Fotos von ihm kennt.

In schnarrendem, knarzigem Ton begrüßt er die Korrespondenten und betont, dass dieses Jahr 1933 ein ganz besonders ereignisreiches Jahr sein werde, das für Deutschlands Zukunft und Schicksal entscheidend sei. Er gelobt, sollte er Kanzler dieses Reiches werden, die Weimarer Verfassung und das Parlament zu respektieren, alle bestehenden Gesetze einzuhalten und die legale demokratische Regierung zu bewahren. Die Arbeit der anwesenden Journalisten trage in dieser Zeit eine herausfordernde Verantwortung in sich, der sie in höchstem Maße gerecht werden müssten. Zum Abschluss wünscht er ihnen ein glückliches, erfolgreiches und gesegnetes neues Jahr. Mit den Gläsern in den Händen kann niemand applaudieren. Dann beginnt die Gratulationskur mit Neujahrswünschen für den Führer und den Gauleiter.

Alle reihen sich in eine lange Schlange ein. Hanfstaengl steht mit einer Liste neben Hitler und nennt ihm die Namen der jeweils Vortretenden und ihre Zeitungen. Als Letzter in der Reihe kann Stemmer nicht hören, wer wer ist und für welches Blatt sie schreiben. Jeder Korrespondent reicht artig zuerst Hitler und dann Goebbels die Hand und spricht ein paar Worte mit ihnen. Die italienische Korrespondentin, die vor dem Aufzug so hübsch geplaudert hat, macht einen Knicks vor den beiden. Am Ende muss Stemmer vortreten. Sein Herz pocht ihm bis zum Hals, er kann kaum schlucken. Da steht er also vor diesem Hitler. Sein Gesicht kennt er vom »Völkischen Beobachter«, vom »Stürmer« und »Angriff«. Immer vorteilhaft ausgeleuchtet und retuschiert. Doch als er den Führer jetzt direkt vor sich sieht, erschrickt er. Er hat ein ganz anderes Gesicht. Es ist gelblich aufgedunsen, hat etwas Krankhaftes. Seine Gesichtszüge sind vulgär. Seine fleischige Nase sieht gemein aus. Der komische schwarze Rotzfänger unter dem Nasenkolben zittert. Und mit so einer Visage will er Kanzler werden.

Hitler schaut ihn nicht an, sondern über ihn hinweg, als würde es ihn gar nicht geben. Als Hanfstaengl seine Wiener Zeitung nennt, schnarrt Hitler mit kaum geöffneten Lippen reflexhaft: »Soso. ›Arrbeiterr-Zeitung‹. Sehrr schönn. Mirr liegen die Arrbeiterr besonderrs am Herrzen.«

Sein Bekenntnis klingt nicht sehr überzeugend, trotzdem muss Stemmer dem Haderlumpen die Hand reichen und ihm Glück wünschen. Kruzifix. Von Hitler kein Händedruck, nur ein schlaffes Berühren mit seinen kalten Fingern. Goebbels dagegen packt grienend Stemmers Hand so kräftig, dass er sie fast zerquetscht. Dass so ein Gerippe so eine Kraft hat, denkt Stemmer verwundert.

Kaum sind Hitler, sein Adjutant und Goebbels weg, setzt sich Hanfstaengl wieder ans Klavier und spielt gut gelaunt eine Melodienfolge aus der »Fledermaus«. Darunter auch »Glücklich ist, wer vergisst, was doch nicht zu ändern ist«. Das schafft Stimmung, und schon gehen die Lästereien über den Führer los. Sie verstummen, wenn sich Serviererinnen mit neuen Getränken und Häppchen nähern, die schnell von den Tabletts gegriffen werden. Haben die Bediensteten sich entfernt, gehen die Spötteleien weiter. Bei Sekt und Weißwein und Weißbrothäppchen mit Ei, Lachs, Kaviar, Käse und Wurst lockert sich die Atmosphäre mehr und mehr. Auch Stemmer gefällt nun diese Versammlung, er wird mutiger, geht auf einige seiner Kollegen zu und stellt sich vor. Er kommt mit William Shirer ins Gespräch, der für die »Chicago Tribune« schreibt, mit Pierre Beauchamps vom »Figaro«, mit Boris Swetlanow von der »Prawda«. Swetlanow ist groß, schlank, elegant und hat ein fein geschnittenes Gesicht. Stemmer hat sich Russen immer ganz anders vorgestellt. Fleischig, feist, dick, derb, immer ein Glas Wodka in der Hand. Swetlanow aber trinkt nur Mineralwasser und ist witzig. Sehr irritierend. Charles

Percy vom englischen »Daily Telegraph« plaudert ebenfalls mit Stemmer, wie auch Martinez Jerez von der »Diario ABC« und die hübsche Franca Brondisi von der »Stampa«. Alle sprechen ein perfektes Deutsch.

Nach dem vierten Glas Sekt fühlt sich Stemmer unter seinesgleichen. Er schlendert zwischen den Gruppen seiner Kollegen umher, bleibt hier und da stehen, lauscht ihren Gesprächen. Er hört: »Der macht's. Der wirft alle aus dem Ring. Der wird Kanzler.« – »Nie und nimmer. Der Hindenburg wird ihn nie ernennen.« – »Der Hindenburg ist ein Blödian. Ein seniler Greis. Keine Ahnung von Politik.« Er hört: »Hitler bestellt nie etwas aus der Küche des Kaisershofs. Er hat Angst, dass man ihn vergiftet.« – »Am Reichskanzlerplatz kocht die Magda Goebbels jeden Tag in ihrer Wohnung für ihn. Das macht sie gern und lässt ihm das Essen durch ihren Chauffeur bringen.« – »Sie backt auch die Obsttörtchen, die er jeden Tag verschlingt. Er kann nicht genug von diesem Süßzeug bekommen.« Er hört: »Der Hitler war mal verliebt in die Magda. Sie wollte ihn heiraten. Aber da ging der Hinkefuß dazwischen.« Er hört: »Der Hitler liebt schlüpfrige Geschichten, frivole Anspielungen auf Seitensprünge.« Und er hört: »Er war bis noch vor einem Jahr staatenlos. So ein Staatenloser hätte nie deutscher Kanzler werden können. Durch einen Trick wurde er Regierungsrat beim Braunschweiger Vermessungsamt und dadurch Doitscha.«

Der Sekt und die Häppchen haben Stemmer ordentlich Appetit gemacht. Zurück in der Stadt, muss er wieder eine Currywurst essen. Außerdem will er einige Besorgungen machen. Judith ist bis zu ihrer Premiere am Sonntag den ganzen Tag bei den Proben und hat keine Zeit für Einkäufe. In einer Schlachterei, die hier Metzgerei heißt, will er Faschiertes kaufen. Die Verkäuferin versteht »Faschisten«. Sie macht ihn darauf aufmerksam, dass Faschiertes in Berlin Hackfleisch heißt. Stemmer ist der Zusammenhang zwischen Faschiertes, Faschisten und Hackfleisch klar. Aus Faschisten muss Hackfleisch gemacht werden. Er bestellt dreißig Dekagramm. Wieder versteht die Verkäuferin nicht. Aus Wien ist er es gewohnt, per Dekagramm abwiegen zu lassen. Sie verständigen sich auf dreihundert Gramm. Dazu kauft

Stemmer vier faschierte Laiberl. »Bouletten«, korrigiert ihn die polyglotte Verkäuferin. Zwei faschierte Laiberl isst Stemmer unterwegs auf der Faust. Zwei sind für Judith. Bei den Angeboten anderer Läden stellt er fest, dass Blaukraut Rotkohl ist, Karfiol Blumenkohl, Fisolen grüne Bohnen und Erdäpfel Kartoffeln. Komisch. Judith ist ihm dankbar für seine Einkäufe.

Fällt er in den Graben, fressen ihn die Raben

Bevor Stemmer im Romanischen Café Bruno Frei trifft, geht er zu Matzkes Zeitungsladen an der Ecke Potsdamer. Die winzige Boutique ist außen mit Wäscheklammern vollgehängt mit allen Berliner Zeitungen, nur eben nicht mit diesen Nazizeitungen, die ihm Judith genannt hat. Logisch. Versteht sich. Im Roten Kiez will er nicht seine Kundschaft verscheuchen. Dafür baumeln an exponierter Stelle Freis »Berlin am Morgen« und Frankes »Rote Fahne«. Das macht ihm den Laden sofort sympathisch. Auch innen ist die enge Bude vollgestopft mit der Tagespresse, bunten Illustrierten und Heften mit Kreuzworträtseln. Matzke ist nirgends zu sehen.

»Jun Tach«, grunzt jemand hinter den Papierwänden, und aus einem schmalen Spalt im Blätterwald lugt ein schnauzbärtiges Walross hervor. Seine wulstigen Augenlider hängen tief herab, unter ihnen dämmert ein trauriger Blick. Sein Doppelkinn wabbelt, wenn er atmet. Das also ist Matzke, der für Judith immer die Theaterkritiken heraussucht.

Stemmer deckt sich ein mit »Berlin am Morgen«, der »Roten Fahne«, dem »Vorwärts«, dem »Berliner Tageblatt«, der »Morgenpost«, dem »Lokalanzeiger« und der »Vossischen«. Damit hat er für heute genug. Seine »Arbeiter-Zeitung« wird ihm die Redaktion zuschicken.

»Schaffn Se dit heut noch? Suchn Se ’ne Wohnung? Oda Arbeet? Seitenweise Inserate. Aba nüscht für Arbeet.«

Auf den Stapel legt er ein Pfefferminzbonbon. »Füa jedn Neukundn. Schön Tach noch.«

Beim Betreten des Romanischen Cafés hätte sich Stemmer gern in die Glasveranda gesetzt, er hatte sich mit Bruno Frei jedoch im hinteren Raum verabredet. Draußen wäre es ohnehin viel zu kalt gewesen bei derzeit minus zwölf Grad, dazu weht ein eisiger Wind. Es kauern nur wenige Gäste, in Decken gehüllt, in diesem Glasvorbau und halten Gläser mit heißem Grog in den Händen, um ihre Finger zu wärmen. Wahrscheinlich Touristen, die es hierher verschlagen hat. Von der Veranda aus hätte er allerdings einen schönen Blick auf die Gedächtniskirche gegenüber. Später einmal, wenn es wieder etwas wärmer ist, wird er es sich hier in einem der Korbsessel bequem machen, einen schwarzen Tee mit viel Zucker schlürfen und die vorbeitreibenden Passanten betrachten.

Die Drehtür spült ihn in einen großen düsteren Raum. Er ist voll besetzt. Brodelndes Stimmengewirr und dichter Zigarettenqualm schlagen ihm entgegen. Die hohen Fensterscheiben sind blind vom Dunst des Rauches; schon am Nachmittag brennen die gelben Kugeln der Deckenlampen. Im grauen Nebel verschwimmt die schäbige Einrichtung des Lokals. Das Café sieht aus wie ein hässlicher Warteraum eines Provinzbahnhofs. Er hatte sich das berühmte Romanische Café anders vorgestellt.

Alle Marmortische sind von merkwürdigen Existenzen belagert. Von Judith weiß er, dass sich hier Schauspieler ohne Engagement, Schriftsteller ohne Verlag, Maler ohne Atelier treffen. Menschliches Strandgut auf der Suche nach irgendeinem Engagement, nach Halt. Schlanke Mädchen schlängeln sich um die Tische der Männer, bitten verführerisch um eine Zigarette. In Wirklichkeit hoffen sie wahrscheinlich, von ihnen zum Essen, zumindest aber zu einem Getränk, möglichst zu einem Cognac eingeladen zu werden. Oder sie erhoffen sich eine Bleibe, und sei es nur für eine Nacht.

Dieser Raum ist also das »Bassin für Nichtschwimmer«, wie Judith es nannte. Hier strampeln sich die Gäste in ihrem Existenzkampf ab, auf der Suche nach Tipps und Empfehlungen, immer kurz vor dem Absaufen. Als Stemmer dicht an den Tischen vorbeigeht, verschwinden schnell weiße Tütchen. Vermutlich Kokain. Kein Geld für ordentliches Essen, aber für diesen Schnee. Die Kokspreise sollen für die Gestrandeten in diesem Auffanglager besonders billig sein. Günstig, damit sich die Schiffbrüchigen von den letzten gepumpten Kröten eine schöne Stunde vorgaukeln können. Die ständig rotierende Drehtür schiebt immer neue Gäste herein und andere hinaus. Es ist ein einziges Kommen und Gehen.

Durch die Wartenden vor den beiden Münzfernsprechern

zwängt sich Stemmer in den kleineren Raum, in dem er mit Frei verabredet ist. In das sogenannte »Bassin für Schwimmer«. Hier halten sich angeblich die Arrivierten auf, um in ihren Erfolgen zu schwimmen. Hier ist es nicht so voll, dennoch haben die Raucher die Luft in bläulichen Dunst verwandelt. Wie in dem größeren Raum ist der Boden übersät mit Zigaretten- und Zigarrenresten und zertretener Asche. Aschenbecher kennen sie wohl nicht. In Gruppen sitzen ältere Männer und junge Frauen beisammen und diskutieren. Nahe der Garderobe hängen, in gelbe Holzleisten geklemmt, die Tageszeitungen, auch ausländische und sogar seine »Arbeiter-Zeitung«. Stemmer ist erstaunt, sie hier zu finden, und nimmt das baumelnde Blatt vom Haken. Mit seiner »AZ« in der Hand hält er nach einem Gast Ausschau, bei dem die »Berlin am Morgen« als Erkennungszeichen auffällig auf dem Tisch liegt. Kein Bruno Frei zu sehen. Er wird noch kommen. Stemmer findet einen freien Platz, lässt sich nieder und schaut sich um. Er denkt daran, wie er sich in den Wiener Kaffeehäusern an Prominente für Interviews heranschleichen musste. Als fest angestellter Journalist hat er diese Kampfmethode nicht mehr nötig. Da ruft er an seinem Schreibtisch die Promis an.

Ein kleiner, hagerer Kellner in einem schmuddeligen Frack mit einem angekleckerten Serviertuch über den Arm schlurft heran. Gewohnheitsgemäß bestellt Stemmer einen Einspänner, ehe ihm einfällt, dass der hier sicherlich ganz anders heißt.

»Ein Einspänner. Kommt sofort.«

Stemmer stutzt. »Sie kennen das?«

»Selbstverständlich. Ein Wiener Journalist hat immer einen Einspänner bestellt.«

»Hieß er Lechner?«

»Der Ludwig. Wir nennen uns alle nur mit Vornamen. Wenn Sie gestatten, ich bin Oswald. Kennen Sie den Ludwig?«

Stemmer erklärt ihm, warum er in Berlin ist, und fragt, ob er etwas über Lechner wisse.

Oswald weiß nur, dass Ludwig für eine Wiener Zeitung schrieb. Sein Stammplatz sei da drüben beim Fenster gewesen. Sonst weiß er nichts über ihn.

»Ich hoffe sehr, er kommt bald wieder. Bleiben Sie längere Zeit bei uns?«

»Man wird sehen.«

Oswald schlurft zum Tresen. Ein Zeitungsjunge stürmt herein. »Reichskanzler Schleicher zurückgetreten!«, ruft er laut und schwenkt sein »Tageblatt«. »Schleicher nach nur zwei Monaten zurückgetreten!«

Schon reißen ihm Gäste die Zeitungen aus der Hand und palavern über die neue politische Situation. In dem Trubel eilt ein Mann mit einem schwarzen breitkrempigen Hut herein, die »Berlin am Morgen« gut sichtbar in der Hand. Bruno Frei. Stemmer gibt ihm ein Zeichen.

»Da haben wir den Salat«, keucht Frei, während er seinen Mantel und Filzhut auf den Stuhl neben sich wirft und sich setzt. Er ist außer Atem. Stemmer schätzt sein Alter auf Mitte dreißig. Sein schmales Gesicht ist gerötet und sein Anzug aus feinem grauen Tuch etwas verrutscht. Über seinem weißen Hemd zittert am Kragenknopf eine violette Fliege. »Schleicher weg. Die Katastrophe rollt«, schnaubt er aufgebracht. »Muss heute noch einen Kommentar über den Abortus dieser Fehlgeburt schreiben. Die Wahrheit, aber nicht zu deutlich, sonst beschlagnahmen sie die Ausgabe. Wie schon einmal. Bald werden sie meine Zeitung sowieso verbieten. Ich ahne, wem man jetzt die Macht in den Schoß legen wird. Hitler ante portas. Mir graust.«

Oswald serviert Stemmer seinen Einspänner, einen schwarzen Kaffee mit einer Sahnehaube.

»Für Sie wie üblich, Herr Bruno?«

Frei nickt.

»Ein doppelter Mokka. Kommt sofort.«

Und schon ist Oswald wieder weg.

»Sie sind also der Freund unseres verschollenen Kollegen«, beginnt Frei das Gespräch. »Um es gleich zu sagen: Ich habe keine Ahnung, wo er geblieben ist. Hoffentlich ist ihm nichts passiert. Wir hatten uns zuletzt für den Dreizehnten drüben am Fenster verabredet. Er ist nicht gekommen. Vergessen hatte er unser Treffen bestimmt nicht. Er war immer sehr zuverlässig.

Es muss etwas dazwischengekommen sein. Dass er sich danach nicht mehr gemeldet hat, macht mir Angst.«

Von dem Toten in der Baugrube erzählt Stemmer Frei nichts. Allmählich sind ihm Zweifel gekommen, ob die Leiche wirklich Lechner war. Besonders nach seinem Traum, nach Ludwigs Erscheinung vorletzte Nacht.

Wieder drängt sich ein Zeitungsjunge durch den Raum und ruft die neueste Schlagzeile der »Vossischen« aus: »Die Brüder Saß wieder verhaftet! Bankräuber hinter Gittern!«

»Den Hitler hätten sie gleich mit dazupacken sollen«, kommentiert Frei. »In einen Hochsicherheitstrakt!«

Oswald kredenzt ihm seinen doppelten Mokka mit einem Keks. Frei will sofort trinken und verbrennt sich die Lippen.

»Vor dem Café jubeln die Braunen«, sagt Oswald und seufzt. »Grölen: ›Hitler! Hitler!‹ Ich mag gar nicht rausschauen.« Er wirft sich sein fleckiges Serviertuch über die Schulter und schlurft davon.

»Da haben wir's. So weit kommt's noch!« Freis Stimme flattert vor Verbitterung. »Das Gesindel wird immer frecher. Aber ich schreibe weiter gegen die Arbeitslosigkeit, für mehr Arbeitsplätze. Gegen den Mietwucher, für billige Wohnungen. Gegen die demagogische Hetze, für mehr Verstand. Gegen die brutalen Schlägertrupps der SA, für mehr Widerstand dagegen.«

Frei ist aufgewühlt. Die Gäste an den Nebentischen blicken aufmerksam herüber. Er hat Mühe, seine Stimme zu dämpfen.

»Sie werden mich irgendwann schnappen wegen meiner Wahrheiten. Wie sie vielleicht auch Lechner geschnappt haben. Vielleicht. Es kann auch etwas anderes gewesen sein. Wer weiß.«

»Haben Sie einen Verdacht, warum Lechner verschwunden ist?«, drängt Stemmer.

»Da kann es einige Gründe geben. Er hat in vielen heißen Suppen gerührt, der Wahrheitsfanatiker.«

»Zum Beispiel?«

»Zum Beispiel Muskel-Adolf. Dieser Gangsterboss mit seinen Verbrechern. Nicht der politische Adolf. Der hat keine Muskeln, nur ein großes Maul. Obwohl auch er eine Ganovenbande hinter sich hat. Lechner wollte die Banditengeschäfte dieses Unterweltlers aufdecken. Man stochert aber doch nicht in einem Wespennest herum! Und dann seine Affäre mit dieser mysteriösen reichen Dame. Vielleicht eine Luxusnutte. Vielleicht auch nicht. Wer weiß, was dahintersteckt.«

»Hieß sie Ulrike?«

»Weiß ich nicht. Über seine zweifelhafte Liaison hat er immer nur Andeutungen gemacht.«

»Gibt es politische Gründe für sein Verschwinden?«

»Jede Menge. Er war ein politischer Hochseilartist ohne Netz. Er ging Themen an, von denen sogar ich ihm immer abriet. Ich hab gesagt: ›Lass das sein. Schreib über etwas anderes.‹ Aber nein. Er konnte es nicht lassen. Über die katastrophalen sozialen Zustände in der Stadt zu schreiben, ist in Ordnung. Sich aber mit den Schweinereien der Obersten der SA zu befassen, das hätte ich nie gewagt. Viel zu gefährlich. Es reizte ihn, mit Giftschlangen zu spielen.« Hastig leert er seine Mokkatasse.

»Welche Obersten der SA?«, fragt Stemmer, obwohl er ahnt, wen Frei damit meint.

»Zum Beispiel Helldorff und Ernst, beide sind SA-Gruppenführer. Er hat privates Material über sie gesammelt, um es zu veröffentlichen. ›Selbstmord!‹, sagte ich zu ihm. Ich warnte ihn davor. ›Da ziehst du den Kürzeren.‹ Er hat das Machtverhältnis ignoriert. Das wollte er nicht einsehen. Wer das Geld hat, hat die Macht. Und wer die Macht hat, kann dich zerquetschen wie eine Laus. Aber nein, er wollte nicht auf mich hören. Er war zu sehr darauf versessen, diese SA-Führer bloßzustellen. Wahnsinn! Das kann nur schiefgehen.«

Frei redet sich so in Rage, dass sich sein Gesicht immer mehr rötet und er sein Jackett ausziehen muss.

»In meiner Zeitung hat er es nicht veröffentlicht«, wendet Stemmer ein.

»In meiner auch nicht. Auch nicht in der ›Vossischen‹. Habe es ihm ausgeredet.«

Stemmer will das Gespräch auf ein anderes Thema bringen und fragt: »Kennen Sie einen Erich Juhn?«

»Den Juhn, der dieses Enthüllungsbuch über Hanussen geschrieben hat?«

»Genau den meine ich.«

»Und wie ich den kenne! Woher wissen Sie von ihm?«

»Ich habe über ihn gelesen.«

»Ein ganz windiger Schurke. Kenne ihn persönlich. Juhn war früher mal der Impresario von Hanussen. Bis sie sich zerstritten. Jetzt ist er der Manager seines größten Rivalen. Des Wunderheilers und Hellsehers Max Moecke. Hanussens erbittertster Feind. Tritt im Wintergarten auf. Riesige Erfolge. Sehr zum Ärger von Hanussen.«

»Warum sein Feind?«

»Als die beiden vor zehn Jahren, 1923, in Wien gastierten, hat Moecke es geschafft, Hanussens Betrügereien aufzudecken. Um ihn als Konkurrenten loszuwerden. Daraufhin wurde Hanussen aus Österreich ausgewiesen und für zehn Jahre verbannt.«

Nun ist Stemmer klar, warum er sein bewundertes Idol in Wien nie sehen konnte. Wieder ist er irritiert darüber, dass sein Schwarm Betrügereien begangen haben soll. Auch sein Reisegefährte im Zug hat ihn einen Schurken genannt. Merkwürdig.

»Wo kann ich Juhn erreichen?«, will Stemmer wissen.

»Hier in Berlin. Ist aber zurzeit mit Moecke auf Tournee. Irgendwo in Deutschland.«

»Kennen Sie sein Enthüllungsbuch über Hanussen?«

»Habe es gelesen. Sehr informativ. Lechner hatte es mir geliehen. Habe es ihm aber schnell wieder zurückgegeben.«

»Bei seinen Sachen habe ich das Buch nicht gefunden. Wo ist es jetzt?«

Frei zuckt mit den Schultern. »Ich traue es Lechner zu, dass er dieses Dynamit Hanussen gezeigt hat, um ihn zu provozieren. In Berlin ist das Buch noch nicht bekannt. Hier weiß man nichts über seine Tricksereien. Dieser Phantast Lechner wollte Teile daraus in Berlin veröffentlichen, um das sogenannte Genie Hanussen auch hierzulande zu entlarven. So ein Irrsinn! Hanussen demaskieren! Den Liebling Hitlers, den Hellseher-Schwindler, dem die gesamte NS und besonders die SA zu Füßen liegen. Das wäre Lechners Ende gewesen.«

Frei sieht ungeduldig auf die Uhr. Er muss bald weg, um den Kommentar über Schleichers Rücktritt zu schreiben, der morgen in seiner »Berlin am Morgen« erscheinen soll. Eilig sagt er noch: »Lechner glaubte, mit dem Juhn-Buch eine Waffe gegen Hanussen in der Hand zu haben, hat ihn damit erledigen wollen. Wahnsinn! Vielleicht hat der mächtige Hanussen stattdessen ihn erledigt, weil er von Lechner nicht ruiniert werden wollte. Kann sein. Wer weiß. Dem Hanussen trau ich alles zu, wenn es um seine Macht geht. Der ist in solchen Sachen nicht zimperlich. Dieser Größenwahnsinnige gibt sogar eine eigene Zeitung heraus.«

»Was für eine Zeitung?«

»Die Hanussen-Zeitung. ›Hanussens Bunte Wochenschau‹. Kennen Sie die nicht?«

Stemmer kennt sie nicht. In Matzkes Laden hat er sie nicht gesehen.

»Seit einem Jahr spielt er sich als Medienzar auf und macht in seiner Schnulzengazette Werbung für Hitler. Als hätten wir nicht schon genug Drecksblätter, die sich für diesen Gauner als neuen Kanzler einsetzen.«

Diese Hanussen-Zeitung muss sich Stemmer schnellstens besorgen. Bruno Frei sieht noch mal auf die Uhr, steht hastig auf und greift nach seinem Jackett, seinem Mantel und Hut.

»Ihren Mokka übernehme ich«, sagt Stemmer.

»Nicht nötig. Habe bei Oswald ein großzügiges Konto. Wir können uns ja mal wiedersehen. Wenn es dann nicht zu spät ist für mich.«

Nur in Hemd und Hose rennt Frei aus dem Café, hinaus in die Kälte. Bald darauf geht auch Stemmer, irritiert von dem, was er von Frei gehört hat.

Vor dem Café marschiert eine Rotte SA-Flegel vorbei. Junge Bengels, blass, mager, viele mit Pickeln im Gesicht. Sie sehen aus, als wären sie von zu Hause weggelaufen und würden sich in Wärmehallen herumtreiben, wenn sie nicht zu ihren Märschen befohlen werden. Mickrige Gestalten. Wie eine germanische arische Rasse sehen diese Milchbubis nicht aus. Die braunen schlabberigen Hosen hängen ihnen am Hintern tief herab, als hätten sie sie vollgeschissen. Über ihre kotbraunen Hemden haben sie wegen der Kälte irgendwelche Jacken gezogen, darüber an den Armen ihre roten Binden gestülpt, das schwarze Hakenkreuz im weißen Kreis. Und jeder trägt ein Gewehr über der Schulter und einen Dolch am Koppel. Angeführt werden sie von einem Standartenführer und einem Sturmführer. Dahinter der Scharführer. Und dann die Unterführer. Alle nennen sich Führer. Erstaunlich, dass Hitler das erlaubt, wo er doch der alleinige Führer ist. Marschieren, Marschieren, das ist ihre Hauptbeschäftigung. Sie scheinen nichts anderes zu tun zu haben, als immer nur herumzumarschieren. Müssen sie nicht zur Arbeit? Nicht ins Büro? Nicht in die Fabrik? Haben sie so viel Zeit, den ganzen Tag herumzustiefeln? Dabei fühlen sie sich stark. Mit erhobenem Kinn stampfen sie in gebieterischer Haltung in gleichem Schritt und Tritt.

Unter ihren Schirmmützen mit den gestrafften Kinnriemen bemühen sich die Bubis um einen energischen Blick. Sie schauen nicht rechts, nicht links, nur geradeaus, als würden sie in der Ferne ihre Zukunft leuchten sehen. Sie fühlen sich als die Herren der Straße, wollen die Bürger einschüchtern. Jetzt singen sie auch noch. Es ist mehr Gebrüll als Gesang. »Die Fahne hoch! Die Reihen dicht geschlossen! SA marschiert mit ruhig festem Schritt!« Dazwischen bellen sie: »Straße frei den braunen Bataillonen! Rot Front verrecke! Juda verrecke!« Sollten Pfiffe ertönen, sollte einer am Straßenrand es wagen, »Pfui« zu rufen, »Mörderbande« oder »Dreckskerle«, wäre das für sie das Zeichen zum Angriff, zum Ausschwärmen und Zuschlagen.

Einen Augenblick lang glaubt Stemmer, inmitten dieser Horde seinen Reisekumpan zu erkennen. Doch da ist er schon weg. Er kann sich auch getäuscht haben, vielleicht sah er ihm nur ähnlich. Im Zug hatte er Zivilkleidung getragen. Jetzt steckten alle in diesen lächerlichen Kostümen, die Sturmkappen halb ins Gesicht gedrückt. Ein paar Passanten bleiben stehen und schütteln den Kopf. Die Frau neben ihm flüstert leise: »Idioten.«

Bevor Stemmer zu Judith hinaufgeht, will er bei Matzke die Hanussen-Zeitung kaufen.

»Ham wa nich«, grunzt Walross Matzke. Stemmer stutzt. »Dit Drecksblatt führ ick nich. Will meine Budike damit nich versaun.«

Dass er den »Völkischen Beobachter«, den »Stürmer« und den »Angriff« nicht anbietet, kann Stemmer verstehen und findet das sympathisch. Dass er auch die Hanussen-Zeitung ablehnt, hätte er sich nach dem Gespräch mit Frei nun denken können.

»Hanussens Nazireklame müssn Se sich woanders besorgn«, mault der Zeitungsverkäufer.

Als Stemmer in Judiths Küche tritt, sitzt dort mit ihr der junge Mann am Tisch, der vor zwei Tagen so stürmisch klingelte und davonrannte, als er öffnete. Auch jetzt trägt er seine zerschlissene Lederjacke. Die dunkelblonden dichten Haare stehen ihm wirr auf dem Kopf, neben seiner zerknautschten Ballonmütze liegt ein Stapel Flugblätter.

»Das ist Richard«, sagt Judith.

Der Mann steht kurz auf und reicht Stemmer die Hand.

»Hüttig«, stellt er sich vor. »Von den Häuserschutzstaffeln Lange.«

»Lange?«, fragt Stemmer.

»Den Lange hat Maikowski vor zwei Jahren hier im Kiez erschossen«, erklärt Hüttig.

Maikowski, diesen Namen hat Stemmer in den wenigen Tagen, die er jetzt hier ist, schon mehrmals gehört. Der alte Hausdiener Leo sprach von ihm, als der Sturm 33 das Volkshaus der SPD überfiel. Auch Judith nannte diesen Namen.

»Nach dem Mord an Lange floh Maikowski ins Ausland«, sagt Hüttig. »Kehrte zurück, wurde vom Gericht freigesprochen und arbeitete für den ›Völkischen Beobachter‹. Jetzt ist er seit beinahe zwei Jahren der Anführer seines Sturms. Dreihundert Mann. Eine besonders brutale Bande. Seit er sie kommandiert, wurden schon mehrere Kommunisten und Sozis erschossen. Heißt nicht umsonst Mördersturm. Ihr Aktionsbezirk ist Charlottenburg. Diesen roten Kiez wollen sie säubern. In allen Arbeitervierteln dasselbe. Wedding, Moabit, Siemensstadt, Lichtenberg, Köpenick, überall wollen die Nazis die roten Viertel mit ihren Schlägertrupps erobern.«

Judith steht auf, öffnet das Backrohr des Gasofens und zieht ein heißes Blech heraus.

»Mein Kunststück ist fertig.«

Ein knuspriger Streuselkuchen kommt zum Vorschein. Mit dicken Topflappen hebt sie das Blech aus dem Ofen, bereitet einen duftenden Kaffee und gießt drei Tassen voll. Dann schneidet sie große Stücke zurecht, schaufelt sie auf Teller und stellt sie auf den Tisch. Golden glänzen die dicken Streusel.

»Hoffentlich schmeckt er euch«, sagt sie. »Der einzige Kuchen, den ich kann. Ohne Mampf kein Kampf.«

Alle drei greifen kräftig zu, kauend erzählt Hüttig weiter: »Der Maikowski hat sein Sturmlokal hier ganz in der Nähe, in der Hebbelstraße. In der Kneipe Zur Altstadt. Da planen sie ihre Aktionen, saufen und singen. Mehr besoffenes Gegröle als Gesang. Wenn sie sich ausreichend Mut angesoffen haben, schwärmen sie aus und prügeln und ballern drauflos.«

Der noch heiße Kuchen in seinem Mund hindert ihn daran weiterzureden. Er muss eine Pause machen. Bald darauf fährt er fort: »Die Polizei hilft uns nicht gegen ihre Überfälle. Im Gegenteil. Die Schupos stellen sich hinter sie, wenn wir uns gegen ihre Attacken wehren. Wir müssen unsere Häuser selbst schützen. Deshalb haben wir unsere Staffeln gegründet. Radfahrerkuriere alarmieren die Genossen, wenn der Sturm wieder anrückt. Wir haben unser Stammlokal bei Titz in der Nehringstraße. Gleich um die Ecke.«

Einen Moment lang hält Hüttig inne. Er scheint einem Gedanken nachzuhängen und sagt dann: »Es ist merkwürdig bei Maikowski und mir. Wir sind gleich alt. Fünfundzwanzig. Kommen beide aus ärmlichen Verhältnissen. Waren lange arbeitslos. Jetzt ist er bei der SA und ich bei der KPD. Wir prügeln uns, bekämpfen uns. Er mit seinem Sturm, ich mit meinen Häuserschutzstaffeln. Sie mit ihren Pistolen, wir aber auch mit unseren Pistolen. Wir können uns doch nicht unbewaffnet wehren. Das hat die Politik aus uns gemacht.«

Er schiebt sich ein weiteres Stück Streuselkuchen in den Mund, kaut und schluckt.

»Dass er und seine Lümmel solche Schläger geworden sind, wundert mich nicht. Auch nicht, dass sie zur SA gegangen sind. Alles junge Burschen um die zwanzig, alle durch die Wirtschaftskrise seit Jahren arbeitslos, als Faulenzer und Versager verachtet, als Nichtsnutze und Müll. Ihr Leben ist nichts wert, ihre Lage aussichtslos, es gibt keine Hoffnung, aus dem Elend herauszukommen. Wut, Zorn und Rache kochen in ihnen hoch. Da kommt auf einmal einer daher und verspricht ihnen bessere Zeiten und Anerkennung in der Gesellschaft, wenn sie in seine Horde eintreten. Verspricht ihnen Arbeit, eine gesicherte Zukunft und Ehrungen des Staates. Klar strömen da alle zu ihm und zu seiner SA. Als Teil des Sturms fühlen sie sich geschützt und geachtet. So ist das. Das gilt für alle SA-Stürme. Sie sind aber zu dumm, um zu erkennen, wem sie in Wahrheit dienen, wem sie sich ausliefern. Und wenn sie erst in dem Mahlwerk stecken, werden sie verbacken wie Max und Moritz.« Hüttig schiebt sich die nächste Gabel voll Streuselkuchen zwischen die Zähne. »Komm uns doch mal besuchen bei Titz. Aber schreib in deiner Zeitung nichts über mich und meine Staffeln. Der Maikowski hat seine Ohren auch bei den österreichischen Nazis.«

Stemmer verspricht ihm Stillschweigen. Versteht sich. Judith holt ihren Zigarettenwickler, ihr Päckchen Feinschnitt und die Blättchen hervor und dreht sorgfältig zwei Zigaretten. Eine für Hüttig, die andere für sich. Von Stemmer weiß sie, dass er Nichtraucher ist. Sie zünden die dünnen Stäbchen an und genießen den Tabak.

Hüttig zeigt auf seine Flugblätter. »Die muss ich noch verteilen.« Er schiebt Stemmer ein Blatt hin. Stemmer liest: »Kein Kanzler Hitler! Aufruf zur Demonstration am 29. Januar, 18 Uhr, Lustgarten. Kommt alle! SPD. KPD. Berliner Häuserschutzstaffeln.«

Wieder eine Demo, denkt Stemmer. Zuerst der Aufruf der

SPD, den ihm Leo im Volkshaus in die Hand drückte, und nun die Aufforderung wieder von der SPD, dazu von der KPD und den Berliner Häuserschutzstaffeln.

»Ich kann nicht«, bedauert Judith. »Wir haben morgen Generalprobe und Premiere.«

»Aber ich komme«, entscheidet Stemmer. Vor seinem Besuch der Aufführung hat er noch Zeit für die Demo.

Am nächsten Nachmittag fährt Stemmer Judith zur Generalprobe ins Renaissance-Theater in der Hardenbergstraße. Bevor er den Wagen startet, setzt er ihr seine Pelzmütze auf. Sie steht ihr gut. Sie sieht hübsch damit aus. Unter dem dunkelgrauen Dachsfell quellen ihre roten Locken hervor, und in ihrer Aufregung über die bevorstehende Generalprobe leuchten ihre Sommersprossen. Er wird ihr von Lechners Geld auch so eine Pelzmütze kaufen. Das Risiko geht er für sie ein. Während der Fahrt erzählt sie ihm einiges über Hollaenders Kabarett »Tingel-Tangel«. Mit dem Honorar für seine Musik zum Film »Der blaue Engel« mit der Dietrich gründete er vor zwei Jahren seine erste eigene Bühne, das »Tingel-Tangel-Theater« im Souterrain des »Theater des Westens« in der Kantstraße. Sie brachten bissige Chansons, kritisierten scharf die Gesellschaft und die Politik. Die Musik kam von Hollaender, auch die Texte waren meistens von ihm. Die besten Künstler traten auf. Seine Ex-Frau Blandine Ebinger, seine jetzige Frau Hedi Schoop, die Rosa Valetti, Kate Kühl, Hubert von Meyerinck, Theo Lingen, Max Hansen. Natürlich störten die Nazis die Aufführungen. SA-Trupps randalierten im Theater. Spuckten Hollaender auf die Klaviertasten und auf die Finger. Verwüsteten sogar seine Wohnung. Hollaender schaffte mit seinem Ensemble nur drei Revuen, dann haben die Nazis das Kabarett verboten und geschlossen. Das war erst drei Wochen her. Sie ließen sich aber nicht unterkriegen und versuchen es jetzt mit dieser Premiere erneut, mit Teilen aus den damaligen Programmen und auch mit einigen der Künstler von früher. Zusammen mit einem Jazz-Quintett, das Hollaender im Jüdischen Vereinshaus entdeckte.

Am Theater angekommen, gibt sie ihm seine Pelzmütze zurück: »Lass sie dir bei der Demo nicht vom Kopf prügeln.«

Im Lustgarten dann keine Kundgebung der SPD, KPD und der Berliner Häuserschutzstaffeln gegen einen möglichen Reichskanzler Hitler. Dafür eine riesige Prügelei. Berittene Polizisten jagen mit ihren Pferden in die Massen der Versammelten, treiben sie auseinander und schießen mit ihren Pistolen in die Luft. Dabei scheuen die Pferde und schlagen aus. Die Menschen fliehen, um nicht von den tretenden Gäulen erwischt zu werden. Wer den Lustgarten nicht schnell genug räumt, auf den schlagen die Schutzpolizisten mit ihren Knüppeln ein. Entfernt bleibt Stemmer beim Schloss stehen und ist entsetzt, was da vor seinen Augen geschieht. Als prügelnde Schutzpolizisten auf ihn zustürmen, rennt er davon und wirft Hüttigs Flugblatt weg.

Am Abend sitzt Judith neben ihm in einer der ersten Reihen und hält seine Hand fest. Sie ist sehr nervös. Sie hat zwar schon bei der Generalprobe gesehen, wie ihre Kostüme im Scheinwerferlicht wirken, trotzdem zappelt sie auf ihrem Sitz hin und her. Der Saal ist nicht groß, aber auch nicht klein. Er strahlt in seinem bescheidenen Maß eine anheimelnde Atmosphäre aus. Das Parkett und der Rang sind nicht voll besetzt, jedoch gut gefüllt. Der Raum ist in einer Art moderner Sachlichkeit gestaltet, sehr angenehm. Keine Rokokoschnörkel, kein Gold und Rot, kein glitzerndes Silber. In die hellbraunen Holzwände ringsum sind kostbare Intarsien eingelassen, und an der Decke ist ein großer kristallener Kronleuchter angebracht.

Endlich ist es so weit. Der rote Vorhang öffnet sich, die Bühne steht in vollem Licht. Das Jazz-Quintett betritt die Bretter, die die Welt bedeuten. Alle in schwarzer Hose und weißem Hemd mit Fliege. Banjo, Klarinette, Posaune, Saxophon, Schlagzeug und noch eine Menge anderer Instrumente sind zu erkennen. Auf ihrer großen Pauke steht »Weintraubs Syncopators«. Es folgt das gesamte Ensemble in Judiths Kostümen. Starker Applaus für alle. Sie stößt ihn aufgeregt an. Es sind die Kostüme, die Stemmer in ihrem Arbeitszimmer als Figurinen gesehen hat. Ein Leierkastenmann, eine Diva mit Stola und lila Straußenfedern, ein Arbeitsloser, ein Wurstverkäufer, eine Prostituierte, ein Zeitungsjunge mit Ballonmütze. Da Stemmer die Künstler nicht kennt, flüstert sie ihm die Namen zu. Dann kommt Friedrich Hollaender. Stürmischer Empfang. Hollaender ist erstaunlich klein. Stemmer schätzt ihn auf weit unter eins sechzig. Er hat den dicken Kopf eines alten Katers, sein breites Kinn ist unrasiert. Mit einer schüchternen Verbeugung setzt er sich an seinen großen schwarzen Flügel. Zuvor muss er den Hocker ein gutes Stück hochdrehen, damit er an die Tasten kommt. Er verkündet dem Publikum: »Als Ouvertüre unserer Premiere bringen wir als Hommage an meinen berühmten Komponisten-Kollegen Mischa Spoliansky einen Song von ihm.« Dann legen die Jazzband, das Ensemble und Hollaender am Flügel mit dem rasanten, fetzigen Song im wilden Stakkato los.

Es liegt in der Luft eine Sachlichkeit.
Es liegt in der Luft eine Stachligkeit,
es liegt in der Luft, es liegt in der Luft, in der Luft!
Es liegt in der Luft was Idiotisches,
es liegt in der Luft was Hypnotisches,
es liegt in der Luft, es liegt in der Luft,
und es geht nicht mehr raus aus der Luft!

Die folgenden Strophen werden immer wieder von rauschendem Applaus unterbrochen.

Hermann Schaufuß tritt als Münchhausen in Hitler-Maske auf, erzählt die unglaublichsten Geschichten und singt: »Lüge, Lüge, Lüge, alles, was der Mann uns sagt. Aber er erzählt so schön. Um die Illusion sich nicht zu rauben, möchte man ihm alles glauben.«

Bei der nächsten Nummer trägt Hollaender seinen Text allein vor, begleitet nur von einer dumpf jaulenden Trompete mit Dämpfer.

Huhu! Huhu! Dudu! Du!
Ich bin der kleine Hitler
und beiße plötzlich zu!
Ihr werdet alle in den bösen Sack gesteckt!
Huhu! Hihi! Haha! Wauwau!
Kein Aas hat sich erschreckt!

Anschließend singt das gesamte Ensemble in stampfendem Rhythmus:

Wir leben im Getriebe, wir leben im Gewühl.
Wir leben ohne Liebe, wir haben kein Gefühl.
Wir haben keine Ruhe, nur abgelatschte Schuhe.
Das Einzige, was wir haben: Wir haben keine Zeit!
Wir rasen, rasen, rasen und kommen nicht sehr weit.
So leben wir seit Jahren, wir leben ohne Sinn.
Wir fahren, fahren, fahren, und wissen nicht, wohin!
Wir fahren nicht, wir sausen, sonst kommen wir zu spät,
und sehen nicht mit Grausen, wohin die Reise geht.

Nach der Melodie »Die Liebe von Zigeunern stammt« aus Bizets »Carmen« singt Annemarie Hase als Nächstes »An allem sind die Juden schuld!«, begleitet von Banjo und Klarinette.

Ob es regnet, ob es hagelt, ob es schneit oder ob es blitzt,
ob es dämmert, ob es donnert, ob du frierst oder ob du schwitzt,
ob es schön ist, ob's bewölkt ist, ob es taut oder ob es gießt,
ob es nieselt, ob es rieselt, ob du hustest, ob du niest:
An allem sind die Juden schuld! Die Juden sind an allem schuld!
Ob das Telefon besetzt ist, ob die Badewanne leckt,
ob dein Einkommen falsch geschätzt ist, ob die Wurst nach Seife schmeckt,
ob am Sonntag nicht gebacken, ob der Prinz of Wales schwul,
ob bei Nacht die Möbel knacken, ob dein Hund 'n harten Stuhl:
An allem sind die Juden schuld! Die Juden sind an allem schuld!

Stemmer ist über die frechen Texte erstaunt und fragt sich, wie lange die Tingel-Tangel-Gruppe noch auftreten darf.

Eine spindeldürre junge Frau mit bleichem Gesicht, das lange dunkle Haar nach hinten gebunden, tritt an die Rampe: Blandine Ebinger. Eine geisterhafte Erscheinung, eine rachitische Gestalt. Mit ihrem dünnen Lispelstimmchen trägt sie das Chanson »Die Trommlerin« vor.

Die Herren, für die der Krieg zu kurz gewesen, die treten gern vor meine Bude hin
und zielen ohne vieles Federlesen auf meine Wenigkeit, die Trommlerin.
Sie träumen sich in längst versunkene Zeiten, wo jeder mal so 'n bisschen Feldmarschall.
Sie seh'n sich durch versenkte Dörfer reiten mit Wogenprallen und mit Donnerhall.
Und diesen Herren wirft die Trommlerin
wie von ungefähr die Worte hin:
Ein Schuss zehn Pfennig!
Drei Schuss fünfundzwanzig Pfennig!
Na, wer will noch mal?
Na, wer schießt noch mal?

Der Schlagzeuger schlägt scheppernd auf sein Becken ein. Dann tritt wieder das ganze Ensemble auf. Hubert Meyerinck kündigt an: »Höchste Eisenbahn. Das Chanson vom falschen Zug«, und äußert als Fahrgast seine Befürchtungen:

Das ist der Zug der Zeit.
Doch dieser Zug verkehrt verkehrt.
Hab ich ein falsches Kursbuch?
Sollte der Fahrplan lügen?
Hat man mir ein falsches Ticket verkauft?
Hab ich den Anschluss verpasst?
Ich fürchte, die Weichen sind falsch gestellt.
Wo ist denn hier die Notbremse?
Zieht denn keiner die Notbremse?

An dieser Stelle setzt das Ensemble ein:

Keiner weiß, was morgen wird geschehn, und niemand kann die nächste Stunde sehn.
Schon morgen kann sich alles drehn!
Heute gilt nur:
Zu fassen, was zu fassen ist, zu hassen, was zu hassen ist, zu

ketten, was zu ketten ist, zu retten, was zu retten ist.
Höchste Eisenbahn! Allerhöchste Eisenbahn!

Weintraubs Jazzer stampfen, zischen und tuten wie ein rasender Zug: *Tschu, tschu, tschu …*

So geht das fast zwei Stunden. Darsteller und Zuschauer sind aufgekratzt. Die Vibration wogt durchs Parkett bis hinauf zum Rang. Nach jeder Nummer stürmischer Applaus. Stemmer kommt aus dem Staunen über diese Texte nicht mehr heraus. Voller Bewunderung drückt er Judith an sich.

Um Mitternacht versammeln sich die Musiker, die Darsteller und alle, die an dieser Aufführung beteiligt waren, bis zum Inspizienten, im kleinen Restaurant des Theaters. Nach der anstrengenden Premiere wird kräftig gegessen und getrunken. Hollaender, der »Große kleine Friedrich«, wie ihn alle nennen, sitzt, eingerahmt von seiner Ex-Frau Blandine Ebinger und seiner jetzigen Frau Hedi Schoop, ganz nah bei Stemmer und Judith. Zur Feier des Abends spendiert er für alle seine »Kinders« Sekt. Er rückt näher an Stemmer heran, will von ihm wissen, wer er ist. Nachdem er es erfahren hat, seufzt er und sagt: »Ach Wien, da bin ich nie aufgetreten. Immer nur in Berlin. Vielleicht komm ich da noch hin, wenn es dann nicht zu spät ist.«

Seine beiden Frauen lassen ihn frei, er kann sich noch näher zu Stemmer setzen. In seinem schlaffen Gesicht schimmern erschreckend traurige Augen.

»Trinken wir noch a Glaserl Wein. Es muss ja nicht das letzte sein«, imitiert er den Hörbiger und bestellt beim Kellner allerbesten Wein für Stemmer, Judith und für sich. Völlig übermüdet und auch etwas angetrunken gesteht er deprimiert: »Mit dem Kabarett ist es in Berlin bald vorbei. Besonders mit meinen Texten. Ich will zubeißen. Man wird mir aber einen Maulkorb verpassen. Ich muss einsehen, der Clown hat seine Stellung verloren. Er muss seine Ulktrompete weglegen. Dummer August, gib Ruh. Ich will aber keine Ruhe geben. Kann ich auch nicht. Unmöglich.«

Wieder nimmt er einen Schluck vom kräftigen Rotwein und

sinniert: »Ich wollte immer unbequem sein. In meinem ersten Tingel-Tangel in der Kantstraße musste auch das Publikum unbequem sitzen. Auf harten, kleinen Stühlen. Keine knallenden Sektkorken. Kein Weinzwang, keine Verzehrbons wie in den anderen Amüsierschuppen. Mein Publikum hat's mir zwei Jahre lang gedankt und kam begeistert immer wieder. Aber wer war denn mein Publikum? Nicht das Volk, für das ich meine Texte schrieb, nicht die, die sie hören sollten, sondern diese Milliprozent von Leuten, die schon Bescheid wussten und die Lage von mir nur noch bestätigt haben wollten. War so und wird immer so bleiben. Na gut, na schön, nicht alle meine Texte waren erste Qualität. Aber was sollte ich machen? Ich brauchte das Geld. Ich musste immer schnell liefern. Wie ein Schneider, der ohne Anprobe Maßgeschneidertes fertigen soll.«

Er leert sein Glas mit einem Schluck und schiebt es beiseite. »Irgendwann muss ich mit Hedi abhauen«, sagt er. »Was nimmt man mit bei einer Flucht? Es gibt keinen Fluchtführer zu kaufen. Nur Berlinführer, die aufzeigen, wie toll diese Stadt ist. Auch im Brockhaus steht nichts davon, was man bei einer Flucht mitnehmen soll. Und in der Schule lernt man es nicht. Dabei ist gerade das doch das praktische Leben. Eine Hängebrücke. Sie schwankt gewaltig und kann reißen. Dumm, wenn man gerade in der Mitte steht.«

Glühwürmchen flimmre

Stemmer wälzt sich in seinem Bett von rechts nach links und wieder zurück. Er kann nicht einschlafen. Die rasante Aufführung rauscht durch seinen Kopf. Die gepfefferten Chansons, die hinreißende Musik, die Darsteller, der Wirbelwind Hollaender am Klavier und die Gespräche bei der Premierenfeier. Dazu der Wein, den Stemmer in solchen Mengen nicht gewohnt ist. Er weiß nicht, wie lange er schlaflos in der Dunkelheit gelegen hat, als er die Tür vorsichtig aufgehen hört. Er knipst seine Nachttischlampe an und sieht im gelblichen Schein Judith im Zimmer stehen. Sie trägt einen bunten Pyjama und sieht aus wie ein Clown.

»Ich wollte nur sehen, ob du schon schläfst«, sagt Judith. »Ich bin so aufgekratzt nach diesem Abend. Ich kann nicht schlafen.«

Er ist froh, dass sie in ihrem Pyjama bei ihm ist, schlägt seine Decke zurück und deutet neben sich. »Setz dich zu mir.«

Sie setzt sich auf seine Bettkante. Noch wagt er nicht, sie in sein Bett zu ziehen.

»Näher«, wünscht er.

Sitzend rückt sie dicht an ihn heran.

»Noch näher.«

Sie schmiegt sich an ihn, blickt ihn mit ihren moosgrünen Augen an und beugt sich zu ihm herab. Ihre roten Locken fallen ihm ins Gesicht. Er genießt den Duft ihrer Haare, drückt seinen Körper an sie, spürt ihren warmen Leib und wünscht, dass sie sich niederlegt und er sie umarmen kann.

»Ich weiß gar nichts über dich«, sagt er und legt seinen Arm um ihre Hüfte. Er möchte etwas über sie erfahren. Sie ist siebenundzwanzig, drei Jahre jünger als er, und muss schon einige Liebschaften erlebt haben. Er hofft, dass sie sich während ihres Erzählens neben ihn legt, doch sie bleibt sitzen.

»Hab dir schon gesagt, dass ich aus Detmold stamme. Diesem Kaff.«

»Wo ist das?«

»Bei Bielefeld. Detmold hat ein Rathaus, einen Bahnhof, eine Kirche, ein Schloss, Fachwerkhäuschen, enge Gassen und sogar ein Landestheater mit Säulen vor dem Portal. Da hab ich eine Weile als Kostümbildnerin assistiert. Passte meiner Mutter gar nicht. Sie wollte, dass ich in einem Damenkonfektionsladen arbeite. Korsagen und so. Ich aber wollte nach Berlin. Hab massenhaft Bewerbungen als Kostümassistentin geschrieben. Nur Absagen. Mein Vater sagte: ›Hättest für das Porto Orangen kaufen sollen. Hättest mehr davon gehabt.‹ Da bin ich aufs Geratewohl abgehauen nach Berlin und hab auch tatsächlich ein Engagement bekommen. Bei einem Besuch zu Hause sagte mir meine Mutter später, sie habe sich gewünscht, dass ich in Berlin auf die Nase falle. War gemein von ihr. Sie hätte gern gehabt, dass ich nach Detmold zurückkehre. Aber eher wäre ich in die Spree gesprungen.«

Er drückt sie an sich. Judith scheint nichts dagegen zu haben.

»Lass mich unter deine Decke«, sagt sie endlich und legt sich neben ihn. Er bedeckt sie und sich mit dem wärmenden Plumeau und will die Lampe löschen, doch sie wehrt ab. »Lass das Licht brennen. Ich will dich sehen.«

Noch enger drückt er sie an sich. Er spürt ihren erhitzten, duftenden Körper. Ihr warmer Atem weht ihm übers Gesicht.

»In Berlin ging's dann los. Ich raus aus dem Zug und mir im Schiffbauerdamm-Theater den Brecht angesehen, seine Dreigroschenoper. Noch bevor ich ein Nachtquartier hatte. Das war endlich was! Hab so 'ne Musik noch nie gehört. Vom Weill. Sol-da-ten woh-nen auf den Ka-no-nen«, singt sie vor sich hin. »Auf Kanonen hab ich nicht wohnen müssen. Obwohl es mir oft so vorkam. Hab dann später diese Wohnung hier gefunden.«

Er schiebt seine Hand unter das Oberteil ihres Pyjamas und streicht über ihre Brüste. Seine Berührungen scheinen ihr zu gefallen. Sie hält ganz still, atmet ruhig und erzählt weiter.

»Für das ›Weiße Rössl‹ im Großen Schauspielhaus hab ich eine Assistentenstelle bekommen. Benatzky. Regie Charell. War toll. Ich hab den ›Blauen Engel‹ mit der Dietrich im Gloria-Palast am Kurfürstendamm gesehen und im Kino am Nollendorfplatz ›Im Westen nichts Neues‹, den Antikriegsfilm von Remarque.

Die SA hat Stinkbomben gezündet und weiße Mäuse losgelassen, die Schweine. Ich hab erlebt, wie die SA im September '31 zum jüdischen Neujahrsfest die Juden auf dem Kurfürstendamm verprügelt hat. Für mich als Jüdin ein Schock.«

Zärtlich streichelt er die Seiten ihrer Brüste, dann ihre weiche Wölbung. Sanft kreisen seine Finger um ihre Brustwarzen. Er spürt, wie sie sich aufrichten und steif werden. Sacht streicht er mit seinen Fingerspitzen darüber. Entsprechend seinen Bewegungen wippen die erregten, harten Knospen hin und her. Judith atmet tief und genussvoll. Sie erhebt sich leicht, knöpft ihre Pyjamajacke auf und streift sie ab. Nun liegt sie mit nacktem Oberkörper eng an ihn gepresst neben ihm. Seine Hand gleitet über ihre Haut, liebkost ihren Rücken, ihre Hüften, ihr Becken, ihren Bauch, während er sie mit dem anderen Arm dicht an sich drückt. Judith genießt es, von ihm gestreichelt zu werden.

Am Mittag dröhnt es aus dem Radio: »Hitler von Reichspräsident Hindenburg zum neuen Reichskanzler ernannt! Die Machtübergabe fand in der Reichskanzlei statt. Anschließend begab sich der neue Kanzler zum Hotel Kaiserhof, wo er von seinem Gefolge triumphal empfangen wurde.«

»Sie haben den Wolf zum Hirten gemacht«, sagt Judith leichenblass. »Jetzt tanzen wir nicht mehr auf dem Vulkan, jetzt ist er ausgebrochen.«

Stemmer muss zum »Kaiserhof«, zum Wilhelmplatz. Judith will nicht mitkommen. Sie will diese Katastrophe nicht sehen. Doch er muss das Spektakel erleben, um darüber berichten zu können. Nicht um den Schnauzbart mit der angeklatschten Frisur zu sehen, darauf legt er keinen Wert. Er muss sehen, wie die Berliner darauf reagieren.

Schon in weitem Umkreis ist die Wilhelmstraße abgesperrt. Von allen Seiten strömen die Menschen herbei. Grundsätzlich will er sich nicht von den Massen treiben lassen, jetzt bleibt ihm nichts anderes übrig. Wie kochende Lava wälzt sich die Flut zum Wilhelmplatz. Dazwischen wedeln die Zeitungsjungen mit ihren neuesten Ausgaben: »Extrablatt! Extrablatt! Hitler Reichskanzler!« Die Blätter werden ihnen aus den Händen gerissen. In der aufgewühlten Masse kämpft sich ein Rollstuhlfahrer mühsam voran. Bis zum Rumpf sind seine beiden Beine weg. Wahrscheinlich im Krieg von einer Granate weggerissen. Auf die Rückenlehne seiner Chaise hat er zwei Hakenkreuzfähnchen aufgepflanzt, und auf seinen Hut vorn ein großes Hitlerfoto gesteckt.

Der Platz ist überflutet von einer unüberschaubaren Menschenmenge. Kein Durchkommen mehr. Den riesigen prunkhaften Kasten des »Kaiserhofs« kann Stemmer nur über die vielen Köpfe hinweg sehen. Jetzt warten alle, dass der Gesalbte mit seinem Gefolge herauskommt und zur ersten Kabinettssitzung über die Wilhelmstraße in die Reichskanzlei hinüberwechselt.

Plötzlich kommt Bewegung in die Menge. Stimmen schwirren umher. »Der Hitler. Der Hitler. Der Göring. Der Göring. Der Goebbels.« Es entsteht ein wüstes, beängstigendes Gedränge. Alle wollen den neuen Reichskanzler sehen oder wenigstens einen kurzen Blick auf ihn erhaschen. Jeder will dem Führer am nächsten sein. Ein Taumel der Begeisterung ergreift die Masse, sie bricht in kreischenden Jubel aus, in ein irrsinniges Freudengeschrei.

»Schöne Scheiße«, flucht ein Mann neben Stemmer und zieht seine Schiebermütze tief ins Gesicht.

Vor dem Hotelportal flammen die Blitzlichter der unzähligen Pressefotografen auf. Die Kameramänner auf den provisorisch errichteten Holzpodesten kurbeln wie verrückt für die Wochenschau. Der Polizei gelingt es kaum, dem neuen Reichskanzler einen Pfad zu seinem breiten, offenen Mercedes zu schaffen, mit dem er die wenigen Meter über den Platz zu seinem neuen Amtssitz auf der anderen Seite der Wilhelmstraße fährt. Im Schritttempo zwängt sich seine schwarze Luxuskarosse durch die berauschte, besoffene Horde. Hysterische Weiber werfen Blumen in seine Limousine, streicheln die Lackierung, küssen die Kotflügel, klammern sich an die Türen, wollen mit ihm in das Dritte Reich taumeln. Polizisten müssen sie mit Gewalt wegreißen.

»Jetzt habt ihr die Kacke«, hört Stemmer eine Frau sagen. »Seht zu, wie ihr da wieder rauskommt.«

Den Fackelzug am Abend lässt sich Stemmer nicht entgehen, obwohl es saukalt ist und ein eisiger Wind ihm fast den Atem nimmt.

Frierend steht er auch jetzt wieder an der Wilhelmstraße gegenüber der Reichskanzlei und kann sich nicht von diesem Spektakel lösen. Die Polizisten mit ihren glänzenden Tschakos, die Knüppel in den Händen, haben sich zu einer dichten Polizeikette entlang der Wilhelmstraße aufgebaut und halten das begeisterte Volk davon ab, auf die Straße zu stürmen und sich in den Triumphmarsch zu mischen. Auch hinter den Jubelnden sieht Stemmer auf dem Bürgersteig Hundertschaften von Schutzpolizisten. Sollten sie Störer dieser bombastischen Euphorie entdecken, würden sie diese Banausen sofort herausprügeln.

Zwei Stunden lang starrt er auf den Vorbeimarsch von Tausenden SA- und SS-Männern, Soldaten der Reichswehr mit ihren Stahlhelmen und anderen Uniformierten in allen möglichen Aufmachungen, bestückt mit sämtlichen Orden. Neben sich hört er Zahlen: zehntausend, fünfzehntausend, zwanzigtausend, die Meinungen der Umstehenden gehen auseinander. Die Marschierenden hatten sich auf der anderen Seite des Brandenburger Tores in der Siegesallee, Friedensallee und der beginnenden Charlottenburger Chaussee versammelt, zogen durch das Tor, bogen in die Wilhelmstraße ein und marschieren nun, von der Bevölkerung jubelnd begrüßt, an der Reichskanzlei vorbei. Von der schneidenden Kälte scheint das Heer der Schaulustigen und der endlos Marschierenden nichts zu spüren. Wie Besoffene, die sich in ihrem Rausch der Begeisterung warmsuhlen. Und zwischen den Kolonnen immer wieder Militärkapellen, die ihre Märsche in den kalten Abend schmettern. Dazu Tausende von Fackeln, Fackeln, Fackeln, die in der Finsternis lodern, qualmen und fürchterlich stinken. Immer wieder muss Stemmer husten. Er bekommt fast keine Luft mehr. Seine Kleider wird er tagelang auslüften müssen.

An einem offenen Fenster der Reichskanzlei kann er den greisen Hindenburg erkennen, der mit seinem Marschallstab zu den Märschen der Militärkapellen wie eine Aufziehpuppe den Takt schlägt. An einem anderen Fenster stehen Hitler, Göring und Goebbels. Immer wieder verdeckt der Rauch der Fackeln die Sicht auf die neuen Herren über Deutschland. Nur undeutlich kann Stemmer durch die Schwaden sehen, wie sie zum Deutschen Gruß ihren rechten Arm ausstrecken. Jedes Mal schallt ihnen als Reaktion darauf der Jubel des Volkes entgegen. Die Massen lassen sich von dem gewaltigen Fackelzug bereitwillig einnebeln und feiern wie im Delirium Hitler. Der Fackelzug erinnert Stemmer an eine »Rheingold«-Inszenierung, die er einmal gesehen hat, an Wagners Einzug der Götter in Walhall, und zugleich muss er bei diesen lodernden Feuern an Siegfrieds Tod und den wuchtigen Trauermarsch aus der »Götterdämmerung« denken.

Dann hat er genug und reißt sich los von dieser Gespensterschau, zwängt sich durch die Massen in Richtung seines geparkten Wagens, um wieder frei atmen zu können. Während seiner Rückfahrt sieht er in der Stadt immer wieder offene Lastwagen voller Männer und Frauen. Er ahnt, dass es politische Gegner sind und warum und wohin man sie abtransportiert.

Judith will gar nicht hören, was Stemmer beim Fackelzug erlebt hat. So sagt er ihr auch nichts von den Menschen auf den Lkws, die er gesehen hat. Er will sie nicht unnötig ängstigen. Obwohl es Judith ekelt, das Radio einzuschalten, dreht sie an dem Bakelitknopf.

Bei den Nachrichten geht es Schlag auf Schlag: Der Kommunistenhasser Papen ist Vizekanzler. Göring preußischer Innenminister und damit der neue Chef der Polizei. Schon am Tag seiner Ernennung als Kanzler löst Hitler den Reichstag auf und kündet für den 5. März Neuwahlen an. Um eine Mehrheit zu erhalten, will er die KPD verbieten. Für alle seine Entscheidungen fordert er ein Ermächtigungsgesetz. Der Chef der Politischen Polizei Diels bildet im Polizeipräsidium eine Sonderabteilung zur Bekämpfung des Kommunismus. Und: Noch während des Fackelzuges wurden zahlreiche NS-Gegner durch die SA und SS verhaftet und in provisorisch geschaffene Arrestorte verbracht.

»Erstaunlich, dass der Rundfunk das noch melden darf«, wundert sich Stemmer.

»Nicht mehr lange«, erwidert Judith. »Bald werden nur noch Erfolgsmeldungen der Nazis gesendet.«

Als Stemmer hört, dass sein österreichischer Bundeskanzler Dollfuß Hitler zu dessen Ernennung zum Kanzler ein Glückwunsch-Telegramm geschickt hat, fasst er sich an den Kopf.

Spät am Abend Sturmklingeln bei Judith.

»Das bedeutet nichts Gutes«, fürchtet Judith und geht mit Stemmer in dessen Zimmer. Sie öffnet das Fenster, lehnt sich hinaus und sieht zur Straße hinab. Unten steht Hüttig und winkt ihr. Sie gibt ihm ein Zeichen, dass sie kommt.

»Richard ist unten«, sagt sie zu Stemmer. »Muss runter, öffnen.«

Sie schnappt ihre Schlüssel und rennt mit Stemmer die Treppen hinab. Kaum hat sie die Haustür aufgeschlossen, stürmt Hüttig herein. Atemlos, die offene Lederjacke schief über den Schultern, die Ballonmütze in der Hand, sein blaues Hemd hängt zerrissen aus der Hose, seine Haare sind zerzaust. Er zittert am ganzen Leib.

»Schnell rein. Was ist los?«, will Judith wissen und verschließt eilig wieder die Tür.

»Erst nach oben zu dir«, keucht Hüttig.

Sie laufen die Treppen hinauf, Judith schiebt ihn in die Küche und zieht den Vorhang vors Fenster.

»Setz dich.«

Doch Hüttig ist zu aufgewühlt und zu sehr außer Atem, um sich zu setzen. Judith drückt ihm ein Glas Wasser in die Hand. Hastig trinkt er.

»Was ist passiert?«, bedrängt sie ihn.

Keuchend bringt er hervor: »Maikowski angeschossen.«

»Tot?«, fragt Stemmer.

»Knapp davor. Weiß nicht, ob er's überlebt.«

Langsam setzt er sich dann doch. Judith und Stemmer bleiben stehen.

»Was war denn los?«

Endlich erfahren sie, was passiert ist: Nach dem Fackelzug war Maikowskis Sturm 33 voll aufgeheizt, und wie zu erwarten war, juckte es sie in den Fingern, an diesem angebrochenen Abend noch etwas »Ordentliches« zu unternehmen. In ihr Stammlokal in die Hebbelstraße zurückzukehren, dazu hatten sie keine Lust. So entschieden sie, den Kommunisten in der nahe gelegenen Wallstraße mal wieder eine ihrer berüchtigten Abreibungen zu verpassen. Die Roten, darunter auch Hüttig mit seinen Häuserschutzstaffeln, kannten natürlich diese Überfälle und waren gerade an diesem Abend auf einen Angriff gefasst. Die Bewohner der Erdgeschosswohnungen und die Ladenbesitzer ließen ihre Jalousien hinunter, und Hüttig stellte sich mit seinen Leuten in den Hauseingängen und Toreinfahrten bereit, Schlagstöcke und Pistolen in der Hand. Dann rückte Maikowski mit seinen dreihundert Rabauken an, grölend und mit brennenden Fackeln. Sie schossen in die Jalousien, warfen Pflastersteine in die Parterrewohnungen, traten Haustüren ein, warfen ihre lodernden Fackeln in die Hausflure. Da stürmten Hüttig und seine Staffeln auf die Straße, schlugen mit ihren Stöcken auf die Horde ein und schossen auf sie. Ebenso schossen auch Maikowski und seine Männer blind in die Menge. Eine Straßenschlacht, wie sie die Bewohner der Wallstraße schon oft erlebt haben.

»Da habe ich deutlich gesehen«, stammelt Hüttig, »wie einer seiner Sturmkameraden dem Maikowski versehentlich in den Hals schoss. Ich stand direkt daneben. Er wollte wohl mich treffen. Erwischte aber Maikowski. Blutend lag er auf dem Pflaster. Der Schnee um ihn herum färbte sich schwarz. Da rannten alle auseinander und ich hierher.«

Seine Stimme ist heiser vor Erregung. Judith reicht ihm ein neues Glas Wasser. Wieder schüttet er es in sich hinein.

»Morgen wird es heißen, wir hätten Maikowski angeschossen. Keiner wird sagen, dass es sein eigener Kamerad war. Wenn er stirbt, können wir uns auf was gefasst machen. Sicher suchen sie mich bereits. Ich kann nicht mehr in meine Wohnung. Da warten sie schon auf mich.«

»Du bleibst die Nacht über hier«, entscheidet Judith. »Morgen sehen wir weiter.«

Stemmer bietet ihm sein Bett an. Er will auf einer Matratze auf dem Boden schlafen. Hüttig kann vorerst nicht an Schlaf denken. Er weiß nicht, wohin die Männer seiner Staffeln geflohen sind. Sie hatten sich zwar von Anfang an verabredet, sich in so einem Fall nach drei Tagen außerhalb von Berlin in einer Gartenlaube wiederzutreffen. In der Zwischenzeit muss aber jeder für sich sehen, wo er bleibt. Hoffentlich haben die meisten bis dahin Unterschlupf bei Freunden gefunden. Wie es danach weitergehen soll, keine Ahnung.

Noch lange reden sie auch darüber, was jetzt unter Hitler alles geschehen wird. Die Zeit bis zu seiner Ernennung war schon schlimm genug, was ihnen nun bevorsteht, daran wollen sie am liebsten gar nicht denken. Hüttig war in gefährlichen Situationen schon öfter zu Judith gekommen. Sie hatten dann immer eine Flasche Rotwein geöffnet, um sich zu beruhigen. Jetzt haben sie kein Verlangen nach Rotwein. Hüttig sieht immer noch Maikowskis Blut um dessen Kopf im Schnee.

Überwältigt von Müdigkeit müssen sie endlich schlafen. Judith bereitet für Hüttig in Stemmers Zimmer auf dem Boden eine Matratze mit einer Wolldecke.

Am nächsten Morgen in der Früh um vier steht Hüttig auf und weckt Judith.

»Ich muss fort, muss weiter.«

»Quatsch, ich versteck dich gut.«

»Zu gefährlich für dich.«

»Wo willst du denn hin?«

»Mir wird schon was einfallen. Erst mal raus aus dieser Straße, bevor sie auch zu dir kommen.«

Mit Judiths Proviantpaket unterm Arm verlässt er leise das Haus. Judith und Stemmer sehen ihm durchs Fenster nach, bis er in der Dunkelheit verschwindet.

»Schöner Kiez hier, der Rote Kiez«, sagt Judith.

Sie können sich nicht mehr hinlegen und schlafen. Judith zieht sich in ihren Arbeitsraum zurück, und Stemmer versucht, seine Erlebnisse auf dem Wilhelmplatz und vor der Reichskanzlei in seine Schreibmaschine zu tippen. Doch er ist zu müde, um den Jubel über den neuen Kanzler und den gespenstischen Fackelzug in griffige Sätze zu formulieren. Immer wieder ändert er, tippt neu, streicht, fügt Neues hinzu, streicht wieder, tippt wieder neu. Es sind zu viele Eindrücke, um sie in zwei Seiten zu packen.

Draußen wird es langsam hell. Der 31. Januar beginnt mit deutlich milderen Temperaturen als bisher.

In der Küche brühen sich Judith und Stemmer einen starken Kaffee und kauen lustlos an Brotkanten.

»Wo mag Hüttig jetzt sein?«, fragt Stemmer.

»Sicher hat er bei einem seiner Freunde einen Unterschlupf gefunden. Für ein paar Tage.«

»Aber dann?«

Beide schweigen.

Am Vormittag klopfen die Frauen im Hinterhof ihre Teppiche aus, hängen ihre Wäsche zum Trocknen auf, füttert ein Alter im Nebenhaus auf seinem Fensterbrett die Tauben. Der Kohlenlaster rattert wieder vorbei. Neben einem dahinziehenden Pferdefuhrwerk bimmelt der Kutscher und ruft: »Lumpen! Knochen! Papier!«

Alles wie immer. Als sei nichts geschehen.

»Maikowski tot«, tönt es aus dem Radio. »Der junge Anführer des Sturms 33 Hans Maikowski erlag in der Nacht im Westend-Krankenhaus seinen schweren Schussverletzungen, die ihm Kommunisten am Abend zuvor in der Charlottenburger Wallstraße bei einem heimtückischen Überfall auf seinen Sturm 33 zugefügt hatten.«

Judith und Stemmer sehen sich fassungslos an. Es wird nicht gesagt, dass er von einem SA-Kameraden versehentlich angeschossen wurde. Ganz so, wie Hüttig es vorhergesehen hat. Sie würden sich nicht wundern, wenn die Wallstraße bald »Maikowskistraße« heißen würde und das Westend-Krankenhaus »Maikowski-Krankenhaus«.

»Jetzt wird sich sein Sturm rächen«, fürchtet Judith. »Bald werden sie in unsere Straße kommen.« Sie verschließt die Wohnungstür und hängt die Sicherungskette ein.

Bevor Judith zur Vorstellung ins Theater muss, hören sie bei Einbruch der Dunkelheit einen Tumult auf der Straße. Judith löscht das Licht. Sie beugen sich aus dem Fenster und sehen, wie weit über hundert Kerle anrücken und grölen: »Die Straße frei den braunen Bataillonen!«

Judith zittert am ganzen Leib. Wieder rennt sie zur Tür und kontrolliert, ob sie tatsächlich verschlossen und die Sicherungskette wirklich eingehakt ist. Im Dämmerschein der Straßenlaternen können sie erkennen, wie sich die Bande vor Hüttigs Haus zusammenrottet und brüllt: »Hüttig Mörder! Hüttig Mörder! Komm raus, du Sau!« Sie können das dumpfe Treten gegen die Haustür hören. Doch die alte, massive Holztür ist zu dick, um sie einzutreten. Dafür fliegen nun Steine gegen die Fensterjalousien im Parterre und in die Fenster der Etage darüber. Glas klirrt. Prompt werfen die Bewohner der oberen Stockwerke Blumentöpfe auf die SA-Lümmel und treffen dabei einige Köpfe. Als Antwort feuern die mit ihren Pistolen in die oberen Fenster. Dann greifen sie Matzkes Zeitungsbude an. Er hatte jedoch wie üblich beim Verlassen seines Ladens vor der Tür den starken Bretterschutz eingehängt und gesichert. Ohnmächtig stehen sie davor. Ihnen bleibt nichts anderes übrig, als Hakenkreuze auf die Holzblende zu schmieren und einen Galgen, an dem ein Strichmännchen hängt.

Judith geht an diesem Abend nicht zur Vorstellung. Sie hat Angst, auf die Straße zu gehen.

Ein Klingeln schreckt sie auf. Es ist zwar das mit der Geschke verabredete Klingelzeichen, trotzdem linst Judith durch das Guckloch, bevor sie öffnet. Die Geschke steht vor der Tür. Judith löst die Sicherheitskette und schließt auf. Die Geschke bringt zwei Teller Kartoffelpuffer mit Apfelmus und stellt sie auf den Tisch.

»Nee, Kinda, nee, wat sind dit füa Zeitn. Esst, damit iha allet jut übersteht. Die Kodderschnauze macht nu een uff Kanzler. Na, jute Nacht, Deutschland. Dea Hundsfott, der lacht nie, dea tanzt nie, diesa einjedeutschte Österreicha. Nee danke für diesn Import! Jauner ham wa hiea selbst jenuch.«

»Sie müssen jetzt aufpassen, was Sie sagen«, rät ihr Judith.

Die Geschke aber entgegnet: »Von dem verkommnen Subjekt mit dem Rotzfänga lass ick mich doch nich den Mund vabietn, wa. Dea macht nich lang. Dea stinkt bald ab, dea Fatzke. Soll Millionär jeworden sein mit seim blödn Buch. ›Meen Kampf‹. Ick hab ooch meen janzes Lebn lang jekämpft und bin nich Millionär jewordn. Soll een janz miserables Buch sein. So wat fass ick nich an. Ick lese keene schlechtn Bücha nich. Habta schon jehört, dem Maikowski ham se dit Licht ausjepustet? Noch dazu seine eignen Leute. Is nich schade um dem Mörda. Jut, dassa weg is. Als dit Pack den Zoff machte und untn uff dea Straße randalierte, hab ick ooch zwee meina altn Blumtöppe uff die Bengels runtajeschmissn und Jott sei Dank jetroffn. Aba nu ham wa diesn Herrn Jering, dea dicke Heermann spielt nu

Polizei. Kann ma schon denkn, wovon dea so fett is. Von sein vieln Feindn, die er frisst. Nu lasst euch de Puffa jut schmeckn. Schade, det ick dit Jesockse nich in meena Pfanne braten kann. Würd mia Spaß machen, wa.«

HOKUSPOKUS FIDIBUS

Schon seit Stemmer in Berlin ist, verkünden die Plakate an Litfaßsäulen überall in der Stadt: »Hanussen kommt!« Nun schreit über dem Eingang der »Scala«, dem größten Revuetheater Europas, ein gigantisches Transparent: »Hanussen ist da!« Für heute, Samstag, den 4. Februar, fünf Tage nachdem man Hitler die Macht übergab, hat Stemmer in der stets ausverkauften »Scala« für sich und Judith Pressekarten ergattern können. Endlich wird er seinen Hanussen sehen. Nach dem zu urteilen, was er in Lechners Tagebuch über ihn gelesen, von Frei und Matzke über ihn gehört hat, ist seine Bewunderung für sein Idol beträchtlich geschmolzen, er muss aber trotzdem in seine Vorstellung, um ihn mit eigenen Augen zu sehen und über die Aufführung nach Wien berichten zu können. Nur zögernd kommt Judith mit. Nach dem ganzen Presserummel um Hanussens Gastspiel in der Stadt will sie sich selbst ein Bild von diesem »Hexenmeister« machen.

Der Andrang unter der leuchtend weißen Neonschrift »Und abends in die Scala« ist gewaltig. Alle wollen Hanussen sehen. Stemmer muss an das Gedränge vor dem »Kaiserhof« denken, als alle Hitler sehen wollten. Neben der Kasse liegt ein Stapel der Hanussen-Zeitung mit einem Schild: »Gratis zum Mitnehmen«. Das Publikum greift so hektisch zu, dass ein Saaldiener Mühe hat, ausreichend neue Exemplare nachzulegen. Auch Stemmer schnappt sich ein Exemplar und steckt es ein. Nach der Vorstellung will er es sich ansehen.

Im Geschiebe und Geschubse betreten sie den riesigen Saal, der mit dreitausend Zuschauern an diesem Abend voll besetzt ist. Stemmer ist über den Prunk des Zuschauerraums verblüfft. Auch Judith, die Grock einmal in diesem Theater gesehen hatte, muss jetzt wieder staunen. Die Wände sind mit taubenblauem Marmor ausgelegt, und von der im barocken Stil bemalten Decke hängen gleißend kolossale orangefarbene Kronleuchter. Ein Rang umfängt halbkreisförmig das Parkett, und über der ungewöhnlich breiten Bühne wölbt sich ein hoher goldfarbener Bogen. An beiden Bühnenseiten ragen mit Stuck verzierte Säulen empor, auf denen nackte Putten tändeln. Von der Rampe und vom Orchestergraben aus steigt das Parkett leicht an. Am Saalende erstreckt sich quer der Bühne eine erhöhte Balustrade, auf der man während der Vorstellung herumwandern, kommen und gehen und sich an Tischen Getränke und Speisen servieren lassen kann. In den hinteren Räumen stehen dem Publikum in den Pausen mehrere üppige Büfetts zur Verfügung. Teller und Gläser dürfen jedoch nicht auf die Plätze im Parkett und Rang mitgenommen werden.

Die Vorstellung beginnt mit einem mächtigen Orchestertusch. Vor dem geschlossenen rubinroten Vorhang tänzelt verheißungsvoll lächelnd ein hübsches, kaum bekleidetes Showgirl über die Rampe und zeigt auf ihrer Tafel die erste Nummer an. Ein Conférencier in glänzender Robe hebt bedeutungsvoll den Arm, der schwere Vorhang rauscht auf, die Bühne steht in vollem Licht, das Orchester beginnt mit einer rasanten Musik. Hundert schöne, halb nackte Tänzerinnen wirbeln über die Bühne, gruppieren sich zu immer neuen Formationen und werfen in exakter Präzision ihre nackten Beine. Rauschender Applaus, neues Nummerngirl, neue Attraktion. So geht es munter weiter. Ein Schlangenmensch verrenkt seinen Körper, dass man nicht mehr weiß, wo vorn und hinten ist. Ein anderer steht kopf auf einem Tisch, klopft mit Löffelchen an mehrere unterschiedlich gefüllte Gläser und lässt dadurch eine Melodie erklingen. Jongleure werfen zehn Teller zugleich in die Luft und fangen sie geschickt wieder auf. Equilibristen türmen sich zu einer Menschenpyramide übereinander. Alle Nummern werden vom Orchester mit entsprechenden Stimmungen und Rhythmen begleitet.

Dann kommt Charlie Rivel mit seiner roten Vierkantnase und seinem roten Haarkranz um seine künstliche Glatze, das Gesicht vom Kinn bis zu den Augen grellweiß geschminkt. In seinem langen, eng anliegenden roten Kleid, das aussieht wie eine Wurstpelle, klettert er auf einen Stuhl, hockt sich auf die Lehne und grinst ins Publikum. Das Publikum brüllt vor Lachen.

Auf seiner kleinen Quetsche spielt er ein paar schräge Töne und fängt an, herzzerreißend zu weinen. Die Menschen lachen noch mehr. Je mehr er weint und jammert, desto mehr schüttet sich das Publikum aus vor Lachen. »Akrobat schöööön!«, juchzt er voller Hingabe.

Judith flüstert Stemmer zu: »Rivel ist ein Bewunderer Hitlers. Ist begeistert von ihm.«

Als letzte Nummer vor der Pause tritt eine spärlich bekleidete Chansonnette auf. Mit lockendem Blick deutet sie anzüglich auf diesen und jenen Mann im Parkett und fasst sich mit der Hand genüsslich zwischen die Beine. Ein Marsch setzt ein, und mit frivoler Stimme legt sie los: »Heute Abend, heute Abend wird ein Seitensprung gemacht. Heute Abend, heute Abend wird ein Mann angelacht.« Keck hebt sie ihr Röckchen über ihre dicken Oberschenkel, zeigt ihre Strumpfbänder mit rosa Schleifen und die Rüschen ihres knappen Höschens. Die Zuschauer lachen, jubeln und jauchzen. »Da vergess ich Ehemann und Schlummer und den ganzen Alltagskummer. Heute Nacht, heute Nacht wird ein Seitensprung gemacht!« Sie dreht sich um, schiebt wieder ihr Röckchen hoch und zeigt den Zuschauern ihren vorgestreckten, fast nackten Po, wackelt mit den Backen, dass ihre langen weißen Schlüpferspitzen hin und her fliegen. Und weg ist sie. Großer Tusch, großer Applaus, große Pause.

Das Publikum strömt froh gelaunt zum Büfett im hinteren Teil des Saals. Stemmer und Judith bleiben eine Weile missmutig sitzen.

»Den Teil hätten wir uns sparen können«, nörgelt sie. »Weiß schon, warum ich hier lange nicht mehr war.«

»Der Hanussen wird uns entschädigen«, tröstet er sie.

»Na, hoffentlich.«

Für zwei Orangensäfte müssen sie am Büfett lange anstehen. Kaum haben sie getrunken, signalisieren drei dunkle Gongschläge das Ende der Pause.

Jetzt endlich Hanussen. Mit hochtrabenden Worten prahlt der Conférencier, dass es der Direktion nach langem Bemühen endlich gelungen sei, den großen Meister für ein unvergessliches Gastspiel zu gewinnen. »Ich bin kein Hellseher«, posaunt er in den Saal. »Aber, mein liebes Publikum, ich kann Ihnen prophezeien, dass Sie eine einmalige Sensation erwartet!« Er breitet seine Arme aus und ruft: »Bühne frei, Vorhang auf für Erik Jan Hanussen!«

Schon bei der Nennung des Namens braust gewaltiger Applaus auf. Ein Tusch und ein mächtiger Trommelwirbel ertönen, und der rubinrote Vorhang öffnet sich erneut. Mit Zylinder, wehendem schwarzen Umhang und weißem Seidenschal stürmt der Meister aller Meister, der lang Ersehnte auf die Bühne, als käme er von weit her. Sicher will er durch seinen ungestümen Auftritt große Energie suggerieren. Unter dem Lichtkegel eines Scheinwerfers macht er halt und reckt seinen rechten Arm mit flacher Hand zum Hitlergruß.

»Ist der verrückt geworden?«, stößt Judith entsetzt aus. »Der spinnt doch wohl, der Typ. Ich glaub, ich hau ab.«

Stemmer hält sie am Arm fest. »Bitte bleib. Mir zuliebe.«

Freis und Matzkes Abscheu klingen ihm noch im Ohr und jetzt diese Schweinerei auf offener Bühne. Eine weitere kalte Dusche auf seine Bewunderung dieses Genies. Endlich will er sein Idol in der »Scala« erleben, da kommt der Bursche mit so was.

Jubelnder Applaus flutet Hanussen entgegen. Angeekelt sieht sich Judith im Saal um. »Lauter Verrückte hier.«

Im breitesten, etwas ordinär klingenden Wienerischen Quetschton begrüßt der große Magier das Publikum, besonders die schönen Damen im Parkett. Dabei macht er schlüpfrige Bemerkungen. Die Menschen lachen; Judith jedoch starrt Stemmer mit hochgezogenen Brauen an.

»Das wird ja immer schlimmer.«

Stemmer versucht, sie zu beruhigen.

Langsam und dadurch anhaltenden Applaus provozierend zupft Hanussen seine weißen Handschuhe von den Fingern, dabei blitzt an seiner Hand ein Brillantring auf. Stumm mustert er das Publikum. Dann streift er betont gelassen seinen Umhang ab, winkt einen Assistenten herbei und wirft diesem Zylinder, Umhang, Schal und Handschuhe zu. Der Assistent fängt alles geschickt auf und trägt es weg. In seinem nachtblauen Frack mit einer goldenen Fliege auf seiner Hemdbrust kündet Hanussen seine erste Nummer an, die hypnotische Trance. Mit dieser Hypnose wird er chronisch leidende Menschen heilen. Anschließend will er durch Telepathie, durch Gedankenübertragung, vergangene Ereignisse fremder Personen hellsehen. Ein Raunen geht durch den Saal. Um durch seine Hypnose Menschen von ihren Leiden zu befreien, so verkündet er, benötige er keine einschläfernde Musik, keine Düfte aus Tausendundeiner Nacht, kein Rauschgift, keine Drogen. Das Einzige, worum er bitte, sei absolute Stille. Heilungsbedürftige mögen sich also melden. Sofort erheben sich Hunderte Arme. Er wählt eine junge blonde Dame aus.

»Worunter leiden Sie?«

»Ich habe Schmerzen im linken Knie.«

»Waren Sie deswegen schon bei einem Arzt?«

»Ja. Er konnte mir nicht helfen.«

»Gut, ich werde Sie heilen. Bitte kommen Sie zu mir auf die Bühne.«

Mühsam erhebt sie sich von ihrem Platz und humpelt zur Bühne. Hanussen bittet sie, sich in einem bereitgestellten Sessel mit flacher Rückenlehne niederzulassen.

»Liegen Sie bequem?«

»Ja.«

»Gut, dann können wir beginnen.«

Der Saal verdunkelt sich, nur ein schwacher Spot hüllt Hanussen und seine Versuchsperson in graues Licht. Es ist völlig still im Zuschauerraum. Dann beginnt er mit seiner Hypnose.

Er tritt hinter den Sessel und legt seine Hände auf ihre Stirn. Mit monotoner, einschläfernder Stimme redet er auf sie ein: »Schließen Sie die Augen und halten Sie sie geschlossen. Denken Sie an nichts mehr. Denken Sie an nichts. Schalten Sie alles Denken aus. Vergessen Sie alles und entspannen Sie sich. Atmen Sie ganz ruhig. Lassen Sie alles abfallen. Bleiben Sie ruhig liegen und fühlen Sie nur, was ich Ihnen sage.«

Er macht eine wirkungsvolle Pause, dann versetzt er sie in Trance, indem er murmelt: »Eine goldene warme Flüssigkeit dringt langsam von der Fußsohle her in Ihre Füße. Ganz langsam füllt sie Ihre Füße. Nun sind Ihre Füße voll von dieser goldenen Flüssigkeit. Ihre Füße werden warm. Sie werden immer wärmer. Sie fühlen Ihre warmen Füße. Nun dringt die goldene warme Flüssigkeit ganz langsam über Ihre Knöchel hoch in Ihre Beine. Ganz langsam steigt sie in Ihre Waden und füllt sie mehr und mehr aus. Nun sind auch Ihre Waden angefüllt von der warmen Flüssigkeit. Jetzt umspült sie Ihre Knie. Sie fühlen die Wärme in Ihren Knien. Die Flüssigkeit dringt langsam in Ihre Oberschenkel, steigt in Ihr Becken, füllt zuerst Ihren Bauch, dann Ihren Brustkorb. Nun steigt sie langsam durch Ihren Hals in Ihren Kopf. Die goldene Flüssigkeit füllt Ihren Kopf nun gänzlich bis zur Schädeldecke. In Ihrem Kopf ist es angenehm warm. Sie fühlen die wohltuende Wärme. Bewahren Sie diese Wärme in Ihrem Kopf. Denken Sie an das Glühen in Ihrem Kopf und an nichts sonst. Diese Glut wird Sie heilen. Halten Sie weiter Ihre Augen geschlossen und bleiben Sie völlig entspannt und ganz ruhig liegen.«

Sie bleibt bewegungslos und völlig gelöst zurückgelehnt liegen. Nach einer Weile sagt er: »Nun kehren Sie ganz langsam zurück aus Ihrer Trance. Ganz langsam und vorsichtig. Lassen Sie sich Zeit. Viel Zeit.«

Einige Male streicht er ihr mit der Hand über die Stirn. Daraufhin bewegt sich die Dame wieder, zuerst noch schläfrig, schließlich immer bewusster.

»Stehen Sie nun langsam auf.«

Schwankend erhebt sie sich und steht Sekunden später fest vor ihm. Das Saallicht wird wieder hochgefahren.

»Und? Sind die Schmerzen in Ihrem linken Knie weg?«

Sie geht ein paar Schritte auf der Bühne auf und ab und schüttelt dabei ihr Knie.

»Die Schmerzen sind weg!«, ruft sie erfreut. »Vollkommen weg!«

Sie kann es nicht fassen, dass ihr Knie beim Gehen nicht mehr schmerzt.

»Wie haben Sie das gemacht?«

Stürmischer Applaus bricht los. Ohne zu hinken, verlässt die Dame die Bühne und kehrt überglücklich zu ihrem Platz zurück. Von allen Seiten fragt man sie, ob der Schmerz wirklich verschwunden sei, und immer wieder bestätigt sie es.

»Ich weiß, wie das geht«, raunt Judith Stemmer zu. »Ist ganz einfach. Ich erklär es dir später.«

Um zu beweisen, dass seine Heilung kein Zufallstreffer war, fordert Hanussen andere im Publikum auf, sich zu melden. Sofort werden zahllose Arme in die Höhe gereckt. Dieses Mal wählt er einen schmächtigen, blassgesichtigen jungen Mann aus. Sein Leiden: Er stottert. Mit der gleichen Prozedur hypnotisiert Hanussen auch ihn, versetzt ihn in Trance, lässt die goldene Flüssigkeit warm durch seinen Körper fließen. Danach kann der junge Mann wieder flüssig sprechen, sein Stottern ist verschwunden. Dem Publikum sind Hanussens Heilkräfte unbegreiflich.

Als dritte Versuchsperson bittet Hanussen einen Mann mittleren Alters auf die Bühne. Er leidet an chronischen Magenschmerzen. Auch ihn befreit er von seinen Beschwerden. Wieder johlen die Zuschauer vor Begeisterung. Noch viele Zuschauer wollen von Hanussen von ihren Leiden geheilt werden. Er empfiehlt ihnen, seine nächsten Vorstellungen zu besuchen. Ein großer Publikumsandrang ist ihm damit wieder mal gesichert.

Vor der zweiten Pause kündigt Hanussen seine Telepathie-Nummer an, mit der er ein besonderes Ereignis im Leben ihm völlig fremder Personen offenbaren könne. Dazu bittet er einige Zuschauer im Saal, auf einen Zettel ihren Namen und ein für sie persönlich bedeutsames Datum zu schreiben. Sonst nichts. Er werde durch Hellsehen sagen, welches für die jeweiligen Personen wichtige Ereignis an diesem Tag geschehen sei. Seine hübsche blonde Assistentin sammelt die Zettel in Hanussens Zylinder ein und verschwindet damit hinter der Bühne.

Während das Orchester den Walzer »An der schönen blauen Donau« spielt, erklärt Judith Stemmer, wie Hanussen das mit der Heilung gemacht hat: »Seine Heilnummer ist kein Trick. Auch seine Hypnose ist kein Trick. Hypnotisieren kann jeder.«

Auch Judith hatte sich vor einiger Zeit hypnotisieren lassen, um ihre verknoteten Stimmbänder zu kurieren. Mit Erfolg.

»Man kann sich auch selbst hypnotisieren«, sagt Judith. »Doch nur wenige haben die Geduld dazu. Was das Leiden betrifft: Jeder sammelt in seinem Unterbewussten psychische Konflikte an, vor allem negative Gefühle. Wenn sie sich zu sehr stauen, entstehen daraus körperliche Beschwerden. Die Heilung besteht darin, die psychische Verkrampfung im Gehirn durch einen Trancezustand zu lösen. Das ist alles.«

Ernüchtert starrt Stemmer Judith an. »Dass du mir auch alle Illusion vermasseln musst.«

»Das sind Fakten, mein Lieber.«

»Aber mein Staunen über seine nächste Nummer kannst du mir nicht nehmen«, protestiert er schwach.

»Ich vielleicht nicht. Aber sicherlich das Buch vom Juhn, wenn du es mal in den Fingern hast.«

Gespannt wartet das Publikum auf die angekündigte Telepathie-Nummer. Feierlich betritt Hanussen mit seiner hübschen blonden Assistentin die Bühne. Er holt aus seiner Fracktasche eine einfache Kette aus schwarzen und roten Holzkugeln hervor. Sein »Gomboloy«, wie er es nennt. Mit geheimnisvoller Stimme prophezeit er, dass er nun mit Hilfe dieser wunderwirkenden Kugelkette die Vergangenheit ihm völlig fremder Personen hellsehen werde.

Um die Spannung seiner Séance noch zu erhöhen, erzählt er in einem mystischen Ton, wie er in den Besitz dieser Zauberkette kam: »Bei einer Reise durch Ägypten bat mich ein berühmter Scheich in sein prachtvoll ausgestattetes Zelt nahe den Pyramiden. Dort lag auf dicken farbigen Teppichen todkrank sein einziges Töchterchen. Das schöne Kind litt an Epilepsie. Durch meine magischen Kräfte heilte ich die Todgeweihte. Als Dank für meine Wundertat schenkte der Scheich mir dieses Zauber-Gomboloy.«

Stemmer hat noch nie gehört, dass Hanussen in Ägypten war. Jedenfalls glaubt das Publikum hingebungsvoll seine Geschichte, ist davon tief beeindruckt und sieht ihn vermutlich in der Wüste auf einem Schimmel zwischen Pyramiden dahinreiten.

Die Assistentin verbindet Hanussens Augen mit einem schwarzen Tuch. Wieder verdunkelt sich der Saal, nur ein schwacher Lichtkegel taucht Hanussen in den wohlbekannten grauen Schimmer. Die Assistentin greift in Hanussens Zylinder, holt den ersten der Zettel hervor, die sie zuvor eingesammelt hatte, und verliest laut den angegebenen Namen eines Mannes und das Datum.

Um sich in seine Telepathie zu versenken, befingert Hanussen die Kugelkette wie einen Rosenkranz. Seine Hände zittern, sein Körper verkrampft sich, zuckt wie von geheimen Kräften geschüttelt, bäumt sich auf, sackt zusammen und sieht hell. Die Zuschauer halten den Atem an. Stockend, so als würde er das entsprechende Ereignis an jenem 26. März 1927 im Nebel suchen, bringt er bruchstückweise hervor, dass dieser Tag ein Sonntag war, dass er die Nikolaikirche zu Potsdam sehe und neben dem Herrn eine zwei Jahre jüngere Frau und dass er eine Hochzeit sehe.

Hanussen nimmt seine Augenbinde ab und fragt ins Parkett: »War es so?«

»Ja, genau so war es«, kommt es von dem Herrn, der sichtlich überwältigt ist von Hanussens Hellseherkunst.

Im ersten Moment verharrt das Publikum stumm vor Erstaunen, dann bricht Jubel los. Beim nächsten Namen, dieses Mal der einer Frau, geht es um den 15. Februar 1921.

Wieder befingert Hanussen mit verbundenen Augen seine Kette, wieder zittern seine Hände, schüttelt sich sein Körper in Krämpfen, bäumt sich konvulsivisch auf, sinkt zusammen und verharrt in Bewegungslosigkeit. Wieder sieht er hell, dass die genannte Frau an diesem Tag eine Tochter geboren hat. Frenetischer Applaus. Bei seiner dritten Telepathie sieht Hanussen einen Todesfall, bei der vierten eine Beförderung und bei der fünften eine unvergessliche Reise. Alle Ereignisse werden von den Personen, die nur ihren Namen und das Datum auf die Zettel geschrieben haben, bestätigt.

Kurz vor Ende seiner Séance, als Hanussen sich bereit macht, sich vom Publikum zu verabschieden, stürmt ein Mann mit fast kahlem Kopf, doch wesentlich jünger als Hanussen, zu ihm auf die Bühne. »Ich bin Max Moecke«, ruft er laut, damit es alle im Saal hören können. »Der bekannte Hellseher und Wunderheiler und Magier. Ihr Konkurrent und Rivale. Das Publikum kennt mich von meinen Erfolgen im Wintergarten.«

Stemmer ist elektrisiert. Das also ist dieser Moecke. Hanussens größter Feind. Von ihm hat Frei im Romanischen Café erzählt, dass er 1923 in Wien Hanussens Betrügereien aufdeckte und der gefeierte Hellseher daraufhin für zehn Jahre aus Österreich verbannt wurde.

»Auch Sie, großer Meister, kennen mich sehr gut«, stichelt Moecke.

Obwohl keiner Hanussen so schnell überrumpeln kann, ist er über Moeckes dreistes Auftreten verwirrt.

»Sie wünschen?«, fragt er ungehalten.

Moecke liest von seinem Zettel ab: »Wien, 7. Februar 1923!« Er reicht Hanussen das Papier.

»Nun verkünden Sie, großer Hellseher, dem Publikum, was an diesem Tag so Entscheidendes in meinem Leben geschah«, fordert er Hanussen hämisch grinsend auf.

Stemmer errät auf Anhieb, was für ein Datum das ist: Es war der Tag, an dem Moecke es schaffte, Hanussen aus Österreich zu vertreiben. Der vielleicht schönste Tag in Moeckes Karriere.

Für eine Sekunde verschwindet Hanussens Selbstgefälligkeit von seinem Gesicht. Deutlich ist ihm anzusehen, dass er sich für diese Schmähung bald an Moecke rächen wird. Schnell fasst er sich wieder und antwortet mit einem gezwungenen Lächeln: »Mein lieber Max Moecke, sind Sie selbst ein so schlechter Hellseher, dass Sie einen Kollegen fragen müssen, was an diesem Tag in Wien geschah?«

Schallendes Gelächter im Saal. Moeckes Gesicht schwillt knallrot an. Hanussens erster Hieb hat gesessen. Er holt zum zweiten Schlag aus: »Wenn Sie das nicht selbst wissen, rate ich Ihnen, gehen Sie zu einem Arzt und lassen Sie Ihr Gehirn untersuchen.«

Wieder gellendes Gelächter. Wütend reißt Moecke Hanussen den Zettel aus der Hand und poltert die Bühne hinab, beinahe wäre er dabei gestolpert und gefallen. Hastig rennt er aus dem Saal. Das Publikum tobt vor Begeisterung. Brausender Applaus. Hanussen badet darin. Der Schlussapplaus will kein Ende nehmen. Immer wieder muss er sich verbeugen, teils allein, teils mit seiner hübschen blonden Assistentin.

Was an jenem Tag vor zehn Jahren in Wien geschah, das weiß Hanussen sehr genau. Aber wie konnte er wissen, was sich an den anderen genannten Tagen ereignete?, fragt sich Stemmer. Der Trick steht sicher im Juhn-Buch. Schon seit er in Berlin ist, hat er in mehreren Buchhandlungen danach gefragt. Man kannte es nicht. Er wollte es sich aus Wien schicken lassen und bat seine Redaktion, es aufzutreiben. Vergebens. Er muss es lesen und erfahren, wie Hanussen das gemacht hat.

Dieses verfluchte Hexeneinmaleins muss doch irgendwo sein.

Als Stemmer und Judith das Theater verlassen, möchte sie von ihm erfahren, was das für eine Geschichte vor zehn Jahren in Wien war. Stemmer erklärt es ihr.

»Und so einen Typen bewunderst du?«

Er schweigt. Ihm fällt es schwer zu antworten. So viel Übles hat er über ihn gehört und in Lechners Tagebuch gelesen. Und jetzt hat er seinen widerlichen Hitlergruß erlebt. Sein Idol liegt in Trümmern; er steht vor einem Scherbenhaufen. Trotzdem will er sich seine Bewunderung nicht ganz rauben lassen. Irgendetwas möchte er bewahren von seiner Illusion über dieses Genie, über diesen rätselhaften Januskopf. Kein endgültiger Abschied von seiner früheren Begeisterung. Da muss doch noch etwas sein, um seine Schwärmerei zu retten. Zum Beispiel die unerklärliche Fähigkeit seines Hellsehens. Schon ahnt er, dass auch sie zerschlagen werden wird, wenn er endlich in diesem Buch von Juhn lesen kann. Er ist hin- und hergerissen.

Vor der »Scala« wartet eine riesige begeisterte Menschenmenge auf den Star der Vorstellung. Sie wissen, dass er durch den Haupteingang herauskommt. Sie wollen ihn von ganz nah erleben, ein Autogramm von ihm erhaschen, vielleicht ein Wort mit ihm sprechen. Hanussen könnte das Theater auch hinten durch den Bühnenausgang verlassen, doch er liebt es, von seinen Fans gefeiert zu werden. Gespielt gleichgültig zwängt er sich durch das Spalier der Jubelnden. Sie skandieren »Ha-nussen! Ha-nu-ssen!«, applaudieren und halten dem Meister seine Porträtfotos für Autogramme hin, die er großzügig mit seinem silbernen Stift darauf verewigt. Sie greifen nach seinen Händen, nach seinem wallenden Umhang. Alle wollen etwas von ihm berühren. Wieder denkt Stemmer an die hysterische Masse vor dem »Kaiserhof«, als Hitler heraustrat. Auch dort wollten die Menschen ihrem Führer und neuen Kanzler ganz nah sein, wollten seine Hände fassen und irgendetwas von ihm berühren.

Als Stemmer die am Einlass mitgenommene Hanussen-Zeitung aus der Tasche zieht, spritzt ihm die Titelseite wie eine Ladung Schlamm ins Gesicht. In großer Aufmachung ein Foto des Führers mit entschlossenem Blick, zwei Kanonenrohre und die Schlagzeile: »Sieg!« Darunter fett ein offener Brief an den »Herrn Reichskanzler«, in dem Hanussen Hitler überschwänglich zu dessen erfolgreicher Ernennung gratuliert. Darin erinnert er prahlerisch an die Verdienste, die er ihm als sein Prophet geleistet hat. Es folgt eine halbe Seite mit Hanussens Prophezeiung, welch herrliche Zeiten Deutschland nun bevorstehen.

»Immer noch begeistert von deinem Idol?«, fragt Judith spöttisch.

Stemmer schweigt, schlägt die Hanussen-Zeitung auf und stößt auf den auf dem Titelblatt angekündigten Artikel »Sieg! Hitlers große Pläne«. Angeekelt blättert er weiter. Die Seiten sind voll von Hanussens Lobeshymnen auf den Führer und von Ankündigungen, welche Wohltaten der neue Kanzler dem Volk zuteilwerden lassen wolle. Dazwischen sein äußerst positives Horoskop für die Regierung und seine Vorhersage über den besonders günstigen »Sternenhimmel im Februar«. Dem Brechreiz nahe von dieser Hitler-Ergebenheit schmeißt Stemmer die Hanussen-Zeitung in die nächste Mülltonne.

»Was schreibe ich jetzt meiner ›AZ‹ über diesen Hanussen?«

»Die Wahrheit«, gibt Judith zurück.

»Das geht nicht.«

»Dann schreib nichts.«

»Fürs Verschweigen bin ich nicht nach Berlin geschickt worden.«

Hanussens angekündigte Wohltaten des neuen Kanzlers für sein Volk kann Stemmer am nächsten Tag in allen Zeitungen nachlesen. Auf sämtlichen Titelseiten wird in großer Aufmachung die »Verordnung zum Schutze des deutschen Volkes« veröffentlicht. Gestern, fünf Tage nach der Ernennung Hitlers zum Reichskanzler, wurde Folgendes schützend verordnet: Bei Gefahr für die öffentliche Sicherheit können alle politischen Versammlungen und Demonstrationen unter freiem Himmel verboten werden. Können die Pressefreiheit eingeschränkt, Druckschriften jeder Art beschlagnahmt, Zeitungen verboten werden. Können politische Gegner verhaftet und jede Kritik an der Regierung bestraft werden. Und: Kommunisten dürfen ab sofort keine Veranstaltungen mehr in der Öffentlichkeit durchführen. Ihre Presse soll ausgeschaltet werden. Das alles zum Schutz des deutschen Volkes.

Stemmer fragt sich: Und wer schützt das deutsche Volk vor Hitler?

Er kann nicht mehr schwärmerisch über Hanussens Vorstellung berichten. Verreißen kann er seinen grandiosen Auftritt aus politischen Gründen auch nicht. Doch irgendetwas muss er über Hanussens Darbietung für Wien zusammenschustern.

Er blättert die Morgenausgaben der Zeitungen durch. Vielleicht kann er daraus etwas zusammenstückeln. Doch alle jubeln. Die »Morgenpost«, die »B.Z.«, das »8-Uhr-Blatt«, der »Börsen-Courier«, das »Tageblatt«, alle sind von Hanussen hingerissen, überschlagen sich vor Begeisterung. »Hanussen in der ›Scala‹! Ihn muss man gesehen haben!« – »Ein überwältigender Abend!« – »Hanussen, der geniale Hellseher von Berlin!« Von allen Journalisten nur die beste Kritik. Ein einziges Feuerwerk von Enthusiasmus und Ekstase. Sogar die kritische liberale »Vossische Zeitung« lobt seine Vorstellung. Zugegeben, sie war beeindruckend, aber seine Arschkriecherei gegenüber Hitler ist ekelhaft, denkt Stemmer. Kein Wort der Journalisten über seine Ergebenheitsadresse an den neuen Kanzler.

Dann stößt er in der »Berlin am Morgen« auf einen Artikel von Bruno Frei mit der fetten Überschrift: »Hanussen – der Volksverdummer!« Gebannt liest Stemmer: »Das Publikum hat an diesem Abend sein Gehirn und seinen Verstand an der Garderobe abgegeben und sich völlig diesem Betrüger und

Trickser hingegeben. Es tut weh, dies mit anzusehen. Dabei haben wir erst vor fünf Tagen erlebt, wie sich das Volk einem anderen Scharlatan unterworfen und ihm zugejubelt hat. Es ist eine Schande, wie sich die Deutschen von diesen Schwindlern täuschen lassen.«

Freis harte Worte über Hanussen irritieren Stemmer. Er muss diesen Bruno Frei noch mal treffen. Er muss von ihm mehr über Hanussen erfahren. Bei einem Anruf in der Redaktion teilt man ihm mit, dass Frei für eine Woche verreist sei. Stemmer soll sich danach wieder melden. Mist, flucht er in sich hinein.

Stemmer bedrückt es, bei seiner Suche nach Lechner nicht weitergekommen zu sein. Sein Verschwinden ist für ihn immer noch ein Rätsel. Schließlich muss er irgendwo sein. Tot oder lebendig. In der Zwischenzeit hat er wieder im Leichenschauhaus nachgefragt, ob mittlerweile nicht doch seine Leiche eingeliefert wurde. Wurde nicht. Auch in den Krankenhäusern erkundigte er sich erneut. Vergebens. Sogar Gennat rief er wieder an. Der sagte nur: »Jung, beruhig dir. Leichn tauchn imma irjendwann auf. Dit kann dauern.« Keine Beruhigung für Stemmer.

Zerknirscht meldete er seine ergebnislose Suche seiner Redaktion. Auch Gruber war deprimiert. Er wusste gar nicht, wie er die verzweifelte Lotte noch länger vertrösten sollte, ermunterte ihn aber, die Suche nicht aufzugeben, sondern weiter Lechners Stellung als Auslandskorrespondent einzunehmen und neue Artikel über Berlin zu liefern.

»Nutze jede Gelegenheit«, sagte er im letzten Gespräch. »Lass dich leiten von dem, was dir vor die Flinte kommt. Du wirst sehen, irgendwann stößt du zufällig auf seine Spur.«

Im selben Atemzug beauftragte er Stemmer, einen Bericht über Maikowskis Beisetzung zu schreiben, von dessen Tod er in Wien gelesen hat.

Stemmer hat keine Lust, sich diesen pompösen Staatsakt anzusehen. Diese Glorifizierung eines mehrfachen Mörders will er sich nicht antun. Nun aber muss er hin.

Der Trauergottesdienst findet im Berliner Dom statt. Dessen mächtige Kuppel und die Wände rundherum sind überladen mit schwülstigem Prunk in glitzerndem Gold und Silber. Zusammengewürfelt aus imitiertem Barock- und Renaissance-Stückwerk. Von allen Seiten schauen übergroße Heiligenfiguren herab auf die versammelte Mischpoke, die das kalte Rund bis auf den letzten Platz füllt. Angetreten ist die gesamte brandenburgische und Berliner SA mit all ihren Standartenführern,

Sturmführern, Ober- und Unterführern. Erschienen ist ebenso die oberste Riege der Nationalsozialisten und der Schutzpolizei. Alle in vollem Wichs, garniert mit glänzenden Orden. Auch der Ex-Kronprinz und SA-Obergruppenführer August Wilhelm von Preußen, genannt »Au-Wi«, Sohn von Wilhelm II., gibt sich in seiner Leibhusarenuniform die Ehre zum frommen Gedenken. Vor dem Altar ist Maikowskis Sarg aufgebahrt, bedeckt mit einer Hakenkreuzfahne. Männer von SA und Schutzpolizei halten die Ehrenwache. In Begleitung des Reichstagspräsidenten und preußischen Innenministers Göring und des Gauleiters Goebbels betritt Hitler um ein Uhr in SA-Uniform den Dom und legt feierlich vor dem Sarg einen Kranz nieder. Den verlogenen Gottesdienst und die Lobreden Hitlers und Görings auf den »Märtyrer der Bewegung« und »Nationalhelden« Maikowski kann Stemmer nicht ertragen und flüchtet aus dem Dom.

Sechs Mitglieder des Sturms 33 tragen den Sarg auf ihren Schultern in feierlichem Gleichschritt die Treppen hinab zur Straße, wo der pompöse barocke Leichenwagen wartet. Er ist überhäuft mit Kränzen, angespannt sind vier schwarz umhängte Pferde.

Im weit abgesperrten Umkreis hat sich vor dem Dom eine nahezu unüberschaubare Menge von Kommunisten versammelt. Laut singen sie die »Internationale« und skandieren: »Mai-kowski Mör-der! Mör-der!« In dem Moment, als der Sarg in den Leichenwagen gehievt wird, prasselt ein Steinregen darauf hernieder und ertönen die Rufe »Arbeitermörder! Arbeitermörder!«. Berittene Polizei prescht in die ersten Reihen der Demonstranten, jagt sie auseinander, während Schutzpolizisten in ihren glänzenden schwarzen Tschakos mit Knüppeln auf die rennenden Kommunisten einschlagen. Zur selben Zeit kreist über dem Dom ein kleines Flugzeug und wirft auf die Trauergemeinde Blumen herab. Der Kutscher auf dem Bock peitscht auf die Pferde ein, schnell ziehen sie an. Als der Wagen in die Linden einbiegt, versuchen Kommunisten, den Leichentransport umzuwerfen, werden aber von herbeistürmenden Polizisten daran gehindert. Dann geht es im Trab zum Invalidenfriedhof, angeführt von berittener und motorisierter Polizei. Hinter dem

Trauerzug folgen einige offene Mannschaftswagen mit heruntergeklappten Seitenteilen, damit die Schupos bei Tumulten schnell abspringen können. Andere Mannschaftswagen sperren die Seitenstraßen ab und halten sich in Bereitschaft.

Vor dem Friedhofseingang ist die Scharnhorststraße abgeriegelt. Auch hier haben sich hinter der Absperrung Hunderte von Kommunisten versammelt und versuchen, das Friedhofsgelände zu stürmen. Die berittene Polizei drängt sie immer wieder zurück.

Erst nach penibler Kontrolle seines Passes und Presseausweises kann Stemmer den Friedhof betreten. Er geht an ruhenden bronzenen Löwen vorbei, an gekreuzten Schwertern mit viel Lorbeer. Er sieht in Stein gehauene Kriegerhelme mit Federbusch, eine gusseiserne Maschinenpistole, ein Kanonenrohr mit Kanonenkugeln, einen Adler mit weit ausgebreiteten Schwingen. Eine Pieta stellt einen weinenden Engel dar, der in seinen Armen einen gefallenen Krieger hält. Dazwischen immer wieder steinerne Sarkophage, übermannshohe Grabsteine in Form eines Eisernen Kreuzes. Es sind die Gräber von Generalfeldmarschällen, Generälen, Majoren, Offizieren, von Jagdfliegern; auch das Grab des Jagdfliegers Manfred von Richthofen mit riesigen Propellern am Gedenkstein ist darunter.

Dann kommt er zum offenen Grab von Maikowski. Um ihn herum nur braune und schwarze Uniformen. Stemmer hält sich etwas abseits, kann aber die Trauergemeinde gut sehen. Hitler ist nicht darunter. Er musste, wie er hört, sofort nach dem Gottesdienst mit dem Flugzeug nach München, was man ihm sehr übel nimmt. Aber der breitschultrige Fettwanst Göring in seinem Operettenkostüm ist da und das kleine, dürre Männlein Goebbels mit eingefallenen Wangen.

Plötzlich entdeckt Stemmer in der Versammlung seinen Reisekumpan. Er täuscht sich nicht; er kann ihn deutlich an seinem zitronengelben Haar und dem glänzenden Madonnengesicht erkennen. Es ist tatsächlich jener junge Mann, der im Zug mit seinem Wissen über Kunst, Musik und Literatur prahlte. Der ihn auf seinen absichtlich liegen gelassenen Groschenroman »Der Tod fuhr mit« hinwies und ihn ermahnte, das Heft nicht zu vergessen. Dieses Mal trägt er eine imponierende SA-Uniform. Stemmer ist überrascht, dass dieser Schöngeist zu dieser Schlägerbande gehört. Das hätte er nie für möglich gehalten. Eng neben ihm steht eine junge Dame in einem hellgrauen Pelzmantel. Über ihre Stirn fällt ein gerade geschnittener Pony, auf dem Kopf trägt sie einen krempelosen Kapotthut, diese komische Badekappe. Sie hat sich bei ihrem SA-Mann eingehakt und himmelt ihn an wie eine Geliebte.

Nach ein paar Minuten stiller Andacht rückt der dürre Goebbels seinen schwarzen Anzug zurecht und tritt an die Grube, über der auf Holzbohlen der Eichensarg liegt. Mit brechender Stimme beginnt er seine Rede im rheinischen singenden Tonfall: »Volksgenossen! Wir stehen am Grabe eines Kameraden. Des aktivsten Sturmführers unserer SA, der von jüdisch-bolschewistischen Banditen heimtückisch gemeuchelt wurde. Wir stehen am Grabe von Hans Maikowski.« Er legt eine effektvolle Pause ein und geht dann übergangslos mit fletschendem Gebiss in eine wütende Attacke über: »Dieser feige Mord wird nicht ungesühnt bleiben! Wir werden die Giftbrut der Kommunisten ausrotten! Mit Stumpf und Stiel, so wie man Ratten und Wanzen vernichtet!«

Abrupt wechselt er in einen bebenden, salbungsvollen Weiheton: »Du bist im Kampf gegen die vertierte rote Pest gefallen. Aber du hast gesiegt. Du hast erleben dürfen, dass die Saat aufgegangen ist, die du gesät hast.« Dann ergänzt er genüsslich und mit öliger Stimme: »Der Tag wird kommen, an dem wir diese Mörderbande zu Brei schlagen werden.«

Mit nun wieder triumphierendem Pathos verkündet er: »Du, Hans Maikowski, du Märtyrer der Bewegung! Wo immer Deutschland ist, da bist auch du, Hans Maikowski, mit deinem Heldentum. Du hast uns die Zukunft Deutschlands gezeigt. Du hast dein junges Leben für Deutschland hingegeben. Du wirst auferstehen.«

Um Gottes willen, nur das nicht, durchzuckt es Stemmer.

Während er spricht, dehnt Goebbels die Vokale, um die Inbrunst seiner Aussagen zu betonen. Es scheint, als würde er vor Ergriffenheit gleich in Tränen ausbrechen, er zeigt auf den Sarg und gibt seinem auf- und abschwellenden Singsang nun wieder einen weihevollen Klang: »Und fragt man euch, wer dieser Tote sei, so gebt zur Antwort: Er steht für ein neues, ein junges Deutschland. Er bleibt unser tapferer Junge mit einem fabelhaften Idealismus. Ein blendendes Menschenmaterial. Ich habe veranlasst, für unseren Nationalhelden an allen öffentlichen Gebäuden in der Stadt zwei Wochen lang Trauerbeflaggung auszuhängen.«

Am Ende schreit er in die Trauergemeinde hinein: »Durch Kampf zum Sieg! Vorwärts über Gräber!«

Viele SA-Männer weinen, während vor dem Friedhof die Kommunisten die »Internationale« singen. Die Sargträger lassen Maikowskis letzte Behausung an Stricken in die Grube hinabgleiten. Ein dumpfer Trommelwirbel ertönt, die Hakenkreuzfahnen und Standarten senken sich. Der Reihe nach nimmt jeder ein Schäufelchen Erde und wirft sie hinunter auf den Sarg. Erde zu Erde und so weiter. Auch Blumen werden ihm nachgeworfen.

Noch einmal plustert sich der kleine Goebbels pathetisch auf: »Stimmen wir nun gemeinsam unser Weihelied an!«

Und schon schallt es laut über die Grabsteine hinweg: »Die Fahne hoch! Die Reihen dicht geschlossen …«

Als sich Goebbels vom Grab entfernt, zieht er bei jedem Schritt hinkend seinen linken Fuß in einem klobigen schwarzen Schuh nach. Stemmer stellt sich vor, dass zu seinem Klumpfuß hinten aus seinem schwarzen Anzug ein langer Schwanz mit einer Quaste heraushängen müsste.

Nach der Grablegung dieses Nationalhelden will er so schnell wie möglich vom Friedhof abhauen, um dem penetranten Reisekumpan zu entkommen. Doch da steht er schon in seiner SA-Uniform neben ihm. Dicht drängt er sich an ihn heran, schaut ihm mit seinen veilchenblauen Augen ins Gesicht. Und mit ihm die junge Dame im hellgrauen Pelzmantel.

Sie lächelt Stemmer an, als würde sie ihn kennen. Vermutlich hat ihr Liebhaber ihr einiges über ihre gemeinsame Zugreise erzählt.

»Schön, Sie gerade zu dieser Feierstunde wiederzusehen«, sagt der junge Mann mit seiner weichen Mädchenstimme. »Wenn auch der Anlass ein sehr trauriger ist.«

Wieder lächelt die Dame im Pelz Stemmer an.

»Möchten Sie sich nicht unserer zukunftsmächtigen Bewegung anschließen? So einen Helden der Schreibmaschine wie Sie können wir gut brauchen«, lockt der Blonde ölig.

Stemmer erinnert sich, dass er bei der Zollkontrolle seine alte Tornado gesehen hat.

»Es wird für Sie von Vorteil sein«, zwitschert nun auch die Dame im Pelz. »Sie werden es nicht bereuen.«

Der Widerling rückt noch dichter an ihn heran.

»Nun? Kommen Sie zu uns in die SA?«, säuselt er. Sein warmer Atem ekelt Stemmer. »Ein Anruf bei mir in der Hedemannstraße genügt.«

»Was ist die Hedemannstraße?«

»Da ist unser Hauptquartier. Haben Sie schon ›Der Tod fuhr mit‹ zu Ende gelesen? Interessiert mich. Wenn Sie mich besuchen, erzählen Sie mir davon.«

Stemmer hat genug von den beiden, er nickt nur knapp zum Gruß und geht davon. Nicht zu schnell und nicht zu langsam. Er will sie nie wiedersehen.

Lechner! Abrupt bleibt er stehen. Vielleicht weiß dieser Kerl etwas über Ludwigs Verschwinden. Er muss an die Notizen seines Freundes über die SA-Gruppenführer Helldorff und Ernst denken. Sein Reisekumpan könnte mit ihnen bekannt sein. Stemmer dreht sich um, doch das Pärchen ist nicht mehr zu sehen.

Auf keinen Fall wird er in diese Hedemannstraße gehen, um den Burschen nach Lechner zu fragen. Viel zu gefährlich. Mit dieser Bande will er nichts zu tun haben. Nie in die Hedemannstraße, das steht für ihn fest. Es muss noch andere Wege geben, das Schicksal seines Kollegen aufzuklären. Nächste Woche wird er den Ganovenboss Muskel-Adolf bei seinem Galaball treffen. Ihn wird er nach Lechner fragen.

Dass ihn dieser SA-Mensch gefragt hat, ob er die Schnulze »Der Tod fuhr mit« inzwischen gelesen habe, verwirrt Stemmer. Warum interessiert ihn das? Warum will er wissen, worum es in diesem Schundroman geht?

Zurück in Charlottenburg, kramt Stemmer das abgegriffene

Heftchen aus einem seiner Zeitungsstapel hervor. Halb interessiert, halb gleichgültig liest er an der Stelle weiter, wo er zu lesen aufgehört hatte.

Vor dem Gare du Nord besteigt Gräfin Gabriela, immer noch geängstigt, eilig eine Pferdedroschke und nennt dem Kutscher die Adresse des Palais ihres Verlobten Marquis de Bourbonion, wo ihr Geliebter schon sehnlichst auf sie wartet. Der Kutscher treibt die beiden Hengste an, die Häuser von Paris fliegen an ihr vorbei. Endlich angekommen, reicht ihr der gute Mann die Hand, um ihr mit den zierlichen, hochhackigen Schühchen behilflich zu sein, das kleine Treppchen herabzusteigen, während sie mit der anderen Hand ihre kostbaren Röcke rafft. Sie bezahlt ihn üppig, die Droschke entschwindet.
Allein steht sie nun vor dem Palais und bewundert den Prachtbau. Da hält neben ihr ein schwarzes Automobil, aus dem sich der vornehm gekleidete Herr vom Zugabteil schwingt. Er gibt dem Fahrer ein Zeichen, der Wagen fährt davon. Der noble Herr kommt lächelnd auf sie zu und grüßt sie höflich. Zum ersten Mal hört sie seine butterige Stimme. Er hat sie verfolgt. Er hat etwas mit ihr vor. Panik erfasst sie.
»Gnädige Gräfin«, sagt er lächelnd, »Ihre Vermählung wird leider nicht stattfinden. Bedauere sehr, Ihnen das mitzuteilen.«
Warum nicht?, will sie ihn fragen, bringt aber keinen Ton hervor und rennt angsterfüllt in das Palais.

Stemmer ärgert sich, noch mal in so einem Schundroman gelesen zu haben, und stopft das Groschenheft zurück in den Zeitungsstapel.

In der Nacht ist der Mensch nicht gern allein

Am Abend hören Stemmer und Judith eine verstörende Meldung im Radio. Der Führer hat beschlossen, im Falle seiner Wahl am 5. März mit den Juden ein für alle Mal aufzuräumen.

»Er bringt uns alle um!«, schreit Judith.

Für Stemmer unvorstellbar. »Das kann er nicht machen.«

»Das macht er!«

Stemmer will sie beruhigen. »Noch ist er nicht gewählt.«

»Er wird gewählt werden.«

»Das glaub ich nicht. Das Volk ist nicht so dumm.«

»Dem Volk trau ich alles zu.«

»Dann finden wir eine Lösung.«

»Was denn?«, fährt ihn Judith an.

»Weiß ich jetzt auch noch nicht.«

An diesem Abend ist Judith nervös, fahrig. Ohne Ziel geht sie in der Wohnung hin und her. Sie kann sich nicht mehr konzentrieren. In der Küche fängt sie mit einer Arbeit an, lässt sie liegen, beginnt mit einer anderen, lässt auch sie liegen. Minutenlang steht sie ratlos da. Hitler hat angekündigt, mit den Juden aufzuräumen. Sie hat Angst.

»Holofernes steht vor der Tür«, sagt Judith.

»Holofernes?«

»Kennst du nicht die Geschichte von Judith und Holofernes im Alten Testament?«

Stemmer kennt wohl ein paar Erzählungen aus der Bibel, aber nicht diese Geschichte. Nun hört er von ihr, wie das damals war mit den beiden.

Holofernes war ein assyrischer Feldherr. Im Auftrag seines Königs sollte er die Israeliten besiegen. Mit seinem Heer zog er durch das Land, raubte, mordete und brannte alles nieder. Judith musste ihr Volk retten. Weil sie so schön war, erlaubte ihr Holofernes, sein Zelt zu betreten. Sie versprach ihm eine glückselige Liebesnacht mit ihr, machte ihn mit Wein betrunken und schlug ihm mit seinem eigenen Schwert den Kopf ab. Als die Soldaten am Morgen ihren Oberbefehlshaber enthauptet vorfanden, wurden sie von Panik ergriffen und flüchteten. Judith hatte ihr Volk gerettet.

»Ich kann diesem Holofernes nicht den Kopf abschlagen. Kann ich nicht. Unmöglich. Was soll ich denn machen?«

Judith ist aufgewühlt. Stemmer versucht weiter, sie zu beruhigen.

»Ich muss auf andere Gedanken kommen«, stammelt Judith. Sie schaut ihm voll ins Gesicht. »Wir gehen zusammen unter die Dusche. Das warme Wasser wird mir guttun.«

Sie ziehen sich nackt aus.

»Komm«, sagt Judith, nimmt seine Hand und führt ihn in die Duschkabine.

Das warme Wasser strömt über ihre Köpfe, über Judiths rote Locken. Geglättet schmiegen sie sich an ihre Stirn, ihre Ohren, ihren Nacken. Stemmer küsst ihre Stirn, ihren Nacken und ihre erhitzten Sommersprossen.

»Schäume mich ein«, bittet sie ihn und reicht ihm das Duschgel, das stark nach Orchideen duftet. Liebevoll streicht er den belebenden Balsam über ihre Schultern, ihre Brüste, ihren Rücken, ihren Po, über ihren Bauch, ihr buschiges Schenkeldreieck und ihre schlanken Beine.

Er legt seine Hände auf ihren runden Po und presst sie an sich.

»Ich kann heut Nacht nicht allein schlafen«, sagt Judith.

Sie duschen sich den Schaum von den Körpern und trocknen sich mit einem großen Handtuch gegenseitig ab.

»Komm jetzt.«

Judith führt ihn in ihr Schlafzimmer, das sie vor ihm bis jetzt geheim gehalten hatte. Er sieht es nun zum ersten Mal. Auch hier hängt vor dem Fenster ein breiter weißer Leinenvorhang. Aus einem Tontopf ragt eine üppig wuchernde Pflanze, die er nicht kennt. Auf einem breiten Korbsessel liegt Wäsche, auch Unterwäsche. Daneben steht ein breites ungemachtes Bett. Sie drückt ihn auf die Decke nieder, beugt sich zu ihm hinab und küsst seinen nackten Leib. Wieder und wieder. Stemmer hört alle Glocken läuten. Dann legt sie sich auf ihn. Sein Herz pocht wie wahnsinnig. Hitzig hämmert es in seinen Ohren. Ihre Haare bedecken seine Augen. Sie küsst seinen Mund, seinen Hals. Er kann nichts sehen, spürt nur ihre warmen Lippen. Dann spürt er Tränen auf seiner Schulter.

»Du weinst?«

»Es ist bald aus mit mir.«

»Was sagst du da?«

»Bald aus mit mir.«

»Das bildest du dir ein.«

Sie streicht ihre Haare zur Seite und wischt sich die Tränen aus dem Gesicht.

»Entschuldige«, sagte sie. »Es ist so schön mit dir, und dann komm ich mit so was.«

»Schon gut, mein Schatz.«

Sie bleibt auf ihm liegen und macht ihre Beine breit, damit er in sie eindringen kann.

Der nächste Morgen beginnt für Judith mit einem Schock. Sie hält eine Mieterhöhung in der Hand. Dreißig Prozent mehr Miete ab 1. März. Für sie unbezahlbar. Hatte nicht dieser Hitler getönt, allen werde es besser gehen, keiner werde mehr Not leiden, man werde glücklichen Zeiten entgegengehen? Und nun diese unverschämte Forderung. Judith weiß nicht, wie sie diese Erhöhung stemmen kann. Für die Tingel-Tangel-Kostüme bekam sie nur wenig Geld. Und das Engagement nahm sie nur an, um im Geschäft zu bleiben. Sonst wäre sie nach der Rotter-Pleite ganz raus gewesen. Eine neue Arbeit ist aber nicht in Sicht. Die Vermietung des Zimmers hielt sie bisher knapp über Wasser. Sie weiß nicht, wovon sie bei dieser Mieterhöhung leben soll.

Sofort bietet ihr Stemmer an, von seinen Überweisungen aus Wien für sein Zimmer mehr zu zahlen. Doch sie lehnt ab.

»Wir haben den Preis abgemacht, und dabei bleibt es.«

»Und wovon willst du leben?«

»Irgendwie wird's schon gehen.«

Jetzt ist das Bündel Scheine in seiner Schublade dran, obwohl es Lechner gehört. Er wird ihm das Geld zurückzahlen, wenn er ihn gefunden hat. Jetzt ist ihm die Herkunft schnuppe. Ihm ist es egal, wie Lechner an diese riesige Summe kam, ob durch Raub, Bestechung, ein krummes Geschäft oder ob diese Scheine von den Freiern dieser Luxushure Ulrike stammen, die sie ihm zusteckte. Ominös hin, dubios her, jetzt muss er Judith damit helfen.

»Deine Geldsorgen kannst du vergessen«, protzt er.

Judith stutzt. »Bist du ein Goldesel-streck-dich?«

»Bin ich.«

Er holt das Bündel aus seiner Schublade und drückt es ihr in die Hand. Judith muss sich erst mal setzen.

»Jetzt pfeif auf die Mieterhöhung.«

»Woher hast du das Geld?«

Stemmer erzählt ihr, wo er es fand. Sie lässt die Scheine durch ihre Finger gleiten.

»Das ist Falschgeld«, sagt sie nach einiger Zeit.

»Woran siehst du das?«

»Das sehe ich nicht, das fühle ich.«

»Du kannst dich täuschen.«

»Mein Gefühl täuscht mich nicht.«

»Es ist kein Falschgeld.«

»Hast du damit schon was bezahlt?«

Er bringt es nicht fertig, ihr was vorzumachen, er will ehrlich zu ihr sein und gesteht, wenn auch stockend: »Meine Pelzmütze, meine Stiefel, die Handschuhe und die neue Tasche.«

Sie ist bestürzt. »Bist du wahnsinnig? Das ist Falschgeld! Das will ich nicht in meiner Wohnung haben.«

»Was dann?«

»Wir müssen es wegwerfen. Verbrennen«, fordert Judith.

»Das ganze Geld verbrennen? Es gehört Lechner.«

»Ich fass das nicht an.«

Demonstrativ legt sie das Bündel auf den Tisch.

»Und wovon willst du die Mieterhöhung zahlen?«

»Du ziehst in mein Schlafzimmer, und ich vermiete dein Zimmer an einen anderen.«

So gern er in ihrem Schlafzimmer ist, aber seinen Raum will er nicht aufgeben.

»Was machen wir dann?«, fragt sie.

»Wir finden schon eine Lösung.«

»Nicht mit diesen Scheinen.«

»Es sind keine Blüten«, wendet er ein. »Diese Ulrike bekam das Geld von ihren Freiern. Alles saubere Fünfziger.«

»Nuttengeld.«

»Na, wenn schon.«

Judith hat sich etwas beruhigt, hat aber immer noch Angst davor, Scheine auf ihr Konto bei der Sparkasse einzuzahlen.

»Ich mach das für dich«, schlägt er ihr vor. Zögernd stimmt sie zu.

»Und wenn du möchtest, kauft der Goldesel dir von dem Geld auch eine fesche Pelzmütze.«

»Damit soll ich dann herumlaufen?«

»Warum nicht? Wenn sie dich schön wärmt.«

Judith kann es nicht fassen, dass Stemmer die Einladung zu Muskel-Adolfs Galaball im »Kaiserhof« angenommen hat. Und dass sie mitkommen soll.

»Da willst du wirklich hin?«

»Warum nicht?«

»Zu dem willst du? Weißt du nicht, wer das ist?«

Stemmer weiß es aus Lechners Tagebuch. Nicht nur, dass er der Boss einer kriminellen Bande ist, auch, was diese Gangster treiben.

»Nimm es als extravaganten Theaterbesuch, als große Oper mit der Musik von Verdi. Maskenball oder so was Ähnliches. Wir sind die Zuschauer einer pompösen Inszenierung.«

Nach einigem Hin und Her lässt sie sich dazu überreden. Bleibt noch das Problem mit dem Frack für ihn und dem mondänen Abendkleid für sie.

»Du kannst doch sicher was in deinem Theaterfundus organisieren.«

Judith kann.

Vor zwei Wochen war Stemmer schon einmal in diesem Luxuskasten »Kaiserhof«, zu Hitlers Neujahrsempfang. Nun durchquert er wieder, dieses Mal gemeinsam mit der noch immer widerstrebenden Judith, die große Empfangshalle dieses Prunkbaus. Er im Frack und sie in einem rüschigen Abendkleid aus dem 19. Jahrhundert. Sie kommen an den Blumenständen vorbei und am Kiosk mit den ausgehängten Zeitungen, die über die Eröffnung des Wahlkampfs unter Gauleiter Goebbels im Sportpalast berichten. Stemmer bleibt vor dem Confiserielädchen stehen und möchte für Judith eine hübsche Bonboniere kaufen.

»Nicht so teures Süßzeug«, wehrt sie ab. »Und schon gar nicht in diesem Schuppen.«

Zwischen den Hotelgästen schlendern junge Damen in Lackstiefelchen mit hohen Absätzen, signalisieren durch ihre tief ausgeschnittenen Dekolletés, was für ein horizontales Gewerbe sie betreiben, und halten Ausschau nach Kunden. Ein kleines Streichorchester spielt »Schöner Gigolo, armer Gigolo«. Auf dem Parkett drehen sich einige Paare im Kreis, meist ältere Herrschaften. Ein Betrunkener randaliert an der Bar, wird schnell von Türstehern hinausgeworfen.

Über eine breite Marmortreppe erreichen Stemmer und Judith den riesigen Ballsaal im ersten Stock. Lebensgroße nackte Gipsstatuen von Apollo, Zeus und Jupiter präsentieren sich auf Podesten. Die Wände sind bemalt mit wollüstigen Weibern, angedeutete Schleier fallen halb über ihre drallen Brüste und ihren Lustquell zwischen den Oberschenkeln. Von den funkelnden Kristallleuchtern hängen bunte Papiergirlanden herab, rosafarbene Luftschlangen und quietschgelbe Luftballons. Im Saal verteilt sind riesige Palmen und mannshohe Orchideenarrangements, plätschern Springbrunnen mit Wasser speienden nackten Nixen. An den üppig gedeckten Tischen mit Sektkübeln speisen pelzbehangene Damen in Abendrobe und Zigarre rauchende Herren in Frack und weißer Hemdbrust. Die Damen, die meisten sind an ihrer Takelage deutlich als Edelhuren erkennbar, müssen ihre schweren Ketten an sich drücken, damit sie nicht in ihre Menüs eintauchen, die Herren müssen bei jedem Biss von ihrer gehäuften Gabel die Zigarre aus dem Mund nehmen. Zwischendurch ziehen die Damen mit ihrem Lippenstift ihre knallroten Lippen nach, damit sie noch knalliger leuchten, und die Herren zünden ihre erloschenen Zigarren neu an.

So also tafeln die Ganoven des »Geselligkeitsvereins Immertreu«. Diese ehrenwerte Gesellschaft. Stemmer hat den Eindruck, bei Alibaba und seinen vierzig Räubern zu sein. Nur tragen diese Räuber Frack und weiße Hemden mit silbernen Krawatten. Im ersten Augenblick sträubt sich Judith, den Saal zu betreten.

»Ich hau wieder ab.«

»Wir müssen da rein«, fordert Stemmer. »Wir sind eingeladen.«

»Ohne mich«, wehrt sich Judith.

»Mach keinen Quatsch. Los.«

Auf seiner Einladungskarte ist ihre Tischnummer angegeben. Ihr Tisch mitten im Saal ist festlich weiß gedeckt mit gefalteten, aufgestellten Bastservietten und verschiedenen Gläsern. Mit einer leichten Verbeugung legt ihnen ein Kellner zwei große, in Leder gebundene Mappen mit dem goldenen »Kaiserhof«-Wappen auf den Tisch. Stumm verbeugt er sich wieder und empfiehlt sich. Sie schlagen die Speisekarten auf. Die Angebote lassen sie verstummen. Gerichte, die nur in exquisiten Gourmet-Journalen zu lesen sind. Die Preise diskret mit einem Samtband verdeckt.

Judith schüttelt den Kopf. »Das können wir gar nicht bezahlen.«

»Wir sind eingeladen«, wiederholt Stemmer.

Judith will am liebsten Bratkartoffeln mit einem Bückling bestellen.

»Das kannst du hier nicht machen. Jetzt haun wir mal richtig rein.«

Mutig wählt er Seezungenfilet in Weißwein, pochiert mit Champignonessenz und überzogen mit Sauce Choron. Dazu Scampi und Trüffelscheiben. Und eine Flasche Sekt. Nur zögernd und ängstlich entscheidet sich Judith für ein in Butter gebratenes Kalbssteak, bedeckt mit Rührei. Dazu Madeirasauce und Pommes allumettes. Sie bestellen. Judith schwindelt es.

»Und was machen wir, wenn wir doch zahlen müssen?«

»Ich habe ein paar Fünfziger eingesteckt«, beruhigt sie Stemmer.

»Von dem Falschgeld?«

»Es sind keine Blüten. Es ist das Geld von Ulrikes Freiern.«

Judith sieht ihn zweifelnd an.

»Meinst du, die Typen hier zahlen mit ihrem eigenen Geld?«, stichelt er.

»Mit was dann?«

»Mit den Scheinen, die sie aus den geknackten Banktresoren haben. Den Kellnern ist das egal. Auch die Hunderter, die diese Schränker Muskel-Adolf als Spenden auf den Tisch legen, alles gekralltes Moos. Die Ganoven sind doch nicht blöd und spenden eigenes Geld.«

»Und er weiß das?«

»Natürlich.«

Auf einem Podium beginnt das Orchester einen langsamen Walzer zu spielen. Die Musiker fiedeln in weißen Anzügen, der Kapellmeister dirigiert mit weißen Handschuhen. Während der Musik amüsieren sich die Gäste an ihren Tischen, lachen laut, eilen Kellner flink hin und her. Nach einer Weile trägt ein Kellner auch bei Stemmer und Judith auf. Er stellt zwei Wärmeplatten auf den Tisch, platziert darauf die Metallterrinen mit den Gerichten, serviert sie mit einem silbernen Besteck auf die angewärmten Teller und garniert die Speisen mit Salbeiblättern, Basilikum und Rosmarin. Aus einem silbernen Kübel holt er zwischen Eiswürfeln eine Flasche Sekt hervor. Einen Ruinart Brut. Sorgsam löst er das purpurrote Stanniol um den Korken, dreht den Silberdraht vom Flaschenhals, legt sein weißes Tuch um den Korken. Mit einem gedämpften Blubb springt der Korken aus der Öffnung, der Kellner füllt die Gläser und entschwindet. Sie stoßen an und wünschen sich einen schönen Abend, wobei Judith ein säuerliches Gesicht macht. Als sie die Silberschale mit dem Steak von dem Rechaud anhebt, quillt darunter duftender Rauch hervor. So was haben beide noch nicht gesehen. Stemmer verzehrt genüsslich sein Seezungenfilet, Judith nicht so genießerisch ihr Kalbssteak.

Plötzlich ertönt ein Tusch. Muskel-Adolf tritt hinter seinen Vorstandstisch neben dem Orchester. Stemmer hat sich diesen Gangsterboss groß, breit und mit einem Stierschädel vorgestellt. Wie man sich eben einen brutalen Herrscher über eine Bande von Kriminellen vorstellt. Doch er ist klein, schmächtig, etwa um die dreißig, ein klappriges Kerlchen in einem viel zu weiten Anzug mit ausgestopften Schultern. Mit hoher, quiekender Stimme begrüßt er leiernd die ehrenwerten Mitglieder seines Geselligkeitsvereins und die so zahlreich erschienenen hochlöblichen Gäste. Mit theatralischer Geste begrüßt er auch den hochgeschätzten neuen Polizeipräsidenten von Berlin und NSDAP-Mitglied Magnus Otto Bridges von Levetzow, der erst vor wenigen Tagen sein Amt angetreten hat. Muskel-Adolf lobt ihn dafür, dass er in diesen schwierigen Zeiten für Ruhe und

Ordnung, Zucht und Sitte sorgen wird. Auch ihn nennt er seinen lieben Freund.

»Dreigroschenoper, Brecht«, flüstert Judith Stemmer zu.

»Wie dea Name unsres Vereins vaspricht«, fährt Muskel-Adolf sodann fort, »pflegn wa Jeselligkeit. Aus diesm Grund ham wa uns, meene liebn, teurn Freunde, ooch heut zusammjefundn. Und da et zu unsrem Ehrenkodex jehört, eene soziale Funkzion auszuübn, is et unsre Pflicht, uns jejenseitich zu helfn. Sollte eener unsrer Brüder in Schwierichkeitn jeraten, is it füa uns eene Selbstvaständlichkeit, ihm jede nua erdenkliche Hilfe zukommn zu lassn. Dit sind wa jedm unsrer ehrlichn Brüder schuldich.«

Zustimmendes Geraune weht über die Tische. Um seinen folgenden Satz besonders hervorzuheben, breitet Muskel-Adolf beide Arme aus und quiekt laut in den Saal: »Diesn Ballabend hab ick als eene Wohltätigkeitsveranstaltung orjanisiert. So ersuch ick Se, meene liebn Jäste, großherziche Spendn füa unsre sozialn Uffjabn bei mia persönlich abzujebn. Damit erklär ick den Ball füa eröffnet.«

Applaus brandet ihm entgegen, begleitet mit einem kräftigen Tusch des Orchesters. Gleich darauf wechseln die Musiker in einen gemächlichen Slowfox. Vornehme Herren strömen zu Muskel-Adolfs Vorstandstisch, um ihre Spenden abzuliefern, andere schlendern mit ihren Damen zur Tanzfläche und bemühen sich zu tanzen.

Als der kleinwüchsige Gangsterboss zur Toilette eilt, sieht Stemmer den günstigen Moment gekommen. An der Toilettentür wartet er auf ihn, um ihn nach Lechner zu fragen. Es dauert eine Weile, bis er wieder herauskommt. Er rafft allen Mut zusammen und spricht ihn an.

»Dea Schmierfink aus Wien?«, raunzt der Gnom. »Dea wollt mal een Interview. Ick jeb keen Interview für Papierkrakler. Kann ick nich verknusen. Üba den weeß ick nüscht.«

Damit wendet sich Muskel-Adolf abrupt ab und lässt Stemmer belämmert stehen.

In einer kleinen Konditorei, da sassen wir zwei

Noch benommen vom Galaball, tritt Stemmer am nächsten Morgen in die Küche, in der Judith das Sonntagsfrühstück bereitet und Eier kocht, zur Stärkung für neue Taten, wie sie betont.

Vorfrühlingssonne fällt durchs Fenster; auf dem Sims picken die Spatzen die Brösel weg, die sie ihnen hingestreut hat. Über der Stuhllehne hängen sein Frack und ihr rüschiges Abendkleid. Morgen muss sie die Klamotten zum Kostümfundus zurückbringen.

Es ist etwas wärmer geworden, das letzte Eis ist geschmolzen, nur noch etwas Matsch bedeckt die Straßen. Sie planen, am Nachmittag einen kleinen Ausflug zu machen. Vielleicht zum Wannsee. Da kennt Judith auf einer Anhöhe einen Biergarten, von dem man auf den schimmernden See blicken kann. Vielleicht hat er schon geöffnet.

Nach einer Morgenmusik hören sie im Radio: »Raub im KaDeWe! In der Nacht von Samstag auf Sonntag wurden bei einem Einbruch im ›Kaufhaus des Westens‹ aus den Schmuckvitrinen wertvolle Juwelen und goldene Uhren geraubt. Von den Tätern fehlt jede Spur.«

»Muskel-Adolf lässt grüßen«, kommentiert Judith. »Nachtarbeit seiner Brüder, während der Chef Spenden einsammelt.«

»Seine Günstlinge des Mondes haben wieder zugepackt.«

»Er muss doch seinen Ball finanzieren«, erklärt sie nüchtern.

Den Tatort will sich Stemmer ansehen. Da muss er hin. Vielleicht kann er daraus für Wien eine sensationelle Story machen. Wenn Muskel-Adolf dahintersteckt, wird die Polizei nichts unternehmen. Zu gut arbeitet sie mit diesem Gangsterboss zusammen. Sie will es sich nicht mit ihm verderben. Besonders jetzt, mit seinem neuen Freund, dem Polizeipräsidenten Levetzow.

Am liebsten würde Stemmer sofort los. Doch nachdem Judith das Sonntagsfrühstück so liebevoll vorbereitet hat, kann er es nicht einfach stehen lassen und frühstückt mit gezwungener Ruhe zu Ende. Dann ab zum KaDeWe.

Beim Wittenbergplatz parkt er seinen Wagen und muss, wie nicht anders zu erwarten war, feststellen, dass das Kaufhaus in weitem Umkreis abgesperrt und von einer Polizeikette umgeben ist.

Sie lassen keinen durch. Auch mit seinem Presseausweis darf er nicht durch die Absperrung.

Die Polizisten weisen ihn ab. Ihm bleibt nichts anderes übrig, als sich den Tatort aus der Ferne anzusehen.

Über den Wittenbergplatz flanieren auffallend langsam junge, stark geschminkte Damen in hochhackigen Stiefeln und mit zierlichen Täschchen, die sie lässig schlenkern. Um ihre Schultern hängen Pelze, anscheinend Nerze. Fleißige Lieschen. Schon am Sonntagvormittag gehen sie anschaffen. Zwei dieser Asphaltschwalben sprechen ihn an; freundlich lehnt er ihre Angebote ab. Sie zucken mit den Schultern und ziehen weiter.

Um sich für seinen Artikel ein paar Notizen zu machen, geht er in ein Café am Platz, sucht sich einen Tisch am Fenster, hängt seine Umhängetasche über die Stuhllehne und bestellt einen Einspänner. Anders als im Romanischen Café muss er dem Kellner erklären, was ein Einspänner ist.

Aus seinen Überlegungen für seinen Beitrag »Raub im KaDeWe« reißt ihn eine junge Dame, die dicht an seinen Tisch tritt. Zuerst sieht er nur einen hellgrauen Pelzmantel, einen krempelosen Kapotthut und einen gerade geschnittenen Pony über ihrer Stirn. An ihrem hübschen, von einigen Falten durchzogenen Gesicht erkennt er: Es ist die Dame, die bei Maikowskis Beerdigung am Arm dieses SA-Jünglings, seines Reisekumpans, hing und ihn anhimmelte. Er hielt sie für die Geliebte dieses Kerls. Nun begegnet er ihr am Wittenbergplatz, wo bestimmte Damen ausschwärmen und ihre Dienste anbieten. Hure und zugleich Geliebte eines SA-Mannes, das ist ja möglich. Mit zwitschernder Stimme fragt sie, ob sie sich zu ihm setzen dürfe, obwohl noch viele andere Tische frei sind.

»Bitte«, sagt Stemmer und zeigt auf den leeren Stuhl neben sich. Mit lasziven Bewegungen schlüpft sie aus ihrem teuren Fuchspelz und wirft ihn lässig über die Stuhllehne. Ein gut tailliertes, exakt sitzendes Kostüm in vornehmem Grau kommt zum Vorschein. Er muss an Judiths bunte Klamotten denken, die zusammengewürfelt scheinen, doch immer in den Farben aufeinander abgestimmt sind. Lächelnd lässt sie sich nieder und nimmt ihren Hut ab. Ihre schwarzen Haare sind kurz geschnitten, eine Bubikopffrisur, wie er sie schon oft in den Straßen gesehen hat. Stemmer schätzt ihr Alter auf etwa dreißig. Sie duftet wie eine Parfümfabrik, winkt den Kellner herbei und lässt ein Glas Sekt und eine Schale Krabben kommen.

»Frisch eingetroffen«, sagt der Kellner und deutet auf die Krabben. »Habe sie extra für Sie aufgehoben.« Er scheint sie gut zu kennen.

Die junge Frau wendet sich an Stemmer und ermuntert ihn: »Wenn Sie noch etwas bestellen wollen, Sie sind mein Gast.«

Dankend lehnt er ab.

»Unsinn«, widerspricht sie und lässt für ihn ebenfalls ein Glas Sekt mit Krabben servieren.

»Das kann ich doch nicht annehmen«, stottert Stemmer.

»Greifen Sie zu, nehmen Sie an, was ich Ihnen biete.«

Er versteht nicht, warum diese Asphaltschwalbe ihn so spendabel einlädt. Sie will mich als Kunde gewinnen oder für ein zwielichtiges Geschäft, argwöhnt er. Doch er lässt es darauf ankommen. Schnell leert sie ihr Glas; Stemmer trinkt zögernd. Mit den Fingern verzehren sie die leicht salzigen Krabben. Stemmer hat so etwas noch nie gegessen.

»Kommen Sie öfters hierher?«, möchte sie wissen und rückt nahe an ihn heran.

»Bin durch Zufall hier.«

Über seinen beabsichtigten Artikel über den KaDeWe-Raub will er ihr nichts verraten.

»Und Sie?«

»Bin auch durch Zufall hier.«

Ihre Stimme klingt glockenhell. Er glaubt ihr nicht. Sie wischt sich die Finger an der Serviette ab und blickt ihm ins Gesicht.

»Sie sind Österreicher, nicht wahr?«

Stemmer nickt.

»Ist nicht zu überhören.« Und nach einer Pause fügt sie leicht seufzend hinzu: »Ach ja, die Österreicher.«

»Haben Sie mit ihnen schlechte Erfahrung gemacht?«

»Nein, nein«, bemerkt sie rasch. »Nur so.«

In Stemmer blitzt es auf. Er muss an Lechners Tagebuchnotizen denken. Auch seine Ulrike trug teure Kleidung, drängte ihm Einladungen auf und war höchst spendabel. Wenn sie mir nun ein neues Treffen in einem kostspieligen Restaurant vorschlägt und mit mir in ein Luxushotel gehen will, dann könnte sie Ulrike sein, überlegt er. Sein Lechner wäre dann der Liebhaber dieser Hure gewesen. Und sie ist die Geliebte dieses SA-Burschen. Demnach wäre Lechner auch mit der SA verbandelt gewesen. Haben sie ihn verschwinden lassen?

»Heißen Sie Ulrike?«

Lachend verneint sie. »Mathilde«, sagt sie. »Ich heiße Mathilde.«

Wieder glaubt er ihr nicht. Skeptisch schaut er sie an. Sie erkennt seine Zweifel. »Ja, wirklich. Ich heiße Mathilde«, bestätigt sie. Doch er weiß, Prostituierte arbeiten nie mit ihrem wirklichen Namen. Auch Ludwig kann sie ihren wirklichen Namen verschwiegen haben.

Stemmer hakt nach: »Kennen Sie einen Ludwig Lechner?«

Sie schüttelt den Kopf. »Nie gehört. Ich muss jetzt gehen.«

Warum ihr plötzlicher Aufbruch? Sehr merkwürdig. Im Stehen reicht sie dem Kellner einen Fünfzig-Mark-Schein.

»Ist gut so«, bemerkt sie leichthin.

Der Kellner ist nicht erstaunt. Er scheint von ihr Fünfziger gewohnt zu sein und bedankt sich artig mit einer demütigen Verbeugung. Auch Lechners Ulrike hat immer mit Fünfzig-Mark-Scheinen bezahlt. Für Stemmer steht fest: Es ist Ulrike. Er steht auf, um ihr den Fluchtweg zu versperren.

»Ich muss Sie noch etwas fragen.«

Eilig greift sie nach ihrem Pelzmantel.

»Wir müssen uns wiedersehen«, drängt er. »Wann und wo?«

Während sie ihren Mantel überzieht, hastet sie aus dem Café. Er rennt ihr nach. Doch auf dem Platz keine Ulrike. Wahrscheinlich ist sie in die nahe U-Bahn-Station geflüchtet. Da kann er sie nicht suchen. Er hat noch seine Sachen im Café. Verwirrt fragt er den Kellner, ob er diese Dame kennt.

»Das ist Mathilde.«

»Mehr wissen Sie nicht?«

»Ich weiß nur ihren Vornamen.«

»Kommt sie öfters hierher?«

»Hin und wieder.«

So nah war er an seinem Ziel. Nun ist sie weg. Stemmer muss diese Frau wiedersehen. Wie er das schafft, weiß er noch nicht. Er kann sich doch nicht jeden Tag in dieses Café setzen und auf sie warten. Er muss sich etwas ausdenken. Irgendetwas wird ihm schon einfallen.

Die merkwürdige Begegnung will er in seinen Kalender eintragen und greift in seine Umhängetasche, die neben ihm an der Stuhllehne hängt. Sein Kalender ist weg. Er kramt in allen Fächern herum. Kein Kalender. Stemmers erster Gedanke: Sie hat ihn gestohlen, als sie so dicht neben ihm saß. Vielleicht hat ihn auch jemand geklaut, als er ihr nachrannte. Er war aber doch nur eine Minute weg. Beim Verlassen des Cafés fragt er den Kellner, ob sich während seiner kurzen Abwesenheit jemand seinem Platz genähert habe.

»Kein Mensch. Das Lokal ist halb leer. Das hätte ich gesehen.«

Sie hat ihn geklaut, dieses Miststück. Das steht für ihn fest. Seinen Kalender, in dem er alle Adressen, alle Telefonnummern, seine vergangenen und künftigen Treffen notiert hat. Sie weiß nun alles über ihn. Nackt und hilflos fühlt er sich ohne seinen Kalender. Er muss ihr hinterher. Er muss sie noch in der U-Bahn-Station erwischen.

Vor den Treppen zu den Bahnsteigen bleibt er stehen, schaut hinab. Keine Ulrike zu sehen. Zu welchem Bahnsteig ist sie gerannt? Welche Richtung hat sie genommen? Von den heraufsteigenden Menschenmengen wird er beiseitegedrängt. Er entscheidet sich für irgendeinen Bahnsteig, stolpert hinab und hält Ausschau nach ihr. Nirgends eine Ulrike. Auch nicht auf den anderen Bahnsteigen zu beiden Seiten. Immer wieder fahren Züge ab, kommen andere an. Vielleicht stürmte sie in einen gerade bereitstehenden Zug und ist nun unterwegs zu einer anderen Station. Verfluchter Mist, verfluchter!

Zerknirscht steigt er wieder nach oben. Warum hat sie ihn

bestohlen? Spionin, denkt er und bleibt auf der Treppe stehen, sie ist eine Spionin. Dazu die Geliebte dieses SA-Bengels aus seinem Zugabteil. Nutte, Spionin und SA-Geliebte, das passt gut zusammen. Durch seine Notizen im Kalender haben sie ihn jetzt in der Hand. Sie kennen jetzt seine Nachforschungen über Lechner. Auch Ludwig war ihr Opfer. Er ist auf sie hereingefallen durch ihre Einladungen, durch ihre teuren Geschenke und ihre gemeinsamen Nächte in Luxushotels. Wie eine Spinne hat sie ihn in ihr süßes Netz eingewickelt und ihn ausgesaugt. Im Auftrag dieses SA-Menschen. Was haben sie von Lechner erfahren, und was haben sie mit ihm gemacht? Wie haben sie ihn verschwinden lassen? Und jetzt sind die Jagdhunde durch seinen Kalender auch ihm auf der Spur.

Judith erzählt er nichts von seinem Erlebnis im Café, von seiner Einladung durch diese Prostituierte und schon gar nicht, dass sie seinen Kalender geklaut hat. Er will vor Judith nicht als Idiot dastehen. Geschämt hätte er sich, ihr einzugestehen, dass er so ein Tölpel, so ein Depp war und nicht gemerkt hat, dass sie in seine Tasche griff, die neben ihm am Stuhl hing. Ihm, dem engagierten, cleveren Journalisten, dem eifrigen Fährtensucher, musste so etwas passieren! Unbegreiflich.

Wie beim Frühstück verabredet, fahren Stemmer und Judith hinaus zum Wannsee. Das Sonntagswetter ist heiter, aber noch recht kalt. Nur wenige Grade über null. Für fast Mitte Februar normal. Immerhin spendet der magere Sonnenschein bei Windstille einen Hauch von Wärme.

Sie haben sich kräftig in Mantel, Schal und Mütze eingemummelt und stapfen entlang des Kleinen Wannsees den Weg hinauf zum Kleistgrab. Judith will Stemmer zeigen, wo Heinrich von Kleist zuerst seine Geliebte Henriette und dann sich selbst mit einer Pistole erschoss. Die Grabstätte liegt hoch über dem Wasser, direkt am Rand des steilen Abhangs, der hinab zum See führt. Der verwitterte Gedenkstein ist von dürrem Efeu überwuchert, an dem noch ein paar Blätter vom vergangenen Jahr hängen. Judith erzählt, dass die beiden heiter und in bester Laune in den Tod gingen. Ein froher Abschied. So erzählte es damals jedenfalls die Wirtin des benachbarten Gasthauses, wo die beiden zuvor übernachtet, gut gegessen und getrunken hatten.

Judith zeigt auf die andere Seite des Kleinen Wannsees: »Dort drüben wohnt der fröhliche Heinz Rühmann.«

Der Biergarten auf der Anhöhe hat natürlich noch geschlossen, also gehen sie hinab zur Dampferanlegestelle, schlagen ihre Mantelkragen hoch und setzen sich auf eine Bank. Vor ihnen schaukeln auf dem Wasser die Ausflugsdampfer im Winterschlaf. Seitlich der abgesperrten Landungsstege stehen die Streckenpläne nach Potsdam, zur Pfaueninsel, nach Tegel. Die Tourenfahrten beginnen erst wieder Mitte April. Nur wenige Spaziergänger sind unterwegs. Ehepaare mit Kinderwagen, schlurfende Rentner, ältere Frauen, die ihren Hund ausführen. Enten watscheln heran und betteln um Futter. Judith wirft ihnen mitgebrachte Brotstücke zu, die sie gierig vom Pflaster schnappen. Auch den über ihnen kreischenden Möwen wirft sie Happen zu. Akrobatisch geschickt fangen sie im Flug die Brocken auf. Sie erzählt, dass während ihrer Vorstellungen im Renaissance-Theater immer wieder Zuschauer dazwischenrufen. »Schande!«, »Kommunisten raus!«, »Judenstück!«. Schnell aber werden sie vom Publikum zurechtgewiesen.

»Noch«, sagt Judith. »Noch.«

Was sie auch erzählt, ob über Kleist oder ihre Vorstellungen, Stemmer muss ständig an seinen gestohlenen Kalender denken. Seine Unaufmerksamkeit fällt ihr auf.

Sie stupst ihn an. »Du hörst mir ja gar nicht zu.«

»Doch, doch«, gibt er schnell zurück.

»Was ist los? Ist was passiert?«

Er wehrt ab und schüttelt den Kopf. »Alles in Ordnung.«

»Scheint mir nicht so.«

»Alles okay.

Er sieht ihr an, dass sie ihm nicht glaubt.

»Also, was ist? Spuck's aus.«

»Es ist nichts.«

»Ärgerst du dich immer noch über diesen Muskel-Adolf, weil er dich so unverschämt abblitzen ließ? Dich und Lechner einen Schmierfink genannt hat, einen Papierkrakler?«

»Das ist es nicht.«

»Was ist es dann?«

Jetzt muss er es ihr sagen. Er bringt es kaum über die Lippen. Verbiestert erzählt er ihr von der Szene im Café und die Sache mit seinem Kalender. Spontan rückt sie etwas von ihm ab und sieht ihn ungläubig an.

»Sie hat was?«

Er will es nicht wiederholen.

»Sie hat deinen Kalender geklaut?«

Er nickt stumm.

»Mit all deinen Eintragungen?«

Immer wieder bringt er stammelnd hervor, dass er nicht begreifen kann, wie ihm so etwas passieren konnte.

»Erinnerst du dich noch an deine Notizen?«

In seinem Gedächtnis kramt er zusammen, was er demnächst plant. Übermorgen wieder Hanussen in der »Scala« und seine Bitte um ein Interview, dann Besuch Bruno Frei in seiner »BaM«-Redaktion.

»Und deine Treffen davor«, bohrt Judith.

Stemmer nickt. Hanfstaengl, Gennat und KPD-Franke, Hitlers Neujahrsempfang, Gespräch mit Frei, Galaball Muskel-Adolf.

»Das alles wissen nun diese Ulrike und ihr SA-Liebhaber.«

Lange Pause.

Schließlich sagt Judith: »Mein lieber Sankt Martin, dir ist klar, dass die beiden Spitzel sind. Die wissen jetzt, dass du nach Lechner suchst. Auch dass du so einiges weißt, was du nicht wissen darfst. Sie haben dich im Visier. Da hängst du jetzt verdammt noch mal drin. Hoffentlich drehen sie dir keinen Strick.« Sie fährt fröstelnd mit den Händen über ihre Arme. »Mir ist kalt. Gehen wir wieder.«

So ein beschissener Sonntag.

Trotz allem, dieser Hanussen lässt ihn nicht los. Stemmer ist von ihm abgestoßen und wird zugleich wie von einem monströsen Magnet angezogen. Seit Tagen werben nun wieder großformatige Zeitungsanzeigen und Plakate mit Hanussens dämonischem Blick für seine neue Attraktion, seine »Telepathische Post« und seine »Suggestion«. Und wieder taumeln wie im Rausch die Massen zu seinen Vorstellungen.

Obwohl er von diesem Hitler-Propagandisten die Schnauze voll hat, will er auch seine neue Show-Sensation in der »Scala« sehen und ihn um ein Interview bitten. Judith hat keine Lust, diesen Hypnotiseur noch mal zu sehen. Seinen Hitlergruß und seine fanatischen Anbeter fand sie zum Kotzen.

»Kannst allein gehen zu deinem Adolf Hanussen und dich von ihm einlullen lassen.«

Ihr schroffer Ton kränkt ihn, er muss aber zugeben, dass auch er so denkt. Er nimmt sich vor, den Auftritt besonders streng und kritisch ins Auge zu fassen. Vielleicht kann er ihn doch bei einem Trick ertappen. Auf die »Scala«-Girls, die Artisten-Nummern und Clowns verzichtet er diesmal und kommt erst zur Vorstellung, wenn der Ersehnte wie ein Messias erscheint.

Wieder tritt der Meister aller Meister mit seinem Hitlergruß auf, wieder brandet ihm Applaus entgegen. Auch jetzt begrüßt er das Publikum im breitesten, etwas ordinär klingenden wienerischen Quetschton, fügt ein paar Zoten ein und kündet seine neue Sensation an, die »Telepathische Post«.

»Meine sehr geschätzten Damen und Herren, bevor ich Ihnen meine Fähigkeit der Gedankenübertragung und des Gedankenlesens präsentiere, möchte ich Ihnen berichten, wie meine Telepathische Post entstand.«

Er gibt dem Beleuchter und dem Kapellmeister ein Zeichen, und schon verdunkelt sich das Bühnenlicht und taucht Hanussen in einen unheimlichen orangenen Dämmerschein. Zugleich intoniert das Orchester leise eine orientalische Musik der Art, wie man sich das Flötenspiel von Schlangenbeschwörern vorstellt.

Hanussen beginnt mit geheimnisvoller Stimme: »Es war bei einer meiner Reisen durch Ägypten. Der Scheich Raschin Ben Said Al Maktum, ein steinreicher Mann, hatte mich in sein prunkvolles Zelt nahe den Pyramiden bei Kairo eingeladen. Wir saßen auf kostbaren bunten Teppichen und tranken stark gewürzten Tee aus geschwungenen Gläsern. In der Mitte des Zeltes brannte auf dem Wüstensand ein Feuer, gespeist aus Kamelmist. Der Scheich berichtete mir, dass im Nebenzelt inmitten seiner vielen Frauen auch seine Lieblingsfrau Taisia lagere. Ihr wollte er einen besonderen Liebesbrief überbringen lassen. Er hätte einen seiner vielen Diener damit beauftragen können. Doch er bat mich als seinen Ehrengast, sein Postillion d'amour zu sein. Natürlich kannte ich diese Taisia nicht. Wusste nicht, wie sie aussah. Zwar war ich schon damals als Hellseher aufgetreten, doch ich hatte noch nie ein solches Experiment unternommen. Mir blieb nichts anderes übrig, als mich in dieses Abenteuer zu stürzen. Der Scheich reichte mir lächelnd seine vorbereitete Post. Mit dem kostbaren Kuvert in meinen Händen betrat ich das Zelt seiner Lieblingsfrau und sah mich von einer Gruppe schwarz verschleierter Frauen umgeben. Ich konzentrierte mich und fühlte mich von einem dieser geheimnisvollen Wesen besonders angezogen. Ich fühlte, dass sie die Richtige war, und fragte: ›Bist du Taisia?‹ Sie nickte. Ich war vom Gelingen meines Vorhabens höchst überrascht, übergab ihr den Brief, verbeugte mich und kehrte zurück. Bald darauf erschien eine Dienerin und bedankte sich beim Scheich für die Liebesgrüße an Taisia. Der Scheich war über mich höchst entzückt und lud mich für eine Woche in seinen Palast bei Alexandrien ein. Leider musste ich ablehnen, ich hatte noch dringende Geschäfte in Ägypten. Lange konnte ich mein neues Können nicht fassen, und so entschloss ich mich, diese unbegreifliche Fähigkeit in mein Programm als Hellseher aufzunehmen.«

Wieder bezweifelt Stemmer, dass Hanussen jemals in Ägypten war. Sicher hat er diesen ganzen Schmäh erfunden, um sein Publikum zu beeindrucken. Er schaut sich um und sieht nur faszinierte Gesichter. Wie alle wartet auch er gespannt auf das, was nun folgen wird.

Theatralisch verkündet Hanussen, er werde nun mit verbundenen Augen einer ihm völlig unbekannten Person im Saal einen Brief überbringen. Begleitet nur von einem Medium, das hinter ihm gehen wird. Dieses Medium allein wisse, wo der Adressat sitzt. Er werde kraft seiner Fähigkeit der Gedankenübertragung durch dieses Medium geleitet.

Als Medium wählt Hanussen wieder eine Frau, die ihm auf der Bühne den Brief überreicht, den er überbringen soll. Auf dem Umschlag steht einzig der Name des Adressaten, sonst nichts.

Eindringlich fordert er sie auf, während ihres Weges scharf daran zu denken, wo die ihm fremde Person sitzt. Nur durch ihr zielgerichtetes Denken, durch ihre Konzentration sei eine Gedankenübertragung möglich, könne er ihre Gedanken lesen. Sei sie nicht konzentriert genug, so würde das Experiment scheitern. Er schärft ihr ein, den kürzesten Weg zu jenem Adressaten zu wählen und in Gedanken den Weg in kurze Teilstrecken aufzuteilen. Dadurch könne sie sich in diesen Abschnitten besser konzentrieren. Sie müsse absolut stumm bleiben und ihre Anweisungen an ihn nur intensiv denken, zum Beispiel »geradeaus – halt – jetzt nach links – halt – weiter geradeaus – halt – jetzt rechts – halt – geradeaus – noch weiter – halt – angekommen.«

Die Frau hat verstanden und nickt zustimmend.

Hanussens hübsche blonde Assistentin, die Stemmer schon bei seiner ersten Hanussen-Vorstellung bewunderte, legt ihm eine schwarze Binde um die Augen, damit er absolut nichts sehen kann. Demonstrativ drückt er den Brief auf seine Stirn, als würde er dadurch die Eingebung erhalten, wohin er gehen soll, und steckt ihn in seinen Frack. Als Beweis, dass er nichts Zugeflüstertes hören kann, stopft die Assistentin Stöpsel in seine Ohren. Nun bittet er sein Medium, hinter ihn zu treten und seine Hände zu fassen. Dann gehen sie los. Der gedankenlesende Hanussen voran, sein Medium hinter ihm.

Tappend verlässt er mit ihr die Bühne und bleibt vor der ersten Zuschauerreihe stehen, als würde er auf die Gedanken seines Mediums warten. Er tapert an der Rampe entlang und macht vor dem Mittelgang wieder halt. Was sagt die Gedankenübertragung? Er biegt in den Mittelgang ein, stolpert geradeaus. Vorbei an drei, vier, fünf Reihen. Dann ein kleines Stück zurück bis zur dritten Reihe. Wieder bleibt er stehen. Dritte Reihe rechts oder links? Er zwängt sich links in die Zuschauerreihe hinein, stößt an die Füße der Zuschauer, drängt sich weiter an ihnen vorbei. Dann hält er abrupt an. Im Saal herrscht gespannte Stille.

»Angekommen«, sagt sein Medium erleichtert.

In dem Moment richtet der Beleuchter einen hellen Spot auf die erreichte Person. Hanussen nimmt seine Augenbinde ab. Der Mann vor ihm ist sehr irritiert. Offenbar geniert er sich, plötzlich vom Scheinwerfer erfasst zu sein und alle Blicke auf sich gerichtet zu sehen.

»Bin ich am Ziel?«, fragt Hanussen sein Medium, das ihn durch ihre intensiven Gedanken hierherführte.

»Ja. Es ist mein Bruder. Er wusste nicht, dass ich ihn ausgewählt habe. Ich wollte ihn überraschen.«

Hanussen holt den Briefumschlag aus seinem Frack hervor und reicht ihn dem Verblüfften. »Bitte bestätigen Sie, dass Sie derjenige sind, der auf dem Kuvert steht.«

Seine Zustimmung geht im dröhnenden Applaus des Publikums unter. Hanussen bedankt sich bei seinem Medium mit einem Handkuss.

Die Nummer wiederholt er noch zweimal, stets mit einer Frau als Medium. Jedes Mal erfolgreich. Zum jubelnden Beifall muss er mehrmals mit tiefen Verbeugungen vor den Vorhang treten.

Für Stemmer ist klar, wie er das gemacht hat. Ganz einfach. Da braucht man keine Märchen aus Ägypten und keinen Hokuspokus mit Gedankenübertragung und Gedankenlesen. Alles Quatsch. Sein angebliches Medium, diese Frau, geht hinter ihm und fasst ihn an den Händen. Sie weiß, wohin er gehen soll. Ob ungewollt, reflexhaft oder zuvor verabredet, braucht sie nur Hanussens beide Hände ganz leicht drücken, wenn er geradeaus gehen soll, seine rechte Hand drücken, wenn er nach rechts, seine linke, wenn er nach links, und beide Hände etwas zurückziehen, wenn er ein paar Schritte zurückgehen soll. Dann ein etwas festerer Druck, wenn er angekommen ist. So einfach ist der ganze Zauber.

Er muss an das Buch von Juhn denken, von dem Ludwig schrieb und das er nirgends finden kann. Wenn er es noch irgendwie auftreibt, wird er sehen, wie Juhn diese Nummer entlarvt.

Wieder kommt ihm in den Sinn, dass Lechner sein Exemplar tatsächlich Hanussen gezeigt oder es ihm sogar gegeben haben könnte, wie Frei befürchtete. Aber so verrückt kann er nicht gewesen sein. Oder doch?

Egal, wie es war, Stemmer muss sich bei Hanussen ein Interview beschaffen und ihn nach Lechner fragen.

Nach der Pause führt Hanussen seine nächste Sensation vor: seine »Suggestion«. Bei dieser Nummer werde er Menschen zu Handlungen bewegen, die sie nie für möglich gehalten hätten. Er werde Menschen dazu bringen, auf der Bühne etwas zu tun, was sie sonst niemals tun würden. Ohne sie zu hypnotisieren, ohne sie in Trance zu versetzen, ohne betäubende Düfte. Die Personen würden bei vollem Bewusstsein bleiben, und trotzdem werde er sie durch seine magische Fähigkeit manipulieren. Es sei erstaunlich, wie Menschen ihren eigenen Willen verlieren, wenn sie glauben, es sei vorteilhafter, sich einem höheren Willen zu unterwerfen. Seinem Willen, den er ihnen einredet.

Stemmer horcht auf. Das Ganze kommt ihm sehr bekannt vor.

Hanussen bittet, es mögen sich Personen melden, mit denen er seine Präsentation vorführen kann. Hunderte werfen ihre Arme hoch. Für sein Experiment wählt er diesmal einen Mann aus. Stemmer wundert sich, dass er jetzt einen Mann auf die Bühne holt und nicht wie sonst eine Frau. Es ist ein stattlicher, etwas älterer Herr in einem dunklen Anzug. Eine gepflegte, vornehme Erscheinung. Sein Auftreten ist selbstsicher. Sein feines Gesicht zeigt Intelligenz.

»Was für einen Beruf üben Sie aus, wenn ich fragen darf?«

»Ich bin Finanzbeamter.«

»Schön. Dabei müssen Sie immer das tun, was Ihnen Ihr Chef sagt.«

Gelächter im Saal.

»Werden Sie das tun, was ich Ihnen sage?«

»Auf keinen Fall«, widerspricht der noble Herr. »Ich werde mich weigern, das zu tun, was Sie mir einreden wollen.« Anscheinend will er Hanussens Experiment scheitern lassen.

Hanussen ist von seiner Weigerung nicht überrascht und lächelt süffisant.

»Wir werden sehen.«

Er gibt seiner blonden attraktiven Assistentin ein Zeichen; sogleich bringt sie ein kleines Häuschen aus Gips und einen Hammer, stellt es auf einen bereitgestellten Tisch und legt den Hammer daneben.

Er blickt seiner Versuchsperson scharf in die Augen und sagt eindringlich: »Zerschlagen Sie das Häuschen mit dem Hammer. Zerschlagen Sie das Häuschen mit dem Hammer. Zerschlagen Sie das Häuschen mit dem Hammer.«

Der feine Herr scheint völlig von ihm fixiert zu sein. Er nimmt den Hammer und zerschlägt das Gipshäuschen mit einer Wucht, dass die Brocken auseinanderfliegen. Das Gejohle des Publikums treibt ihn dazu an, weiter auf die Trümmer einzuschlagen, bis nur noch weißes Pulver den Tisch und den Bühnenboden bedeckt.

Stemmer kann es nicht fassen, dass sich dieser Mensch von Hanussen so hinreißen ließ. Auch der Mann mag nicht glauben, was er gerade getan hat. Schnell kehrt ein Bühnenarbeiter die Trümmer und den Staub vom Tisch und Boden.

Die nächste Suggestion kann beginnen. Wieder melden sich zahllose Versuchspersonen. Dieses Mal wählt Hanussen eine Frau mittleren Alters aus. Sie ist Verkäuferin bei Wertheim, Abteilung Damenwäsche.

»Haben Sie ein Hobby?«

»Ich lese gern.«

»Wie sympathisch. Dicke Bücher?«

»Sehr dicke Bücher.«

»Sie lieben also Bücher.«

»Oh ja, ich liebe Bücher.«

»Umso besser. Werden Sie nun tun, was ich Ihnen sage?«

»Wenn Sie mir was Vernünftiges einreden, gern.«

»Sehr schön.«

In einer Metallschale trägt die Assistentin ein großes aufgeschlagenes Buch und ein Kännchen herein und stellt beides auf den Tisch.

»In dem Kännchen befindet sich Benzin. Gießen Sie das Benzin über das Buch. Hier haben Sie Streichhölzer.«

Die Verkäuferin sieht ihn verwundert an. Hanussen blickt ihr eindringlich in die Augen und überredet sie: »Verbrennen Sie dieses Buch. Verbrennen Sie dieses Buch. Verbrennen Sie dieses Buch.«

Die Frau gießt Benzin über das Buch und zündet es an. Hohe Flammen schießen empor, fressen gierig die Seiten samt Einband. Begeistert schaut die Frau in das Feuer, bis nur noch Rauch und ein schwarzer Klumpen bleiben.

Stemmer wäre am liebsten aufgesprungen und hätte empört dagegen protestiert, der jubelnde Beifall aber für die Verkäuferin und Hanussen hält ihn nieder.

Für seine letzte Präsentation wählt Hanussen einen jungen, adrett gekleideten Mann mit Brille aus. Er ist Jurastudent.

Wieder fragt er ihn: »Werden Sie tun, was ich Ihnen sage?«

»Nein.«

»Sie werden es tun.«

»Muss ich?«

»Sie müssen nicht, Sie werden.«

»Ich glaube nicht, dass ich mich von Ihnen einlullen lasse.«

»Haben Sie eine Freundin?«

»Ja. Sie ist im Saal.«

»Sie hat Sie für diese Suggestion freigegeben?«

»Natürlich. Sie weiß, dass ich mich anständig benehme.«

»Sie lieben Ihre Freundin.«

»Natürlich.«

»Sie würden ihr niemals etwas zuleide tun?«

»Nie im Leben.«

»Sie würden sie nicht töten, nehme ich an.«

»Um Gottes willen, nein. Niemals!«

»Haben Sie schon mal einen Menschen getötet?«

»Das würde ich nie tun. Grundsätzlich nicht. Außerdem verbietet das unser Strafgesetzbuch.«

»Natürlich. Sie sind Jurastudent.«

Die Assistentin bringt eine mannshohe Puppe, schraubt sie am Boden fest und legt ein langes, spitzes Messer daneben. Das Publikum hält den Atem an. Wie schon zuvor bei den anderen Testpersonen stellt sich Hanussen vor den jungen Mann, blickt ihm in die Augen und fordert ihn suggestiv auf: »Töte diesen Kerl. Stich ihn ab. Stich ihn ab. Stich ihn ab.«

Der Jurastudent geht zur Puppe, ergreift das Messer und sticht mit heftigen Hieben auf sie ein.

»Erwin!«, schreit seine Freundin entsetzt aus dem Publikum. Er hört nicht auf sie und sticht weiter auf die Puppe ein, immer wieder, immer wieder, stößt ihr das Messer in die Brust, in den Bauch. Das Publikum johlt vor Vergnügen.

»Erwin!«, kreischt seine Freundin. »Hör auf! Hör auf!«

Wie ein Wilder schlitzt er der Puppe den Bauch auf. Holzwolle quillt heraus.

»Bravo!«, brüllt das Publikum. »Bravo!«

»Genug! Genug!«, ruft Hanussen, nimmt dem jungen Mann das Messer aus der Hand und wendet sich wieder dem Saal zu. »Mein liebes Publikum, Sie haben gesehen, wie ich durch meine magische Suggestion auf Menschen einwirken kann. Ich wünsche Ihnen noch einen angenehmen, vergnügten Abend.«

Langer Schlussapplaus, Verbeugung, Verbeugung, Verbeugung, Vorhang, Vorhang, Vorhang.

Den Applaus mag Stemmer nicht hören und hält sich die Ohren zu. Er kann es auf seinem Sitz nicht mehr aushalten und verlässt inmitten des begeisterten Publikums den Saal.

Einen Moment zögert er, ob er nach diesem infernalischen Spektakel zu diesem Hexer gehen und ihn in der Garderobe um ein Interview bitten soll. Wenn nicht jetzt, wann dann?, denkt er schließlich und klopft an die Tür mit dem Hinweis »Nicht stören!«.

Der Garderobier, ein älterer Franzose, ist empört über seine

Missachtung des Schildes und will ihn hinausweisen. Erst als Stemmer auf betont Wienerisch erklärt, dass er Korrespondent einer Wiener Zeitung sei und ein leidenschaftlicher Bewunderer des Meisters, wird der Garderobier gnädig, geht in den Nebenraum, wo Hanussen gerade duscht, und informiert ihn über seinen Besucher.

Nach einer Weile tritt der Maestro, gehüllt in einen weißen flauschigen Bademantel, an den Füßen Pantoffeln, gut gelaunt heraus. Ein erster Schock. Der große Meister ist klein. Kaum eins sechzig. Anscheinend trägt er auf der Bühne Kothurne, Schuhe mit extrem hohen Sohlen, um größer zu erscheinen. Sein Körper ist dicklich. Wahrscheinlich ist er bei seinen Auftritten in ein Korsett geschnürt, um schlanker zu erscheinen.

»Endlich ein Wiener aus meiner geliebten Heimatstadt!«, ruft er freudig aus und zerquetscht mit seiner Pratze fast Stemmers schmale Hand.

Da steht er also jetzt vor ihm, der berühmte Hanussen. Keine Autogrammfotografie, kein Plakatgesicht, kein Transparentgemälde, sondern er selbst, leibhaftig und zum Anfassen. Sein Idol, für das er in Wien immer so schwärmte, das er so sehnlich kennenzulernen wünschte. In Wien war er sein phantasiertes Wunschbild, in Berlin sah er ihn im Scheinwerferlicht auf der Bühne und jetzt direkt vor sich, ohne Theaterschminke, ohne rosa Gesichtspuder. Ein zweiter Schock. Sein nacktes Gesicht ist hässlich, abstoßend. Die Haut aufgeschwemmt und narbig. Er hat wulstige Lippen, eine breite Nase, kleine, stechende Augen, schwarze buschige Brauen und eine niedrige Stirn. Eine grobe, ordinäre Visage. Von Fotos kennt Stemmer seine weit aufgerissenen Augen und seinen dämonischen Blick. Jetzt strahlt er nichts Magisches aus, ist nur ein »gselchter Aff«, ein Wiener Strizzi.

Hanussen lächelt überlegen. »Nun? War ich gut heut mit meiner Séance?«, will er von ihm bestätigt haben.

»Exorbitant«, stammelt Stemmer verlegen. »Ganz exorbitant.« Etwas anderes fällt ihm spontan nicht ein, und er bittet höflich um ein Interview für seine Zeitung. Auch wenn die »AZ« sein Interview mit ihm wahrscheinlich nicht bringen wird. Die

Wahrheit über diesen Hanussen wäre für die Wiener Netzbeschmutzung. In ihrem braunen Klima. Trotzdem versucht er es.

»François, bring mir meinen Kalender«, bittet Hanussen.

Der Garderobier legt ihm ein dickes ledergebundenes Buch vor. Noch nicht ganz abgetrocknet von seiner Dusche, blättert er darin und schüttelt immer wieder den Kopf.

»Dumm, dumm, alles belegt. Alles belegt. Für Wochen alles voll.«

Stemmer lässt bedauernd die Schultern hängen.

»Halt!«, sagt er plötzlich. »Da hab ich noch was! Da ist am 20. März noch etwas frei.«

Stemmer ist enttäuscht. Erst in fünf Wochen. Weiß Gott, was bis dahin noch alles passiert. Sollte Lechner bis dahin wieder auftauchen, ist er vielleicht nicht mehr in Berlin.

»Geht's nicht früher?«, drängelt er.

»Ausgeschlossen.«

Stemmer muss sich damit abfinden.

»Am Nachmittag um vier. Aber nur ein halbes Stündchen. Keine Minute länger. In meiner Wohnung am Kurfürstendamm. Gleich neben dem Gloria-Kino. Nicht zu verfehlen.« Zwischen seinen Schmink- und Abschminkcremes, Puderdosen und Quasten greift er nach einer rosafarbenen Karte. »Aber vor unserem Interview hab ich noch ein Schmankerl für Sie. Eine Einladung zur feierlichen Einweihung meines ›Palastes des Okkultismus‹. Am 26. Februar. Übernächste Woche.«

»Ihr ›Palast des Okkultismus‹?«, fragt Stemmer erstaunt.

»Große Sensation. Großes Ereignis. Mit Prophezeiungen. Nur für besondere Gäste. Auch für Sie aus meiner geliebten Heimatstadt. Die Wiener müssen doch erfahren, was ihr berühmter Hanussen hier treibt.«

Er reicht ihm die edel gestaltete Einladungskarte. Stemmer schaut auf die Adresse. Lietzenburger Straße. Nicht weit von hier.

»Bringen Sie Ihr Gschpusi mit, soweit vorhanden.«

Nach Lechner will Stemmer ihn jetzt noch nicht fragen. Wer weiß, wie er reagiert, er zieht am Ende noch seine Zusage zu seinem Interview zurück und seine Einladung zur Einweihung seines Okkultismus-Palastes. Nach Lechner will er sich am Ende seines Interviews erkundigen. Mal sehen, was er über ihn weiß.

Am nächsten Morgen überschlagen sich die Zeitungen wieder vor Begeisterung über Hanussens Auftritt. Enthusiastische Rezensionen seiner »Telepathischen Post« und seiner »Suggestionen«. Hymnen, Jubel, Ekstase, Vergötterung. Dann schlägt Stemmer Bruno Freis Artikel in der »Berlin am Morgen« auf. »Ein Scharlatan erobert Berlin!« lautet die Schlagzeile. Stemmer muss den Atem anhalten, während er liest: »Mit seinem üblichen Abrakadabra und Hokuspokus hat der sogenannte Hellseher Hanussen auch gestern Abend wieder in der ›Scala‹ dem johlenden Publikum seine angeblichen Fähigkeiten vorgegaukelt. Ergeben lag es ihm zu Füßen. Unbegreiflich, dass dieser Schwindler beim teuer zahlenden Publikum so viel Erfolg hat. Ein Beweis für die Hirnlosigkeit seiner Bewunderer. Kein Wunder. Schulen, Kirchen und Kasernen fordern Gehorsam und schaffen das eigene Denken ab. Und leider auch unsere kritiklose Presse. Allesamt sind sie das Rauschgift für die Massen. Sie formen die Gehirne und führen das Volk dorthin, wo die Herrschenden es haben wollen. Hanussen ist einer ihrer Helfer. Ein Ganove übelster Art. In Kürze will dieser Gauner auch noch seinen ›Palast des Okkultismus‹ einweihen! Jauche über ihn und seinen Palast!«

Stemmer kriegt nichts mehr auf die Reihe. Nun ist er völlig verunsichert. Klar, Hanussen ist ein übler Halunke. Sein Idealbild hat er sich inzwischen abgeschminkt. Andererseits hat er an diesem Abend gezeigt, wozu Menschen durch Suggestion gebracht werden können. Er hat auf erschreckende Weise vorgeführt, dass Menschen dazu überredet werden können, Einrichtungen zu zerschlagen, Bücher zu verbrennen und Menschen zu töten. Es ist doch gut, dass er das so drastisch deutlich gemacht hat. Er hat aber auch gezeigt, wie sein Publikum von dieser Suggestion begeistert ist. Wie es johlt und jubelt, wenn zerschlagen, verbrannt und getötet wird.

Soll das eine Aufmunterung für seine Nazis sein?

Darüber muss Stemmer mit Frei sprechen. Diesmal erreicht er ihn, bekommt aber von ihm zu hören: »Tut mir leid, ich muss wieder weg. Dringende Reise. In neun Tagen können wir uns in meiner Redaktion treffen.«

Verdammt noch mal, wieder ein Aufschub. Stemmer wird nervös. Doch die Zeit vergeht schnell, bis dahin hat er voll zu tun. Immer wieder neue Ereignisse in Berlin und immer wieder neue Artikel für seine Zeitung, mit denen er sich herumquält, weil er nicht die volle Wahrheit schreiben darf. Göring beschließt einen »Schießerlass« für die Polizei gegen »Unruhestifter«. Das heißt: gegen Kommunisten, Sozialdemokraten, Gewerkschaftler. Gegen alle Regimegegner. Sie darf nun bei Demonstrationen rücksichtslos von der Schusswaffe Gebrauch machen. Wieder zeitweise Besetzung der KPD-Zentrale. Und Göring ernennt fünfzigtausend SA- und SS-Männer zu bewaffneten »Hilfspolizisten« unter der Führung des SA-Gruppenführers Graf von Helldorff mit einem Freibrief zum Töten.

Hinterm Ofen sitzt 'ne Maus, die muss raus

Endlich ist Frei wieder in Berlin. Der kleine Raum, in den Stemmer geführt wird, ist an allen Wänden mit Aktenregalen voller Ordner bestückt. An der einzigen freien Fläche hängt ein großes eingerahmtes Foto: eine Ansicht von Prag. In einer Nische steht eine kleine Kaffeemaschine und in einer Spüle viel benutztes Geschirr. Neben dem Fenster befindet sich ein monströser hellbrauner Holzkasten mit einer Apparatur, der Fernschreiber. Auf zwei Tischen drei Schreibmaschinen, daneben Stapel von getippten Manuskripten.

Stemmer hat sich den Arbeitsraum des Herausgebers der »Berlin am Morgen« größer vorgestellt. Der Verkehrslärm unten auf der Wilhelmstraße dringt bis nach oben in das Büro. Hier also, mitten im Regierungsviertel, umgeben von Naziministerien, greift Bruno Frei in der Höhle der Löwen mit seinen Artikeln die demagogische Hetze der neuen Regierung an, die brutalen Schlägertrupps der SA, die Verlogenheit Hitlers, Goebbels', Görings und Konsorten.

»Einmal werden sie mit ihren Tatzen zuschlagen und mich freche Maus fressen«, sagt er erregt. Wie im Romanischen Café ist sein schmales Gesicht gerötet, wieder zittert am Kragenknopf seines weißen Hemdes seine violette Fliege. »Eigentlich dürfte ich mich hier gar nicht mehr aufhalten. Viel zu gefährlich. Kann jede Stunde festgenommen werden. Deshalb war ich zuletzt auch öfter mal für ein paar Tage weg aus Berlin. Göring, die fette Sau, hat schon längst Listen mit Kommunisten, Sozis, Gewerkschaftlern und allen Regimegegnern angelegt. Als neuer preußischer Innenminister und Chef der Polizei kann er jetzt jeden festnehmen, der ihm nicht passt. Auf der Liste steh ich natürlich auch drauf. Muss nur sehen, dass ich kurz davor von hier verschwinde.«

»Wo wollen Sie denn hin?«, fragt Stemmer.

»Nach Prag. Da habe ich Freunde. Da kann ich im ›Prager Tagblatt‹ arbeiten. Muss nur den Absprung rechtzeitig schaffen, bevor sie mich hier an der Gurgel packen. Was macht denn Ihr Lechner? Ist er wieder aufgetaucht?«

»Ich suche ihn immer noch.«

»Wenn Sie dabei nicht in Teufels Küche kommen. Da steckt man schneller drin, als man glaubt. Kommt nicht mehr raus. Wird geröstet und zerhackt.«

Stemmer spricht ihn wegen seiner Attacken auf Hanussen an. Frei explodiert.

»Das geht schon seit über drei Jahren so mit diesem Betrüger. Seit er hier auftauchte mit seiner Trickserei. Ich kannte seine Bluffs aus dem Buch von Juhn. Ein Glück, dass Lechner es mir geliehen hatte. Haben Sie es inzwischen gefunden?«

»Noch immer nicht«, bedauert Stemmer. »Und es ist leider auch kein anderes Exemplar aufzutreiben, weder hier noch in Wien.«

»Seit ich den Juhn gelesen habe, bekämpfe ich diesen Hanussen, diesen Täuscher. Reiße ihm die Maske vom Gesicht. Mit dem Effekt, dass die Menschen in noch größerer Zahl in seine Vorstellungen strömen. Alle wollen ihn sehen, den dieser Frei so beschimpft. Er verklagte mich schon wegen Beleidigung und übler Nachrede. Ich habe mich dagegen gewehrt. Aber dieser reiche Halunke hat so teuflische Anwälte, die alle Gegner abbügeln. Er kann sich die teuersten Rechtsverdreher leisten. Die Folge: Beim Landgericht erwirkten sie eine einstweilige Verfügung gegen mich. Darf keine negativen Artikel mehr über ihn schreiben. Unter Androhung einer hohen Geld- oder Haftstrafe. Hab natürlich weiter gegen ihn geschrieben. Wieder Klage gegen mich.«

Voller Zorn zeigt Frei auf die Regale mit den Ordnern. Etwa fünfzehn davon mit der Aufschrift »Hanussen«, zehn Ordner »Prozesse«, fünf Ordner »Urteile«.

»Ich müsste dringend über so viele andere Sachen schreiben«, klagt er. »Komm aber kaum dazu wegen diesem Drecksack und den Prozessen, die er mir anhängt. Absichtlich provoziert er mit jedem Gerichtsverfahren einen neuen Skandal. Die beste Werbung für ihn. Er macht noch mehr Kasse. Das Volk will den Skandal. Und er ist auch ganz begierig darauf. Für sein Geschäft ist der Skandal der beste Treibstoff. Jetzt will er mir einen neuen Prozess aufzwingen. Aber dazu wird es nicht kommen. Da bin ich nicht mehr in Berlin. So, wie sich die politische Situation entwickelt.«

Der Fernschreiber rattert und schiebt eine Seite heraus. Er zieht sie aus der Halterung und überfliegt hastig die Zeilen.

»Jetzt hab ich's schwarz auf weiß!«, stöhnt er auf. »Die Polizei stürmte heute früh wieder mal das Karl-Liebknecht-Haus, führte eine Razzia durch, suchte nach staatsgefährdenden Unterlagen und besetzte die KPD-Zentrale! Die ›Rote Fahne‹ darf vorerst nicht mehr erscheinen.«

Frei hält ihm das Blatt hin, Stemmer nimmt es und liest selbst. Er muss an Franke denken, den er vor einem Monat im Karl-Liebknecht-Haus besuchte und der ihm von seinen Befürchtungen berichtete. Hoffentlich konnte er vor seiner Verhaftung fliehen.

»Gleich in der Früh haben mich die Kollegen darüber informiert, dass Görings Polizei und die SA im KLH eine große Razzia aufziehen«, keucht Frei. Er kann kaum atmen, schnappt nach Luft. »Auf der Suche nach Beweisen, dass die Roten einen Umsturz planen. So 'n Quatsch! Die meisten KPD-Leute waren schon gleich nach Hitlers Ernennung untergetaucht. Aus Angst vor Verhaftungen. Die Polizei und SA kappten die Telefonleitungen und durchwühlten alle Räume vom Dachgeschoss bis zum Keller, fanden aber offenbar nicht die gewünschten Beweise für einen angeblichen Putsch, nur das übliche Propagandamaterial, Plakate, Flugblätter. Jetzt müssen sich die Nazis was Neues ausdenken, um die Kommunisten vor der Wahl auszuschalten. Das müssen Sie Ihrer ›AZ‹ melden, Stemmer. Damit die sehen, was auch ihnen bevorsteht.«

Stemmer wendet das Blatt hin und her. Gern möchte er seine Wiener Kollegen nochmals darüber informieren, fürchtet aber, dass bei einer Veröffentlichung auch seine »AZ« von den Wiener Nazis gestürmt werden würde.

»Schicken Sie die Nachricht noch heute nach Wien«, drängt Frei. »Diese Schweinerei haben wir auch dem Hanussen zu verdanken. Von Anfang an hat er gegen die Kommunisten gehetzt.«

Aufgebracht geht er im Zimmer auf und ab, dreht seine Arme wie Windmühlenflügel. Dabei stößt er hervor: »Er hält Hitler für den Größten, für den Heilsbringer, für den Messias. Ich wollte diesen Wunderglauben entlarven, dem so viele Berliner verfallen sind. Vergebens. Er hat sich öffentlich, auch in seiner Hanussen-Zeitung, dafür eingesetzt, dass dieser Ganove Reichskanzler wird. Mit Erfolg. Für beide Seiten. Hitler profitiert von der Berühmtheit dieses Hellsehers, und Hanussen macht als Günstling der Nazis groß Karriere. Das aber schreckt seine Bewunderer nicht ab. Im Gegenteil. Das Volk will diesen Propheten Hitlers sehen. Diesen Volksverdummer. Meine warnenden Artikel haben immer nur das Gegenteil von dem erreicht, was ich wollte.«

Plötzlich blickt er Stemmer direkt ins Gesicht.

»Und das Tollste: Hanussen ist Jude!«

Stemmer ist wie vor den Kopf geschlagen. Das wusste er nicht. »Hanussen Jude?«

»Natürlich.«

»Woher wissen Sie das?«

»Von Juhn, seinem früheren Impresario.«

»Und woher weiß er das?«

»Juhn, damals noch sein engster Freund, war Trauzeuge bei Hanussens jüdischer Hochzeit mit seiner dritten Frau, der Rühle.«

»Der Nazipropagandist Jude?« Stemmer kann es nicht fassen.

»Das dürfen die Nazis natürlich nicht wissen. Er verheimlicht es. Aber ich werde es veröffentlichen. So eine Schande können die Nazis nicht auf sich sitzen lassen. Das ist sein Ende. Dann ist es aus mit ihm. Die stellen ihn an die Wand. Dann ist es aus mit diesem Schweinehund.«

»Warum setzt er sich so für dieses Nazigesindel ein?«

»Um seine jüdische Herkunft zu verdecken. Um sich bei ihnen einzuschleimen. Will Karriere machen im Dritten Reich, der Opportunist. Der Jude macht Propaganda für die Nazis! Diese Bombe werde ich platzen lassen.«

»Sie gehen damit selbst in die Luft«, wirft Stemmer ein.

»Muss sehen, dass ich rechtzeitig abhaue.«

Frei ist so aufgewühlt, dass er weiter im Raum hin und her

gehen muss. Er bleibt am Fenster stehen und sieht zur Wilhelmstraße hinab.

»Da unten fahren die Schupos in ihren Mannschaftswagen. Wieder zu einer Razzia. Bin gespannt, wann sie in meine Zeitung kommen. Wird nicht mehr lange dauern.«

Aufgewühlt muss Frei erst mal Atem schöpfen, dann blickt er Stemmer ins Gesicht. »Übrigens, der Schießerlass von Göring gilt auch gegen kritische Journalisten. Mensch, Stemmer, was machen Sie noch in Berlin? Zischen Sie ab in Ihr Wien!«

»Zu den Nazis dort?«

»Um noch mal auf Hanussen zurückzukommen«, beginnt Frei nach einer Pause. »Er sieht Hitler als seinen Bruder im Geiste.«

Stemmer versteht nicht. Frei erklärt ihm ihre Gemeinsamkeit: Beide sind Österreicher. Beide sind im selben Jahr, 1889, geboren. Der eine im elenden Wiener Bezirk Ottakring, der andere im Kaff Braunau. Beide sind gleich alt. Dreiundvierzig. Sie wuchsen in ärmlichen Verhältnissen auf. Ohne Väter. Ohne Schulabschluss. Beide führen nicht ihre ursprünglichen Namen: Herschel Chaim Steinschneider und Schicklgruber. Damit kann man natürlich keine Karriere machen. Aus dem einen wurde Hanussen, aus dem anderen Hitler. Der eine begann als Gaukler, der andere als Parteiredner. Ist dasselbe. Beide waren zweimal im Gefängnis. Der eine wegen mehrfacher Betrügereien, der andere wegen Regierungsputsches. Beide wurden vorzeitig freigelassen. Beide sind vorbestraft. Der eine wurde aus Österreich ausgewiesen, der andere kündigte seine österreichische Staatsbürgerschaft auf, war staatenlos, wurde durch einen Trick »Doitscha«. Nur ein Jahr bevor man ihn zum Reichskanzler machte. Der eine wurde ein berühmter Hellseher, der andere Oberster Führer der SA, Reichskanzler und »Führer«. Beide sind sehr reich. Hanussen durch seine Tricks, Hitler durch sein Buch »Mein Kampf« und Spenden von Industriellen. Sie haben ihre eigenen Zeitungen. Der eine seine Hanussen-Zeitung, der andere seinen »Völkischen Beobachter«. Beide arbeiten mit der gleichen Methode, mit Wunderglauben und Suggestion, und haben damit Erfolg. Um die Menschen im Griff zu haben, um auf sie Macht auszuüben, müssen sie sie zu einer gläubigen Gemeinde schmieden. Wenn die Menschen nicht an sie glauben, sind sie machtlos. Sie machen die Menschen besoffen. Durch Suggestion. Durch eine Art Hypnose und Trance schalten sie beim Volk Vernunft und Verstand aus, begeistern, berauschen und benebeln sie die Massen. Machen sie gefügig.

»Das alles werde ich morgen in meiner ›BaM‹ veröffentlichen«, sagt Frei. »Einen Tag vor Hanussens feierlicher Einweihung seines ›Palastes des Okkultismus‹. Dann wird der Gaukler vor seinem Festspiel abgeholt. Dann ist es aus mit ihm. Die Wahrheit muss raus.«

Die Wahrheit muss raus. Das war auch Lechners Motto.

»Was wird dann aus Ihnen?«, fragt Stemmer besorgt.

»Rechtzeitiger Absprung nach Prag.«

»Wenn Sie es noch schaffen.«

»Ich muss.«

Bevor Stemmer geht, vertraut er Frei an, dass er von Hanussen zur Eröffnung seines okkulten Delphi eingeladen wurde.

»Wenn er da noch lebt«, sagt Frei sarkastisch. »Unsummen hat er reingesteckt in seinen Thronsaal. Nichts war ihm zu teuer. Jetzt ist vor der Eröffnung Sabbat.«

Am Abend erzählt Stemmer Judith von seinem Gespräch mit Frei. Dass der Hitler-Fanatiker Hanussen Jude ist, wusste auch sie nicht. Sie ist völlig perplex und zugleich beunruhigt.

»Das wird auf uns zurückfallen.«

Tatsächlich erscheint am nächsten Tag in der »Berlin am Morgen« Freis Entlarvung mit der dicken Überschrift: »Hanussen finanziert die SA!«

In dem Artikel deckt er auf, dass Hanussen Mitglied der NSDAP und der SA ist und ein intimer Freund der beiden homosexuellen SA-Gruppenführer Graf von Helldorff und Karl Ernst, denen er lüsterne Knaben zugeführt und massenhaft Geld zugesteckt hat. Aber keine Zeile darüber, dass Hanussen Jude ist. Diese Bombe zündet er sicher später.

Zur Einweihung des »Palastes des Okkultismus« will Judith auf keinen Fall mitkommen.

»Wenn dieser Gottesdienst überhaupt stattfindet«, sagt sie. »Und Hanussen dann noch lebt.«

»Hauptsache, dass Frei dann noch lebt«, fügt Stemmer ängstlich hinzu.

Am nächsten Tag ist nichts geschehen. Noch lebt Hanussen. Noch hat die SA nicht zugeschlagen. Stemmer war davon überzeugt, dass sie ihn vor seiner Feier abräumen und die Eröffnung seines Tempels platzen lassen wird. Doch Freis Enthüllungen scheinen die SA kaltzulassen, und so kann Hanussen seinen »Palast des Okkultismus« in der Lietzenburger Straße einweihen.

Abends um elf trägt auch er sich in das wuchtige Gästebuch ein. Bevor er das Heiligtum betritt, überfliegt er die Namen der anwesenden Gäste. Jules Marx, Direktor der »Scala«. Eduard Duisberg, künstlerischer Leiter. Heinrich Prinz von Reuß. Prinz Luis Ferdinand von Preußen. Willi Domgraf-Fassbaender, der Bariton von der Staatsoper, von dem Judith ihm erzählt hat, dass er in Mozarts »Hochzeit des Figaro« den Grafen Almaviva gibt. Der neue Polizeipräsident Magnus Otto Bridges von Levetzow. Alles NSDAP-Mitglieder. Keinen von ihnen kennt er. Außer diesen Levetzow, den er bei Muskel-Adolfs Ganovenball gesehen hat. Auch Wolf-Heinrich Graf von Helldorff und Karl Ernst haben sich eingetragen. Stemmer wagt sich durch die Flügeltür in die Kultstätte. Ihm verschlägt es den Atem. Sakrisch, sakrisch!, hätte er beinahe ausgerufen.

Die Wände sind mit dunkelrotem Damast und Seidentapeten bespannt, der Boden mit weißem Marmor und hellbraunem Palisander ausgelegt. Farbige Lichtbogen gleiten durch den Salon. In den Nischen hocken goldene Buddhas in verschiedenen Größen, davor sind purpurfarbene orientalische Polstersessel gruppiert. Im Raum wuchern in riesigen Bottichen exotische Pflanzen, plätschern Springbrunnen, ziehen in großen Aquarien seltsame Fische ihre Runden. Bunte Vögel flattern und zwitschern in großen Volieren. In Terrarien dämmern Eidechsen und Schlangen im gelblichen Wärmelicht. Dazwischen verheißen geheimnisvolle Apparaturen magische Offenbarungen. Alles ist dezent indirekt beleuchtet und eingehüllt in starken Weihrauchduft. Weihrauch hat Stemmer noch nie leiden können. In Wien ist ihm einmal als Kind in der Votivkirche schlecht davon geworden, und er musste raus aus dem Gottesdienst. In der frischen Luft draußen erholte er sich, ging aber nicht mehr zurück. Jetzt aber kann und will er nicht flüchten. Diese Beweihräucherung muss er jetzt aushalten.

An der Stirnseite des Raumes ist auf einem erhöhten Podest ein breiter Ring aufgebaut, ein runder Tisch. In seine Kristallglasplatte sind die zwölf Tierkreiszeichen eingelassen. In der Mitte des Ringes ragt eine Art goldener Thron empor. Und darüber flimmert an der Decke des gesamten Salons ein Sternenhimmel mit den bunt schimmernden astrologischen Sternbildern. Der Palast sieht aus wie die monströse Kulisse eines Stummfilms in einem Hollywood-Atelier.

Etwa einhundert Gäste haben sich in diesem Okkultismus-Palast versammelt. Ein auserkorener Kreis seiner Anbeter. Die Damen in langen Abendkleidern mit tief ausgeschnittenen Rücken, die Herren überwiegend im Frack, teils auch im Smoking. Ihrem Aussehen nach Geschäftsleute. Dazu Filmschauspielerinnen, womöglich Stars, Schauspieler, Journalisten nationalistischer Zeitungen, Schriftsteller, Regisseure, SA-Männer in ihren feschen Uniformen. Wer von diesen Typen sind die SA-Gruppenführer Helldorff und Ernst? Hin und wieder hat er ihre Fotos in Zeitungen gesehen. Ihre Gesichter waren aber zu unscharf, um sie hier wiederzuerkennen. Auch an ihren Uniformen kann er sie nicht identifizieren. Er kann den ganzen angenähten und umgehängten Klimbim, der sie ausweist, nicht deuten.

Junge blonde Frauen mit eisig blauen Augen in knappen durchsichtigen Togen bieten Champagner an, Weine und Liköre. Stemmer mag keine blonden Frauen mit kalten blauen Augen. Sie schrecken ihn ab. Ihn ziehen dunkle Haare an. Seine Julischka hatte schwarze, Lotte kastanienbraune Haare, und Judith hat rote Locken.

Mit seinem Champagnerglas in der Hand bummelt er in seinem grauen Anzug zwischen den Gästen umher und hört: »Haben Sie den Artikel dieses Schmierfinken gelesen? Hanussen soll angeblich die SA mitfinanzieren.« – »Unmöglich.« – »Stand gestern in der ›BaM‹.« – »Ein Kommunistenblatt.« – »Unsere SA-Gruppenführer sollen schwul sein. Undenkbar.« – »Wieso? Das weiß doch jeder.« – »Wieder so eine Provokation der Kommunisten.« – »Alles Lüge. Verleumdung.« – »Dem Hanussen passiert nichts.« – »Dieser Schmierfink Frei und sein Drecksblatt müssen weg.« – »Da müssen wir eingreifen.«

Plötzlich steht vor ihm in seiner schmissigen Uniform dieser SA-Lümmel, sein Reisekumpan, mit einer dicken Zigarre in der Hand. Er ist allein, ohne seine Hure, die Stemmer im Café so spendabel eingeladen und dabei seinen Kalender geklaut hat. Wahrscheinlich hatte sie ihn schon vorher entdeckt und sich irgendwo versteckt.

»Haben Sie Ihre hübsche Begleiterin nicht mitgebracht?«, fragt Stemmer gespielt arglos.

Er übergeht seine Frage und flötet ölig: »Na, Sie Schreiber, gefällt es Ihnen hier? Ist famos hier, famos! Grandios, nicht wahr? First class! Phänomenal! Muss man gesehen haben!«

Stemmer erinnert sich daran, dass er Hanussen bei seinem Hinweis auf den Leitmeritzer Prozess einen Schurken nannte. Und nun findet er seinen Palast großartig.

»Hier darf man wenigstens rauchen«, lobt er und hebt seine Zigarre. »Nicht wie damals in unserem Abteil.« Süffisant leckt er sich die Lippen. »Nun, haben Sie es sich überlegt«, fragt er dann, »bei uns Mitglied zu werden?«

Fängt er wieder damit an!

»Wie ging's denn weiter mit dem Heftchen ›Der Tod fuhr mit‹? Wär doch interessant.«

Auch das noch. Warum will er das wissen?

In dieser Sekunde schlägt eine große Standuhr mit schweren Schlägen Mitternacht. Alle im Salon verstummen, nur vereinzelt ist noch leises Wispern zu hören. Hanussens blonde halb nackte Assistentin rückt auf dem Podium in der Mitte des Ringes den sonderbaren Thron zurück, und sein Sekretär im schwarzen Frack kündet das Erscheinen des großen Meisters an. Einige Auserwählte nehmen ihre Plätze direkt vor dem Kristallrund mit den Tierkreiszeichen ein. Die anderen bleiben in Andacht stehen. Der große Moment ist gekommen.

Das Festspiel kann beginnen. Der berühmte Hexenmeister betritt das erhöhte Innere des magischen Kreises, sieht von oben auf seine Gäste hinab und begrüßt sie.

»Herzlich willkommen zur Einweihung meines ›Palastes des Okkultismus‹. Ich freue mich, einige meiner engsten Freunde bei mir zu wissen. Sie sind die Ersten, die diese Stätte betreten.«

Hanussen macht eine eindrucksvolle Pause, dann fügt er hinzu: »Ich möchte diese Gelegenheit nutzen, um Sie, meine lieben Freunde, zu meiner Extraveranstaltung am 9. März abends im Romanischen Café einzuladen. Ich werde Ihnen dort eine besonders exquisite Überraschung präsentieren. Mehr verrate ich noch nicht.«

Während der Sekretär die mannshohen Kerzen im Saal anzündet und die schwarzen Vorhänge vor die Fenster zieht, tuscheln und wispern die Gäste darüber, was sie dort Interessantes erwarten wird. Auch Stemmer fragt sich, was er da wohl zu sehen bekommt.

Das Salonlicht wird herabgedimmt. Im Dämmerlicht schimmert nur das von unten schwach beleuchtete Rund der Glasplatte mit den zwölf Tierkreiszeichen, und über die Gesichter der Versammelten und über die Wände huschen die Lichter der Kerzenflammen. Der Hohepriester lässt sich in der Mitte des Kreises auf seinem goldenen Thron nieder. Hinter seinem Kopf glüht an der Wand ein Lichtkranz, der sein Haupt wie ein Heiligenschein umstrahlt, und über ihm funkeln die Sterne.

»Ich weiß, dass viele von Ihnen in diesen historischen Tagen von Ängsten gequält werden«, beginnt er seine Prophezeiungen und sieht die vor ihm Sitzenden auffordernd an. »Schreiben Sie die Sie plagenden Fragen ohne Angabe Ihres Namens auf die verteilten Kärtchen. Ich werde Ihnen antworten.«

Die Auserwählten vor ihm notieren, was sie wissen wollen; der Sekretär sammelt die Papiere ein und reicht sie seinem Maestro. Hanussen schaut auf die erste Karte und lächelt.

»Einer meiner Gäste fragt mich, ob er nach dem Kursverfall der letzten Wochen sein Aktienpaket bei Krupp abstoßen soll.«

Langsam beugt er sich tief über die Kristallscheibe mit den astrologischen Symbolen, als würde er durch sie eine Eingebung erhalten. Rötlicher Schummer beleuchtet sein Gesicht von unten.

Er schließt die Augen, täuscht Konzentration vor.

Dann prophezeit er: »Ein Verkauf wäre das Schlechteste, was Sie tun könnten. Im Gegenteil, Sie sollten weitere Krupp-Aktien hinzukaufen. Holen Sie Ihr Vermögen aus dem Ausland zurück nach Deutschland und investieren Sie hier. Denn dieses Land und seine Wirtschaft werden durch den Sieg der nationalsozialistischen Bewegung eine ungeahnte Blüte erleben.«

Ein Raunen weht durch den Salon.

Hanussen liest die zweite Frage vor: »Wer wird die Wahl am 5. März gewinnen?«

Wieder die gleiche Prozedur, Herabbeugen über die leuchtenden Symbole, Schließen der Augen, Konzentration. Dann: »Ich sehe Porträtbilder. Viele Porträts. Eine Galerie von Gesichtern, gemalt in Öl. Porträts von Männern in großen, schweren Rahmen. Ein Mann erscheint. Fester Schritt. Er tritt heran. Packt alle Porträts mit eisernem Griff. Reißt sie von den Wänden. Wirft sie auf den Boden. Er hängt ein neues Bild an den Haken. Es ist sein Porträt.«

Hanussen lässt seine Worte wirken. In die Stille hinein fragt eine Stimme: »Heißt das, wir werden die Wahlen gewinnen?«

Der Prophet nickt. Erleichtert atmen die Gäste auf. Hanussen schaut auf das nächste Kärtchen. »Man fragt mich, wie es nach der Reichstagswahl mit Deutschland weitergeht.«

Nach seiner rituellen Erleuchtung verkündet er: »Die Reichstagswahl bringt einen beispiellosen Triumph des völkischen Gedankens. Deutschland geht seiner Wiederaufrichtung mit Riesenschritten entgegen. Ich sehe ein glückliches Deutschland. Die Wahl bringt die Erlösung aus der Qual unserer fünfzehnjährigen Knechtschaft. Mit ungeheurer Kraft wird die neue Regierung Bresche um Bresche schlagen durch die verrottete Gesellschaft. Ich sehe den Wiederaufstieg Deutschlands zur Sonne.«

Zufriedenheit und Genugtuung bei allen.

Hanussen liest die letzte Frage vor: »Geschieht demnächst ein besonderes Ereignis?«

Wieder beugt er sich über seine Glasplatte, starrt sie an, gibt vor, schwer atmen zu müssen, beginnt zu keuchen. Sein Körper zittert, bebt. Will dadurch die Spannung seiner atemlos lauschenden Gemeinde erhöhen, sie noch neugieriger machen auf seine Vision. Er murmelt ein paar unverständliche Sätze. Dann spricht er deutlicher, als würde er nun erkennen, was ihm seine astrologischen Zeichen eingeben.

»Kreise. Ich sehe Kreise. Rote Kreise. Nein, keine Kreise. Flammen! Ich sehe Flammen. Es sind gewaltige Flammen. Ein Feuer. Es brennt! Gefräßige Flammen verschlingen ein Gebäude. Eine gewaltige Feuerfontäne schießt hervor. Durch das Dach hindurch. Es ist ein großes Gebäude. Überall ist Feuer. Das Dach bricht zusammen. Ein berühmtes großes Gebäude! Es brennt lichterloh!« Die letzten Worte schreit er, als sei er entsetzt von dem, was er sieht. »Licht! Licht!«, brüllt er und reißt seine Augen weit auf, so als würde er aus einem Alptraum erwachen. »Ich brauche Licht! Sonst ertrage ich dieses Höllenfeuer nicht!«

Sofort schaltet sein Sekretär alle Lampen ein. Es ist auf einmal gleißend hell im Salon. Einige springen von ihren Plätzen auf, andere verharren wie gelähmt und starren den Meister an. Wieder andere bleiben ungerührt sitzen.

Stemmer ist speiübel. Ein Lackaffe ist sein Hanussen. Meschugge, der Typ. Schmonzes hat er erzählt. Alles Stuss. So einen Fez kann er seiner »AZ« nicht schicken. Damit blamiert er sich nur. Er überlegt, ob er wirklich zu ihm für sein Interview gehen soll. Er will keinen Unsinn von ihm hören. Und Lechner? Sein Verschwinden wird er auch ohne dieses Großmaul aufklären. Irgendwie. Dann kommen ihm Zweifel. Er muss zu dem Interview. Allein schon wegen Lechner, er hat ja noch immer keine Spur von ihm. Dieser Popanz muss etwas über ihn wissen. Stemmer wird ihn provozieren. Ihn mit der Erwähnung des Juhn-Buchs herausfordern. Dann muss er reagieren. Explodieren soll er. Zerplatzen vor Wut. Stemmer freut sich auf diese Konfrontation.

Zu Hause holt er widerstrebend den Groschenroman zwischen seinen abgelegten Zeitungen hervor, auf den ihn der SA-Flegel erneut aufmerksam gemacht hat, schlägt irgendeine Seite des billigen Papiers auf und liest.

Morgen endlich wird die glanzvolle Trauung der Gräfin Gabriela mit ihrem Verlobten Marquis de Bourbonion in Notre-Dame stattfinden. Hunderte Gäste aus der höchsten Gesellschaft sind eingeladen. Gräfinnen, Grafen, Barone, Herzoge, Prominente aus der Finanzwirtschaft, Opernsängerinnen und -sänger. Sogar der Prinz von Asturien wird erwartet. Anschließend wird im Palais ihres Vermählten ein großartiges Fest gefeiert werden. Ein pomphaftes Ereignis, von dem ganz Paris sprechen wird. Schon heute Abend wurde ein festliches Souper veranstaltet im Kreise seiner und ihrer adeligen Familien. Man hob die Champagnergläser und sprach einen feierlichen Toast aus für das Glück des Hochzeitspaares.
Bevor Gräfin Gabriela sich in ihrem Boudoir zum Schlafen niederlegt, holt sie noch einmal ihr weißes raschelndes Hochzeitskleid aus dem Schrank, das der berühmteste Schneider von Paris für sie angefertigt hat. Sie hält es vor sich hin und tritt damit vor den großen Spiegel mit dem Goldrahmen. Es ist bestickt mit glitzernden Perlen und Edelsteinen. Alle werden sie in diesem Kleid bewundern. Da erblickt sie hinter sich im Spiegel den jungen, vornehm gekleideten Mann mit dem noblen Gesicht. Diesen eleganten Mann mit dem schwarzen penibel gescheitelten Haar. Sieht, wie er lächelt, ganz so, wie er schon im Zug und auf der Straße bei ihrer Ankunft gelächelt hat, und schweigt. Wie konnte er in ihr Gemach eindringen? Sie hatte die Tür fest verschlossen. Wie kam er herein? Sie will schreien, bringt aber keinen Ton hervor. Er tritt näher an sie heran. Von hinten umklammert er mit seinen kalten feingliedrigen Fingern, die sie für so sensibel gehalten hat, lächelnd ihren weißen Hals und presst seine langen spitzen Nägel in ihre Kehle. Er würgt sie, drückt ihr die Luft ab, sie kann nicht mehr atmen, sie erstickt. Noch ein schwaches Röcheln, dann haucht sie ihre Seele aus und sinkt mit ihrem Hochzeitskleid im Arm vor dem Spiegel nieder.
Lächelnd versichert sich der vornehme, noble Mann, dass sie tot ist, und verschwindet aus dem Palais. Am nächsten Morgen muss die grandiose Hochzeitsfeier abgesagt werden.

Stemmer schaut nochmals auf den Titel dieses Groschenromans. »Der Tod fuhr mit.« Warum wollte das Madonnengesicht, dass er so einen Kitsch liest? Was soll der Quatsch? Er wirft das Schundheft in die Ecke seines Zimmers.

Rosenmontag. Am Abend hört Judith in der Küche die Radioübertragungen der Prunksitzungen der Karnevalsvereine. Immer wieder Tusch, Tusch, Kölle alaaf! Alaaf! Düsseldorfer und Mänzer Fassenacht: Helau! Helau! Schon seit einer Weile hören sie entfernt das Jaulen von Feuerwehren, denken sich aber nichts dabei. Brände gibt es immer irgendwo. Um kurz vor zehn dann die Meldung: »Der Reichstag brennt.«

Judith rennt in Stemmers Zimmer: »Der Reichstag brennt!«

Stemmer stutzt. Gestern Abend hat Hanussen prophezeit, ein großes, berühmtes Gebäude würde brennen und in Flammen aufgehen. Er kann damit nur den Reichstag gemeint haben. Er muss es schon gestern gewusst haben. Anders war seine sogenannte Prophezeiung nicht möglich. Jemand hat Hanussen über den bevorstehenden Brand informiert. Das bedeutet, es war Brandstiftung. Wer wusste davon? Wer hat es ihm gesagt? Einer seiner engsten Freunde vielleicht, Helldorff oder Ernst? Wenn sie schon vorher von dem Brand wussten, kannten sie auch die Brandstifter und haben nichts gegen sie unternommen. Sehr verdächtig, das alles. Stemmer wehrt sich gegen den Gedanken, die SA selbst könnte den Reichstag angezündet haben.

»Warum denn nicht?«, wirft Judith ein. »Denen trau ich alles zu.«

»Aber nicht so was.«

»Alles. Auch das.«

»Warum denn?«

»Damit sie den Brand den Kommunisten anhängen können. Ein guter Grund, sie aus dem Feld zu räumen. Eine Woche vor der Wahl. Bringt den Nazis noch mehr Stimmen.«

Judiths Logik frappiert Stemmer. Sie öffnen das Fenster und schauen zur dunklen Straße hinab. Klirrende Kälte schlägt ihnen entgegen. Nun hören sie die Sirenen der Feuerwehren deutlicher. Sie scheinen von überall zu kommen. Immer mehr. Sie rasen in Richtung Reichstag. Auf der Straße versammeln sich

Menschen. Aufgeregt diskutieren sie. Einige machen sich in warmer Kleidung auf den Weg zum Reichstag.

»Ich muss sofort zum Theater«, entscheidet Judith. »Ich muss zu meinen Leuten. Kann mir nicht vorstellen, dass die heute spielen.«

Stemmer fährt sie über die Schloss- und Bismarckstraße zum Renaissance-Theater. Ein Feuerwehrwagen nach dem anderen rast mit Blaulicht und Sirenengeheul über den vereisten Asphalt an ihnen vorbei. Dazu Polizei- und Krankenwagen. Weit entfernt können sie im Osten den Himmel rötlich flackern sehen.

Stemmer geht mit Judith in die Garderoben. Halb kostümiert, halb geschminkt sitzen die Darsteller verstört herum. Zwischen ihnen die Musiker der kleinen Band. Nach der Komödie »Mutter muss heiraten« sollte die Vorstellung um zehn Uhr beginnen. Jetzt ist es halb elf, und Friedrich Hollaender, ihr Pianist und Herzstück, und seine Frau Hedi Schoop, die Diseuse, sind immer noch nicht da. Ohne sie können sie nicht auftreten. Dass sie so lange wegbleiben, irritiert alle sehr. Schon munkelt man etwas von Verhaftung oder gar Flucht.

Stemmer will weiter zum Reichstag, sich das Feuer ansehen. Judith muss bei ihren Leuten bleiben. Ein Schauspieler verspricht, Judith zurück nach Hause zu fahren.

Als Stemmer am Königsplatz eintrifft, ist die Gegend um den brennenden Reichstag schon ab der Siegessäule abgesperrt. Obwohl es eisig kalt ist, weit unter null, und ein beißender Wind peitscht, haben sich Massen Neugieriger angesammelt, und immer mehr Menschen kommen hinzu. Alte, in dicke Wintermäntel eingehüllte Frauen, die ihre Hunde ausführen, Arbeiter, die mit ihren Fahrrädern von der Maloche kommen. Dazu Schaulustige, die wie Stemmer im Radio von dem Brand gehört haben und das Feuer sehen wollen, Rentner, Jugendliche, Kneipen- und Restaurantbesucher, Frauen, Männer, ganze Familien mit ihren Kindern. Von der Absperrung bis hinten zur ehemaligen Krolloper wächst die Menge mehr und mehr. Stemmer zieht seinen Schal noch enger um seinen Hals, stülpt den Kragen seines Lodenmantels hoch und rückt seine Pelzmütze tief ins Gesicht.

Um den in Flammen stehenden Kolossalbau herum stehen dicht an dicht die roten Feuerwehrwagen mit ausgefahrenen Leitern, die Spritzenwagen, Polizei- und Krankenwagen. Aus den Schläuchen schießt in hohem Bogen Löschwasser in das Feuer. Oft verdunstet es in der Hitze, bevor es sein Ziel erreicht. Auch vom Spreeufer spritzen Löschboote Spreewasser in die Flammen. Stemmer starrt auf die gespenstige Szene. Hinter den großen, geborstenen Fenstern im Obergeschoss lodern die Flammen. Im Stahlgerippe der gigantischen Kuppel zersplittert das Glas. Dann schießt zwischen den Trägern der Kuppel eine lodernde Feuerfontäne nach oben in den Nachthimmel, gefolgt von einem sprühenden Funkenregen. Wahrscheinlich ist jetzt die Decke des Plenarsaals eingestürzt. In der Hitze biegen sich mehrere Eisenträger der Kuppel, knicken aber nicht ein. Ein neuer Flammenstoß faucht aus dem Inneren in die Nacht. Schrille Kommandopfiffe gellen hin und her. Die Feuerwehrmänner rollen noch mehr Schläuche aus, schließen sie verzweifelt an. Sie scheinen machtlos zu sein gegen das Inferno.

Alle stieren auf das Feuer, diskutieren heftig. Stimmen schwirren um Stemmer herum. Behauptungen, Gerüchte, Mutmaßungen, Verdächtigungen. »Hab gesehen, wie im Obergeschoss mehrere Leute mit etwas Brennendem hin und her liefen. Als hätten sie Fackeln in den Händen. Kurz darauf schlugen helle Flammen hoch.« – »Hab gesehen, wie die Scheiben zerplatzten, runterprasselten und das Feuer aus den Fenstern schlug.« – »Das waren die Kommis. Klar wie Kloßbrühe.« – »Unmöglich. Das machen die nie. Die sind doch nicht blöd. Wäre für sie Selbstmord.« – »Warum sollte Thälmann den Reichstag anzünden? Seine Leute dem Tod ausliefern? Nie.« Stemmer hört auch: »Goebbels, Göring und Hitler sind auch schon da.« – »Der Täter soll schon gefasst sein. Ein junger Bursche. Soll Kommunist sein.«

Feuer, Feuer, geht es Stemmer durch den Kopf. Zuerst der Fackelzug und jetzt der Reichstag. Wer weiß, was als Nächstes brennt.

Auf dem Rückweg zu Judith sieht er wieder offene Lkws voll mit Menschen, die irgendwohin geschafft werden.

Bis spät in die Nacht hören Stemmer und Judith im Radio die Reportagen über den Brand. Der Oberbranddirektor erklärt in einem Interview, dass das Feuer um zwanzig Uhr fünfundfünfzig ausgebrochen sei, er die erste Brandmeldung aber erst um einundzwanzig Uhr fünfzehn erhalten habe. Warum so spät? Hat da jemand was verzögert? Die ersten Feuerwehren seien um einundzwanzig Uhr zweiundzwanzig am Brandort eingetroffen. Feuerwehrmänner berichten, dass man im Plenarsaal über zwanzig Brandherde festgestellt habe und dass überall Benzinkanister, Brandbeschleuniger und Fackeln herumlagen. Ein Mann allein könne so ein Feuer unmöglich gelegt haben. Dazu seien mindestens sechs bis acht Mann nötig gewesen. Ein Polizeisprecher sagt aus, dass der junge Brandstifter van der Lubbe, ein Kommunist, von der eintreffenden Feuerwehr um einundzwanzig Uhr sechsundzwanzig im brennenden Gebäude festgenommen worden sei. Auch der Kommentator betont wiederholt, der Brandstifter Marinus van der Lubbe sei ein Kommunist.

»Woher wollen die das so schnell wissen?«, fragen sich Stemmer und Judith.

Da schrillt das Telefon. Sie zucken zusammen. So spät noch ein Anruf? Sie wehrt ab.

»Ich geh nicht ran. Sicher jemand, der mir sagen will, dass der Reichstag brennt.«

Lange lässt sie es klingeln. Dann wird aufgelegt. Sie hören weiter die aufgeregten Stimmen im Radio. Dann klingelt das Telefon wieder. Nun geht sie doch in die Diele und nimmt ab. Man teilt ihr mit, dass Friedrich Hollaender mit seiner Frau Hedi Schoop nach Paris geflohen ist. Hals über Kopf. Nur das Nötigste eingepackt und sofort den Nachtzug nach Paris genommen. Beide mussten schon lange mit einer Verhaftung rechnen. Jetzt aber fürchteten sie um ihr Leben. Die Vorstellungen morgen und übermorgen müssen ausfallen. Man muss erst einen neuen Pianisten finden. Und für Hedi einen Ersatz. Man will auf jeden Fall weitermachen. Solang es irgendwie geht. Judith soll morgen Vormittag ins Theater kommen, um die neue Situation zu besprechen. Judith ist kalkweiß im Gesicht und zittert am ganzen Leib. Man teilt ihr auch mit, dass Brecht und die Weigel ebenfalls abgehauen sind, nach Prag.

Friedrich weg, Hedi weg. Vielleicht sind noch mehr vom Ensemble geflohen. Sind ja fast alle Juden, Kommunisten oder Sozis. Alle haben jetzt Angst um ihr Leben.

»Wie soll das weitergehen?«, wiederholt sie immer wieder. »Wie soll das weitergehen?«

Stemmer muss an die Lkws voller Menschen denken, die er gesehen hat.

Sie können die aufgeputschten Reportagen nicht mehr hören und schalten das Radio aus. Still ist es in der Küche. Stumm sitzen Judith und Stemmer am Tisch. Gedanken sausen ihnen durch den Kopf. Er hört sein Blut rauschen. Stemmer muss morgen früh Bruno Frei in dessen Redaktion anrufen.

Am nächsten Morgen wird Stemmer von aufgeregten Redakteuren immer wieder durchgestellt. Dann, endlich, sagt eine Männerstimme: »Büro Frei.« Das ist nicht Frei, erkennt Stemmer. Frei meldet sich nicht mit »Büro«, immer nur mit seinem Namen.

»Ich möchte mit Bruno Frei verbunden werden«, sagt Stemmer.

»Das geht nicht.«

»Warum nicht?«

Stille.

»Warum nicht?«, wiederholt Stemmer.

Verzerrt und von krachenden Störungen unterbrochen hört er: »Der Bruno Frei ist nicht mehr da.«

»Nicht mehr da?« Eis durchzieht Stemmers Körper. Er kann den Hörer kaum noch halten. »Wo ist er?«

»Ist gestern Nacht geflohen.«

»Wohin?«

»Nach Prag. Musste fliehen.«

»Er lebt also?«

»Werden es morgen von ihm aus Prag erfahren.«

Er hat den Absprung geschafft, denkt Stemmer und atmet auf. Er ist rechtzeitig abgehauen, wie er es vorhatte. Er ist seinen Feinden von der Schippe gesprungen. Gott sei Dank.

»Muss auflegen«, keucht der Mann. Stemmer hört es in der Muschel krachen. »Unten ist Lärm. Da wird was zerschlagen. Und Gebrüll. Die kommen jetzt auch zu uns.«

Da legt sein Gesprächspartner auf. Nur noch tut, tut in der Leitung. Stemmer lässt den Hörer sinken. Frei ist in letzter Minute geflohen, und jetzt stürmt die SA seine »Berlin am Morgen«.

Stemmer und Judith ist es an diesem Morgen unmöglich zu frühstücken. Keinen Bissen kriegen sie runter. Nur eine Tasse Kaffee können sie zu sich nehmen. Dann hastig den Mantel übergezogen und runter auf die Straße. Stemmer fährt Judith zum Renaissance-Theater. Beide schweigen während der Fahrt.

Auf dem Rückweg kauft Stemmer einen Stoß Zeitungen. Auch den »Völkischen Beobachter«, den »Angriff« und den »Stürmer«. Auf den Titelseiten der Naziblätter prangt ein Foto von Marinus van der Lubbe, darunter fett die Schlagzeile: »Der Brandstifter!« Das Foto muss kurz nach seiner Festnahme von der Polizei gemacht worden sein. Sein Oberkörper ist nackt, er trägt nur eine angebrannte Hose. In der Hand hält er sein ebenfalls angesengtes Hemd. Seine angeschmorten Haare stehen ihm wirr auf dem Kopf. Er macht einen völlig verstörten Eindruck, als würde er gar nicht begreifen, was geschehen ist und warum man ihn festgenommen hat.

Stemmer sieht ein Foto, auf dem Hitler vor dem Säulenportal des Reichstags steht und mit ausgestreckter Hand auf das brennende Gebäude hinter sich weist. Unter dem Foto steht sein Kommentar: »Das ist ein von Gott gegebenes Zeichen. Dieses Feuer ist das Werk von Kommunisten. Jetzt soll uns nichts mehr daran hindern, diese kommunistische Pest mit eiserner Faust auszurotten, wie man Ungeziefer vernichtet.«

Daneben ist ein Zitat von Göring abgedruckt: »Dieser Brand ist der Beginn des kommunistischen Aufstandes! Jetzt gibt es kein Erbarmen! Jeder kommunistische Funktionär wird erschossen, wo er angetroffen wird. Die kommunistischen Abgeordneten müssen noch in dieser Nacht aufgehängt werden!«

In einem Kasten steht: »Was die Kommunisten planten: Umsturz und Chaos in Deutschland! Mordanschläge gegen NS-Politiker! Attentate gegen Eisenbahnen, auf öffentliche Gebäude, Gefangennahme von Frauen und Kindern von prominenten NS-Größen als Geiseln!«

Bei Matzke deckt sich Stemmer mit den Morgenausgaben der anderen Zeitungen ein. Für seinen Bericht nach Wien muss er Informationen haben. Matzke ist völlig durch den Wind und zeigt auf die dicken Schlagzeilen der Zeitungen, die nicht von den Nazis herausgegeben werden: »Terrorakt der Bolschewisten« – »Es waren die Kommunisten!« – »Das Signal der Kommunisten zum Volksaufstand!«

»Die spinn jetzt wohl alle«, grunzt Matzke. »Und dit Neueste«, er zeigt auf die Titelseiten seiner ausgelegten Blätter, »ab heut noch 'ne Vaordnung. De neue Vaordnung zum Schutz von Volk und Staat, de sojenannte Reichsbrandverordnung.«

Stemmer überfliegt den Text: Abschaffung der persönlichen Freiheit, der freien Meinungsäußerung, der Pressefreiheit, der Vereins- und Versammlungsfreiheit, des Brief- und Fernsprechgeheimnisses. Einführung von Hausdurchsuchungen, Beschlagnahmungen von Druckschriften jeder Art. Stemmer denkt an die Kopien seiner getippten Artikel für seine »AZ«. Wie soll er da noch arbeiten? Inhaftierung aller politischen Gegner. Todesstrafe für Hochverrat. Droht ihm jetzt die Todesstrafe für seine Berichte?

»Ab heut jibt it keene Bürgerrechte mehr«, sagt Matzke. »De Weimarer Verfassung is futsch. Jetzt broocht der Hitler keen Parlament mehr. Rejiert nur noch per Vaordnung. Stellt jede Kritik anner Rejierung unter Strafe. Der Jöring hat die Listen schon lang vorher anjelegt. Jetz werdn alle verhaftet, die meckern.«

Kunden kommen in den Laden, Männer und Frauen aus dem Kiez. Auch der Briefträger und Müllkutscher, die hin und wieder eine Flasche Bier bei Matzke schlucken. Er kennt sie alle mit Vornamen. Sie kaufen die »Rote Fahne«, den »Vorwärts« und die »Berlin am Morgen«.

»Solange es sie noch gibt«, sagen sie.

Eine Frau schimpft: »Die Kommunisten als Brandstifter! So

ein Quatsch! Die schaffen sich doch nicht selbst ab. So dusselig sind die doch nicht.«

Ein Müllkutscher poltert: »Mit ein paar Kohlenanzündern soll der Tölpel angeblich den riesigen Bau in Flammen aufgehen lassen haben. So ein Unsinn! Das geht doch gar nicht.«

»Über zwanzig Brandherde!«, fällt ein anderer Kunde ein. »Alle fragen sich, wie der schwachsinnige van der Lubbe das allein geschafft haben soll. Unmöglich!«

»Da braucht man eine Menge Brandmaterial«, ergänzt der Briefträger und legt Matzke seine Post hin. »Wie hätte der das alles allein und unbemerkt in den Bau schaffen können? Geht gar nicht.«

»Die Feuerwehr hat festjestellt«, erklärt ein anderer Kunde, »dit Feuer konnt eener alleene uff keen Fall machn. Dit musstn mindest sechse bis achte Männeke jewesen sein. Die Feuerwehr hat 'ne Menge Benzinkanister jefundn. Und een Dutzend Fackeln. Na also. Is nüscht mit Lubbe.«

Matzke hört sich das alles kopfnickend an.

»Bin jespannt«, sagt er, »wann se wieda zu mia kommn. Am Ende muss ick doch den ›Völkschen‹, den ›Angriff‹ und den ›Stürma‹ auslejen. Da kann ick meene Budike zumachn.«

In seinem Zimmer liest Stemmer in der »Vossischen Zeitung«, im »Vorwärts«, im »8-Uhr-Abendblatt« und in der noch existierenden »Berlin am Morgen«, was man über Marinus van der Lubbe weiß: geboren 1909 in Leiden, stammt aus armen Verhältnissen. Zur Zeit des Brandes vierundzwanzig Jahre alt. Holländischer Maurergeselle. Vollwaise. Zu drei Viertel erblindet, da ihm Arbeitskollegen aus Jux einen leeren Kalksack überstülpten. In frühen Jahren für kurze Zeit Mitglied der »Jungkommunisten«, jedoch wegen undisziplinierten Benehmens hinausgeworfen. Seitdem kein Kommunist mehr. Tingelte als Hilfsarbeiter durch Deutschland. Seit Kurzem in Berlin. Irrte in der Stadt umher, suchte Arbeit, hauste in Obdachlosenheimen.

Stemmer legt die Zeitungen weg. Ein fast Erblindeter zündet den Reichstag an. Wie soll das denn gehen?, fragt er sich. Jedenfalls haben sie jetzt einen Sündenbock. Sicher wird er wegen angeblicher Brandstiftung zum Tode verurteilt werden, das arme Schwein. Davon ist Stemmer überzeugt.

Am Mittag kommt Judith zurück. Verstört berichtet sie, dass auch Kurt Gerron, einer ihrer Darsteller, mit seiner Frau in der Nacht nach Paris geflohen ist. Die Vorstellung muss für mindestens drei Tage ausfallen, bis man Ersatz gefunden hat für Hollaender, seine Hedi, Gerron und seine Frau. Während Judith das Desaster schildert, bringt die Geschke zwei Portionen Hühnerbraten.

»Ihr müsst kräftig essen nach dieser Jeschichte jestern Nacht«, sagt sie, stellt die Teller auf den Tisch und setzt sich ächzend. »Is 'ne komische Kiste, dit mit'm Reichstagsbrand. Dat dit Männeke nur mit 'n paar Kohlenanzünder dit janze Jebäude in Flammen hat uffjehn lassn«, beginnt sie, »dit kann mia keener azähln. Nee, mia nich. Dit is bei mia nich. Die Leute sin doch nich blöde, so wat zu jloobn. Da steckt wat andret dahinter. Da broocht man schon mehrere füa so 'n Feuer. Wenn ick in der Waschküche füa meene Buntwäsch mit Kohlnanzünda im Kessl Feuer mach, jeht dit jar nich so fix. Hab ick imma Trabbl. Un da soll dit Bürschle mit seene lumpije Kohlnanzünda den janzen Sitzungssaal in Asche jelegt habn. Mit der komplettn Holztäflung. Ooch wenn ick Holz druffleje in mein Waschkessl, fungzioniert dit nich direkte. Wat werdn se nu machn mit dit erbärmliche Kerlchen? Dea fast blind is. Die Rübe werdn se ihm abhackn. Na denn Mahlzeit. Nu lasst it euch jut schmeckn, bevor dea Bratn kalt wird.«

Das ist der Frühling von Berlin

Schon am Tag seiner Ernennung zum Reichskanzler löste Hitler das Parlament auf und verordnete für den 5. März eine Neuwahl. Seit Wochen wühlt nun der Wahlkampf die Stadt auf. Im Radio jeden Tag stundenlang Politikerreden. Den Wählern wird der Himmel auf Erden versprochen. Aufrufe zu den Massenkundgebungen im Lustgarten, im Sportpalast, in den Messehallen, am Brandenburger Tor, Marschmusik, Marschmusik. Judith kann das nicht mehr hören und schaltet aus.

»Jetzt wähl ich gerade aus Daffke die KPD«, trotzt sie. »Solange es noch geht.«

Stemmer geht durch die Straßen und kann nicht fassen, was dort geschieht. So was hat er noch nicht erlebt. Auf den Plätzen plärrt es aus völlig übersteuerten Lautsprechern, dass es in den Ohren schmerzt. Überall wehen riesige Hakenkreuzfahnen. Die Stadt ist zugeklebt mit Plakaten und Parolen. Die Litfaßsäulen, die Hausfassaden, die Bauzäune, eigens aufgestellte Sperrholzwände, alles dichtgekleistert. Die Parteien schreien den Bürgern entgegen: Wählt uns! Wir retten euch! Wir retten das Vaterland und die Zukunft! Macht euer Kreuz bei uns!

Die SPD, die KPD, die NSDAP, die Deutsche Volkspartei, die Deutschnationalen, das Zentrum und noch ein paar Dutzend andere Parteien, alle wollen das Kreuz der Bürger.

Die Nazis drohen: »Mutter oder Genossin? Gott oder Teufel? Rasse oder Mischling? Volkslied oder Jazz? Nationalsozialismus oder Bolschewismus?« Sie posaunen: »Volksgenossen! Wir schlagen das Parlament in Stücke! Helft zuschlagen!« Dabei zerquetscht ein mächtiger Stiefel wimmernde Parlamentarier. Auf einem anderen Plakat sieht man einen Zug verhungerter Gestalten, elende Männer, zerlumpte Frauen mit Kindern auf dem Arm. Darunter groß: »Unsere letzte Hoffnung: Hitler!«

Die Sozis trompeten: »Weg mit den Feinden der Demokratie!«, und zeigen eine Goebbels-Fratze mit weit aufgerissenem Maul und einem blutigen Dolch zwischen den Zähnen. Die

Kommunisten schmücken ihre Aufrufe mit Hammer und Sichel und einer Lenin-Figur und fordern: »Lenin weist euch den Weg! Arbeiter, wehrt euch!« Die starke Faust Thälmanns zerschmettert ein Hakenkreuz.

Durch die Straßen rollen Lastwagen der SPD mit Fahnen in Schwarz-Rot-Gold und mit gigantischen Transparenten: »Kinderspeisung statt Panzerkreuzer!« Die NSDAP verkündet: »Deutschland erwache! Wir sind die Zukunft!« Die Deutschnationalen hetzen mit der Karikatur eines Juden mit einem dicken Geldsack: »Weg mit dem internationalen Judenkapital!«

Und immer wieder Aufmärsche. Die Nationalsozialisten grölen: »Die Rote Front schlagen wir zu Brei. Heute rot, morgen tot.« Die Sozialdemokraten singen: »Brüder, zur Sonne, zur Freiheit.« Die Kommunisten blasen ihre Schalmeien und lassen die »Internationale« erklingen. Die Luft kocht. Trotz massenhaften Polizeischutzes prügeln die Parteien aufeinander ein, und die Polizei prügelt mit.

Als Österreicher darf Stemmer nicht wählen, muss aber die Kundgebungen sehen. Tausende strömen herbei. Anhänger der Parteien, Unentschlossene, das Heer der Arbeitslosen und die, die noch Arbeit haben, erfüllt von Angst um ihre Existenz.

Im Sportpalast erlebt er Goebbels. Als Gauleiter von Berlin hat er für die NSDAP diesen ganzen Zirkus organisiert, der sich Wahlkampf nennt. Ein diabolischer Zirkusdirektor. Stemmer kann ihn kaum sehen, dafür ist er zu weit weg. Aber er kann ihn hören. Diesen Meister der Rhetorik hat er schon bei der Beerdigung Maikowskis erlebt. In seinem rheinischen, an- und abschwellenden Singsang zieht er alle Register. Mal witzelnder Parodieton, dann ätzende Ironisierung, schneidende Attacke, verächtliche Herabsetzung seiner Feinde, triumphierendes Pathos, plötzliche Ergriffenheit, als würde er in Tränen ausbrechen, und feierliches, weihevolles Getue. Das gesamte Repertoire.

»Dem Volk fehlt die starke, führende Hand«, beschwört er die Massen. »Der wahre Deutsche ist ein Gottsucher. Adolf Hitler ist der Retter. Er wird euch aus eurer Not führen. Er wird das Wunder vollbringen. Glaubt an den Führer! Das Volk muss an seine Mission glauben. Erst dann wird es sich wie ein Phönix aus der Asche erheben! Erst dann wird Deutschland auferstehen und Herr der Welt sein!«

Immer wieder setzt dieser Demagoge das Wort »Glaube« ein. Nicht Wissen, nicht Denken, nicht Vernunft, sondern Glaube. Glaube, Glaube über alles. Dabei leuchtet sein Gesicht in glühendem Fanatismus. Er legt eine effektvolle Pause ein und geht dann zu einer wütenden Attacke über: »Das deutsche Volk wurde vergiftet vom jüdischen Intellektualismus. Man blicke nur in die Theater, in die Universitäten, in die Presse und sogar auf die Varieté- und Kabarettbühnen. Überall nur Juden. Die Juden wollen unser deutsches Volk zersetzen! Die Juden sind unser Unglück! Weg mit ihnen!«

Ein Glück, dass Judith nicht mitgekommen ist. Er hört sie fragen: Will ich das deutsche Volk zersetzen? Bin ich das Unglück der Deutschen? Muss ich weg? Schreiend wäre sie bei Goebbels Attacken davongerannt.

Im Lustgarten erlebt Stemmer Hitler. Er steht nahe der Rednertribüne und kann den Schnauzbart gut sehen. Finster und drohend starrt er in die Menge. Sein Blick ist entschlossen. Ein Mann, der weiß, was er will, und es auch durchsetzen wird. Immer wieder streicht er sich über seine schwarze Rotzbremse unter der Nase und über seine angeklatschte Zuhälterfrisur. Er hätte gut zu Muskel-Adolfs Ganoven gepasst. Von so einem wollte Stemmer nicht nachts in einer einsamen Gasse nach der Uhrzeit gefragt werden. In seinem Körper sträubt sich alles gegen ihn. Und doch starrt er immer wieder auf seine widerliche Fresse. Er kann sich nicht von ihr lösen.

Bevor Hitler mit seiner Rede beginnt, hält er seine Hände andächtig vor sein Gemächt, als wolle er es beschützen, ganz so, wie es Stemmer von Hitler-Fotos kennt. Er tritt von einem Fuß auf den anderen wie ein Rennpferd kurz vor dem Start. Dann legt er los. Zuerst gurgelt und würgt er nur. Dann schnaubt und prustet er, stößt seine Sätze in Brocken hervor, als würde er kotzen. Eruptiv wie kleine Vulkanausbrüche. Er steigert sich immer mehr in seine Rede hinein. Geifert, zetert, krächzt und stößt die Worte in seinem knarrenden österreichischen Dialekt hervor, rollt das R, dass man meinen könnte, gleich kullert es wie Klunker aus seinem Mund. Er brüllt, kreischt und jault wie ein Hund. Und am Ende überschreit er sich, seine Stimme überschlägt sich. Drohend reckt er den Zeigefinger, ballt wütend die Fäuste, schlägt sich damit auf die Brust, hämmert auf das Rednerpult. Dann streckt er seine Arme flehend und beschwörend zum Himmel, fährt mit den flachen Händen quer durch die Luft, als wolle er jemanden köpfen. Er gestikuliert, fuchtelt mit den Armen, randaliert auf dem Podium. Wie ein Verrückter, wie ein Tobsüchtiger führt er sich auf, wächst zu einem Monstrum heran. Normalerweise wären nun Polizisten gekommen, hätten ihn vom Podium gezerrt und ihn in eine Anstalt geschafft, aus der er nicht mehr so schnell herauskäme. Doch keine Polizisten kommen. Der Rabauke darf weiter krakeelen, weiter um sich schlagen und sich die Seele aus dem Leib brüllen.

In seine Rede packt er alles hinein, von dem er glaubt, dass das Volk es hören will. Er verheißt allen alles, auch wenn es völlig widersprüchlich ist. Das schert ihn nicht. Er verspricht Brot und Arbeit. Zugleich fordert er, den Gürtel enger zu schnallen. Er verspicht höhere Löhne. Zugleich fordert er Einsparung und Bescheidenheit. Er verspricht eine goldene Zukunft. Zugleich prophezeit er harte Zeiten. Sagt er in einem Satz dies, so folgt im nächsten Satz das Gegenteil. Er merkt nicht, dass er wirres Zeug verkündet. Seine Rede hat weder Sinn noch Verstand. Nur einmal widerspricht er sich nicht, als er brüllt: »Wir werden die Giftbrut in der kommunistischen Parteizentrale ausrotten! Mit Stumpf und Stiel! Wie man Ratten und Wanzen vernichtet!«

Wie Goebbels betont auch Hitler immer wieder seinen unerschütterlichen Glauben an seine Mission. Der Glaube ist ihre Waffe. Suggestiv impfen sie dem Volk ein, sie allein seien die Heilsbringer Deutschlands. Wie Weihwasser versprühen sie diesen Wunderglauben über das Volk. Sie wissen, dass es sich nach einem Wunder sehnt und ihre Verheißungen bereitwillig aufnimmt. Damit behexen diese Gaukler das Volk. Damit hypnotisieren sie die Massen.

Stemmer kann sich nicht vorstellen, dass sich das Volk durch diese Suggestion breitschlagen lässt. Es ist doch nicht blöd. Es wird diesen Scharlatanen nicht in die Falle laufen. Nie werden die Nazis die Wahl gewinnen. Nicht mit diesem Hokuspokus, diesen Täuschungen. Und doch brechen die Massen um Stemmer herum wie im Rausch in Begeisterung aus, recken ihre Arme in die Luft und schreien besinnungslos »Sieg Heil!« und immer wieder »Heil!«.

Stemmer muss an Hanussens Suggestions-Nummer denken. Auch er hatte den Menschen auf der Bühne eingeredet, das zu tun, was er wollte. Unter seinem Einfluss haben sie ein Häuschen zerschlagen, ein Buch verbrannt und auf eine mannshohe Puppe eingestochen. Er hat genug von diesem Brüllaffen und zwängt sich angewidert aus der Menge heraus in Richtung Schloss.

Am Brandenburger Tor hat die SPD einen Stemmer unbekannten, schlechten Redner aufs Podium geschickt. Er versucht, seine Wähler mit Vernunft und Verstand zu überzeugen. Doch Fakten und Argumente, mögen sie auch noch so richtig sein, reißen die Versammlung nicht mit. Und auf dem Gendarmenmarkt predigen Thälmann und Ulbricht Moskau-Parolen. Die KPD hat nichts anderes zu bieten. Die Arbeiterklasse kennt diese Phrasen längst. Sie sind ihnen zu abstrakt, nicht konkret genug für ihr Elend.

Als Stemmer zurückkehrt, sitzt die Geschke mit einer Flasche Bier bei Judith in der Küche.

»Ick weeß nich, wat ick wähln soll«, klagt sie. »De Nazis und de Deutschnationalen schon jar nich. De Kommunisten sin mia zu borniert. Da hab ick oft Krach mit meenm Männe. Die SPD is mia zu lasch. Dit Zentrum wähl ick ooch nich. Wat für een Zentrum? Mal een bissken rechts, mal een bissken links. Wissn selbst nich, wat se wolln. Un dazu so schrecklich christlich. Dit mach ick schon jar nich. Habta schon jehört die neustn Witze übern Reichstagsbrand? Hab ick von meene Kundn in meen Frisiersalong jehört: Am Abend des 27. Februar kommt Jörings Adjutant außer Puste innet Arbetszimma seines Chefs jestürzt und schreit: ›Der Reichstag brennt!‹ Jöring kiekt uff de Uhr und wundert sich: ›Wat? Jetzt schon?‹ Noch een: Een SA-Mann flüstert seim Freund zu: ›Der Reichstag brennt.‹ Dea Freund kiekt sich um, legt den Finga uff'n Mund und sacht: ›Pst! Erst morjen.‹ Noch een: Sacht eener zum andern: ›Jestern hab ick den Jöring in der Leipziga Straße jesehn.‹ Der andre: ›Wo hat's denn da jebrannt?‹ Nee, Kinda, nee, wat füa Zeitn. Wenn de Nazis jewinn mit ihrm Gesockse, denn Gnade uns Jott. Die machn alle Blutwurst aus uns, dat it nur so spritzt.«

»Machen Sie mir keine Angst«, sagt Judith.

»Müssn nua schnell jenuch abhaun. Aba dalli, dalli.«

Nach der Wahl steht fest: Die NSDAP erzielt im Reich einen sensationellen Gewinn. Sie verfehlt zwar die absolute Mehrheit, kann jedoch in einer Koalition mit gleich gesinnten Parteien die Regierung bilden. Die SPD als zweitstärkste Partei und die KPD, die trotz aller Schikanen durch die Nazis drittstärkste Partei geworden ist, werden aus der Regierung gedrängt.

Nun herrschen die Nationalsozialisten.

Judith ist fassungslos. »Jetzt ist er gewählt. Jetzt bringt er die Juden um. Auch mich.«

Stemmer kann sie nicht beruhigen. Was er auch anführt, unternimmt, zu ihrer Beruhigung vorschlägt, alles vergebens. Am Nachmittag gehen sie lange im Grunewald spazieren, an der Havel entlang. Er hofft, dass der Wald und das Wasser sie wieder ins Gleichgewicht bringen. Vergebens.

Für Anfang März ist es noch recht kühl. Von Frühling keine Spur. Die Knospen an den Büschen und Bäumen sind noch geschlossen. In dieser Nacht schlafen sie wieder zusammen. Sie liegt in seinen Armen, ist die ganze Nacht sehr unruhig.

In den nächsten Tagen tauchen überall Männer mit dem NS-Parteiabzeichen am Revers auf. Mit einem Mal spricht man nicht mehr von »Hitler«, sondern vom »Adolf«. »Der Adolf hat wieder gesprochen.« – »Der Adolf hat gesagt.« – »Der Adolf hat entschieden.« – »Der Adolf macht jetzt.«

Judith legt Stemmer einen Briefumschlag auf den Schreibtisch.

»Der lag für dich in meinem Kasten. Ohne Absender. Komisch.«

Stemmer wendet das Kuvert hin und her, tastet es ab, nichts Verdächtiges darin, ganz normal an ihn adressiert und mit einer Hitler-Marke frankiert. Er öffnet den Umschlag, holt daraus ein Blatt ohne Briefkopf hervor. Mit einem Füllhalter steht darauf geschrieben: »Einladung mit Begleitperson zur inoffiziellen Voraufführung des eben fertiggestellten Films ›Das Testament des Dr. Mabuse‹ von Fritz Lang am 7. März um 20 Uhr im DLS-Filmstudio Berlin-Staaken, ehemaliger Zeppelinhangar, Brunsbütteler Damm. Schöne Grüße – Hanfstaengl. P. S.: Unbedingt ansehen. Kann selbst nicht kommen.«

Stemmer und Judith blicken sich erstaunt an. Ein merkwürdiges Schreiben von Hanfstaengl. Keine offizielle Einladung seines Auslandspresseamtes der NSDAP, kein amtlicher Briefkopf, nur handschriftlich von Hanfstaengl.

»Warum so privat und nicht offiziell?«, fragt Judith.

»Soll anscheinend im Amt nicht bekannt werden«, vermutet Stemmer.

»Ein Fuchs, dein Hanfstaengl. Umgeht klammheimlich seine Partei.«

»Was ist das für ein Testament des Dr. Mabuse?«

»Keine Ahnung.« Judith hat davon nie gehört.

»Inoffizielle Voraufführung«, liest Stemmer nochmals. »Eben fertiggestellt.«

»Soll nur im geheimen Kreis gezeigt werden«, mutmaßt Judith. »Der Goebbels darf anscheinend nichts davon wissen. Obwohl dem nichts entgeht.«

Gespannt fahren Stemmer und Judith am nächsten Abend raus nach Staaken zum ehemaligen Zeppelinhangar der Luftschiffwerft. Langs Assistenten führen sie und eine kleine Gruppe von anderen Eingeladenen durch die große Halle zum Vorführraum. Am Eingang begrüßt sie Fritz Lang im breiten Wienerisch und mit starkem Händedruck. Natürlich, man kennt ihn von Fotos, aber wie er nun vor ihnen steht, sind sie von seiner Persönlichkeit beeindruckt. Er ist groß, schlank, scharf geschnittene Züge prägen sein markantes Gesicht. Sein rechtes Auge ist von einer schwarzen Klappe bedeckt, über seinem linken funkelt ein Monokel.

Von den wenigen Gästen kennt Stemmer niemanden. Nach ein paar Begrüßungsworten von Lang und einigen Andeutungen, wie schwierig es war, diese Produktion zu realisieren und sie geheim zu halten, stürmt der Film über die Leinwand. In fetziger Schrift und mit dröhnender Musik flammt der Titel auf: »Das Testament des Dr. Mabuse«. Dann anhaltendes, wuchtiges Stampfen. Eine merkwürdige Druckerei. Nachts. Ein Mann ist in die geheime Werkstatt eingedrungen. Spioniert aus, dass eine Verbrecherorganisation hier massenhaft Falschgeld druckt.

Judith stößt Stemmer mit dem Ellbogen an und deutet auf die Leinwand. »Da siehst du«, flüstert sie.

Kisten voller gefälschter Geldscheine. Der Mann kann den Bau verlassen, wird aber draußen von Mitgliedern der Organisation geschnappt und abgeführt.

»Da hast du's«, flüstert sie wieder.

Auf die Entdeckung ihrer Aktionen steht für ihn die Todesstrafe durch Erschießen. Der Chef der Verbrecherorganisation, Dr. Mabuse, ist der Leiter eines Irrenhauses und selbst verrückt. Er hat die Fähigkeit, Menschen völlig willfährig zu machen, sie so zu beeinflussen, dass sie alles tun, was er ihnen befiehlt. Mit dieser Macht und in seinem Wahn erteilt er an seine Gehilfen verbrecherische Befehle. Er beauftragt sie zu Attentaten auf verdächtige Feinde. Menschen, die eine Gefahr für die Organisation bedeuten, sind sofort zu vernichten. Er befiehlt die Verwüstung von Läden, die Zerstörung von Betrieben, die Vernichtung von Industrieanlagen, um die Wirtschaft zu ruinieren. Er lässt massenhaft Falschgeld drucken, um die bestehende Währung zu entwerten. Er ordnet die Sprengung von Behörden an, um die Verwaltung zu zerstören. Gegen aufkeimenden Widerstand verschärft er die Methoden zur Sicherung seiner Organisation. Wer in seinem Apparat steckt, kommt nicht mehr lebendig heraus. Wer in seinem Netz verfangen ist, für den gibt es kein Zurück. Dr. Mabuses Ziel ist es, Angst und Schrecken zu verbreiten, Anarchie zu schaffen und in diesem Chaos die Herrschaft des Verbrechens zu errichten. Der totale Wahnsinn.

Die rasanten Kamerafahrten, die harten Schnitte, die alptraumhaften Überblendungen, der raffinierte Einsatz des Tons machen den Irrsinn dieses Dr. Mabuse noch unheimlicher, noch beklemmender, noch bedrohlicher. Der Hinweis auf die Nazis, auf ihre begangenen und zukünftigen Verbrechen, ist deutlich. Allen ist klar: Mabuse ist Hitler und die Bande seine Gehilfen der NSDAP und der SA.

Als das Licht im Zuschauerraum wieder angeht, sind alle im Saal benommen. Langes Schweigen. Zuerst nur zögernd, dann immer heftiger applaudieren die Gäste. Auch um sich von der Wucht des Inhalts und vom Sog der Bilder zu befreien.

Judiths Kommentar: »Es wird nicht lange dauern, bis der Klumpfuß den Film verbietet.«

Nach einer Weile fügt sie hinzu: »Deine mysteriösen Fünfziger von Lechner. Hat er sie auch aus einer Geldfälscherdruckerei geklaut?«

»Er hat sie von seiner Ulrike geschenkt bekommen.«

»Und woher hat sie die Scheine?«

»Als Prostituierte kein Problem.«

»Bist du da so sicher?«

Zweifel beginnen in ihm zu nagen. Er hat dazu noch ein anderes Problem. Er hat Mühe zu verstehen, dass ausgerechnet Hanfstaengl, der Auslandspressechef der NSDAP, ihn zu dieser Veranstaltung eingeladen hat. Sehr merkwürdig.

WER SCHMEISST DENN DA MIT LEHM?

Zuerst wollte Stemmer nicht zu dieser rätselhaften Extraveranstaltung im Romanischen Café gehen, zu der Hanussen seine Ehrengäste bei der Einweihung seines »Palastes des Okkultismus« eingeladen hatte. Dann geht er doch.

Der große Raum hinter der Glasveranda ist an diesem Abend rappelvoll. Eng stehen die Neugierigen zwischen den Tischen dicht an dicht. Wieder ist der Raum erfüllt von dichtem Zigarettenqualm wie schon damals, Ende Januar, als Stemmer hier zum ersten Mal Bruno Frei traf. Alle sind voller Erwartung und gespannt auf Hanussens angekündigte Extraveranstaltung, zu der er seine Bewunderer, Verehrerinnen und die Vertreter der rechten Presse samt Fotografen eingeladen hat. Dazu wird das Café von den üblichen, sich ständig hier aufhaltenden Gästen bevölkert. Auch sie haben keine Ahnung, was nun vor sich gehen wird, und diskutieren aufgeregt hin und her.

In der Mitte der Menge hat man ein rundes Tischchen mit einer Marmorplatte freigeräumt und daneben einen Stuhl gestellt. Beim Tisch steht Hanussen und saugt an seiner Zigarre. Neben ihm seine blonde Assistentin und der junge Mann, der ihm ebenfalls auf der Bühne assistierte. Um sie herum feixen einige SA-Führer in ihren schmucken Uniformen. Auch Stemmers Reisekumpan mit dem zitronengelben Haar und dem glänzenden Madonnengesicht amüsiert sich mit ihnen. Wie bei Maikowskis Beerdigung steckt er in seiner prunkenden SA-Kluft. Doch seine Bubikopfhure, diese vermeintliche Ulrike, die Stemmer den Kalender stahl, ist nirgends zu entdecken. Schade. Sie hätte er gern zur Rede gestellt. Neben seinem Reisekumpan posiert ein SA-Bonze, den Stemmer nicht kennt. Typ Lebemann, sportliche Erscheinung, Mitte dreißig. Er befindet sich im saloppen Gespräch mit einem wesentlich jüngeren SA-Bonzen mit weit auseinanderstehenden Augen.

Etwas abseits sieht Stemmer Max Moecke stehen. Kalkweiß im Gesicht. Und ihm zur Seite einen drahtigen Mann mittleren

Alters. Ist das sein Impresario Erich Juhn? Stemmer hat ihn zuvor nie gesehen. Er hofft, dass es Juhn ist. Ihn will er nach dem Spektakel ansprechen und nach seinem Enthüllungsbuch fragen.

In einer Ecke des Cafés sitzt schlotternd der kleine Kellner Oswald und möchte am liebsten gar nicht hinschauen, will nicht sehen, was da in seinem Romanischen Café abläuft.

Hanussen nimmt seine Zigarre aus dem Mund und beginnt: »Wir haben uns, meine verehrten Gäste, hier zusammengefunden, weil wir finden, dass es an der Zeit ist, dass Sie, mein lieber Moecke, eine öffentliche Erklärung abgeben.«

Die SA-Bonzen schubsen Moecke in die Mitte zum Tisch.

»Wenn Sie gestatten, mein lieber Kollege Moecke, stelle ich Ihnen hier meine Freunde vor.«

Er deutet auf den Typ Lebemann.

»Das ist, soweit Ihnen noch nicht bekannt, unser hochgeschätzter SA-Gruppenführer Berlin-Brandenburg, Wolf-Heinrich Graf von Helldorff.«

Stemmer staunt. Das also ist Helldorff, über den Lechner in seinen Notizen berichtete und dem Hanussen diese Massen von Spenden an die SA in den Hintern geschoben hat.

»Und das hier ist«, dabei zeigt Hanussen auf den wesentlich jüngeren Burschen mit den weit auseinanderstehenden Augen, »unser ebenfalls hochgeschätzter SA-Gruppenführer Berlin Karl Ernst.«

Wieder ist Stemmer verblüfft. So also sieht dieser Ernst aus. Auch über ihn hat Lechner geschrieben, welch enorme Summen Hanussen ihm für sein Lotterleben und für seine SA spendete. Nun ist er gespannt, wer sein Reisekumpan ist, den Hanussen als Nächstes vorstellen wird.

»Und das hier ist unser verdienstvoller Sturmbannführer Wilhelm Ohst.«

Ohst also heißt dieser Dreckskerl, dieser Spezialist in Sachen Malerei, Literatur und Musik, der ihn für die SA anwerben wollte, dieser Geliebte der Hure Ulrike.

»Jetzt steigen Sie, Moecke, auf diesen Tisch!«, kommandiert Hanussen.

Moecke lässt sich so etwas nicht befehlen und bleibt stehen.

»Los!«, befiehlt Hanussen scharf.

Moecke bleibt immer noch stehen.

»Dann müssen meine Freunde wohl nachhelfen.«

Schon packen Helldorff, Ernst und Ohst den völlig verdatterten Moecke. Er sträubt sich heftig gegen ihre Zugriffe, doch sie stoßen ihn über den Stuhl auf das Tischchen, das gefährlich wackelt.

Wie ein Zirkusdirektor zeigt Hanussen in die Runde. Triumphierend verkündet er: »Hier sehen Sie, hochverehrtes Publikum, in einer einmaligen Spezialshow den Nazihasser Max Moecke! Der mich seit Langem als Hitler-Propagandist verunglimpft und beleidigt. Und der es als kleines freches Kerlchen wagte, eine meiner Vorstellungen in der ›Scala‹ zu stören. Hier haben Sie das Vergnügen, diesen Clown mit Verachtung anzuschaun.«

Die SA-Kerle kugeln sich vor Lachen, die Hanussen-Verehrer applaudieren. Die meisten Anwesenden aber wissen gar nicht, worum es hier geht, und bleiben vor Entsetzen stumm. Hanussen treibt es weiter: »Moecke, gestehen Sie, dass Sie Sozi sind?«

»Ja«, behauptet er fest.

»Beharren Sie darauf?«

»Ja.«

»Na schön, dann werden wir Ihnen Beine machen.«

Hanussen gibt Ohst ein Zeichen, der holt aus seiner Uniform eine Peitsche hervor.

»Hosenbeine hoch«, fordert Hanussen. Langsam rafft Moecke den Stoff seiner Hose hoch, und der SA-Mann knallt seine Peitsche dreimal auf Moeckes nackte Beine. Er schreit auf vor Schmerz. Einige der sonstigen Cafégäste protestieren gegen diese Quälerei, werden aber von den SA-Männern schnell zum Schweigen gebracht.

»Immer noch Sozi?«

»Nein«, kommt es leise von Moecke.

Er will den Hosenstoff hinunterlassen, doch Hanussen schreit ihn an: »Noch sind wir nicht fertig! Bekennen Sie, dass Sie Nationalsozialist sind?«

»Nein.«

»Bekennen Sie immer noch nicht?«

»Nein«, jammert Moecke kleinlaut. Wieder ein Zeichen von Hanussen an Ohst, wieder lässt Ohst seine Peitsche um Moeckes Waden sausen, dass es nur so pfeift.

»Ja, ja, ja«, jault Moecke.

Jetzt beschimpfen noch mehr Cafégäste die SA und versuchen, nach vorn zu drängen, um Moecke zu schützen. Doch die Uniformierten stellen sich vor sie und schieben sie zurück.

Der kleine Kellner Oswald sackt in seiner Ecke noch mehr in sich zusammen und hält seine Hände vors Gesicht.

Hanussen grient und sieht sich im Kreis seiner Freunde, die ihm anerkennend zunicken, zufrieden um. Moecke will vom Tisch hinabsteigen, da weist ihn Hanussen zurecht: »Halt! Noch sind wir nicht so weit. Jetzt wollen wir mal den Deutschen Gruß üben. Also: Deutscher Gruß und Sieg Heil!«, herrscht er ihn an. »Das Leben ist ein Krieg. Und im Krieg gilt nur eines: Sieg. Also Deutscher Gruß und Sieg Heil!«

Die Empörung bei den Stammgästen wächst. Sie wollen Moecke vom Tisch herunterholen, drängen zu ihm, werden aber wieder von den Uniformierten zurückgehalten. Total verängstigt hebt Moecke den rechten Arm und winselt: »Sieg Heil.«

»Noch mal, aber diesmal überzeugender gefälligst!«

Wieder hebt Moecke seinen Arm und stammelt etwas.

»Und damit es schön klappt, ein drittes Mal. Nun aber laut und deutlich!«

Jetzt ist der Tumult da. Wütende Rufe gegen die SA und Hanussen. Die Demonstranten sind nahe daran, Stühle auf die Gruppe um Hanussen zu werfen. Der kleine Oswald dreht sich auf seinem Hocker um, presst noch heftiger die Hände vors Gesicht. Angefeuert von Hanussen hebt Moecke voller Angst den rechten Arm und stammelt sein »Sieg Heil«.

Die Blitzlichter der Fotografen flammen auf. Die Presse hat ihr Fressen.

»Lektion erfolgreich beendet. Abtreten«, kommandiert Hanussen.

Dazu kommt es aber nicht. Trotz der Bedrohung durch die

SA-Männer stürmt eine aufgebrachte Menge nach vorn zu Moecke und hilft ihm vom Tischchen herab, während die Uniformierten auf die Helfer einschlagen. Die Fotografen knipsen, was das Zeug hält. Moecke geht inmitten seiner Beschützer unter. Sie bestürmen ihn: »Warum hat der Hanussen das mit Ihnen gemacht?«

Stemmer weiß es. Diese Demütigung Moeckes war Hanussens Rache für den Auftritt in der »Scala«, als Moecke ihn am Ende seiner Telepathie-Nummer bloßstellen wollte. Schnell will Stemmer den mutmaßlichen Juhn nach seinem Enthüllungsbuch fragen, doch im allgemeinen Tohuwabohu ist er verschwunden. Verdammt noch mal!

Wir schaffen Ordnung

Stemmers Zimmer ist ein einziger Papierhaufen. Überall stapeln sich die Zeitungen. Auf der Kommode, auf den Stühlen, auf dem Boden Berge von Zeitungen. Wild durcheinander liegen der »Vorwärts«, die »Rote Fahne«, die liberale »Vossische«, das linksorientierte »Tageblatt«, das Revolverblatt »B.Z.«, die kleinbürgerliche »Morgenpost«, der national gesinnte »Lokal-Anzeiger«, die sozialkritische »Berlin am Morgen« sowie einige Exemplare des »Völkischen Beobachters«, »Angriffs« und »Stürmers«. Auf einem Extrahaufen liegt seine »Arbeiter-Zeitung«. Er musste wissen, was während seiner Abwesenheit in Wien geschieht, welche seiner Artikel abgedruckt wurden und was die Kollegen geschrieben haben. Alles alte Ausgaben, in denen er mal mehr, mal weniger kurz geblättert und die er dann zurückgelegt hat. In Berlin erscheinen täglich weit über hundert Zeitungen, viele davon dreimal am Tag. Am Morgen, Mittag und Abend. Das Chaos wächst und wächst. Er hat den Überblick verloren.

Um wenigstens etwas Ordnung in die Papierberge zu bringen, legt er ein Archiv an. Ordner für Politik, Kultur, Gesellschaft und Diverses, was er woanders nicht unterbringen kann. Wie ein Paddler auf stürmischer See arbeitet er sich durch diesen Wust. Er schneidet Artikel aus und heftet sie in den Ordnern ab, kommt aber bei den sich überstürzenden Ereignissen nicht hinterher. Er weiß nicht, wie er das alles archivieren soll.

Judith schüttelt den Kopf über Stemmers Sisyphusarbeit. »So was hab ich auch mal versucht, um die Theaterkritiken und Interviews mit Regisseuren und Schauspielern zu sammeln. Dann hab ich's aufgegeben. Vor lauter Archivieren kam ich nicht mehr zum Arbeiten.«

Jedes Mal, wenn er in einer alten Zeitung blättert, um zu sehen, ob er sie wegwerfen oder bewahren soll, kann er sich nicht entscheiden. Ständig schwankt er zwischen »weg damit« und »aufheben«. Er weiß nicht, was er machen soll. Er entschließt sich für einen neuen Haufen »weiß nicht«.

Er liest, dass Göring schon lange vor der Machtübergabe Listen mit tausend Namen derer angelegt hat, die er zu gegebener Zeit verhaften wird. Auch Listen mit den Namen der Zeitungen, die er verbieten wird. Jetzt braucht er nur noch zuzugreifen. Schon seit dem 30. Januar und der gewonnenen Reichstagswahl greift er als preußischer Innenminister und Chef der Polizei schonungslos zu.

Stemmer liest, dass er der SA noch während des Fackelzuges und ebenfalls während des Reichstagsbrandes Razzien und Massenverhaftungen befahl. Zur »Abwehr staatsgefährdender Gewaltakte«. Er liest über die Festnahmen der kommunistischen Abgeordneten, der KPD-Funktionäre, Sozialdemokraten, Gewerkschaftler, Journalisten und sonstigen Regimegegner.

Viele wurden während ihrer Arbeit in den Fabriken, in den Geschäften, in den Büros verhaftet und weggeschafft. Andere nachts aus den Betten geholt. Tausende verschwanden, und keiner weiß, wo sie geblieben sind.

Immer wieder stößt er in Zeitungen auf die große Anzeige: »Der Hellseher Deutschlands Erik Jan Hanussen, Sachverständiger in Psychographologie, erteilt Beratungen in Geschäfts- und Schicksalsfragen. Anmeldung für vertrauliche Privatkonsultationen: Berlin W 50, Kurfürstendamm 16«.

Stemmer entdeckt eine Notiz, dass der von ihm so bewunderte Egon Erwin Kisch in der Nacht des Reichstagsbrandes verhaftet und in das Spandauer Gefängnis eingeliefert wurde. »Wegen dringenden Verdachts der Teilnahme am Hochverrat«. Sein geliebter Kisch verhaftet und im Gefängnis! Das kann nicht sein. Kritische linke Gesinnung ist kein Hochverrat. Was sagt Hanfstaengl dazu? Er ist, wie er selbst betont hat, der Schützling seiner Auslandskorrespondenten. Er muss Kisch aus dem Gefängnis holen. Stemmer wird mulmig zumute. Wird man auch ihn schnappen wegen seiner Beiträge für die »AZ«?

Stemmer liest, dass Ernst Thälmann, der Parteichef der KPD, zwei Tage vor der Reichstagswahl in seinem Versteck, in das er nach dem Reichstagsbrand vor den Nazis flüchtete, verraten und verhaftet wurde. Dass die SA unter der Führung des SA-Gruppenführers Berlin-Brandenburg Graf von Helldorff die KPD-Zentrale am Bülowplatz stürmte und besetzte, auf dem Karl-Liebknecht-Haus die Hakenkreuzfahne hisste, es in »Horst-Wessel-Haus« umbenannte und darin eine Abteilung zur Bekämpfung des Bolschewismus einrichtete.

Wieder hat er Hanussens »Bunte Wochenschau« zwischen den Fingern. Angeekelt überfliegt er, was Hanussen nach der Wahl schreibt: »Sehr geehrter Herr Reichskanzler, das Volk hat die Führung des Deutschen Reichs in Ihre starken Hände gelegt, damit es wieder einen Platz finde an der Sonne. Sie werden ein neues und freies Reich schaffen, als Bollwerk gegen die rote Gefahr, der wir sonst verfallen wären. Diese bolschewistische Gefahr, bestehend aus ungewaschenen, haarschuppigen Sowjetschmierern, ist nun durch Sie und durch meine Mission zerstoben und zerschlagen. – Erik Jan Hanussen«.

In einer späteren Meldung liest er, dass sein großes Vorbild Kisch in die Tschechoslowakei abgeschoben wurde. Gott sei Dank, er lebt! Sicher hat Hanfstaengl die Abschiebung arrangiert und seinen Schützling gerettet. Respekt, Respekt.

Er stößt auf Berichte über Zeitungen, die nun endgültig verboten sind. Die gesamte linke Presse. Die »Rote Fahne«, Freis »Berlin am Morgen«. Auch der »Vorwärts«. Alles geschieht gleichzeitig. Es ist zum Verrücktwerden. Für seine tägliche Information bleibt Stemmer jetzt nur noch die »Vossische«, dazu ein paar harmlose Zeitungen und die Naziblätter.

In seiner »Arbeiter-Zeitung« liest er: »Staatsstreich in Österreich. Bundeskanzler Dollfuß schaltet das Parlament aus und regiert diktatorisch. Er will die Pressezensur einführen und Aufmärsche und Versammlungen verbieten.« Das war am 4. März, am Tag vor der Reichstagswahl. Stemmer fürchtet, dass dies das Ende der österreichischen Republik ist und er sein Land nicht wiedererkennen wird, wenn er irgendwann zurückkehrt.

Die jüngsten Meldungen verkünden in dicken Schlagzeilen: »Gauleiter Dr. Joseph Goebbels Minister für Volksaufklärung und Propaganda!« Der dürre Hansel bekommt ein Ministerium, das extra für ihn geschaffen wurde. Das geht Stemmer nicht in den Kopf: Der Volksverdummer wird Volksaufklärer. Und in einer kleinen Notiz »Aus dem kulturellen Leben« liest er, dass

Goebbels den Film »Das Testament des Dr. Mabuse« verboten hat.

Wesentlich früher als sonst kommt Judith am Abend vom Theater zurück. Sie ist völlig aufgelöst. Noch bevor sie ihren Mantel auszieht, schreit sie: »Sie haben die Aufführung verboten!«, und schmettert ihre Tasche auf den Boden. »Diese Schweine! Vor der Vorstellung kamen Polizisten, zeigten ein Schreiben und sagten: ›Nix mehr Klamauk. Der Vorhang bleibt zu.‹ Wir mussten die Zuschauer nach Hause schicken.«

Schon seit der Wahl hat Judith befürchtet, dass dieser oder jener Text verboten werden könnte oder dass einer der Darsteller nicht mehr auftreten darf.

»Aber doch nicht die Aufführung verbieten!«, ruft sie verzweifelt. »Unsere ganze Arbeit! Was mach ich jetzt?«

Stemmer nimmt sie in die Arme. Sie bebt am ganzen Leib. Er führt sie in die Küche und will ihr ein Essen bereiten, damit sie wieder etwas ins Gleichgewicht kommt. Sie lehnt ab. Sie kann jetzt nichts essen. Immer wieder schüttelt sie den Kopf. Sie kann das Verbot nicht fassen. Das gesamte Ensemble und die Musiker und sie arbeitslos. Voller Schrecken sieht sie ihn aus weit geöffneten Augen an. »Wie soll das weitergehen? Wie soll das enden?«

Lange liegen sie schlaflos im Bett. Judith starrt zur Decke.

»Alle hauen ab«, sagt sie tonlos. »Zuerst der Hüttig. Wo mag er nur sein? Alle hauen ab. Der Hollaender mit seiner Frau, die Weintraubs, die Annemarie Hase, der Mischa Spoliansky. Dein Bruno Frei. Auch der Brecht mit der Weigel und Kurt Weill mit seiner Lotte Lenya sind geflohen. Und Kurt Gerron, Rosa Valetti. Max Reinhardt. Das Deutsche Theater steht jetzt ohne Intendant und Regisseur da. Der ›Scala‹-Direktor Jules Marx ist auch weg. Jetzt leitet ein sogenannter Arier die ›Scala‹. Und der Paul Abraham. Alle geflohen. Alle hatten Angst um ihr Leben. Den Richard Tauber hat die SA gestern am Kurfürstendamm vor dem Kempinski zusammengeschlagen und gerufen: ›Judenlümmel raus aus Deutschland!‹ Gut, dass die Dietrich schon vor drei Jahren nach Amerika abgehauen ist. Und die Fritzi Massary vergangenes Jahr. Nur Blandine Ebinger ist geblieben. Sie will das Tingel-Tangel weiterführen. Und Kate Kühl. Sie will sich irgendwie durchschlagen.«

Plötzlich umschlingt sie ihn heftig. »Wir müssen auch abhauen«, stößt sie hervor. »Wir müssen schnell abhauen. Sonst sind wir verloren. Nimm mich mit nach Wien. Bitte.«

»Ich nehm dich mit nach Wien«, sichert er ihr zu. Er weiß zwar nicht, wie er hier alles plötzlich stehen und liegen lassen kann. Außerdem werden auch in Wien die Nationalsozialisten immer stärker. Trotzdem wiederholt er: »Ich nehm dich mit nach Wien.«

Sie umschlingt ihn noch enger.

Lebe glücklich, lebe froh wie der König Salomo

Auf dem Kurfürstendamm reiht sich ein Juweliergeschäft an das andere. In den Auslagen hinter extradicken Glasscheiben glitzern Ringe, Broschen und Ketten mit Diamanten, Saphiren, Rubinen und Smaragden. Dazu goldene Uhren, silberne Schalen und Kelche. Alles ohne Preisangabe. Vor den funkelnden Juwelierläden hocken Bettler in Lumpen gewickelt und halten die Hand auf. Auch vor den tempelartigen Banken kauern Bettler mit Pappschildern, auf denen »Obdachlos« steht oder »Habe Hunger«. Auf dem Trottoir bummeln demonstrativ lässig Damen in Pelzen und hochhackigen Schuhen mit schlenkernden Handtäschchen, zwischen ihnen humpeln »Sandwichmänner« in abgetragenen Kleidern auf nur einem Bein, auf Krücken gestützt, vorn und hinten große Tafeln umgehängt: »Suche Arbeit jeder Art.« Die Schrift ist dick unterstrichen.

Stemmer kommt an einem »Hundesalon« vorbei. Angeboten werden »Modischer Haarschnitt für Hunde«, »Krallenpflege« und »rassetypische Behandlung«. Wieder ein paar Häuser weiter Schuhe, Schuhe, Schuhe. Als würden die Berliner sonst alle barfuß herumlaufen müssen. Im Angebot auch pelzgefütterte Lederstiefel, wie Lechner sie von Ulrike geschenkt bekam. Hat sie ihm hier die Stiefel gekauft? Nun trägt Stemmer selbst Lederstiefel. Allerdings ungefütterte. Neben den Schuhläden Pelzgeschäfte. In den Schaufenstern liegen elegant drapiert rötlicher Fuchs, schwarzer Nerz, cremefarbener Dachs. Stammt Lechners Fuchspelzmantel aus einem dieser Geschäfte?

Schließlich kommt Stemmer bei Hanussen an, Kurfürstendamm 16, gleich neben dem »Gloria«, ein prachtvolles Haus aus den Gründerjahren. Die Fassade und die Balkone sind mit Stuck überladen, und über dem pompösen Portal herrschen zwei allegorische Figuren. Atlas, der muskulöse Weltkugelträger, und Minerva, die Göttin der Weisheit in ihrem wallenden Kleid und mit entblößten Brüsten. In die Tür des mächtigen Portals sind Scheiben mit farbigen Glasmalereien eingelassen. Im

Foyer des Treppenhauses leuchten wuchtige Gemälde von den Wänden. Dazwischen blasen Engel aus weißem Gips Posaune. Die Treppen zur Beletage sind mit roten Bastteppichen und goldenen Messingstangen ausgelegt.

Stemmer nimmt den Aufzug. Ein Gitterkäfig, an seiner Rückwand ein großer Spiegel. Hier können sich Hanussens Klienten noch kurz zurechtmachen, bevor sie vor ihr Orakel treten.

Im Vestibül erwartet ihn Hanussens Sekretärin, eine ältere Dame in einem knöchellangen Kleid und mit einem Haarknoten am Hinterkopf.

»Herr Hanussen wird Sie sofort empfangen.«

Sie führt ihn in einen Raum, in dem zwei Dutzend Kunden auf ihren Ratgeber warten. Alle der Reihe nach auf Stühlen platziert. Kaum hat sich Stemmer gesetzt, öffnet der Assistent des Meisters, den Stemmer bereits auf der Bühne erlebt hat, eine Tür und bittet ihn lächelnd in den Konsultationsraum. Die anderen Klienten müssen anscheinend warten, bis er sein Interview beendet hat.

In der Mitte des Zimmers steht ein mächtiger Schreibtisch, und dahinter thront in einem mit Goldfäden bestickten Lehnsessel der Maestro. Sein dichtes schwarzes Haar ist straff nach hinten gekämmt und exakt gescheitelt. Mit seinen dunklen Augen fixiert er Stemmer scharf, als wolle er ihn hypnotisieren. Der Assistent ist unterdessen lautlos durch eine andere Tür verschwunden.

Große Fotografien schmücken die Wände. Aufnahmen von Hanussen, auf denen er in hellseherischer Trance versunken ist, Bilder mit anscheinend berühmten Stars, die Stemmer aber nicht kennt, Standfotos aus Wochenschauen. Auf Glasplatten liegen von Hanussen besprochene Schallplatten zum Verkauf aus. Ebenso Exemplare seiner Gomboloy-Ketten, Autogrammkarten mit seinem Porträt und sonstige Devotionalien wie sein weißer Seidenschal und seine weißen Handschuhe. Fehlt nur noch sein Zylinder. In einer Ecke steht ein wuchtiger Tresor. Stemmer vermutet darin wichtige Dokumente. Vielleicht liegt auch das verräterische Buch von Juhn darin. Vom Plafond strahlt trotz des Tageslichts ein wagenradgroßer Lüster.

Überraschend freundlich bittet Hanussen Stemmer, auf einem Sessel gegenüber seinem Schreibtisch Platz zu nehmen. Auf der glänzenden Marmorplatte sieht Stemmer einen Notizblock, einen goldenen Füllfederhalter und einen klobigen Aschenbecher aus Kristallglas. Bestens gelaunt nimmt Hanussen zwei dicke Zigarren aus einem Kästchen und bietet ihm eine davon zusammen mit einer Zigarrenspitze aus gelblichem Meerschaum an. Als Nichtraucher lehnt Stemmer dankend ab. Bedächtig dreht Hanussen seine Havanna zwischen den Fingern, befeuchtet das Mundstück mit seinen dicken Lippen und schnipst das Ende mit dem Zigarrenschneider sorgfältig ab. Er hält den Kolben an die Streichholzflamme, saugt genüsslich daran, wedelt das lange Zündholz aus und lässt langsam den duftenden Rauch zwischen den Lippen hervorquellen. Er genießt das Aroma und stöhnt auf vor Behagen. Schon jetzt seine Frage nach Lechner vorzubringen, scheint Stemmer unangebracht, zu voreilig. Er wartet ab, was nun kommt.

Es kommt nichts. Hanussen steht auf, geht zu seinem Mahagonischrank, holt eine Flasche Courvoisier XO Imperial und zwei Schwenker heraus und gießt den golden schimmernden Cognac in die Gläser. Diesmal greift Stemmer zu. Sie lassen den ersten Schluck ihre Kehlen hinunterrinnen. Hanussen rülpst, Stemmer wird wohlig warm. Bis in die Schultern. Dann setzt Hanussen zur Rede an und erklärt breit und gemächlich: »Der Okkultismus ist die Lehre von den Dingen, die die Menschen Übersinnliches nennen. Es ist die Lehre von Erscheinungen, die mit unseren normalen fünf Sinnen nicht wahrnehmbar und doch vorhanden sind. In jedem willensstarken Menschen gibt es geheimnisvolle Ströme, die er aufrufen kann.«

Stemmer will sich diese Belehrung nicht anhören, er will zu seinem Interview kommen. Doch Hanussen doziert selbstgefällig weiter.

»Mit Okkultismus bezeichnen wir alles Finstere, im Dunkeln Verborgene, das uns auf Schritt und Tritt umgibt und doch nicht fassbar scheint. Und es ist gut, dass Mächte rätselhafter Art unheimlich walten. Wir kennen diese Kräfte nicht, doch wir ahnen, dass sie aus dem Kosmos auf uns einstrahlen und uns lenken. Zum Guten und auch zum Schlechten, obwohl wir das oft nicht erkennen.«

Er soll endlich aufhören, wünscht Stemmer. Er muss ihn noch nach Lechner fragen. Hanussen aber labert seinen Sermon weiter, bläht sich mächtig auf, grimassiert und spielt ihm den Dämonischen vor.

»So manche behaupten, es gäbe keine Wunder mehr, wir würden in einer entgötterten Welt leben. Stimmt das wirklich? Ich führe jeden Abend vor, dass es noch Wunder gibt, die auf die unheimlichen Kräfte zurückgeführt werden können, die auf mich einwirken. Haben wir also mehr Ehrfurcht vor dem, was wir uns mit dem Verstand nicht erklären können.«

Soll er doch lieber mehr Ehrfurcht davor haben, weshalb ich gekommen bin, gärt es in Stemmer.

Während seines Vortrags reißt der Prediger seine brennenden Augen auf, als würde er in der Ferne Zukünftiges sehen, dann glotzt er geistesabwesend vor sich hin. Jetzt hält Stemmer es nicht mehr aus und fragt ihn ohne Umschweife, was er über Ludwig Lechner wisse. Mit einem Schlag vereist Hanussens Gesicht. Ein Klotz aus Packeis starrt ihn an. Bis zu dieser Sekunde lag demonstrative Süffisanz über seiner lächelnden Maske, doch bei dem Wort Lechner platzt Hanussens Tarnkappe. Der große Meister muss sich zusammenreißen, um nicht zu explodieren. Nur mit Mühe unterdrückt er einen Wutausbruch, wobei sein exklusiver Maßanzug verrutscht.

Für Stemmer steht nun fest: Lechner hat ihm tatsächlich das Buch von Juhn gezeigt oder gar gegeben, damit er weiß, dass er über alle seine Tricks genauestens informiert ist, dass er sie veröffentlichen und ihn damit ruinieren könnte. Wieder steigt in ihm der Verdacht hoch, dass Hanussen Lechner verschwinden ließ, um seine Karriere zu retten.

Schneidend scharf erklärt Hanussen das gar nicht begonnene Interview für beendet. Er habe ihn lange genug aufgehalten, von seiner kostbaren Zeit zehn Minuten gestohlen. Er sei nicht der Einzige, der ihn sprechen wolle, schließlich habe er gesehen, wie viele Klienten draußen auf ihn warten. Sitzend weist er auf die Tür. Er schmeißt ihn raus.

Als Stemmer den Raum verlässt, spürt er Hanussens stechenden Blick im Rücken.

Fröstelnd steht er auf dem Kurfürstendamm, den Prachtbau hinter sich. So sehr wünschte er sich dieses Interview und nun dieser Rausschmiss. In der kalten Wintersonne muss er seine Gedanken ordnen. Er geht in Richtung Gedächtniskirche, kommt am »Gloria-Filmpalast« vorbei und sieht sich an, was gespielt wird. »Der Sieger« steht auf dem Programm. Danke, hab den Sieger erlebt, denkt Stemmer. Über dem Plakat quer ein Aufkleber mit fetter Schrift: »Hans Albers: ›Hoppla, jetzt komm ich!‹«

In der Spiegelung der Glasvitrinen sieht er eine Dame in einem grauen Pelzmantel und mit einem Kapotthut vorbeischlendern. Er dreht sich um. Sie ist etwa dreißig, ihre Stirn ist von einem gerade geschnittenen Pony bedeckt. Es ist die Dame, die ihn im Café am Wittenbergplatz so spendabel eingeladen und ihm dabei den Kalender geklaut hat. Es ist Ulrike. Davon ist er überzeugt. Jetzt will er es wissen. Entschlossen geht er auf sie zu.

»Sind Sie Ulrike?«

Eine Sekunde lang starrt sie ihn entsetzt an, dann rennt sie los in Richtung Bahnhof Zoo. Er läuft ihr hinterher, muss anhalten. Rot. Autos, Autos, Autos rasen an ihm vorbei. Er kommt nicht über die Straße. Als sie endlich anhalten, ist sie auf der anderen Straßenseite längst verschwunden. Untergetaucht im Menschengewirr. Aussichtslos, sie da zu finden. Wieder ist sie ihm entwischt. Verdammter Mist!

Was für ein Scheißtag heute.

WARTE, WARTE NUR EIN WEILCHEN

Einen Tag nach Stemmers Besuch bei Hanussen liegt in Judiths Briefkasten ein Brief für ihn.

Kein Absender. Anonym. Wieder eine Einladung von Hanfstaengl?

Stemmer reißt den Umschlag auf und fingert einen Zettel heraus. Mit einer Schreibmaschine getippt heißt es dort: »Erste Warnung! Wir kriegen dich!« Beide Sätze sind mit Farbstift rot unterstrichen. Einen Moment lang ist er vor Schreck wie gelähmt. In Lechners Tagebuch hat er gelesen, dass auch er eine solche Drohung erhalten hat.

Mit zitternden Knien geht er nach oben in die Wohnung und zeigt Judith den Zettel. Sie ist entsetzt. Außer sich. Sie beschwört ihn, seine Nachforschungen über Lechner und seine politische Berichterstattung nach Wien sofort abzubrechen. Das kann er nicht.

»Dir wird es genauso gehen wie Lechner.«

»Ich bin vorsichtig.«

»Dein Lechner war sicher auch vorsichtig. Und trotzdem.«

»Woher weiß man, dass ich hier wohne?«

»Ich musste dich beim Einwohnermeldeamt melden. Als meinen neuen Untermieter. Da kann jeder deine Adresse bei mir erfahren.«

»Warum droht man mir?«

»Deine Artikel über die Nazischikanen gegen die KPD und Bruno Frei, die Schlägertrupps der SA, die Verhaftungen von Oppositionellen, das Verbot von linken Zeitungen. Wäre deine ›AZ‹ deutsch, hätte man sie inzwischen auch verboten. Reicht das nicht?«

»Die liest in Berlin keiner.«

»Aber in Wien. Die deutschen Nazis haben ihre Augen auch in Wien.«

»Observiert man mich?«

»Davon bin ich überzeugt. Immerhin haben diese Nutte und

ihre Komplizen deinen Kalender mit all deinen Eintragungen. Sie wissen alles, auch dass du Lechner suchst.«

Wieder fleht ihn Judith an, seine Recherchen sofort aufzugeben und keine kritischen Artikel mehr zu schreiben. Viel zu gefährlich. Stemmer wischt ihre Befürchtungen beiseite. Er ist Journalist, ist Berlin-Korrespondent, muss über Berlin berichten, muss die Wahrheit sagen.

»Pfeif auf die Wahrheit, wenn es dein Leben kostet!«

»Ich bin österreichischer Staatsbürger. Ich bin geschützt. Mir kann nichts passieren.«

»Dein Lechner war auch Österreicher, und sie wollten ihn loswerden. Deine Feinde scheren sich einen Dreck darum, ob du Österreicher bist oder nicht. Sie wollen auch dich loswerden.«

Immer wieder liest Stemmer die getippte Zeile: »Erste Warnung! Wir kriegen dich!«

»Du warst noch nicht am Hausvogteiplatz«, sagt Judith.

»Was ist da?«

»Dort stand früher mal die Hausvogtei, das königliche Hofgericht mit seinem Gefängnis. Heute ist an einer Fassade ein Schild angebracht mit dem alten Spruch: ›Wer die Wahrheit weiß und saget sie frei, der kommt in die Hausvogtei.‹ Merk dir das.«

Wer die Wahrheit weiß und saget sie frei, der kommt in die Hausvogtei, ins Gefängnis, bohrt es in Stemmers Gehirn. Quatsch. Er lässt sich nicht einschüchtern.

»Über was soll ich denn sonst schreiben, wenn nicht darüber, was hier geschieht?«

»Über den Saisonbeginn der Dampferausflüge am Wannsee. Über die Segelbootausstellung in den Messehallen. Über die Erfolgsserie ›Glückliche Reise‹ von Künneke im Kurfürstendamm-Theater. Über die Göttergestalten am Schloss.«

»Kommt gar nicht in Frage. Darüber hat auch Lechner geschrieben und ist trotzdem verschwunden.«

Stemmer macht weiter.

Oft übernimmt das »Berliner Tageblatt« einen Beitrag vom »Prager Tagblatt« und umgekehrt.

Auch am 22. März ist im »Berliner Tageblatt« ein Artikel

aus Prag zu lesen. Dieses Mal mit der Schlagzeile »Hanussen ist Jude«.

Stemmer zuckt zusammen. Er schaut am Ende des Textes nach dem Verfasser und stellt fest: Es ist Bruno Frei. Schon vor einem Monat, kurz bevor er in der Nacht des Reichstagsbrandes nach Prag floh, hatte Frei ihm anvertraut, dass Hanussen Jude ist. Er wollte diese Enthüllung am nächsten Tag veröffentlichen, entschied sich aber offenbar dagegen. Diese Aufdeckung hätte ihn womöglich das Leben gekostet. Jetzt, von Prag aus, kann er die Bombe platzen lassen. Wie früher beschimpft er in seinem Beitrag Hanussen und schreibt: »Der Freund und großzügige Unterstützer der SA, der Trommler des ›Juda verrecke!‹, ist selbst ein Jude! SA-Führer lassen sich von einem Juden bezahlen! Und Hitler gefällt es, von diesem Juden Propaganda für sich machen zu lassen. Ein Skandal! Wir sind neugierig, wie sich die NS-Bonzen da herauswinden. Man darf gespannt sein.«

Jetzt ist in der Stadt bekannt: Hanussen ist Jude. Jetzt wissen es die Nazis, weiß es Hitler. Wissen es auch die SA-Gruppenführer Helldorff und Ernst.

»Richtig so«, freut sich Judith über Freis Paukenschlag. »Die Nazis werden Hanussen beseitigen. Wenn nicht heute, dann morgen.« Zugleich hat sie Angst. »Danach werden sie auch gegen uns vorgehen. Was wird dann aus uns?«

Es geht vorwärts!

Nach dem Erscheinen von Freis Artikel warten Stemmer und Judith gespannt auf die Reaktion der Nazis. Gegen Frei können sie nichts machen. Der sitzt in Prag. Aber was machen sie mit Hanussen, nachdem nun öffentlich ist, dass er Jude ist? Sie können es unmöglich auf sich sitzen lassen, dass ein Jude der Propagandist für ihren Führer ist, dass ein Jude ein enger Freund der SA-Gruppenführer Helldorff und Ernst ist und ihre SA mit riesigen Summen unterstützt. Irgendetwas müssen sie gegen ihn unternehmen. Stemmer denkt auch daran, dass nur Hanussens SA-Freunde dem Hellseher verraten haben konnten, dass die SA den Reichstag anzünden wird. Nur deswegen hat er bei der Einweihung seines Okkultismus-Palastes ein großes Feuer »hellsehen« können. Seine Spezis wissen nun, dass ein Jude Mitwisser ihrer Brandstiftung ist. Ein Jude weiß um ihr Verbrechen. So ein Mann muss zum Schweigen gebracht werden. Er muss weg. Klar.

Stemmer sieht, dass nur wenige Tage nach Freis Artikel alle großen Werbeplakate für Hanussens Auftritt in der »Scala« überklebt worden sind. Er sieht auch, dass an der »Scala« das riesige Transparent »Hanussen ist da!« abgehängt wurde. Er ist also weg. Seine zehnjährige Verbannung aus Österreich ist inzwischen abgelaufen. Ist er in sein Heimatland geflohen, weil er nach Freis Artikel Angst um sein Leben hatte? Möglich.

Eine ganze Woche lang entdeckt Stemmer in den Zeitungen keinen Hinweis über seinen Verbleib. Seltsam.

»Nein! Nein!«, hört er Judith in der Küche schreien. Er geht zu ihr und sieht, wie sie auf dem Tisch das Frühstück vorbereitet und aufgebracht mit der Gabel auf das Radio deutet. »Schon wieder dieser Aufruf zum Boykott der jüdischen Geschäfte!«, schimpft sie.

Gestern noch hat sie in Jacobys Drogerie Schuhcreme, Seifenflocken und eine Handbürste eingekauft.

»Und heute soll ich da nicht mehr hindürfen? Kommt gar nicht in die Tüte!«

Im Radio wird auch gemeldet, dass Adolf Hitler heute, am 1. April, dem Tag des Judenboykotts, zum Ehrenbürger von Berlin ernannt wurde.

»Und da soll einem noch das Frühstück schmecken«, sagt Judith verbittert.

Schon seit Tagen steht es groß in den Zeitungen, kleben an den Litfaßsäulen die riesigen Plakate: »Bis Sonnabend früh, zehn Uhr, hat das Judentum Bedenkzeit. Dann beginnt der Kampf! Die Juden wollen Deutschland vernichten. Deutsches Volk! Wehr dich! Kauf nicht beim Juden!«

»Will ich Deutschland vernichten?«, fragt Judith. »Bin ich eine Gefahr für mein Land? Gestern habe ich mit der Geschke und der Tietz-Verkäuferin gesprochen. Die Verkäuferin hat für heute arbeitsfrei bekommen, Tietz will wegen des Judenboykotts gar nicht erst öffnen. Die Geschke hat entschieden: Denen werden wir was husten. Gegen diesen Boykott machen wir was.«

Als sie bald darauf vor Jacobys Drogerie stehen, ist sein Schaufenster mit einem weißen Davidstern und einem Galgen beschmiert. Darunter gekleckst mit großen Buchstaben: »Schönen Urlaub in Oranienburg!«

»Oranienburg?«, fragt die Tietz-Verkäuferin.

»Da ham se een KZ einjerichtet«, sagt die Geschke. »Hab ick von meen Kundn jehört.«

Jacoby steht in der Ladentür. Er hat seinen guten schwarzen Anzug angezogen, sein Eisernes Kreuz ans Revers seines Jacketts geheftet und verteilt Flugblätter an alle Vorübergehenden. Stemmer, Judith, die Geschke und die Tietz-Verkäuferin lesen: »An alle Frontkameraden und Deutsche! Unser Kanzler und unser Innenminister haben erklärt: ›Wer einen Frontsoldaten beleidigt, wird mit Zuchthaus bestraft.‹ Ich habe als Grenadier von 1914 bis 1918 an der Somme für das deutsche Vaterland gekämpft und bin dabei schwer verwundet worden. Die neue Regierung hat immer wieder versichert, dass sie die Frontkämpfer des letzten Krieges ehrt. Nun wird durch diese neue Regierung mein Geschäft boykottiert und mir dadurch großer Schaden zugefügt. Ist das die Ehrung der Frontkämpfer?«

Neben Jacoby hält ein SA-Jüngelchen Wache. Er trägt eine Brille, sieht aus wie ein käsiger Studiosus und hält ein Schild hoch: »Anständige Deutsche! Kauft nicht beim Juden!« Er soll verhindern, dass Kunden die Drogerie betreten. Jacoby drückt auch ihm sein Flugblatt in die Hand. Das Milchgesicht schaut auf das Papier und weiß nicht, was er davon halten soll. Er wagt nicht, die Flugschrift in seine Uniformhose zu stopfen, wagt auch nicht, das Blatt in der einen Hand zu halten, während er mit der anderen sein Hetzschild hochhebt. Schließlich gibt er es verlegen Jacoby zurück. Er ist von Jacobys Eisernem Kreuz so beeindruckt, dass er ihn seinen Protest weiter verteilen lässt.

Als die Geschke in die Drogerie will, versperrt ihr das SA-Wachhündchen den Weg. Da hustet sie ihm heftig ins Gesicht.

»Volksjenosse«, sagt sie mit vorgetäuschter heiserer Stimme, »ick bin krank. Ick brooch dringend een Hustnmittel. Wolln Se, dat ick krank bleibe und der Volkswirtschaft schade? Wenn Se mir nich sofort durchlassn, werd ick mir bei Ihrm Einsatzleiter beschwern.«

»Ich weiß gar nicht, worum es hier geht«, entschuldigt er sich stammelnd bei ihr. »Ich bin Student und habe heute zum ersten Mal eine Uniform an.«

Höflich tritt er zur Seite und lässt die Geschke eintreten. Gleich darauf markiert die Tietz-Verkäuferin Leibschmerzen. Sie darf in den Laden. Stemmer und Judith klagen über Verstopfung. Sie bräuchten dringend ein Abführmittel. Auch sie dürfen hinein.

Im Laden schenkt Jacoby ihnen lachend Hustensaft, Lakritze und kandierten Ingwer. Andere Passanten halten draußen schon ihren Einkaufszettel in der Hand, doch als sie den Uniformierten sehen, wenden sie sich ab, tun so, als wollten sie gar nicht zu Jacoby, und gehen weiter.

Anschließend gehen Stemmer und Judith durch die Dankelmannstraße zum Sophie-Charlotte-Platz. Auch hier sind die jüdischen Geschäfte mit Parolen und Davidsternen beschmiert.

Einige Ladenfenster sind eingeschlagen und über das zertrümmerte Glas notdürftig überkreuzte Latten genagelt. Vor jedem Eingang stehen SA-Posten, meistens Jugendliche. Am Sophie-Charlotte-Platz angekommen, sehen sie Lastwagen mit großen Transparenten vorüberfahren: »Kauft nicht bei den Juden!« – »Wer beim Juden kauft, ist ein Volksverräter!« – »Deutsches Volk! Wehre dich! Kauf nicht beim Juden!« Auf den Lkws sind Lautsprecher montiert, aus denen die Parolen dröhnen. Kein Mensch beachtet das Geplärre. Viele Läden schließen schon gegen Mittag. Die großen jüdischen Kaufhäuser wie Israel, Wertheim und Tietz haben erst gar nicht geöffnet.

Die Nazis hofften auf wütende Revolten gegen die jüdischen Geschäfte. Doch außer ein paar kleinen Zwischenfällen bleibt alles ruhig. Eigentlich sollte der Boykott bis zum Montag dauern, mit noch härteren angekündigten Maßnahmen, er wird aber wegen des Misserfolgs schon am Samstagabend abgebrochen. Die Anschläge an den Litfaßsäulen werden überklebt. Der Boykott war ein Versuchsballon, um zu sehen, wie die Bürger reagieren. Sie reagieren kaum. Der Boykott ist eine Pleite für die Nazis.

Am Nachmittag schrubben Jacoby, Stemmer, Judith und die Geschke die Schmierereien mit Farblöser aus der Drogerie von Jacobys Fenster. Teils müssen sie die Farbe mit den Fingernägeln vom Glas kratzen.

Am Montag triumphieren der »Völkische Beobachter« und der »Stürmer«: »Boykott Riesenerfolg! Ganz Berlin kaufte nicht bei den Juden! Es geht vorwärts!«

»Die werden sich jetzt was anderes ausdenken«, befürchtet Judith.

Für die »AZ« tippt Stemmer gerade seinen Bericht über den Judenboykott. Da klemmt die Spule mit dem Farbband. Immer wieder versucht er, sie in Gang zu bringen. Vergebens. Ein kleines Metallteil hat sich gelöst und ist in das Gestänge gefallen. Noch vor seiner Abreise hat er zwei neue Farbbänder gekauft, die in Zellophanhüllen verpackt in seinem Koffer liegen. Den Mechanismus zum Transport des Farbbandes kann er jedoch nicht reparieren. Nichts zu machen, er muss seinen Bericht auf Lechners Maschine tippen. Als er die Adler aus dem Holzkästchen hebt, findet er unter der Schreibmaschine auf der Filzunterlage einen Zettel mit Lechners Handschrift. Es ist eine der herausgerissenen Seiten aus seinem Tagebuch. Stemmer liest: »Will in die Gegend um Wünsdorf fahren. Dort den geheimen Ausbau des neuen Panzerverbandes auskundschaften. Soll verboten sein, das Gebiet zu betreten. Will trotzdem hin. Muss aufpassen.«

Er holt Lechners Tagebuch hervor, schlägt den letzten Eintrag vom 12. Januar auf und hält die herausgerissene Seite daneben. Die Papierzacken passen genau zusammen. Warum hat Ludwig diese Seite herausgetrennt und unter seine Schreibmaschine gelegt?

Wünsdorf und der Ausbau eines neuen Panzerverbandes, das war also die »dicke Sache«, der Lechner auf der Spur war.

Stemmer muss nach Wünsdorf. Er verschiebt seinen Artikel über den Boykott auf morgen, sieht auf einer Karte nach, wo dieses Wünsdorf liegt, und entdeckt es südlich von Berlin.

»Fahr da nicht hin«, bittet ihn Judith. »Lechner hat doch geschrieben, dass es verboten ist, das Gebiet zu betreten.«

»Ich pass auf mich auf.«

»Dein Lechner hat auch auf sich aufgepasst. Seitdem ist er weg.«

»Vielleicht finde ich ihn dort. Oder irgendwas von ihm.«

»Versprich mir, dass du da nicht hingehst.«

Trotz Judiths flehentlicher Bitte macht er sich noch am selben Tag auf den Weg zu diesem verbotenen Ort. Mit seinem DKW fährt er auf der 96 immer weiter nach Süden. In der Umgebung von Wünsdorf kommt er an Hinweisschildern vorbei: »Zu den Kasernen«, »Zu den Schießständen«. Am Waldrand sieht er Warnschilder: »Militärisches Sperrgebiet! Betreten verboten! Es wird scharf geschossen! Der Standortkommandant«.

Er pfeift auf die Warnung, parkt seinen Wagen in einer Straßenausbuchtung und geht in den Wald hinein, sucht eine Stelle, von wo aus Lechner den Ausbau des neuen Panzerverbandes beobachtet haben könnte. Auf einer kleinen Anhöhe sucht er das Gelände ab, kann aber nichts ausspähen. Er geht weiter durch den Wald, um einen neuen Aussichtsposten zu finden, streift durch das Gebüsch. Da sieht er aus einem Gestrüpp Beine herausragen. An den Füßen schwarze Lackschuhe. Er tritt näher und schiebt die Zweige beiseite. Süßlicher Verwesungsgestank und ein Schwarm Fliegen wehen ihm entgegen. Ekel schüttelt ihn.

Vor ihm liegt ein toter Mann. Gekleidet in einen verdreckten dunklen Anzug. Dem Anschein nach ein teurer Anzug. Das weißliche Gesicht des Toten bewegt sich. Es ist von wimmelnden Maden bedeckt. Sie kriechen im halb geöffneten Mund herum, kriechen in den Ohrmuscheln und auf den geöffneten Augen. Entsetzen packt ihn, es würgt ihn in der Kehle.

Ist das sein Lechner? Mit Ulrikes Geld konnte er sich einen so teuren Anzug und solche Lackschuhe leisten. Er muss hier gewesen sein, in diesem Sperrgebiet, das man nicht betreten darf. »Es wird scharf geschossen!« stand auf dem Warnschild. Er hat sich nicht darum gekümmert und ist trotzdem eingedrungen. Auch Stemmer hat auf die Warnung gepfiffen und befindet sich jetzt in diesem gefährlichen Terrain.

Er muss das Gesicht des Mannes sehen. Mit einem Stock wischt er die Madenschicht beiseite. Ein zerfressenes Antlitz kommt zum Vorschein. Die Ohren, die Nase, die Lippen sind nur noch teilweise vorhanden. Tierfraß, vermutet Stemmer. Füchse, Rehe, Wildschweine haben an seinem Gesicht gefressen. Sicher liegt die Leiche schon lange hier. Lechner ist seit fast drei Monaten verschwunden. Er kann nicht erkennen, ob das wirklich Lechner ist. Kann sein oder auch nicht. In dem zerstörten Gesicht sucht Stemmer nach irgendeinem Merkmal, an dem er Lechner erkennen kann. Unmöglich. Immer wieder schieben sich Maden und Würmer über das zernagte Gesicht. In der Stirn des Toten klafft eine große Schusswunde. Auch darin wühlt dieses ekelige Gekrabbel herum. Die Hände, die aus den Anzugärmeln herausragen, sind zerfressen und bedeckt von weißlichem wimmelnden Gewürm. Als er die in Verwesung übergehende Leiche so vor sich liegen sieht, kommen Stemmer Zweifel, ob das wirklich Lechner ist. Er hat ihn etwas größer in Erinnerung. Er kann sich auch täuschen. Woran könnte er sehen, ob es Lechner ist?

Vorsichtig dreht er mit dem Stock und den Füßen den Leichnam um. Am Hinterkopf sind Teile des Schädels zersplittert. Auch in dieser Öffnung wimmeln Maden und Würmer. Der Rücken des Anzuges ist schwarz durchtränkt. Getrocknetes Blut. Der Stoff an zwei Stellen zerfetzt. Ein Schuss in den Hinterkopf und zwei Schüsse in den Rücken. Wieder hat Stemmer das Warnschild vor Augen: »Es wird scharf geschossen!«

Um zu erfahren, ob das wirklich Lechner ist, müsste er den Fund des Toten melden. Seine Identität würde dann die Polizei ermitteln. Doch bei einer Meldung bei der Polizei müsste er zugeben, dass er in das militärische Sperrgebiet eingedrungen ist. Das könnte schlimme Folgen für ihn haben. Man würde ihn als akkreditierten Auslandskorrespondenten vielleicht der Spionage verdächtigen, ihn festnehmen, verhören und abschieben nach Wien. Nicht auszudenken.

Mit zitternden Knien verlässt er den Ort. Nach ein paar Schritten dreht er sich noch einmal um. Liegt da sein Lechner? Wie kann er das erfahren? Sicher wird die Leiche in ein paar Tagen entdeckt werden, und die Prozedur nimmt ihren Gang. Dann wird davon etwas in der Zeitung stehen. Vorerst aber muss er stillhalten. So schwer es ihm auch fällt. Es kann auch ein ganz anderer Toter sein, redet er sich ein. Immer wieder werden Leichen in Wäldern gefunden.

Als er durch den Wald zu seinem Wagen zurückgeht, schaut

er sich um, ob ihn jemand beobachtet. Bei jedem Knacken im Gebüsch bleibt er erstarrt stehen, wartet darauf, dass jemand hervorspringt und ihn festnimmt. Er lauscht, ob er Schritte hört, ob ihm jemand zuruft: »Stehen bleiben!« Jeden Moment kann ihm jemand in den Hinterkopf und in den Rücken schießen. Nichts. Er staunt, dass er lebend die Einbuchtung erreicht, in der sein Wagen steht.

Bei seiner Rückkehr erzählt er Judith nichts von seinem Leichenfund, ist aber den ganzen Abend zerstreut, fahrig und nervös.

»Hast du den Panzerverband entdeckt?«, fragt sie.

Stemmer schüttelt den Kopf.

»Was dann?«, bohrt sie.

»Nichts, nichts«, wehrt er unwillig ab.

Sie fühlt, dass mit ihm etwas nicht stimmt.

»Da ist doch was.«

Er kann sie nicht länger täuschen und gesteht, was er entdeckt hat.

»Das könnte Lechner sein«, folgert sie. »Er ging in das Sperrgebiet. Man hat ihn erschossen.« Mit weit aufgerissenen Augen sieht sie ihn an. Das Moosgrün ihrer Augen lodert. »Und du warst auch dort! Du könntest jetzt tot sein!«

Judith ist wütend wegen seines Starrsinns, seiner wahnwitzigen Sucherei.

»Ich kann mich erst wieder beruhigen, wenn ich was schlucke«, entscheidet sie, steht auf, holt aus dem Schränkchen ihre Flasche Persiko, den hochprozentigen Likör. »Den gibt es nur zu besonderen Anlässen. Und jetzt ist so einer, weil du noch lebst.«

Nach dem dritten Glas wird beiden ganz schummrig.

»Du schläfst heute Nacht wieder bei mir«, säuselt Judith. »Ich kann unmöglich allein schlafen. Ich muss dich neben mir spüren. Damit ich weiß, dass du noch lebst.«

Nach dem vierten Glas nimmt sie ihn an der Hand und führt ihn in ihr Schlafzimmer. Bald liegen sie wieder dicht aneinandergeschmiegt. Er spürt ihren glühenden Körper, über sein Gesicht weht ihr warmer, duftender Atem. Auch er ist glücklich, dass er noch lebt. Doch immer sieht er die Leiche und diese weißen wimmelnden Maden. Er zuckt zusammen, will die Bilder verscheuchen. Judith presst ihren Körper noch fester an ihn.

»Ruhig«, haucht sie. »Ganz ruhig. Ich bin bei dir.«

Wenige Tage darauf liest Stemmer in der »Vossischen Zeitung«, dass in dem Waldstück, in dem er spioniert hat, eine Leiche gefunden wurde. In dem Artikel heißt es: »In einem Wald bei Wünsdorf fanden Forstarbeiter die stark verweste Leiche eines gut gekleideten Mannes. Durch ein Etikett in seinem Anzug konnte der Schneidermeister ermittelt werden, der aussagte, er habe den Anzug des Toten für den bekannten Hellseher Erik Jan Hanussen maßgeschneidert. Zudem fand man Manschettenknöpfe mit den Insignien EJH bei der Leiche. Damit ist eindeutig festgestellt, dass es sich um Hanussen, den berühmten Hellseher von Berlin, handelt. Der Leichnam wies mehrere Schussverletzungen auf, die ihm von fremder Hand beigebracht wurden. Er hatte über zwei Wochen im Wald gelegen, war von Wildfraß angefressen und verwest.«

Mehrmals liest er diese Notiz in der »Vossischen«. Verwirrt hält er das Blatt in der Hand. Er ist erleichtert, dass der Tote doch nicht Lechner ist, und zugleich erschrocken, weil Hanussen tatsächlich erschossen wurde. Das war nach Freis Artikel zu erwarten. Und doch entsetzt ihn sein unrühmliches Ende. Berlins gefeierter Hellseherstar im Wald bei Wünsdorf abgeknallt und liegen gelassen. Und er hatte seine Leiche zuerst gefunden. Ein Glück, dass er den Toten nicht bei der Polizei gemeldet hat. Wer weiß, in welchen Schlamassel er da hineingezogen worden wäre.

Von überall her springen Stemmer nun die fetten Schlagzeilen der Zeitungen an: »Hanussen erschossen!« – »Der mysteriöse Mord an Hanussen!« – »Wer erschoss Hanussen?« – »Konnte der Hellseher seinen Tod nicht hellsehen?«

Hanussen musste kurz nach der Veröffentlichung von Freis Enthüllungsartikel abgeknallt worden sein und lag dann über zwei Wochen in dem Waldstück. Frei hat ihn sozusagen durch seinen Artikel erschießen lassen.

Sofort ruft Stemmer Gruber an: Hanussen von der SA erschossen! Hanussen, der große Sohn der Stadt Wien! Für Wien besonders interessant. Prompt erteilt Gruber ihm einen neuen Auftrag. Er soll über diesen Fall recherchieren und für die »AZ« eine Artikelserie schreiben. Über Lechner weiß er immer noch nichts. Jetzt soll Hanussen dran sein. Schon in der nächsten Samstagsausgabe am 15. April wird die Serie mit dem Titel »Der sonderbare Tod des Hellsehers Erik Jan Hanussen« angekündigt werden. Der erste Teil soll eine Woche darauf erscheinen, dann in wöchentlicher Folge die Fortsetzungen.

»Liefern Sie, Stemmer«, sagt Gruber und legt auf.

Eine Artikelserie über den Halunken Hanussen! Das hat ihm gerade noch gefehlt. Dazu braucht er Material über ihn. Nicht das, was ihm Frei erzählt hat. Das ist zu feindselig, zu hasserfüllt. Da bekommt seine »AZ« nur böse Leserbriefe. Er braucht seriöses Material. Über seine Bühnenauftritte hat er schon nach Wien berichtet. Für die Serie braucht er Fakten über seine Person, über sein Leben. Vor allem über seine Ermordung.

Er muss zu seiner Beerdigung. Muss wissen, wann und wo sie stattfindet. Er hat Scheu, in Hanussens Büro am Kurfürstendamm zu gehen, um dort nach dem Tag der Beisetzung zu fragen. Sicher werden sie dort von Hunderten Journalisten bestürmt und geben keine Auskunft. Vielleicht wünschen die Hinterbliebenen kein großes öffentliches Aufsehen, nur eine Bestattung im engsten privaten Kreis. Wen könnte er sonst fragen? Frei ist nach Prag geflohen, Franke ist nach dem Verbot seiner »Roten Fahne« und der Besetzung des »Karl-Liebknecht-Hauses« unauffindbar. Bleibt noch Gennat mit seiner gigantischen Kartei, in der nun auch Hanussen aufgeführt ist. Stemmer ruft ihn an.

»Der Herr Kriminalpolizeirat ist zurzeit nicht erreichbar«, sagt man ihm. Wahrscheinlich wieder an einem Tatort zur Spurensicherung. Da fällt ihm Hanfstaengl ein. Vielleicht weiß er etwas.

»Schön, dass Sie sich mal melden«, begrüßt Hanfstaengl ihn erfreut. »Ist bei Ihnen alles in Ordnung?«

»Alles in Ordnung«, sagt Stemmer und erklärt ihm, worum es geht.

»Ich werde überschüttet mit Anfragen Ihrer ausländischen

Kollegen. Jeder will zu der Beerdigung. Ich hab sie alle abweisen müssen. Die Hinterbliebenen wollen ein Begräbnis nur im engsten Kreis.«

Stemmer ist enttäuscht.

»Ist da gar nichts zu machen? Ich muss für meine ›AZ‹ eine Serie über ihn schreiben und brauche Material.«

Hanfstaengl schweigt. Stemmer hört nur sein Schnaufen am anderen Ende der Leitung.

»Also gut«, sagt Hanfstaengl schließlich. »Ich mach bei Ihnen eine Ausnahme. Aber nur bei Ihnen. Ich schick Ihnen eine Erlaubnis, damit Sie auf den Friedhof können. Südwestfriedhof in Stahnsdorf. Noch diese Woche. Am vierzehnten, Karfreitag. Um vierzehn Uhr. Aber nicht weitersagen. Ist streng vertraulich.«

»Ist das ein jüdischer Friedhof?«

»Gar nicht.«

»Warum kann dann der Jude Hanussen da beerdigt werden?«

»Er hat sich vor Kurzem evangelisch taufen lassen, der Schlawiner. Hat wohl Angst bekommen als Jude. Bäumchen, wechsle dich. Zu spät. Hat ihm nix mehr genutzt.«

Sein letzter Trick hat nicht funktioniert. Hanussen dachte anscheinend, sicher ist sicher. Von wegen. Die letzte Täuschung war vergebens. Pech gehabt, der Trickser.

So oder so ist das Leben

Als Stemmer am Karfreitag beim Südwestfriedhof in Stahnsdorf eintrifft, reißt der Himmel etwas auf, und die Sonne kommt heraus. Flockige Wolken bilden ein Gekröse, das der Wind hoch oben schnell dahintreibt. Vor dem Eingangstor drängen sich Verehrer, Bewunderer, Anbeter des toten Hanussen. Vor allem aber Reporter, Pressefotografen mit wuchtigen Apparaten und Kameramänner für die Wochenschau. Von irgendwem haben sie erfahren, dass der große Meister jetzt hier bestattet wird. Die Polizei verwehrt ihnen den Zutritt und lässt nur die engsten Familienangehörigen und Mitarbeiter durch.

Auch Stemmer weisen die Polizisten ab. Als er ihnen Hanfstaengls Sondererlaubnis vorzeigt, rümpfen sie die Nase. Zusätzlich fordern sie seinen Presseausweis und seinen österreichischen Pass, die sie skeptisch hin- und herdrehen. Schließlich weisen sie ihn an: »Keine Fotos.« Er zeigt, dass er keine Kamera bei sich hat. Widerwillig lassen sie ihn endlich passieren. Empört protestieren die Presseleute und Kameramänner, dass er durchgelassen wird, sie aber nicht.

Der Friedhof ist eine einzige Wildnis. Stemmer geht zwischen morschen Stämmen und herabgebrochenen Ästen durch eine Art Urwald aus altersschwachen Bäumen. Zentimeterhohes Laub vom vergangenen Jahr liegt auf den kaum erkennbaren schmalen Pfaden. Zu beiden Seiten hohes Farnkraut. Was für ein Unterschied zum penibel gepflegten Invalidenfriedhof, wo Maikowski pomphaft beigesetzt wurde, mit seinem sauber gekämmten Rasen und von Unkraut befreiten Wegen. Hier nur Dickicht und Gestrüpp. Zwischen dem Gehölz sieht er kleine Tempel, Mausoleen, griechische Säulen mit Giebeln, mächtige Aufbauten, gotische Spitzbogen. Er sieht in Stein gehauene trauernde Frauen mit wallenden Gewändern, klagende Jünglinge in Marmor, große tröstende Engel. Er kommt an den Gräbern des Komponisten Humperdinck, des Filmregisseurs Murnau, des Architekten Gropius, der Maler Corinth und Zille vorbei.

Und an den bombastischen Familiengrabstätten der Siemens und Langenscheidt. Die meisten Gräber sind von Efeu, Kletterkraut und Moos überwuchert. Er findet es schön, wie sich die Natur ihr Terrain zurückerobert. Wie sie sich ausbreitet und sich über alles gelebte Leben deckt. Ruhe nicht nur in Frieden, sondern auch in der Natur. Die Natur hat das letzte Wort.

Aus der Entfernung sieht er eine kleine Gruppe an einer offenen Grube stehen. Unter den etwa zehn Trauernden die blonde Assistentin, die er zweimal auf der Bühne erlebt hat, der Sekretär, der Hanussen bei seiner Einweihung des »Palastes des Okkultismus« assistierte, der Garderobier François und Hanussens Sekretärin, die ihn für sein Interview empfing. Alle stehen stumm neben der Grabstelle, alle in Schwarz. Es hilft nichts, er muss ihnen sein Beileid ausdrücken und reicht ihnen und den anderen Anwesenden mit verkniffenen Lippen die Hand. Sein Beileid bekundet er auch gegenüber einer Frau, die sich als Elfriede Rühle vorstellt, und einem schmächtigen Kerlchen in abgetragenen Kleidern. Seine graue Jacke ist viel zu weit und seine Hose zu kurz. Er ist unrasiert, die zerzausten Haare ragen wie ein Krautbüschel auf seinem knochigen Kopf empor. Stemmer schätzt ihn auf vierzig.

»Bin David. Der Bruder von Hanussen«, sagt er auf Wienerisch. Stemmer wusste nicht, dass Hanussen einen Bruder in Berlin hatte. Bei David kommt ihm die Geschichte David und Goliath in den Sinn. Wieder so eine biblische Story. Zuerst Judith und nun David. Er tötete seinen riesenhaften Feind mit einer Steinschleuder.

Der Pfarrer spricht ein paar nichtssagende Sätze. Stemmer hat noch die feurige, pathetische Rede von Goebbels an Maikowskis Grab im Ohr. Jetzt nur die banalen und pflichtgemäßen Floskeln des Pfarrers. Sonst spricht niemand. Dann wird der Sarg von den vier Trägern an Seilen in die Grube hinabgelassen.

Sicher hat er etwas über Lechner gewusst, denkt Stemmer verdrossen. Das nimmt er jetzt mit ins Grab.

Jeder wirft ihm ein Schäuflein Erde nach. Dumpf klingt die Erde, wenn sie unten auf den Sarg prasselt. Die blonde Assistentin gedenkt Hanussen mit einer langstieligen weißen Lilie,

Elfriede Rühle lässt rote Rosen hinabgleiten, die Männer werfen Tulpen ins Grab.

So eine schäbige Beerdigung für den berühmten Hellseher. Im Gegensatz zu Maikowskis pompöser Grablegung erster Klasse. Für ihn gab es erst den grandiosen Trauergottesdienst mit Hitler, der gesamten Politikprominenz, allen SA-Führern und den beiden Gruppenführern Helldorff und Ernst im Berliner Dom. Dann auf dem Invalidenfriedhof in der Mitte Berlins die Beisetzung mit Fahnen und Standarten, mit Trommelwirbeln und dem Horst-Wessel-Lied am Ende. Eine prunkvolle Veranstaltung für einen mehrfachen Mörder. Bald wird man nach Maikowski Straßen, Plätze, U- und S-Bahnhöfe und SA-Bauten benennen. Jetzt nur dieses mickrige Begräbnis auf einem Friedhof am Berliner Stadtrand. Nach Hanussen wird man keine Straße, keinen Platz, kein Theater benennen. Nichts wird man umschildern, auch nicht den »Wintergarten« und nicht die »Scala«. Die Erinnerung an ihn soll gelöscht werden. Sein Grab und sein Gedenkstein werden nach und nach von Dickicht, Gestrüpp und Buschwerk überwuchert werden. Die Natur wird seine letzte Ruhestätte im Laufe der Jahre zudecken, und Hanussen wird aus dem allgemeinen Bewusstsein verschwinden. Als hätte es ihn nie gegeben.

Keiner will unnötig lang am Grab bleiben, schnell eilt die Trauergesellschaft vom Friedhof in die gegenüberliegende Gastwirtschaft Zur Auferstehung. Na danke, bloß keine Auferstehung für ihn, denkt Stemmer. Hoffentlich sorgt ein schwerer Grabstein dafür, dass er nicht mehr herauskommt. Hastig machen die immer noch vor dem Eingang ausharrenden Fotoreporter und Kameramänner Aufnahmen und rennen hinter den mehr oder weniger Trauernden her. An der Gasthaustür versperrt ihnen die Wirtin den Weg. Stemmer kann mit den anderen hindurchschlüpfen.

Für die kleine Gesellschaft hat man zwei aneinandergereihte Tische reserviert, fein gedeckt und mit einem großen Strauß gelber Chrysanthemen geschmückt. Nachdem alle ihre dunklen Mäntel und Hüte abgelegt und Platz genommen haben, stellt sich Stemmer als Berlin-Korrespondent seiner Wiener Zeitung vor, für die er einen großen Artikel über das Leben und Wirken des berühmten Hellsehers schreiben soll. Dabei betont er die Wiener Herkunft Hanussens und dass dessen Ableben in seiner Heimatstadt besonderes Interesse findet. Alle nicken stumm, der Garderobier François bittet Stemmer, sich neben ihn zu setzen, die Kellnerin nimmt die Bestellungen auf. Die meisten wünschen erst mal Bier, Kaffee und eine Suppe. Später dann Schnitzel, Kalbsbraten, Kartoffelsalat und Nachtisch. Es wird aufgetragen, der Leichenschmaus beginnt. Ein Gastmahl ohne Gastgeber. Die Hinterbliebenen trinken, löffeln, schnipseln, gabeln und verzehren als Nachtisch den Pudding.

Nach der Gedenkspeisung erzählt François bei Kaffee und Kuchen, was am 23. März nach der Nachmittagsvorstellung geschah.

Wie üblich war auch bei dieser Vorstellung der Saal der »Scala« mit seinen dreitausend Sitzplätzen ausverkauft. Nach dem Schlussapplaus kam Hanussen in die Garderobe. François half ihm aus seinem verschwitzten Frack und nassen Hemd. Dann duschte sich Hanussen wie üblich. In der Dusche hatte François alles bereitgelegt. Frisches Handtuch, frische Unterwäsche und Bademantel. Als Hanussen aus der Dusche trat, machte François ihn auf den Briefumschlag aufmerksam, den ein Bote gebracht hatte. Ein Kuvert mit einem Wappen, geprägt mit erhabenem Profil. Hanussen öffnete ihn. Auf hellgelbem Büttenpapier stand mit einem Silberstift geschrieben: »Als glühende Nationalsozialistin wäre es mir eine große Ehre, Sie, den großen Meister, endlich persönlich kennenzulernen. Bitte haben Sie die Güte, mir einen baldigen Termin für eine Zusammenkunft zu gewähren. Mit besten Empfehlungen – Brigitte Gräfin von Heydebreck.«

Hanussen wusste, wer diese Gräfin war. Unter dem Pseudonym Lydia von Hohenbrinck schreibt sie Schicksalsromane, die in NS-Kreisen kursieren.

Bei Stemmer klingelt es. Jetzt weiß er, warum dieser SA-Mensch ihn wiederholt drängte, das Elaborat dieser Gräfin zu lesen. Anscheinend kennt er sie ebenfalls.

Am nächsten Tag, so berichtet François weiter, wollte Hanussen mit ihr Kontakt aufnehmen. Kurz darauf schellte sein weißes Telefon. François nahm wie immer ab. Es war die Direktionssekretärin. Wenn der Meister bereit sei, solle er zum Direktor kommen. Hanussen wusste, dass es um die Verlängerung seines Vertrages ging, mit einer noch höheren Gage. In dem Moment klopfte es an der Tür. François öffnete, drei Männer in grauen Anzügen standen vor ihm. Er hatte sie noch nie gesehen.

»Können wir Herrn Hanussen sprechen?«

Sie konnten und traten in die Garderobe.

»Sie wünschen?«, fragte Hanussen.

»Wir bitten Sie zu einer kleinen Anhörung«, sagte einer von ihnen.

»Worüber? Warum?«

»Bitte kleiden Sie sich an und kommen Sie mit.«

»Ich muss zum Direktor«, wandte Hanussen ein.

»Sie sind in einer Stunde wieder zurück«, versicherten sie ihm. Sie waren erstaunlich höflich. Hanussen erhob sich und stand nur mit schwarzen Socken, seiner Unterhose, seinem Unterhemd und dem Bademantel bekleidet vor den Männern, die keine Anstalten machten, draußen zu warten. Verstört reichte François ihm die Hose seines dunkelgrauen Burton-Maßanzuges aus englischer Schurwolle mit den hauchfeinen Nadelstreifen und sein duftendes weißes Hemd, das François während der Vorstellung gebügelt hatte. Hanussen zog beides an, legte seine Manschettenknöpfe aus Perlmutt mit den goldenen Initialen EJH an und schlüpfte in seine schwarzen Lackschuhe. Sorgfältig band er seine goldfarbene, weiß gepunktete Crocket-Krawatte mit der silbernen Nadel, schob seine goldene Armbanduhr mit dem Diamanten, dem königsblauen Ziffernblatt und der Mondphasenanzeige über das Handgelenk und steckte seinen großen Brillantring an den Finger. Die Männer warteten geduldig. François half ihm in seine Weste, sein Burton-Jackett und seinen grauen Tweedmantel und reichte ihm den weißen Seidenschal.

»Sie sind gleich wieder zurück«, sagte einer der Männer.

Nun gut, nur zu einer Anhörung, glaubte François. Er hatte zwar wie sein Maestro am Tag zuvor Freis Artikel über den

»Juden Hanussen« gelesen. Doch Hanussen hatte sich ja vor Kurzem christlich taufen lassen. Da konnte nichts passieren. Zur Abendvorstellung würde er pünktlich zurück sein. Sicher würde sich die ganze Geschichte als ein Irrtum herausstellen, würde sich alles in Luft auflösen.

»Also dann bis gleich«, sagte Hanussen zum Abschied zu François. Dann verließ er mit den drei Männern die Garderobe.

Ein Mann mittleren Alters, der neben Stemmer und François am Tisch sitzt, mischt sich in das Gespräch ein. Er stellt sich vor als SA-Sturmbannführer Leo Bunske, seit drei Jahren Hanussens treuer Chauffeur, und berichtet, was danach geschah. Wie immer wartete er nach der Vorstellung mit Hanussens rotem Bugatti vor dem Bühnenausgang auf seinen Herrn. Er stand an den Sechszylinder gelehnt und rauchte ein Zigarillo. Als SA-Sturmbannführer und Hanussens Chauffeur musste Bunske in seiner Uniform immer schnieke auftreten. Geschniegelt und gestriegelt. Stets musste sein Haarschnitt ordentlich sein und musste er sauber rasiert erscheinen. Seine SA-Uniform musste exakt gebügelt sein, mit korrektem Kniff an der Hose vorn und hinten. Und zur Begrüßung seines Chefs musste er stets seine Mütze abnehmen.

Da kam sein Chef heraus, mit ihm drei Männer in grauen Anzügen, die er nicht kannte. Wieder mal so 'ne Verehrerdelegation, dachte Bunske. Er warf sein brennendes Zigarillo auf den Asphalt, straffte seine Uniform, nahm seine Mütze ab und wollte den Schlag zum Einsteigen öffnen.

»Der Herr fährt mit uns«, sagte einer der Männer.

»Nur kurz eine kleine Anhörung, Bunske«, beruhigte Hanussen seinen Chauffeur, der verdattert dastand. »Ich komm danach ins Büro.«

Die Männer führten den Chef zu einem schwarzen Wagen, der hinter Hanussens Bugatti parkte, ließen ihn höflich einsteigen und fuhren mit ihm davon.

François erzählt weiter. In der Garderobe wartete er eine Stunde, zwei Stunden, doch sein Maestro kehrte nicht zurück. Eine lange Anhörung, dachte François. Zur Abendvorstellung wird er dennoch pünktlich zurück sein. Als er alles für den

Abend vorbereitete, rief ihn die Assistentin an. Sie war sehr aufgeregt und fragte ihn, wo Hanussen bleibe. Er berichtete ihr, dass er zu einer kleinen Anhörung abgeholt worden sei und pünktlich zur Abendvorstellung zurück sein werde. Deprimiert hockte er danach in einer Ecke auf seinem Schemel und konnte es nicht fassen, dass sein Maestro immer noch nicht zurückgekehrt war. Er, der immer so überpünktlich vor seinen Auftritten eintraf. Es wurde Viertel nach neun, es wurde halb zehn, immer noch kein Hanussen. Seine Assistentin kam herein, völlig aufgelöst. Sie hatte schon ihr Bühnenkostüm angelegt und war fertig für den Auftritt.

»Wo ist Erik?«, fragte sie verstört.

Nach der großen Pause blieb der Vorhang geschlossen. Durch den Bühnenlautsprecher hörten sie, wie die Zuschauer unruhig wurden. Sie hörten, wie der Conférencier dem Publikum bedauernd mitteilte, dass der programmgemäße Auftritt des großen Hellsehers Hanussen leider abgesagt werden müsse. Hanussen habe wegen körperlicher Überanstrengung einen Nervenzusammenbruch erlitten und sei zur Wiederherstellung seiner Gesundheit in ein Krankenhaus gebracht worden. Er hoffe sehr, den geliebten und hochgeschätzten Meister recht bald wieder auf dieser Bühne begrüßen zu können. Er durfte dem Publikum nicht mitteilen, dass Hanussen zu einer Anhörung abgeholt worden war. Das durfte auf keinen Fall bekannt werden. Was würde das für ein Getratsche geben! Spekulationen würden sich wie ein Lauffeuer durch die Stadt verbreiten. Das musste verhindert werden.

François glaubte immer noch, dass der Maestro später oder morgen zurückkehren werde. Dann würde es weitergehen mit seinen Séancen. Doch es ging nicht weiter. Zum Schluss sagt François: »Diese Nachmittagsvorstellung war sein letzter Auftritt. Sein letzter Vorhang.«

Nun setzen sich auch Hanussens abgerissener Bruder David, Hanussens junger Impresario und Assistent Dzino, dem er am Grab die Hand reichte, und die Frau, die sich als Elfriede Rühle vorgestellt hat, zu Stemmer. Ebenso die blonde Assistentin. In ihrem engen schwarzen Kleid sieht sie besonders attraktiv aus.

Nur die ältere Sekretärin Gertrud Belling, wieder mit ihrem Haarknoten am Hinterkopf wie schon bei Stemmers Empfang zum Interview, Hanussens Privatsekretärin Gottlieb und der alte Bürodiener, genannt »Wiesel«, bleiben abseits sitzen und unterhalten sich.

Dzino, David, die Rühle und die Assistentin schlagen Stemmer vor, sie in den nächsten Tagen zu besuchen, wenn er Näheres über Hanussen wissen wolle. David betont, dass er im Scheunenviertel ein Stummfilmkino betreibe, sein »Biograph-Theater«. Stemmer erinnert sich, dass er vor seiner Abreise beim Durchblättern von Lechners Artikeln im Archiv auf seinen Bericht über ein »Biograph-Theater« in Berlin stieß, ihn aber nicht weiter beachtete. Nun sitzt der Kinobesitzer vor ihm. Diesen Kintopp muss er sich ansehen und notiert sich Davids Adresse im Scheunenviertel.

Auch Elfriede Rühle nennt ihm ihre Telefonnummer. Sie ist blond, trägt einen kurz geschnittenen Bubikopf und hat ein rundes, freundliches Gesicht. Sie war die dritte Ehefrau von Hanussen.

»Und die erste Ehefrau?«, fragt Stemmer.

»Die Herta Samter ist in Wien«, sagt Elfriede Rühle.

»Und die zweite?«

»Die Theresia Luksch wohnt in Meran.«

Die hübsche Assistentin macht sich an Stemmer ran. Ihre kobaltblauen Augen funkeln.

»Sie kommen von der Zeitung?«

Stemmer wittert, dass sie durch einen Artikel von ihm Aufsehen erregen will. Sie reicht ihm ihre Visitenkarte: »Virginia. Tänzerin und Sängerin im ›Haus Vaterland‹.«

»Virginia?«

Nach Jungfrau sieht sie nicht gerade aus. Ihm ist klar, Virginia ist nicht ihr wirklicher Name. Alle Frauen in Etablissements wie dem »Haus Vaterland« geben sich Phantasienamen.

»Künstlername.« Sie lächelt verführerisch. »Neuer Arbeitgeber, neues Glück.«

Auf der Rückseite der Visitenkarte notiert sie ihre Privatnummer und den Namen Hennig. Anscheinend ihr wirklicher

Name. Oder der ihres Mannes. Vielleicht ist sie verheiratet. Oder der ihrer Freundin, bei der sie wohnt. Vielleicht ist sie lesbisch. Normal in ihrem Milieu.

»Kommen Sie zuerst zu mir ins ›Vaterland‹«, betont sie.

Stemmer war noch nie im »Haus Vaterland«. Er ist gespannt auf diesen Amüsiertempel und darauf, von ihr mehr über Hanussen und sie zu hören. Zuerst aber will er ins Scheunenviertel, zu David und seinem Stummfilm-Kintopp »Biograph-Theater«.

Irgendwo auf der Welt gibt's ein kleines bisschen Glück

Schon in der Neuen Schönhauser Straße mit ihren verwahrlosten Häusern lässt Stemmer seinen Wagen stehen. Von den Fassaden ist der Verputz abgefallen, und die blanken Ziegel treten hervor. Er biegt in die Münzstraße ein. Auch hier verfallene, heruntergekommene Häuser. Große dreistöckige Bauten, daneben niedrige Häuschen mit Dachluken, elende Holzbuden, bei denen man sich nicht vorstellen kann, dass darin Menschen hausen. Das also ist das Scheunenviertel, in dem David wohnt.

Die Straßen sind belebt, überall herrscht quirlige Betriebsamkeit. Auf den Bürgersteigen drängen sich die Menschen. Kinder, barfuß und in zerlumpten Kleidern, schussern mit Murmeln und zeigen ihr Reifenspringen. Bärtige Männer in langen schwarzen Mänteln und mit großen schwarzen Hüten diskutieren heftig und halten dicke Folianten in den Händen. Ein Greis schiebt in einem Kinderwagen einen Sack Kartoffeln vor sich her. Vor den Kellerläden haben beschürzte Matronen Küchentische aufgestellt, auf denen sie Gurken, Eier und Sauerkraut zum Verkauf anbieten. Ein paar Häuser weiter sind enge Käfige mit Hühnern, Kaninchen und Tauben für den Sonntagsbraten übereinandergestapelt, verkaufen Händler auf Karren, unter denen Katzen kauern, Gemüse, Zwiebeln und Kartoffeln. Pferde ziehen klapprige Fuhrwerke über das Kopfsteinpflaster, vollgepackt mit Kisten, Hausrat, Matratzen und Alteisen. Und überall tollen magere Hunde umher. Auf einem Schaufenster steht in weißer Schrift »Leihbibliothek Zeitschriften Schreibwaren«. Darüber das Gleiche in hebräischen Buchstaben. An einer Wand liest Stemmer »Eier Butter Käse Heringe«. Er geht vorbei an Kellerläden mit der Aufschrift »Eisenwaren«, »Bäckerei Koscher«, »Schusterei«, vorbei an Werkstätten von Korbflechtern und Schirmflickern. An Hauseingängen warten alte und junge Prostituierte mit ihren Luden auf Freier.

Vor einer Kaschemme haben sich mehrere Gruppen von Männern versammelt. Sie stehen dicht beisammen. Stemmer sieht sich an, was es dort gibt. Schnell wechseln Anzüge, Jacken, Mäntel, Uhren und Schuhe die Besitzer, und umgekehrt huscht flink das Geld vom einen zum anderen. Schwarzhandel. Sicher stehen irgendwo Bettler und Prostituierte Schmiere und signalisieren, wenn sich Polizei nähert. Daneben ein kleines koscheres Restaurant mit dem Judenstern.

Ein junger Bursche drängt sich an ihn heran, nuschelt etwas.

Stemmer versteht ihn nicht.

»Koks. Kennste nich?«

Jetzt kapiert er: Kokain.

»Billig. Sehr billig.«

Stemmer schüttelt den Kopf und geht weiter. Bald darauf erreicht er an der Ecke Münzstraße Davids Stummfilmkino. In großen Buchstaben prangt über dem Eingang »Biograph-Theater«. Im ersten Stock wirbt eine Pfandleihe um Kunden. Zu beiden Seiten des Kinoeingangs hängen die Schaukästen mit den Programmankündigungen. Er sieht sich das ausgehängte Programm an. »Rummelplatz des Lebens«, »Die lustige Witwe«, »Der Student von Prag« und »Alraune«. Schöne alte Stummfilme aus den Zwanzigern, die Stemmer vor langer Zeit in Wien gesehen hat, begleitet von einem Pianisten an einem alten, etwas verstimmten Klavier. Bei dramatischen Szenen griff er kräftig in die Tasten, bei Liebesszenen strich er nur sanft darüber.

Hinter der gläsernen Flügeltür des Kintopps ist es dunkel, der Zugang am Vormittag noch verschlossen. Die erste Vorführung beginnt am Nachmittag, dann folgen noch drei bis zum späten Abend. Rechts neben dem Schaukasten gibt es eine Holztür, an der Wand das Namensschild »Steinschneider« mit einer Klingel. Es dauert eine Weile, bis David öffnet. Er trägt wieder seine zerschlissene Kleidung mit der zu weiten Jacke und der zu kurzen Hose und blickt ihn mit seinen wässrigen, quirligen Augen an. Er scheint noch schmächtiger zu sein als bei der Beerdigung. Dieser David kann keinen riesenhaften Feind mit einer Steinschleuder töten, ebenso wenig wie Stemmers Judith den Nazis den Kopf abschlagen kann. Stolz zeigt er Stemmer seinen Kinosaal, einen schlauchartigen Raum für etwa hundert Zuschauer. Neben der Leinwand steht in einer Ecke ein altes Klavier mit aufgeschlagenen Noten.

»Das ist mein Leben, das Kino. Viel Moos mach ich nicht damit. Immer Dalles«, bedauert er in einem leicht jiddischen Tonfall. »Die meisten Besucher sind Arbeitslose und herumstreunende Jugendliche. Sie kommen in die erste Vorstellung und bleiben, ohne ein neues Billet zu kaufen, bis zum Ende der letzten Vorführung. Was sollen sie draußen? Hier ist es warm, sie zwitschern sich einen an, Bier und Fusel, und pennen die meiste Zeit. Ich kann sie doch nicht rauswerfen. Sie kommen fast jeden Tag. Der Saal ist zwar halb voll, aber ich hab nix davon. Nebbich.«

Er zeigt auf einen eingerahmten Zeitungsartikel an der grau getünchten Wand. Stemmer tritt näher und sieht Lechners Bericht über das »Biograph-Theater«, den er im Archiv fand.

»Da war mal ein Wiener Journalist«, erklärt David. »Ein Kollege von Ihnen. Der hat über mein Kino geschrieben. Es ist das älteste von Berlin. Ist schon dreißig Jahre alt. Was ganz Besonderes. Er hat mir seine Reportage gebracht. Ich hab sie einrahmen lassen und an die Wand gehängt.«

»Was wissen Sie über diesen Lechner?«, will Stemmer wissen.

»Sonst nix. Er ist öfters zu den Vorstellungen gekommen. Beim letzten Mal hat er gesagt, dass er bald wiederkommen wird, ist aber weggeblieben.«

»Wissen Sie, was aus ihm geworden ist?«

»Keine Ahnung.«

David führt ihn in den Hinterhof und über eine Eisentreppe hinauf zu seinem Vorführraum. »Die alten Projektoren hab ich von meinem Vorgänger übernommen. Draußen hab ich nur die unverdächtigen Filme angekündigt. Will die bissigen Hunde nicht mit Fleisch anlocken. Aber ab und zu zeige ich heimlich, ohne Ankündigung, die brisanten Filme.«

David öffnet einen Blechspind, seinen Giftschrank, und nimmt eine Filmdose heraus.

»›Stadt ohne Juden‹. Vor sechs Jahren gemacht. Noch nicht so lang her. Wie die Juden aus der Stadt geschafft werden. Ein

Film für die Zukunft. Dazu brauchen wir keinen Hellgucker wie meinen Bruder.«

Er zeigt Stemmer die nächste Dose.

»›Das Cabinet des Dr. Caligari‹. Dieser Caligari hypnotisierte seinen Lakaien und befahl ihm, in Trance Menschen zu ermorden. Unterwürfig, ohne eigenen Willen, brachte er sie alle um. Caligari war der Leiter einer Irrenanstalt. Vor zehn Jahren gefilmt. 'ne Geschichte, die das Volk immer noch nicht kapiert hat«, sinniert er.

David geht mit ihm hinunter in die kleine Kochnische mit einem schmalen Fenster zum Hinterhof, tischt Brot, Wurst und Wein auf und zeigt auf das Essen. »Alles nicht koscher. Meine Beile und ich, wir sind keine orthodoxen Juden. Wir scheren uns auch nicht um den Sabbat. Nebbich. Beile, meine Ische, malocht gerade in einem Fleischerladen. Muss doch Geld verdienen. In dem Laden ist heute Hochbetrieb. Ostersamstag. Wir haben im vergangenen Jahr im jüdischen Ritus geheiratet.«

»Warum ist Ihre Frau nicht mitgekommen zum Begräbnis?«

»Sie mochte den Hanussen nicht.«

»Wer genau hat Ihren Bruder erschossen? Kennen Sie Namen?«, fragt Stemmer.

»Weiß nicht. Aber das kann man sich ja denken, nachdem dieser Artikel in der Zeitung erschienen ist, dass er Jude ist.«

Er streicht mit der Hand über seine zottige Frisur, um sie zu glätten. Vergeblich, seine borstigen Haare sträuben sich.

»Also, über meinen Bruder Herschel Chaim wollen Sie etwas wissen«, beginnt David. »Ist nicht einfach bei diesem schlimmen Hallodri. Ich versuch's mal.« Dann erzählt er.

David ist drei Jahre jünger als sein Bruder. Er ist mit ihm und seiner noch jüngeren Schwester Hanna in Ottakring aufgewachsen, einem stinkenden Armenviertel von Wien. Ein Drecksloch. In dem Viertel lebten eine Menge Juden. Doch sie verhielten sich ottakringischer als die Ottakringer selbst, um nicht aufzufallen. Seine Mutter Mirjam handelte mit Kerzen. Sie ist schon gestorben. Ob sein Vater Mosche noch lebt, weiß er nicht. Er hatte sich einer Komödiantentruppe angeschlossen, ist mit ihnen übers Land gezogen und nie wieder zurückgekehrt. Er ließ die Familie im Stich, haute einfach ab, um den Verlockungen des Lebens nachzujagen. Von Leuten hat David gehört, dass er sich als Schmierenkomödiant mit lausigen Tricks durchs Leben schummelte.

Hin und wieder kamen Komödiantentruppen nach Ottakring. Sie schlugen ihr Podium auf und gaukelten den Leuten etwas vor. Auch er und seine kleine Schwester standen unter den Gaffern. Da stieg sein Bruder, er war gerade fünfzehn, auf das Podium, trug Verse vor, die er irgendwo abgeschrieben hatte, sang dazu und schlug auf einer Trommel. Als die Ottakringer klatschten, wurde seinem Bruder klar, dass es zweierlei Menschen gab: Die einen stehen unten, gaffen und zahlen, die anderen stehen oben und werden bezahlt. Er war nun davon überzeugt, dass er zu den Letzteren gehört und ein höher geartetes Wesen sein muss. David und seine Schwester Hanna waren stumm vor Entsetzen und Bewunderung. Mutter Mirjam schlug die Hände über dem Kopf zusammen, beschimpfte Herschel, fürchtete, er könnte seinem Vater nachfolgen. So kam es dann auch. Als wieder eine Komödiantentruppe nach Ottakring kam, Herschel war mittlerweile siebzehn, zog er mit ihr davon. Die Mutter weinte herzzerreißend, er aber wollte raus aus der Armut und dem elenden Ottakring.

Einmal kehrte er für kurze Zeit zurück, zur großen Verwunderung der Familie. Er schien gut verdient zu haben und drückte der Mutter eine Handvoll Münzen in die Hand. Sie konnte den plötzlichen Segen gar nicht fassen. Mit dem Rest seiner Barschaft warf er nur so um sich. Er verteilte ihn an die Nachbarn und lud alle zu üppigen Gelagen ein. Was man in Ottakring unter »üppig« verstand. Gebratene Heringe, Pferdesteaks, Krautsalat, Bier. Er liebte die große Geste des Geldausgebens und kümmerte sich nicht um den morgigen Tag. So reich wollten David und sein Schwesterchen auch mal werden. Ihr Herschel schien aus einer anderen Welt zu kommen, unerreichbar für sie.

Herschel erzählte David, wie er das Geld verdient hatte. Durch Feuerblasen mit Spiritus und Jonglieren mit brennenden Fackeln. Doch vor allem durch alle möglichen Tricks und Bluffs, auf die das Publikum hereinfiel. David fand das nicht in Ordnung, doch Herschel sagte, nur so könne man wirklich Geld verdienen. Dann war er auf einmal wieder weg und zog mit Komödianten durch die Dörfer. Tingelte mit ihnen durch Österreich und durch die Tschechoslowakei. Nach einiger Zeit tauchte er in Wien auf und machte für lausige Gagen in Kabaretts und Schmierentheatern allerhand Firlefanz. Trotzdem bewunderten David und seine Schwester ihren Bruder.

Um etwas Geld zu verdienen, betrieb er ein Ringelspiel. Ein Karussell, das angeblich elektrisch funktionierte. Sein Trick bestand darin, dass er unter einer Plane Kinder versteckte, die das Karussell an einem Holzkreuz anschoben. Als das aufflog, war es aus mit ihm. Er strawanzte herum, verbrachte den Tag in dreckigen Spelunken, um sich aufzuwärmen. Nachts schlief er bei David. Er wusste nicht, wie er sich über Wasser halten sollte, brauchte dringend ein neues Engagement. So lungerte er im Café Louvre in der Praterstraße herum und suchte neue Arbeit. Das »Louvre« war das billigste Café in der Gegend. Ein kleiner Brauner oder eine Schale Milchkaffee kostete nur sechs Heller. Und Wasser konnte man kostenlos haben, so viel man wollte. Da trafen sich alle Artisten, Gaukler und Budenkünstler, die nach einem Engagement hungerten. Es war eine Art Börse für gestrandete Existenzen.

Einmal kam ein sichtlich heruntergekommener Künstler herein und bot den Gästen selbst gemalte kleine Aquarelle zum Kauf an. Wiener Stadtansichten, nach Postkartenvorlagen gemalt. Ein Kopist also. Er kam auch zu Herschels Tisch und hielt ihm seine Aquarelle hin. Sie waren recht hübsch gemacht. Sie kamen ins Gespräch. Der Kopist erzählte Herschel, dass er aus Geldmangel in einem Männerheim hause, sich in Suppenküchen ernähre, kein Geld für seine geliebten Operettenbesuche habe und sein Leben in der Hoffnung verbringe, in Kaffeehäusern und Beiseln ein paar seiner Aquarelle zu verkaufen. Aus Mitleid kaufte Herschel ihm von seinem restlichen Geld für ein paar Groschen einen Stephansdom und eine Karlskirche ab. Der Postkartenkopist war Herschel dafür sehr dankbar. Dieser Mann war Adolf Hitler, wie er sich später nannte.

Mit dem bisschen Geld, das Herschel von seinen Auftritten

als Hokuspokus-Tausendsassa im »Apollo« und »Ronacher« hatte, heiratete er im jüdischen Ritus 1912 Herta Samter, eine Souffleuse. Ließ sich aber nach acht Jahren von ihr scheiden, da eine andere Frau, die Theresia Luksch, ein Kind von ihm erwartete. 1923 wurde er wegen Betrügereien aus Österreich ausgewiesen, durfte nicht mehr zurück und zog mit einem gewissen Erich Juhn durch die Tschechoslowakei. Als sogenannter Hellseher. Jetzt nicht mehr unter seinem Namen Herschel Chaim Steinschneider, sondern unter dem Künstlernamen Erik Jan Hanussen. David und Beile wussten schon immer, dass er nicht hellsehen konnte. Dass alles nur Schmonzes war.

Auch David konnte es in Ottakring nicht mehr aushalten und zog vor fünf Jahren nach Berlin, in diesen Judenkiez Scheunenviertel, weil hier die Mieten am billigsten waren. Von einem alten Mann übernahm er günstig das Kino. Vor drei Jahren sah er dann auf einmal an allen Litfaßsäulen in Berlin auf großen Plakaten seinen Bruder auf sich herabblicken. Sein großer Bruder als Hellseher im »Wintergarten«! Er hatte es geschafft! Er hätte ihn gern auf der Bühne gesehen, hatte aber nicht das Geld dafür. Also wartete er hinter dem Theater am Bühnenausgang auf ihn. Sie hätten sich beinahe nicht wiedererkannt. Herschel lud ihn zum Essen ein, in ein Luxusrestaurant. Ein wahnsinnig vornehmes Lokal. Es war eigentlich kein Lokal, sondern ein Palast. Und irrsinnig teuer. Da war er wohl Stammgast, denn alle kannten ihn. David wollte zuerst in so einer Luxusbude gar nichts essen. Doch sein Bruder zwang ihm Hummer auf. Er wusste gar nicht, wie er so ein Ding essen sollte, bis Herschel ihm zeigte, wie man das macht. Da hatte David seinen Bruder das letzte Mal gesehen. Später schickte er ihm Freikarten für seine Vorstellungen. Doch David konnte nicht in den »Wintergarten« und in die »Scala« gehen. In seinen schäbigen Kleidern hätten sie ihn sicher nicht reingelassen.

»Schaun Sie, wie ich ausseh«, sagt David und zeigt auf seine abgerissenen Klamotten. »Hier kann ich so herumlaufen. Hier fällt's nicht auf. Aber wenn ich mal in die Stadt fahr, da schäm ich mich.«

Stemmer überlegt, ob er ihm ein paar seiner Fünfziger bringen soll, damit er sich anständige Kleider kaufen kann. Das ist aber zu riskant. Sollte es tatsächlich Falschgeld sein und der arme Kerl fliegt damit auf, das will er ihm nicht antun. Er entschließt sich, für ihn mit seinen mysteriösen Scheinen eine schöne Cordhose und ein warmes Jackett zu kaufen. Hat bisher geklappt, warum nicht auch jetzt? In ein paar Tagen will er ihn wieder besuchen und ihn damit überraschen.

GANZ OHNE WEIBER GEHT DIE CHOSE NICHT

In Eichkamp sucht Stemmer das Häuschen, in dem Elfriede Rühle wohnt. Eichkamp ist eine Siedlung, eingeklemmt zwischen der Avus, der S-Bahn-Strecke und dem Grunewald. In den schmalen, sauber gekehrten Sträßchen und den von Unkraut penibel frei gezupften Bürgersteigen reihen sich kleine Einfamilienhäuser aneinander. Einige der Vorgärten mit Buchsbäumchen und Rhododendronbüschen sind zerwühlt, wahrscheinlich von den Wildschweinen, die nachts aus dem Grunewald kommen. Alles ist still hier an diesem Ostersonntag. Nur hin und wieder hört Stemmer das Brausen der Autos auf der Avus, das Rattern eines S-Bahn-Zuges und das wirre Tschilpen des Spatzenvolks in den Büschen.

Elfriede Rühle freut sich über Stemmers Besuch. Ihr rundes Gesicht lächelt, mit der Hand fährt sie kurz über ihren blonden Bubikopf.

Sie führt ihn in ihre kleine Parterrewohnung. Ihr Heim ist fein säuberlich aufgeräumt, im Wohnzimmer steht am Fenster ein Käfig mit einem bunten Wellensittich, der fröhlich vor sich hin trällert.

»Den hab ich mir angeschafft, als Erik mich verließ«, sagt sie. »Ich konnte nicht allein sein. Ich hab ihn ans Fenster gestellt, damit er rausschauen kann.«

Sie deutet auf den Wohnzimmertisch mit dem Häkeldeckchen. In einer Schale hat sie Biskuitkekse vorbereitet, in die beiden Tassen gießt sie dunklen Tee und fordert ihn auf, von dem Gebäck zu nehmen.

Als sei sie nun von ihm erlöst, bekennt sie heiter, dass sie die Dritte im Reigen von Hanussens Ehefrauen war. Alle zwang er, zum Judentum überzutreten, um sie im jüdischen Ritus heiraten zu können, und alle verließ er bald darauf und ließ sich von ihnen scheiden. Er hatte eine Geliebte nach der anderen und griff nach allem, was blond war. So auch nach ihr. Auch seine letzte Geliebte, seine Assistentin, ist blond. Ein Spleen von ihm. Wäre er nicht gestorben, hätte es bald eine vierte Ehefrau gegeben und noch mehr Geliebte.

Ihre Vorgängerin, die Theresia Luksch, die Risa, musste er schnell heiraten, weil sie ein Kind von ihm erwartete. Sie war eine Operettensängerin in Wien, eine blonde stattliche Erscheinung. Also Scheidung von seiner ersten Frau Herta Samter, der Wiener Souffleuse, und 1920 Heirat mit Theresia. Kurz darauf wurde ihre Tochter Erika geboren. Sein einziges Kind. Erika ist jetzt dreizehn. Nach vier Jahren Ehe haute er mit einer Geliebten ab, Theresia ließ sich scheiden, ging nach Meran und heiratete einen reichen Bierbrauer. Sie ist heute noch davon überzeugt, dass Hanussen ein Nazihasser und Widerstandskämpfer war. Sehr komisch.

Als Elfriede, Friedel oder Fritzi, wie er sie oft nannte, Hanussen kennenlernte, war sie fünfundzwanzig, er fünfzehn Jahre älter. Sie stammte aus einer kleinbürgerlichen Familie, war Telefonistin bei der Reichspost und verlobt. Er zwang sie, ihre Stellung aufzugeben, ihren Verlobten und das Elternhaus zu verlassen und vom Katholizismus zum Judentum überzutreten. Das hat sie brav gemacht. Für sie heute unbegreiflich. Er war schon damals ein berühmt-berüchtigter Hellseher. Wahrscheinlich war sie ihm deshalb so verfallen. 1928 heirateten sie. Ihr Trauzeuge war sein damaliger Sekretär und Impresario Erich Juhn, damals noch sein bester Freund. Kurz nach der Heirat wurden Hanussen und Juhn wegen Betrügereien in Teplitz, Tschechoslowakei, verhaftet und ins Gefängnis gesteckt. Nachdem Hanussen eine hohe Kaution gezahlt hatte, wurden sie drei Wochen später freigelassen. Mit Geld konnte er eben alles. Gut für den, der hat.

Im selben Jahr, 1928, begann im tschechoslowakischen Leitmeritz ein neuer Prozess gegen ihn. Diesmal wegen Betrugs in vierzig Fällen. Hanussen soll die Kläger durch betrügerische Telepathie, Hypnose, Handlesen, vorgetäuschtes Hellsehen und sonstigen Hokuspokus getäuscht und finanziell geschädigt haben. Natürlich hatte er das. Aber das musste erst mal bewiesen werden. Außerdem ging es darum, ob er tatsächlich über magische Kräfte verfügte oder nicht. Hatte er natürlich nicht. Aber auch das musste bewiesen werden. Der Prozess erregte ein riesiges Aufsehen. Hunderte Journalisten aus der Tschechoslowakei, aus Österreich und Deutschland schrieben darüber und machten die Hauptverhandlung zu einer Sensation. Die Zeitungen und Rundfunksendungen überschlugen sich in ihrer Berichterstattung. So etwas hatte Leitmeritz noch nicht erlebt. Ankläger und Verteidiger wühlten das Städtchen auf. Doch was man auch gegen ihn vorbrachte, dem Gericht fehlten die Beweise und glaubwürdige Zeugen.

Während des Prozesses zerstritt er sich mit Juhn und schmiss ihn raus. Außerdem fand er heraus, dass Juhn gegen hohe Summen seine aktuellen Tricks an konkurrierende Hellseher verraten hatte. Auch an den Hellseher Max Moecke. Zwei Jahre hatten Hanussen und Juhn als enge Freunde zusammengearbeitet. Ihm hatte er die Vollmacht für alle seine Abschlüsse übertragen und eine Menge Geld für seine Arbeit gezahlt. Ein Viertel seiner Gagen, die sehr hoch waren. Ab jetzt aber war Juhn Hanussens erbittertster Feind. Bald wurde er der Impresario von Hanussens größtem Konkurrenten Moecke und bekämpfte seinen früheren Kompagnon, wo er nur konnte. Auch Moecke bekämpfte ihn. Und Hanussen Moecke und Juhn. Rivalenkampf. Schlammschlachten.

Der Prozess wurde auf Mai des nächsten Jahres verschoben. Bis dahin sollten Sachverständige Gutachten über Hanussens Hellseherfähigkeiten erstellen, alle vierzig Kläger vernommen und vermeintliche Zeugen angehört werden. Hanussen hoffte, dass man Juhn nicht befragen würde. Wenn er als Zeuge gegen Hanussen aussagte, war er verloren. Juhn kannte alle seine Tricks. Schließlich hatte er sie zusammen mit Hanussen in ihrer gemeinsamen Zeit ausgetüftelt. Er wusste alles. Von Juhn hing sein Schicksal ab. Bis zum Fortgang des Prozesses im Mai 1930 gewährte das Gericht Hanussen freien Aufenthalt, gleichgültig, wo er sich niederließ. Er war also vorläufig auf freiem Fuß. Der Ausgang im Mai war völlig ungewiss. Sollte er tatsächlich verurteilt werden, drohte ihm wieder Gefängnis. Natürlich erwartete er einen Freispruch. Für ihn gab es nichts anderes. Für ihn gab es auch nichts anderes, als seine Betrügerkarriere fortzusetzen. Trickserei war sein Beruf. Er hatte sonst nichts gelernt.

Nach der Prozessvertagung berieten Hanussen und Elfriede im Café Zum Freispruch nahe beim Gericht ihre gemeinsame Zukunft. Eigentlich nur seine Zukunft. Am besten konnte er seine Hochstapelei in einer Großstadt fortsetzen. Wohin also? Nach Wien konnte er nicht mehr zurück, aus Österreich war er wegen Betrügereien für zehn Jahre ausgewiesen. Dort durfte er sich also nicht mehr blicken lassen. In der Tschechoslowakei, wo er sich danach jahrelang herumgetrieben hatte, klang sein Name schlecht. Seine Künste waren dort keine Empfehlung mehr.

Österreich fiel also weg, die Tschechoslowakei fiel weg, blieb nur noch Deutschland. Besonders Berlin. Doch ohne Impresario hatte er dort kaum eine Chance. Ohne Manager, der ein gutes Näschen dafür hatte, wo man kräftig absahnen konnte, war auch in Berlin nichts zu machen. Seine Zukunft als Hellseher lag im Dunkeln. Er sah nicht hell, sondern schwarz. Wie sollte es weitergehen mit ihm? Dabei war er erst vierzig. Ein Alter, in dem man noch kräftig Vollgas geben konnte.

Hanussen entschied kurzerhand, dennoch mit ihr nach Berlin zu gehen.

Sie flehte ihn an: »Geh nicht nach Berlin, Erik. Berlin ist brutal.«

»Ich kann auch brutal sein«, erwiderte er.

»Die Nazis werden immer mächtiger.«

»Die Nazis sind ein kleiner Haufen von Wirrköpfen. Völlig harmlos.«

»Sie sind gefährlich.«

»Nie werden sie an die Macht kommen. Eine lächerliche Sekte«, gab er zurück.

»Geh irgendwo anders hin, nicht nach Berlin. Da gehst du unter.«

»Ich gehe niemals unter.«

»In Berlin wimmelt es von Magiern, von Wunderheilern, Handlesern, Trancekünstlern, Hypnotiseuren und Hellsehern«, argumentierte sie.

»Es gibt aber keinen Hellseher wie mich«, konterte er.

»Dort ist der Hellseher, Wunderheiler und Magier Max Moecke, dein Rivale, dein Feind.«

»Den puste ich weg. Ich muss reich werden. Ich bin gierig nach Erfolg und Geld.«

»In Berlin bist du bald erledigt«, beschwor sie ihn. »Gerade du als Jude. Da stellen dich die Nazis an die Wand.«

»Ich werde es verheimlichen.«

»Wenn du kannst.«

»Ich kann.«

»Und ich? Wie soll ich verheimlichen, dass ich Jüdin bin? Durch dich.«

»Du schaffst es auch.«

»Wie denn?«

»Man wird sehen.«

Er dachte nur an die vielen Vergnügungslokale und Varietétheater. An den »Wintergarten«, das »Alhambra«, die »Scala«. Im Geiste sah er schon an den Theaterfassaden in großer Aufmachung seinen Namen stehen: »Hanussen kommt!« – »Hanussen ist da!«

Er war überzeugt, die Massen zu faszinieren und zu begeistern. Wie früher wollte er sie blenden, täuschen, ködern. Sie würden ihm zu Füßen liegen und alles glauben, was er ihnen vorgaukelt. Vorausgesetzt, Juhn wird in Leitmeritz nicht als Zeuge gegen ihn geladen, um alles zu verraten. Dann wäre es aus mit ihm.

»Ich gehe nicht mit nach Berlin«, beharrte sie, »kannst allein hingehen.« Am Ende gab sie doch nach. Sie hatte schon immer gemacht, was er wollte.

In Berlin wohnten sie Anfang 1930 in Charlottenburg in einem vornehmen Viertel in der Westendallee. In einer schönen Villa nicht weit von Eichkamp, auf der anderen Seite der S-Bahn, nahe beim Deutschen Stadion. In der Westendallee gab es keine Tanzpaläste, die mit aufreizendem Swing und Charleston anfeuerten, keine dunklen Bars, in denen sich Schwule, Lesben und Transvestiten im Drogenrausch bis zur Bewusstlosigkeit auslebten. Keine Nepplokale, die ihre Opfer ausplünderten. Da standen nicht Hunderte Arbeitslose vor Ämtern, zogen keine Bettler an den Vorgärten vorbei, lauerten keine Nutten auf Kundschaft. In der Westendallee dröhnten keine

SA-Stiefel, gab es keine blutigen Straßenschlachten zwischen SA und Kommunisten. Und schon gar nicht Tote.

In der Westendallee lebte man wie auf einem anderen Planeten. Kinder spielten auf der Straße mit Klunkern, hopsten auf »Himmel und Hölle«-Feldern aus Kreidestrichen und zeigten ihr geschicktes Seilspringen. Frühmorgens gingen die meist höheren Angestellten zur Bushaltestelle und kamen am Abend pünktlich zurück. Tagsüber führten Frauen ihr Hündchen an den Alleebäumen entlang. Alles war friedlich und scheinbar sorgenlos. Man lebte geruhsam und gemächlich. Die Zeit floss dahin, normal und geordnet, es geschah nichts Ungewöhnliches. Ziemlich tot, aber gemütlich. Nur durch den gelblichen Lichtschleier am Horizont erahnte man die brodelnde Stadt.

Hanussen wurde immer gereizter. Kein Engagement in Aussicht. Sein Konto war noch reichlich gefüllt. Davon konnten sie gut leben. Aber er war unzufrieden, wurde von Tag zu Tag mürrischer. Immer unausstehlicher. Oft wurde er jähzornig und behandelte Elfriede ungerecht. Wie ein Tiger hinter Gittern ging er in der Wohnung hin und her. Ihm fehlte die Bühne, fehlten die Scheinwerfer, die ihn anstrahlten. Er musste im Licht stehen. Er brauchte das Publikum, das ihn bewunderte und bejubelte. Brauchte den tosenden Applaus, an dem er sich labte. Er fühlte sich wie in einer Entziehungskur. Das konnte er nicht länger ertragen. Nimm einem Alkoholiker den Schnaps weg, dem Nikotinsüchtigen den Tabak, dem Drogenabhängigen das Rauschgift, dann schlägt er irgendwann um sich. Er war kurz davor.

Mit Elfriede verstand er sich nicht mehr. Seine Streitereien mit ihr wurden heftiger. Immer beleidigender und demütigender für sie. Danach bedauerte er seine Tobsuchtsanfälle. Meistens wenigstens. Aber da war es zu spät. Sie sprachen nicht mehr miteinander. Lebten in getrennten Räumen. So ging das nicht mehr weiter. In der Westendallee hielt er es nicht länger aus. Er verließ sie, zog aus und nahm alles mit, was ihm gehörte. Er ließ ihr genügend Geld, damit sie nicht ganz mittellos dastand. Sie wollte wieder als Telefonistin bei der Reichspost arbeiten und zog in diese kleine Erdgeschosswohnung in Eichkamp. Er zog in das piekfeine Nobelhotel Eden in der Budapester Straße am Zoo, das modernste Luxushotel im Westen Berlins, und mietete dort eine ganze Suite. Bis zum Urteilsspruch im Mai 1930 hatte er Angst, dass Erich Juhn als Kronzeuge geladen und gegen ihn aussagen würde. Als Kenner seiner Tricks könnte er zwar seine Verurteilung bewirken, würde sich allerdings der Gefahr aussetzen, selbst als Betrüger verhaftet zu werden und ebenfalls hinter Gittern zu landen.

Im Mai fuhr Hanussen zur Urteilsverkündung nach Leitmeritz. Dieses Mal ohne Elfriede. Wie es mit dem Prozess weiterging, hat sie aus der Berliner Presse erfahren. Zum Urteilsspruch strömten so viele Journalisten und Neugierige herbei, dass sie sich im Gerichtssaal um die Plätze prügelten. Die meisten mussten draußen bleiben. Außer den tschechoslowakischen Reportern waren auch eine Menge ausländischer Journalisten angereist. Aus Wien, sogar aus Berlin. Alle erwarteten mit Spannung den Richterspruch. Hanussens gesamte weitere Karriere hing davon ab. Er wurde freigesprochen. Sicher deshalb, weil Juhn nicht als Belastungszeuge gegen ihn geladen worden war, aus welchem Grund auch immer. Sonst hätte das Urteil anders gelautet. Jubel und Proteste brachen los. Hanussen war wieder mal davongekommen.

Zur Begründung gab der Richter an, man habe nicht feststellen können, ob der Angeklagte tatsächlich über hellseherische Gaben verfüge oder nicht. Wenn außerdem Menschen so dumm seien, von einem mutmaßlichen Hellseher die Wahrheit erfahren zu wollen, dürften sie sich nicht darüber beklagen, wenn sie falsche Auskünfte erhielten. Dann müssten alle Kartenleser und Glaskugelgucker bestraft werden. Ebenso wenig dürfe ein Losverkäufer verurteilt werden, wenn Menschen eine Niete greifen.

Als er den Gerichtssaal im Jubel seiner Bewunderer verließ, wurde er von allen Seiten bestürmt, Autogramme zu geben. Vor allem Frauen reichten ihm sein Porträt, damit er es signiert. Die betrogenen Kläger und Feinde aber beschimpften ihn und drohten ihm mit erhobenen Fäusten. Na wenn schon, dachte er. Die Hunde bellen, die Karawane zieht weiter. Auch draußen vor dem Gericht drängten sich seine Anbeter, die Pressefotografen und Kameramänner für die Wochenschau. Alle jubelten ihm zu.

Vor einem Jahr, 1932, hat er sich von Elfriede scheiden lassen. Jedes Mal hat sie ihm ein Telegramm geschickt: zu seinem gefeierten Freispruch in Leitmeritz, zu seinen umjubelten Premieren im »Wintergarten« und in der »Scala«. »herzlichen glueckwunsch stopp immer noch in liebe stopp deine friedel stopp«. Nie hat er darauf geantwortet.

»Wer genau hat Hanussen erschossen? Kennen Sie Namen?«, fragt Stemmer am Ende ihrer Erzählung.

»Darüber sag ich nichts«, erwidert sie. »Ist mir zu gefährlich. Schließlich bin auch ich Jüdin. Gezwungen durch Erik.«

Nimm dich in Acht vor blonden Frau'n

Am Potsdamer Platz türmt sich neben dem Potsdamer Bahnhof mehrere Etagen hoch das Vergnügungszentrum von Berlin, Kempinskis »Haus Vaterland«. Es ist der größte Amüsierpalast der Stadt. Taxen fahren vor, auch Pferdedroschken, laden Männer in Frack und Smoking aus, dazu Damen in langen schwarzen Abendkleidern, umhängt mit Pelzen und sonstigem Fummel. Und Touristen, Touristen, Touristen aus dem ganzen Reich. Jeder einmal in Berlin, jeder einmal Berlin erleben. Besonders bei Nacht. Schwofen über den nächtlichen Tauentzien, um die Gedächtniskirche herum, über die Friedrichstraße, immer umschwärmt von lockenden Asphaltschwalben. Rot, rosa, violett leuchten, flackern, blitzen die Neonschriften: »Tanzbar«, »Cabaret«, »Bar«, »Strip«, »Hotel«, meist Stundenhotels. Viele Versprechungen, versehen mit roten Herzen und nackten Frauensilhouetten. Stemmer kann sich vorstellen, wie die ahnungslosen Fremden in dieses Spinnennetz tappen und sich darin verfangen. Er kann sich vorstellen, wie die Spinnen auf ihre Beute warten und sie bei lebendigem Leib aussaugen. Die Erlebnishungrigen erkennen es erst am nächsten Morgen, wenn ihre Brieftaschen leer oder ganz verschwunden sind. Unter den Portalbogen von »Haus Vaterland« verschwinden die Amüsiersüchtigen. Auch an diesem Ostermontag.

Im Vestibül gibt Stemmer bei der Garderobenfrau seinen Lodenmantel ab und kauft mit einem Fünfzig-Mark-Schein aus seiner Schublade den billigsten Verzehrbon. Ohne Pflichtverzehr ist der Zutritt nicht erlaubt. Neugierige, die sich das alles bloß anschauen wollen, werden schon am Eingang abgewiesen. Als er das Innere des Amüsiertempels betreten will, versperrt ihm ein breitschultriger livrierter Türsteher den Zugang. Der Boxertyp mustert ihn scharf. Wahrscheinlich einer aus Muskel-Adolfs Clan. Erst als Stemmer seinen Bon vorzeigt, gewährt er ihm verächtlich Einlass. Für den Cerberus ein lächerlicher Betrag.

Wo tanzt und singt Virginia? Stemmer schlendert durch den »Bayrischen Saal«. Eine Tegernseer Blaskapelle in Lederhosen und mit Jägerhüten schmettert Schrammelmusik, bläst fast den Schaum von den Maßkrügen. Auf den Tellern dampfen Schweinshaxen, Knödel und Sauerkraut. Erhitzte Gäste kneifen den Dirndl tragenden Serviermädels in den Hintern, die sich mit den Händen voller Krüge nicht wehren können.

Er bummelt durch die »Rheinterrasse«, die wie ein Ausflugsdampfer ausgestattet ist. An der Breitseite des Saals leuchtet hinter Glas ein riesiges Rheinpanorama mit Weinbergen, Burgen und Schiffen auf dem Strom. Ober in schwarzen Jacketts und mit langen weißen Schürzen eilen von Tisch zu Tisch und servieren Sauerbraten und Riesling. Eine Damenkapelle mit jungen, knapp bekleideten Maiden spielt schwärmerisch »Warum ist es am Rhein so schön?«. In dem Moment zuckt über das Panorama ein »Rheingewitter« mit Blitzen und fernem Donner. Man sagt ihm, dass dieses Spektakel alle halbe Stunde automatisch eingeschaltet wird. Nirgends eine Virginia.

Eine Etage höher landet Stemmer im »Grinzing«, wo ein Hans-Moser-Imitator die Touristen in den Weinblätterlauben dazu animiert, den Heurigen in sich hineinzuschütten. Kellner in roten Westen gießen eifrig nach. Die Angesoffenen prosten sich zu, kreischen und klatschen sich auf die Schenkel. Schnell verlässt er dieses heimatliche Dämonium. Nebenan können die schwankenden Gestalten in der »Türkischen Mokkastube« ihren Alkoholspiegel etwas senken. Araberknaben mit bunten Turbanen und in Pluderhosen und Schnabelschuhen kredenzen in orientalischen Tässchen das starke, bittere Getränk. Beim Anblick dieser jungen Männer kommt ihm unwillkürlich das Werbeplakat mit dem »Sarotti-Mohr« in den Sinn.

Noch eine Etage höher locken Stemmer heiße Rhythmen in eine Bar, in der eine schwarze Jazzband dem Publikum einheizt, und in der »Spanischen Bodega« daneben präsentiert ein Paar einen hinreißenden andalusischen Flamenco.

In der dritten Etage ziehen ihn Charleston- und Shimmy-Klänge einer erstklassigen Kapelle an. Sie kommen aus dem »Palmensaal«. Auf einer Bühne werfen eine Reihe junger, schlanker Frauen ihre nackten Beine. Hier könnte er Virginia finden. Er setzt sich an einen Tisch und bestellt das billigste Bier. Mit seinem Verzehrbon muss er gut haushalten. Keine Ulrike taucht auf, wedelt mit einem Fünfzig-Mark-Schein und lädt ihn wieder zu Champagner und Krabben ein. Die kaum bekleideten Girls recken ihre Körper in obszöner Tanzakrobatik und tragen kecke Chansons vor. Virginia ist nicht darunter. Nach ihren Nummern gleiten die Tänzerinnen von der Bühne, schlendern lasziv zwischen den Zuschauertischen hindurch, ganz dicht an allein sitzenden Männern vorbei, streifen sie mit ihren Hüften, kraulen in ihren Haaren und lassen sich verführerisch neben ihnen nieder. Die Männer schmelzen dahin.

In diesem Moment tritt Hanussens ehemalige hübsche blonde Assistentin auf die Bühne. Da hat er sie, die Virginia. Breitbeinig zeigt sie ihren verlockenden Körper, streckt ihren Unterleib nach vorn, bewegt ihn leicht und imitiert den Dietrich-Schlager: »Kinder, heut Abend, da such ich mir was aus – einen Mann, einen richtigen Mann.« Sie hat schon nach wenigen Takten im Saal Stemmer entdeckt und sieht ihn immer wieder an. »Einen Mann, der noch richtig küssen will und kann. Einen Mann, dem das Herze im Leib in Liebe erglüht, dem das Feuer aus den Augen sprüht.«

Nach ihrem Chanson verlässt auch sie die Bühne und streicht wie eine Katze zwischen den Tischen umher, hat dabei lächelnd immer Stemmer im Auge. Langsam kommt sie auf ihn zu. Sie bleibt hinter ihm stehen, verwuschelt seine Frisur und sinkt langsam auf den Stuhl neben ihm.

»Da ist deine Virginia«, haucht sie.

Ihm weht ihr von Zigarettenrauch geschwängerter Atem ins Gesicht. Ihr langes goldblondes Haar schimmert und glänzt im Kerzenlicht, und ihre kobaltblauen Augen blitzen.

»Zigarette?«, wünscht sie lüstern.

Bedauernd muss er eingestehen, dass er Nichtraucher ist. Zu dumm, dass er ihr nichts anbieten kann.

»Dafür hast du sicher andere schöne Eigenschaften«, schmeichelt sie ihm. Ihr Haar fällt verheißungsvoll über ihre nackten Schultern.

»Darf ich Ihnen etwas bestellen?«, fragt er zögernd, wobei er kalkuliert, wie viel ihm von seinem Verzehrbon noch bleibt.

»Ich muss wieder auf die Bretter«, sagt sie.

Er ist erleichtert.

»Nach der Nummer hab ich Feierabend. Hier kann ich nicht mit dir über Hanussen reden. Gehen wir in eine kleine Bar. Warte auf mich am Eingang vom ›Palmensaal‹.«

Er ärgert sich, dass er nicht einen zweiten Fünfziger eingesteckt hat. Schon ist sie weg, verschwindet hinter einem Seitenvorhang und tritt nach einer Weile in einem neuen Kostüm auf, in einem Flitter mit silbernen und goldenen Pailletten, die im Scheinwerferlicht glitzern. Wieder stellt sie sich breitbeinig auf und singt mit kehliger Stimme: »Nimm dich in Acht vor blonden Frau'n, sie haben so etwas Gewisses. Ist ihnen nicht gleich anzuschau'n, aber irgendetwas isses.« Der Text endet mit: »Achtung vor dem Raubtier.«

Lange muss Stemmer vor dem »Palmensaal« auf Virginia warten. Natürlich, sie muss sich abschminken, sich frisch machen, sich umkleiden. Nach einer halben Stunde kommt sie endlich, strahlend, in einem blauen Kleid und voller Unternehmungslust. Sie kennt eine stille Bar, gleich um die Ecke. Da wollen sie hin. Stemmer wird bang.

Die Garderobenfrau reicht Stemmer seinen Lodenmantel und Virginia ihr zierliches Mäntelchen. Er will ihr beim Hineinschlüpfen behilflich sein, da legt sich eine knöchrige Hand auf seine Schulter. Er dreht sich um. Vor ihm ein spillriger Gnom mit auswattierten Schulterecken im Jackett. Muskel-Adolf! Der Gangsterboss, der ihn beim Galaball an der Toilettentür einen Schmierfinken, einen Papierkrakler nannte und ihn so unverschämt abblitzen ließ. Wütend starrt das possierliche Kerlchen ihn an. Er scheint sich an ihre Begegnung zu erinnern.

»Pfoten von Virginia!«, raunzt er Stemmer an.

»Ich bin mit der Dame verabredet.«

»Dit Ding jehört mir. Ick bestimm, mit wem se jeht.«

Stemmer will sich das nicht gefallen lassen und protestiert.

»Schnauze!«, befiehlt Muskel-Adolf quiekend. »Sonst jibt's Zorres.«

Mit seinen dürren Fingern ergreift er Virginias Mantel und legt ihn um ihre Schultern. Sie lächelt säuerlich und zuckt mit den Achseln. Dann packt er sie grob und geht mit ihr davon. Sie hängt an seinem Arm.

Die Garderobenfrau ist von der Szene nicht beeindruckt.

»Machen Sie sich nichts draus«, sagt sie müde, »so was kommt hier öfters vor.«

»Was macht der Muskel-Adolf hier?«

»Sie kennen ihn?«

Stemmer antwortet nicht und fragt noch mal: »Was macht er hier?«

Sie winkt ab. »Über den sag ich nichts. Ich will meine Garderobe behalten.«

»Kommt er oft hierher?«

»Fast jeden Abend.«

»Warum hat er mir die Dame weggenommen?«

»Er mag es nicht, wenn ihm jemand ein Pferdchen wegschnappt.«

Ich bin die fesche Lola

Am nächsten Mittag wählt Stemmer die Nummer von Virginia, die sie in der Wirtschaft auf ihre Visitenkarte schrieb. Nach langem Läuten meldet sich eine verschlafene Stimme.

»Ja?«

Am Mittag noch verpennt, für ihn schwer verständlich. Einverstanden, er kann zu ihr kommen. Motzstraße 17, Hinterhaus links.

»Aber erst am späten Nachmittag. Ich schlafe nämlich lang.« Auch das noch.

Nahe beim Theater am Nollendorfplatz, wo man gerade den »Raub der Sabinerinnen« spielt, findet er ihre Hausnummer. Eine hohe, heruntergekommene, nicht sehr freundliche Fassade blickt ihn an. Das ist er in Berlin gewohnt. Am Klingelbrett ist ihr Name halb abgekratzt, nur noch »nnig« ist zu lesen. Das müsste mal Hennig geheißen haben. Auch andere Namen sind durchgestrichen, überklebt und beschmiert. Auch das hat Stemmer an Berliner Klingelbrettern schon öfters gesehen. Vandalismus, Auszug, Einzug, Zwangsräumung, Notunterkunft. Er drückt den Knopf, da sieht er, dass die Haustür nur angelehnt ist, und tritt ein. Im Treppenhaus riecht es muffig und nach Essig. Es ist vollgestellt mit Kinderwagen, Fahrrädern und Sperrmüll. Auf einem Anschlag steht: »Betteln, Hausieren, Musizieren und Spielen von Kindern im Hof verboten!« Er geht durch den Hof zum Hinterhaus. Die Sperrholztür hängt schräg in den Angeln.

Als er über die Holzstiege endlich im vierten Stock ankommt, steht Virginia in der offenen Wohnungstür. Sie trägt nur einen schmalen Büstenhalter und ein rosafarbenes Höschen mit Spitzen, darüber hat sie einen dünnen hellblauen Morgenrock geworfen. Ihr Gesicht ist grau und schlaff, ihr blondes Haar hängt ungekämmt in Strähnen herab. Sie sieht erschreckend viel älter aus als gestern Abend.

»Komm rein«, sagt sie müde lächelnd.

Beim Eintreten weicht er erschrocken einen Schritt zurück.

Ihre Eineinhalb-Zimmer-Wohnung sieht aus, als hätte man in ihre kleine Bleibe den Inhalt von drei Wohnungen gekippt. Die Stühle sind mit Klamotten überhäuft, in der Spüle stapelt sich schmutziges Geschirr, neben der Waschmaschine türmen sich Berge von Wäsche. Überall Müllsäcke und leere Blechdosen. Sie scheint hier doch nicht mit einem Mann oder einer Freundin zu leben, wie er vermutet hat. Auf Ablagen dicht an dicht Schminke, Puderdosen, Duschgel, Schachteln mit benutzten Damenbinden und Gesichtstüchern, Schalen mit bunten Ketten.

»Muss doch immer gut aussehen«, sagt sie.

Auf dem Boden liegen verstreut Bücher, Notenblätter, Modejournale, Illustrierte.

»Muss mich doch bilden.«

Entschuldigend zeigt sie auf das Chaos.

»Komm einfach nicht dazu aufzuräumen. Bin immer unterwegs.«

Der Tisch ist vollgepackt mit Körnertüten, Obstsaft, einer Pulle Schnaps und Pillen, Pillen, Pillen. Dazu Brotreste, ein angebissener Apfel und ein Blumentopf voller Zigarettenasche.

»Muss gesund leben. Darf nicht krank werden. Auch Obstsaft oder Schnaps?«

Dankend lehnt Stemmer ab. Zwischen den Flaschen wühlt sie nach ihrer Zigarettenpackung und findet sie endlich unter Rechnungen. Sie zündet sich eine Juno an, nimmt einen kräftigen Lungenzug und stöhnt behaglich: »Ach, tut das gut.«

Mit dem Glimmstängel im Mund räumt sie für ihn einen Stuhl frei, wirft von einem durchgesessenen Sofa einen Stapel verstaubter Zeitungen auf den Boden.

»Alles Kritiken meiner Hanussen-Auftritte. Vorbei, vorbei. Weiß gar nicht, warum ich sie noch aufhebe.«

Dann kauert sie sich mit angezogenen Beinen in die Sofaecke, lässt ihren durchsichtigen Morgenmantel herabhängen und zeigt ihre langen nackten Beine und ihren nur spärlich bedeckten Körper.

»Tut mir leid, dass Papa mich gestern weggeschnappt hat. Er kann es nicht leiden, wenn fremde Männer ohne seine Erlaubnis mit mir abziehen.«

»Papa?«

»Mein neuer Chef.«

»Warum nennen Sie ihn Papa?«

»Er ist unser aller Papa. Er sorgt für uns.«

Sie zündet sich eine neue Zigarette an, saugt gierig daran und tippt die Asche in den Blumentopf.

»Sie arbeiten jetzt also für Muskel-Adolf«, stellt Stemmer fest.

»Mensch, quatsch mich mit Du an. Ich bin die Zilly, die Hennig.«

»Nicht Virginia?«

Sie macht eine wegwerfende Handbewegung. »Maske fürs Publikum. Im ›Resi‹ war ich die Gloria. Und bei Hanussen die Barbara Baronin van Swieten.«

»Baronin?«

»Vergiss es. Hab es auch vergessen. Liegt dort im Müllsack. Du willst also was über den abgenibbelten Hanussen wissen.«

Mit einem Glas Orangensaft in der einen und ihrer glimmenden Zigarette in der anderen Hand beginnt sie mit rauchiger Stimme zu erzählen.

Vor Hanussen war sie Animierdame im »Resi« beim Alex. Miese Gegend. Ein Aufreißschuppen. Pure Abzocke. Auf jedem nummerierten Tisch stand ein Telefon, mit dem die Herren Damen an anderen Tischen anrufen konnten, um sie einzuladen oder an der Bar zu treffen. Dazu gab es eine Rohrpost zu den Tischen für kleine Geschenke für die Auserwählte. Nachdem Gloria ihre Herren genügend abgefüllt hatte, lud sie die Beduselten bis nachts um drei zum Tanz ein. Sehr guter Nebenverdienst. Dann wurde sie rausgeschmissen. Sie hatte einem Mann ins Gesicht geschlagen, weil er ihr zwischen die Beine gefasst hatte. Sie brauchte Geld. Sie hatte Schulden, war mit der Miete im Rückstand, die Mahnungen für ihre Strom- und Gasrechnungen verstopften ihren Briefkasten. Also neue Jobsuche.

1931 sah sie zum ersten Mal Hanussen im »Wintergarten«. Sie glaubte nicht an seine Hellseherei. Sie wusste, dass er ein Schwindler und Täuscher war und nur mit Tricks arbeitete. Womit denn sonst? Sie kennt das Gewerbe. Auch sie hatte als Animierdame Tricks angewandt, um die Herren zum Saufen zu bringen. Sie wollte Hanussens Assistentin werden und durch ihn Karriere machen. Mit ihrem Namen Zilly Hennig konnte sie bei Hanussen nicht landen. Und nach ihrem Rauswurf beim »Resi« war Gloria keine Empfehlung mehr. So ließ sie violette Visitenkarten drucken mit dem erfundenen Namen Barbara Baronin van Swieten. Neuer Künstlername, dazu noch adelig. Das musste Hanussen gefallen. Also ran an ihn.

Im Beethovensaal im Schauspielhaus am Gendarmenmarkt gab Hanussen Vorstellungen mit Psychographologie und Prophezeiungen nach Anfragen aus dem Publikum. Wem intime Fragen vor allen Zuschauern zu peinlich waren, konnte in seine private Sprechstunde am Kurfürstendamm kommen. Höchste Diskretion garantiert. Das war für ihn die beste Werbung für neue Klienten.

Sie fragte trotzdem aus dem Publikum: »Wird sich ein berühmter, reicher Mann in mich verlieben?«

Hanussen prophezeite: »Sie werden die Geliebte eines berühmten Mannes werden. Er hat ein großes Vermögen. Soviel ich weiß, hat sich noch keine Frau von einer Goldkiste abschrecken lassen. Besonders wenn sie so jung und hübsch ist wie Sie.«

Gern hätte sie gewusst, ob er dieser Mann sei, scheute sich aber, dies vor dem Publikum zu erfahren, und entschloss sich, ihn in seiner privaten Sprechstunde danach zu fragen. Pro Sitzung verlangte er fünfhundert Mark. Für Kurzkonsultation von einer halben Stunde zweihundert Mark. Fast das Doppelte von dem, was ein Arbeiter im Monat verdient. Das konnte sie nicht zahlen. Vielleicht machte er eine Viertelstunde für die Hälfte. Der Hunderter war ihr das Ranpirschen an Hanussen wert, auch wenn sie kaum noch Geld hatte. Sie meldete sie sich bei ihm als Barbara Baronin van Swieten an, erhielt auch bald einen Termin und musste unterschreiben, dass sie ihn für falsche Auskünfte nicht haftbar machen könne. Obwohl im Warteraum eine Menge Leute darauf warteten, Hanussen zu konsultieren, wurde sie sofort vor allen anderen vorgelassen.

Da saß sie nun mit Herzklopfen dem Meister in seinem luxuriösen Beratungsraum gegenüber. Ihr Adelstitel schien ihn sehr zu beeindrucken. Sie wusste, dass er auf blonde Frauen flog, ließ ihre langen goldenen Haare über ihre nackten Schultern fallen und ihre kobaltblauen Augen funkeln. Sie fühlte, dass er ganz wild auf sie war, und strich ihr Haar zur Seite, sodass ihr zarter Hals frei lag. Er stand auf und küsste ihn.

»Wie hoch sind deine Schulden?«, fragte er. »Egal, ich bezahle sie.« Seine Hände glitten über ihren Rücken, über ihre Hüften. Sie ließ ihn gewähren. »Du hast Musik unterm Rock«, hauchte er. »Werde meine Assistentin und Geliebte.«

Damit war alles klar. Sie hatte ihn. Die Sprechstunde gab er ihr gratis. Er brachte ihr seine Tricks bei; sie lernte schnell und trat mit ihm im »Wintergarten«, im »Alhambra« und in der »Scala« auf.

Wieder zündet sie sich eine Zigarette an, setzt sich in ihrer Sofaecke zurecht und erzählt weiter.

Er verdiente sehr viel Geld und sie mit ihm. Ihm lagen die Menschen zu Füßen und ließen sich willig betrügen. Sie liebten es, angeschwindelt und belogen zu werden. Also belog und betrog er sie. Sie wollten es so. Gern vergaßen sie, dass sie nur ein Werkzeug in der Hand eines Gauners waren. Versprich den Menschen Wunder, und sie sind dir dankbar. Wenn die Wunder nicht eintreten und die Getäuschten auf die Schnauze fallen, selbst schuld. Sie wollen an das Unmögliche glauben.

Er verdiente auch durch Handlesen und versprach den Klienten Glück, Reichtum und ein langes Leben. Oft schaute er auf seine eigene Lebenslinie. Sie endete auf halber Strecke, doch das schreckte ihn nicht. Er hielt nichts von diesem Unsinn. Sein Motto war: Wer Geld hat, hat die Macht, und wer die Macht hat, hat das Recht und kann machen, was er will. Moral, Anstand und Ehrlichkeit sind nur Hindernisse auf dem Weg zur Macht und zum Reichtum.

Sie fuhren die exklusivsten Autos. Nichts war ihnen zu teuer. Sie lebten in Saus und Braus. Immer wieder kamen seine engen SA-Freunde in seine Garderobe und in sein Büro. Der hoch verschuldete SA-Gruppenführer Berlin-Brandenburg Wolf-Heinrich Graf von Helldorff und der ebenfalls hoch verschuldete SA-Gruppenführer Berlin Karl Ernst. Auch der Sturmbannführer Wilhelm Ohst. Allen steckte er eine Menge Geld in die

Taschen und schrieb ihnen Schecks aus. Mehrere tausend Mark. Wo Geld vorangeht, sind alle Wege offen. Helldorff und Ernst führte er außerdem lüsterne Knaben zu. Freundschaft kittet in schwierigen Zeiten.

Er kaufte sich eine Luxusjacht. Darauf feierte er mit ihr und mit den befreundeten Nazibonzen auf dem Wannsee an Wochenenden nächtliche ausschweifende Partys. Eingeladen waren auch die Jünglinge der beiden schwulen SA-Gruppenführer, die Geliebten und Nutten der anderen Promis und weitere willfährige Mädchen und Frauen. Zu dieser Gesellschaft gehörten zudem feine Damen aus der High Society. Da ging es hoch her mit Champagner und Drogen. Im Unterdeck gab es ein kleines Pornokino. War allerhand los da unten.

Einmal wurden er und seine Baronin van Swieten zu einem Empfang bei Hitler im »Kaiserhof« eingeladen. Sein bester Freund Helldorff stellte sie dem Führer vor.

Hitler sagte zu Hanussen: »So einen Mann wie Sie brauchen wir.«

Nach seiner Machtübernahme wollte er ihn und den Okkultismus in Deutschland in jeder Weise fördern. Er versprach ihm, eine »Hochschule für Okkultismus« zu gründen, die er leiten solle. Hanussen triumphierte, sah sich schon als »Minister für Okkultismus«. Als staatlich anerkannter Hellseher. Als Staatsmagier! Hitler muss Reichskanzler werden, lechzte er von da an. Er muss die nächsten Wahlen gewinnen. Hitler musste siegen, damit auch er siegte.

Berauscht von seinen Erfolgen, unternahm er mit ihr auf seiner Jacht eine Tournee nach Dänemark, in die Niederlande und nach Frankreich. Als Kapitän heuerte er einen Veteranen der früheren Kriegsmarine an, dazu einen Steward. Sein Sekretär Dzino blieb in Berlin, um die laufenden Geschäfte zu erledigen. Die Tournee war eine totale Pleite. In Kopenhagen warnte die Presse vor dem Schwindler und Nazifreund Hanussen. Nur dreißig Zuschauer erschienen im großen Festsaal des Konzertpalastes. Sie mussten die Koffer packen und weiterschippern nach Amsterdam. Auch hier empfing sie die Presse mit Hinweisen auf seine SA-Freunde. An drei Abenden war der

Saal fast leer. Sie versuchten ihr Glück im mondänen Seebad Scheveningen. Bei den vorangegangenen Vorstellungen dort waren die übelsten Clownerien mit Beifall bejubelt worden, bei ihrem Auftritt rührte sich keine Hand, nur Gelächter, Hohn und Spott. Sie wollte die Tournee sofort abbrechen, er drängte zum Weitermachen. Sie steuerten weiter nach Frankreich, nach Le Havre. Hier ließen die Franzosen sie deutlich spüren, dass sie Deutschlands Krieg auch nach vierzehn Jahren nicht vergessen hatten. »*Sales boches!* Drecksdeutsche! Nazis raus!«, riefen ihnen die wenigen Zuschauer entgegen. Vorsichtshalber nahmen sie die Deutschlandflagge vom Heck ihrer Jacht. Sonst hätten die Franzosen noch einen Brandsatz auf das Deck geworfen. In Rouen das Gleiche. »*Sales-boches*«-Rufe und »Hanussen-Nazi raus!«. Nach einem Monat brachen sie ihre Pleitetournee ab. Es war höchste Zeit, nach Deutschland zurückzukehren, nach Berlin, das ihnen treu ergeben war.

An diesem 23. März platzten mit vorgehaltenen Pistolen SA-Gruppenführer Ernst, Sturmbannführer Ohst und die Sturmführer Steinle und Egger in das Büro. Man kannte sie hier. Oft waren sie in Hanussens Wohnung und in seiner Garderobe zu Besuch gewesen. Doch jetzt trieben sie die Angestellten in eine Ecke. Steinle richtete die Waffe auf sie, nahm sie als Geiseln. Egger schnitt alle Telefonleitungen durch.

»Das dürft ihr nicht machen!«, schrien die Angestellten. »Das dürft ihr nicht machen!«

Egger scherte sich einen Dreck darum. Ernst hatte zuvor von Hanussen den Tresorschlüssel gefordert, öffnete nun den Panzerschrank und raffte mit Ohst alle Schuldscheine von Helldorff, Ernst, Ohst zusammen. Auch alle Quittungen von Hanussen über die Summen, die er der SA gespendet hatte.

Ernst stopfte den ganzen Kram in seine große Ledertasche, und die Bande stürmte davon. Zwei Tage hofften alle auf die Rückkehr ihres Hanussen. Er kam nicht. Da wussten sie, dass er nie mehr wiederkommt. Ihnen war klar, dass Ohst, Steinle und Egger Hanussen erschossen haben. Im Auftrag von Ernst.

Schnell begann im Büro das Ausnehmen der goldenen Gans. Das Personal griff nach allem, was es heimlich mitnehmen konnte. Brillantschmuck und Bares. Alles andere beschlagnahmten die Gläubiger, um sich für Hanussens hohe Schulden abzusichern. Auch seine Luxusjacht und seinen roten Bugatti.

Sie musste sich eine neue Arbeit besorgen. Musste mit ihren siebenundzwanzig Lenzen sehen, wie sie in Berlin durchkommt. Gott sei Dank fand sie durch Muskel-Adolf das Engagement im »Vaterland«. Ist jetzt bei ihrem Papa eines der Pferdchen, die für ihn die Karre ziehen.

Der Rest vom Schützenfest

»Das war Seine Herrlichkeit.«

Izmet Aga Dzino, der ehemalige Sekretär und Assistent Hanussens, hochgewachsen, schlank, Mitte dreißig, in gelben Lackschuhen und mit einem weißen Seidentuch um den Hals, zeigt in die Runde. Hanussens goldener Thron, seine Kristallglasplatte mit den zwölf Tierkreiszeichen, die purpurfarbenen orientalischen Polstersessel, alles ist zu einem Haufen zusammengeworfen. Die goldenen Buddhas stehen in großen Kartons verpackt. Aus den riesigen Aquarien ist das Wasser herausgelassen worden, die schillernden Fische liegen verendet und mit trüben Augen auf dem getrockneten Sand. In den Terrarien wurde das Wärmelicht ausgeschaltet, die Eidechsen und Schlangen erstarren auf dem Gestein. Die großen Volieren hat man in einer Ecke zusammengeschoben, die bunten Vögel hocken stumm und dicht gedrängt auf den Ästen. In einer anderen Ecke welken die exotischen Pflanzen in ihren riesigen Bottichen dahin. Im Springbrunnen plätschert kein Wasser mehr. Konkursverwalter und Zwangsversteigerer rennen mit langen Listen hin und her, messen aus, tragen ein, machen Fotos von Hanussens Hinterlassenschaften.

Stemmer steht in den Ruinen von Hanussens Ruhm.

»Die Baufirmen und der Architekt verlangen die Bezahlung ihrer offenstehenden Rechnungen«, sagt Dzino. »Die Ausstattung seines Luxusbaus ist nur zu einem Drittel bezahlt worden. Der Hausbesitzer pocht auf ausstehende Mietzahlungen. Mehrmals am Tag transportieren Lastwagen das Wertvollste ab. Hanussens Gläubiger räumen aus, was sie unter Eigentumsvorbehalt geliefert hatten. Es soll zwangsversteigert werden. Dieser Palast war sein Lebenstraum. Er wollte ihn verwirklichen, koste es, was es wolle. Er sollte der Höhepunkt seiner Karriere werden. Kommen Sie mit in einen Nebenraum. Da sind wir ungestört, da kann uns niemand belauschen. Ich hab da nämlich ein paar Sachen, die keiner hören soll.«

Dzino führt Stemmer in einen kleinen Salon, in dem noch ein paar Möbel herumstehen, und erzählt seine Geschichte, wie das war mit seinem großen Meister.

Bevor er 1930 in Hanussens Dienste trat, arbeitete er als Sekretär und Impresario für den Wunderheiler und Hellseher Joseph Weißenberg. Der Magier protestierte mehrmals gegen Hitler und seine SA. Öffentlich in Interviews. Daraufhin wurde Weißenberg verhaftet. Da wurde es Dzino zu heiß. Er hatte Angst, dass man auch ihn festnimmt, und ist abgehauen. Zu der Zeit hatte er ein paar tausend Mark Schulden. Spielschulden. Dringend brauchte er einen neuen Job. Hanussen kannte er von dessen Auftritten in Wien und in der Tschechoslowakei und durch den Prozess in Leitmeritz. Und bewarb sich bei ihm. Er war noch jung, dreißig, und voller Tatendrang. Hanussen bezahlte seine Schulden und kaufte ihn damit. Er hat alle gekauft, indem er ihre Schulden bezahlte, und sie damit gefügig gemacht.

Am ersten Arbeitstag trug Dzino gelbe Lackschuhe und ein weißes seidenes Halstuch.

»Das geht gar nicht«, sagte Hanussen. Nur er durfte ein weißes seidenes Halstuch tragen. Und die gelben Lackschuhe musste Dzino austauschen gegen schwarze. Jetzt, da sein Herr tot ist, kann er wieder seine gelben Lackschuhe und seinen weißen Seidenschal tragen.

Nach dem hohen Stimmengewinn der Nazis bei der Reichstagswahl 1930 trat Hanussen der NSDAP und SA bei, aus Opportunismus, und ließ sich eine imposante SA-Uniform schneidern. Als Religion gab er an: gottgläubig. Stimmte zwar nicht. Hauptsache, er wurde aufgenommen. Die Nazis waren froh, einen so berühmten Mann als Mitglied zu haben. Damit konnten sie protzen. Dzino war mit seiner Mitgliedschaft gar nicht einverstanden.

»Das geht schief«, warnte er ihn. »Verdammt schief.«

»Mir kann nichts passieren«, konterte Hanussen.

Dzino wurde kein Mitglied der NSDAP und der SA.

Hanussen veranstaltete sogenannte Experimentalvorträge im Beethovensaal im Schauspielhaus am Gendarmenmarkt und im Bachsaal in der Lützowstraße. Die Säle waren, wie nicht anders zu erwarten war, stets ausverkauft. Er wurde als Hellseher im »Alhambra« engagiert, im »Wintergarten« und später in der »Scala«. Auch hier immer ausverkauft. In seinem Büro am Kurfürstendamm gab er Privatkonsultationen gegen sehr viel Geld. Auch hier riesiger Zulauf von Ratsuchenden. Seine Klienten waren Bauunternehmer, Autohändler, Grundstücksmakler, Börsenspekulanten, Eigentümer von großen Warenhäusern, vornehme Damen aus der Mode- und Kosmetikbranche.

Im Warteraum baute er eine Lauschanlage ein, versteckte Mikrofone und Filmkameras, nahm die Gespräche seiner Kunden auf und filmte sie, während sie warteten. An seinem Schreibtisch beobachtete er sie genau und machte sich über jeden Klienten Notizen. Was sie sprachen, ob sie nervös herumzappelten. Ihr körperliches Verhalten, ihre Bewegungen verrieten alles über sie. Wenn die Besucher einer nach dem anderen in seinen Konsultationssalon eintraten, wusste er bereits, weshalb sie gekommen waren. Während der Beratung waren seine Kunden von seinen Analysen sehr beeindruckt und ihm völlig ergeben.

Waren sie eingetreten, begann er zu reden. Suggestiv, bestimmend, keinen Widerspruch duldend. Aus seinem Wust von Voraussagen konnte sich jeder die zutreffenden Details heraussuchen. Bei seinem Redeschwall achtete er auf jede Mundbewegung seiner Besucher, auf jedes Aufleuchten ihrer Augen, auf die Schweißtropfen auf ihrer Stirn, auf die Bewegungen ihres Kopfes und der Hände. Für ihn war jede Reaktion eine Bestätigung seiner Aussagen oder eine Warnung, dass er Falsches sagte. Wenn er Unzutreffendes enthüllte, fiel es ihm bei seiner Redegewandtheit leicht, sich in seinem Redefluss zu korrigieren. Der Klient bemerkte seine Falschaussage nicht, er behielt nur das Positive in Erinnerung.

Dann ließ er die Besucher reden. Alle hatten Angst, in der Wirtschaftskrise ihre Existenzgrundlage zu verlieren. Er sagte ihnen voraus, dass sie nichts zu befürchten hätten, kündigte einen baldigen Aufschwung der Konjunktur an. Die Männer suchten hauptsächlich Rat in geschäftlichen Angelegenheiten. Sie wollten wissen, ob sie Aktien von Thyssen und Krupp kaufen sollten oder nicht. Er riet ihnen zum Kauf: Wenn Hitler Reichskanzler wird, wird er die Rüstungsindustrie ankurbeln. Dann werden die Aktien steigen. Andere wollten wissen, ob sie ihr Unternehmen vergrößern oder verkleinern sollen. Er riet ihnen zum Vergrößern, da er wusste, dass die deutsche Wirtschaft unter Hitler wachsen wird.

Die meisten Frauen kamen mit privaten Problemen. Mit ihren Ehekrisen und Scheidungssorgen. Es klappte im Bett nicht mehr wie früher. Sie wollten wissen, ob der Ehemann fremdging und eine Geliebte unterhielt. Hatten sie selbst eine Liebschaft, fragten sie, ob ihr Liebhaber treu sein werde. Er redete sich aus diesen Zwickmühlen mit einem Schwall von Aussagen und Vertröstungen heraus, wog Pro und Kontra ab, blieb im Allgemeinen, betonte stets das Positive in ihrer Bedrängnis. Denn nur das Positive wollten seine Klienten hören. Sie stimmten ihm in allem zu und waren durch seine Suada zufrieden. Viele Frauen besuchten ihn nur, um ihm nahe zu sein, um seine Hände zu fassen und seine schmeichelnden Worte zu hören. Konsultierte ihn ein UFA-Star, besuchte er mit dieser Berühmtheit anschließend eine Bar, wo Dzino von den beiden Fotos machte. Mit dem entsprechenden Text gab er dann die Bilder an die Presse. Eine schöne Publicity für ihn und für den UFA-Star.

Als Impresario überzeugte Dzino seinen Herrn, seinen Hokuspokus nicht nur auf der Bühne zu präsentieren, sondern auch im Rundfunk, in Filmen und auf Schallplatten. Schon bald sendete der Rundfunk in einer Originalübertragung seine Auftritte. Die Filmgesellschaft Emelka drehte für ihre »Tönende Emelka-Wochenschau« seine Experimente und zeigte sie in allen deutschen Kinos. Hanussen war in aller Munde.

Immer wieder machte Dzino Hanussen darauf aufmerksam, dass er als Jude gefährdet sei.

Doch Hanussen wollte nichts davon wissen. Alle Warnsignale wiegelte er ab mit den Worten: »Denk an das elfte Gebot: Du sollst dich nicht erwischen lassen.«

Ihn alarmierte es nicht, als die SA in der Leipziger Straße die Schaufenster von jüdischen Geschäften einschlug, die Auslagen von Wertheim zertrümmerte, die SA auf dem Potsdamer Platz brüllte: »Juda verrecke!«, und auf dem Kurfürstendamm und

Tauentzien unter dem Kommando von Helldorff Passanten verprügelte, weil sie sie für Juden hielt. Er winkte nur müde ab: »Mir kann nichts passieren. Mich tastet keiner an. Bin Mitglied der SA und NSDAP. Wichtige SA-Gruppenführer sind meine besten Freunde.«

Dzino riet ihm zuletzt dringend, aus Deutschland abzuhauen. Nach zehn Jahren der Verbannung aus Österreich hätte er im Februar 1933 problemlos nach Wien zurückkehren können. Aber er wollte nicht. Er fühlte sich so sicher. Dzino riet ihm, zu seiner ehemaligen Frau Theresia Luksch nach Meran zu flüchten.

Doch Hanussen entgegnete kühl: »Warum? Sie werden doch nicht ihren Propheten schlachten. Nicht ihr Huhn abstechen, das goldene Eier legt.«

Dzino hatte sich ein Gedicht notiert und las es als Warnung seinem Chef vor: »Schnapp Austern, Dukaten, musst dennoch sterben. Dann tafeln die Maden und lachen die Erben.«

»Von wem ist das?«, fragte Hanussen.

»Von Eichendorff.«

»Romantiker.«

»Realist«, sagte Dzino.

Über den Reichstagsbrand erzählt er Stemmer Folgendes: Es war keineswegs sicher, dass die Nazis die Reichstagswahl am 5. März gewinnen würden. Sie mussten aber unbedingt eine Mehrheit erreichen. Das war nur möglich, wenn man vor der Wahl die Kommunisten ausschaltete, sie ihrer Macht beraubte und beseitigte. Wie ließe sich das bewerkstelligen? Zum Beispiel indem man ihnen die Schuld für eine ungeheure Tat zuschob. Hanussen hockte oft mit der SA zusammen und diskutierte mit ihnen über Verbrechen, die man den Kommunisten anlasten könnte. Ein angebliches Attentat auf den Führer, einen vorgetäuschten Sprengstoffanschlag auf die Reichskanzlei – oder eine tatsächliche Brandstiftung im Reichstag. Man einigte sich darauf, den Reichstag in Flammen aufgehen zu lassen. Der SA-Gruppenführer Berlin Karl Ernst sollte die Aktion organisieren. Das musste natürlich streng geheim bleiben. In Anwesenheit von Hanussen wurde beschlossen, dass sechs bis acht SA-Männer im Heizungsraum des Reichstags eine Menge Benzinkanister,

Phosphorbehälter und Fackeln vorbereiten, das ganze Zeug am Abend des 27. Februar durch den Tunnel vom Heizungsraum in das Reichstagsgebäude schaffen und es dort gegen neun Uhr abends anzünden sollten.

Hanussens SA-Kameraden empfahlen ihm, bei der feierlichen Einweihung seines Okkultismus-Palastes am Tag vor der Brandstiftung kraft seines »Hellsehens« ein großes Feuer in einem berühmten Bau vorauszusagen. Er sollte aber mit keinem Wort erwähnen, dass es sich dabei um den Reichstag handelte. Durch diese sensationelle Vorhersage würde er noch berühmter werden. Hanussen war immer begierig auf Sensationen. Er konnte nicht genug davon haben. Je spektakulärer, umso besser.

Da hatte er nun seine Sensation. Und ausgerechnet bei seiner Einweihungsshow am sechsundzwanzigsten. Nach dieser Prophezeiung wurde Hanussen wieder mal als der große Hellseher von Berlin gefeiert.

Bei der Besprechung wenige Tage zuvor erfuhr Hanussen außerdem, dass man in einer Wärmehalle bereits einen Schuldigen für diese Brandstiftung aufgetrieben hatte. Einen gewissen Marinus van der Lubbe. Man hatte, was man brauchte. Man versprach dem Bürschlein eine Besichtigung des berühmten Gebäudes, und der nicht ganz helle van der Lubbe fiel prompt darauf herein. Während man ihn irgendwo im Bau herumführte, vergoss das SA-Kommando das Benzin und den Phosphor im Plenarsaal und in der Wandelhalle und zündete alles mit den bereitgelegten Fackeln an. Die Männer flüchteten und ließen den armen van der Lubbe im brennenden Gebäude zurück, wo er schnell gefasst wurde.

Als Dank dafür, dass Ernst den Reichstag so erfolgreich in Flammen hatte aufgehen lassen, beförderte Hitler ihn zum SA-Gruppenführer von Berlin-Brandenburg. Helldorff wurde nach Potsdam abgeschoben. Zusätzlich wurde Ernst zum Leiter der SA-Feldpolizei ernannt und damit Chef des Gefängnisses für die Regimegegner in der Papestraße.

Am 22. März erschien Freis Artikel, dass Hanussen Jude sei. Hitlers Propagandist, der Finanzier hochgestellter SA-Gruppenführer und Mitwisser der Brandstiftung durch die SA, ein

Jude! Ein Skandal, der schnell vertuscht werden musste. Am Tag darauf wurde Hanussen aus seiner Garderobe geholt und noch in derselben Nacht erschossen.

Stemmer wird es mulmig. Auch er weiß nun, was er nicht wissen darf. Auch er lebt nun höchst gefährlich. Ihm ist schwindelig, er will gehen.

»Moment«, sagt Dzino. »Ich hab noch was über unseren großen Hellseher. Könnte Sie interessieren.«

Aus einem Haufen Altpapier kramt er ein Buch hervor und hält es ihm hin. »Da, nehmen Sie. Ich will damit nichts mehr zu tun haben. Wollte es eigentlich wegwerfen.«

Stemmer greift danach. Es ist Juhns Buch mit dem Titel »Leben und Taten des Hellsehers Henrik Magnus«.

»Henrik Magnus ist natürlich Hanussen«, sagt Dzino.

»Nach Erscheinen dieses Buches 1930 in Wien hat Hanussen es sofort verbieten lassen und angeordnet, die restlichen Exemplare einzustampfen. Aber irgendwo sind immer noch ein paar Bücher aufzutreiben. Das ist wohl eins davon.«

So lange war er hinter diesem Buch her, nun hält er es in seinen Händen. Stemmer ist platt.

»Woher haben Sie das?«

»Ein Wiener Journalist, er hieß Lechner, hat es Hanussen nach seinem Interview mit ihm gegeben und angedeutet, Teile daraus in einer Berliner Zeitung zu veröffentlichen. Hanussen tobte vor Wut.«

Jetzt ist Stemmer klar, warum er ihn bei seinem Besuch hinauswarf, als er den Namen Lechner erwähnte.

»Hanussen überlegte, wie er ihn verschwinden lassen könnte«, sagt Dzino. »Dann gab er mir das Buch, ich sollte es verbrennen. Hab ich natürlich nicht gemacht. Hab's gelesen. Das meiste, was drinsteht, wusste ich schon. Jetzt, da er tot ist und sich die Würmer über ihn hermachen, können Sie es haben. Für mich uninteressant. Hab diese Tricks schließlich mit ihm durchexerziert. Machen Sie damit, was Sie wollen. Ist mir egal.«

Stemmer kann es immer noch nicht fassen, dass er das Buch endlich umklammert.

Stemmer kann nicht warten, bis er zu Hause ist. Das dauert ihm zu lang. Er muss jetzt schon in Juhns Buch blättern. In der Nähe von Hanussens abgerissenem Okkultismus-Palast findet er in der Lietzenburger Straße ein stilles Café. Zur Beruhigung bestellt er einen doppelten Cognac, liest hastig ein paar von Juhns Kapiteln und erfährt, dass Hanussen alle seine Tricks von anderen Trickkünstlern erschlichen hat. Er hat sie ihnen durch ständiges Beobachten abgeluchst und ihre Assistenten bestochen, um die Kniffe ihrer Meister zu erfahren. Dann hat er ein paar Dinge geändert, damit man ihn nicht wegen Plagiats anklagen kann. So machen es alle Zauberer, Magier, Illusionisten, Hexer, Gaukler und Hellseher, schreibt Juhn. Nicht ohne Grund nennt Hanussen seine Séancen »Experiment«. Damit räumt er vorsichthalber ein, dass sie auch misslingen können. Seine Feinde können bei einem Misslingen einer Nummer also nicht behaupten, er sei ein Stümper.

Wenn er seinem Publikum erzählt, er habe in Ägypten und in Arabien dies und jenes erlebt, so ist das purer Unsinn. Hanussen war nie in Ägypten und Arabien. Die sogenannte magische Kette aus Holzkugeln, die ihm angeblich ein reicher Scheich in Ägypten schenkte, das Gomboloy, hat er billig auf einem tschechischen Trödelmarkt gekauft.

Als Medium benutzt er hauptsächlich Frauen, da sie nach seiner Überzeugung besonders gefügig seien. Frauen sind meistens emotional und wünschen, dass sein Experiment glückt. Dadurch fühlen sie sich als Medium vor dem Publikum geschmeichelt. Männer dagegen denken im Allgemeinen zu viel, sind zu rational und ihm gegenüber kritisch eingestellt. Das kann nur schiefgehen. Hin und wieder lassen Männer als Medium seine Nummer absichtlich scheitern, führen ihn in die Irre, um zu beweisen, dass er ein Stümper ist. Und wenn er doch mal Männer als Medium auswählt, dann nur solche, die ihn bewundern und verehren.

Die Grundvoraussetzung für das Gelingen seiner Präsentationen ist: Die Versuchspersonen müssen beeinflussbar sein.

Hanussen kann nur Erfolg haben, wenn die Menschen bedingungslos an ihn glauben. Er muss seine Gemeinde dazu bewegen: Seid überzeugt von Hanussen! Die Medien helfen ihm dabei. Ihre unerschütterliche Lobpreisung seines Könnens befeuert den Mythos Hanussen Tag für Tag aufs Neue. Die Vernunft des Publikums wäre sein Ruin. Glaube ist alles. Beim geringsten Zweifel würden seine »Experimente« scheitern wie ein Boot, das an Klippen zerschellt. Und misslingt tatsächlich einmal eine Séance, so ist nicht der große Meister daran schuld, sondern das Medium, weil es angeblich untauglich ist. Doch das ist nur selten der Fall, denn welches Medium würde sich schon gern vor allen Zuschauern die Blöße geben, ein schlechtes Medium zu sein? Zudem steht bei einem Misslingen das Publikum immer auf seiner Seite und ist wütend auf das Medium, weil es das Publikum um sein Vergnügen gebracht hat. Schließlich haben die Leute dafür bezahlt, das Wunder zu erleben.

Als Nächstes liest Stemmer die Erklärungen der Nummern, die er in der »Scala« gesehen hat.

Bei der »Telepathischen Post« überbringt Hanussen mit verbundenen Augen einer fremden Person im Saal einen Brief, während sein Medium hinter ihm geht und sich beide an den Händen halten. Das schwarze Tuch um seine Augen ist nicht wie behauptet undurchsichtig. Verschleiert kann er durch das Tuch sehen, wohin er geht. Auf dem Weg zu der ihm unbekannten Person, an die der Brief gerichtet ist, leiten ihn keineswegs seine angebliche Gedankenübertragung durch das Medium und sein Gedankenlesen, sondern sein Muskellesen, sogenannte ideomotorische Bewegungen. Jeder Mensch macht in dem Augenblick, in dem er an eine bestimmte Richtung denkt, unwillkürlich kleine Bewegungen, die auf das Ziel weisen. Hanussens ganzes Experiment hängt davon ab, ob sein Medium konzentriert und scharf genug daran denkt, wohin er gehen soll. Dann spürt er in den Händen unwillkürliche entsprechende Muskelbewegungen des Mediums, die ihm sagen, wohin er gehen soll.

Zuckt ein Muskel an ihrer linken Hand, geht er nach links.

Kommt kein Muskelsignal, bleibt er stehen. Spürt er an ihrer rechten Hand eine Muskelbewegung, geht er nach rechts. Und das Publikum glaubt, Hanussen könne die Gedanken seines Mediums lesen.

Für Stemmer ist das viel zu kompliziert und umständlich. Er hatte damals bei dieser Nummer gleich den Verdacht, dass die Frau hinter ihm, sein sogenanntes Medium, nur seine Hände entsprechend drücken muss. Ob unwillkürlich oder verabredet.

Stemmer liest weiter und erfährt das Geheimnis von Hanussens »Telepathie«-Nummer, bei der dieser vorgibt, er könne durch Telepathie ein bestimmtes Ereignis »sehen«, das eine Person in der Vergangenheit erlebt hat. Wenn sie ihm nur das entsprechende Datum nennt, könne er Vergangenes »hellsehen«. Sein Trick besteht darin: Vor der Séance bittet er ein paar wenige aus dem Publikum, auf einen Zettel nur ihren Namen und das betreffende Datum zu schreiben. Sonst nichts. Seine Assistentin sammelt diese Zettel in Hanussens Zylinder ein, verwickelt dabei die Personen geschickt in ein Gespräch und entlockt ihnen raffiniert, was damals geschah. Im Allgemeinen ist es leicht, bei Menschen alles Wünschenswerte zu erfahren. Sie brennen darauf, erzählen zu dürfen. Manche schreiben im naiven Missverstehen nicht nur Tag, Ort und Stunde auf den Zettel, sondern auch das Ereignis.

In der nachfolgenden Pause berichtet die Assistentin Hanussen in der Garderobe, was man ihr erzählt hat. Er prägt sich alles ein. Er hat ein sehr gutes Gedächtnis. Sollte er anschließend auf der Bühne tatsächlich einmal ein Ereignis vergessen haben, hilft sie ihm mit verabredeten Signalen auf die Sprünge. Ruft seine Assistentin eine Person im Saal zum Beispiel mit einem »Bitte« auf die Bühne, so weiß er, dass es sich um eine Geburt handelt. Fügt sie beim Aufruf einer Person ein »Bitte schön« ein, muss er eine Hochzeit »hellsehen«. Mahnt sie bei einer Person um »Ruhe«, obwohl es im Saal völlig still ist, bedeutet das für ihn einen Todesfall. Bei einem eingeflochtenen »Also« muss er einen Brand wahrsagen, bei einem »Hallo« eine Beförderung und so weiter.

Stemmer blättert weiter. Immer neue Tricks, Gaunereien,

Bluffs und Hochstapeleien. Ihm reicht's. Er hat keine Lust mehr weiterzulesen und legt das Buch beiseite. Stemmer ist am Ende seiner Illusionen. Das war nun sein Hellseheridol. Für so einen Betrüger hatte er geschwärmt, ihn für ein Genie gehalten. Er ist wie gelähmt vor Ernüchterung. Unbegreiflich, auf so einen Typen hereingefallen zu sein. Hoffentlich wälzt man über sein Grab einen besonders großen Felsblock, damit er am Jüngsten Tag nicht aufersteht.

Nach diesem Schock bestellt Stemmer noch einen doppelten Cognac und überlegt, ob er das Buch liegen lassen soll, wie er damals im Zug das Schundheft jener Adeligen liegen lassen wollte. Dann steckt er es doch ein, leert sein Glas, zahlt und geht. Heiß ist ihm nach Dzinos Erzählung, nach diesem Juhn-Buch und nach den beiden Cognacs geworden. Morgen muss er noch einmal zu David in das Scheunenviertel, ihm die gekaufte Cordhose und das warme Jackett bringen.

Bevor er aus dem Haus geht, um David die bei Wertheim schön eingepackte neue Kleidung zu bringen, schließt er Judiths Briefkasten auf. Ein Umschlag fällt ihm entgegen. »Für Stemmer« steht mit Schreibmaschine darauf geschrieben. Kein Absender. Auch keine Briefmarke. Ein Bote muss ihn in den Kasten gesteckt haben.

Er reißt das Kuvert auf und hält einen Zettel in der Hand. Mit Schreibmaschine getippt eine weitere Drohung: »Zweite und letzte Warnung. Bald haben wir dich.« Es sind die gleichen Lettern wie beim ersten Drohbrief, wieder rot unterstrichen. Stemmer dreht den Zettel um. Auch auf der Rückseite kein Absender. Im Umschlag fühlt er harte Stücke. Er kippt das Kuvert um, drei golden glänzende Patronenkugeln kullern in seine Hand. Gewehr- oder Pistolenmunition.

Diesmal wird er Judith nichts über diese zweite Drohung sagen. Schon bei der ersten anonymen Sendung vor einem Monat rastete sie fast aus, beschwor ihn, seine Recherchen über Lechner und seine kritischen Artikel sofort zu beenden. Und jetzt soll er auch noch über Hanussens Ermordung schreiben. Er hatte alle Mühe, sie wieder zu beruhigen. Auch Gruber will er nicht informieren. Schon die erste Drohung hatte er ihm verschwiegen. Vielleicht hätte er ihn aus Angst um sein Leben nach Wien zurückbeordert. Das wollte Stemmer auf jeden Fall vermeiden. Er wollte hierbleiben und weiter nach Lechner suchen.

Quatschdrohung. Pfeif drauf. Nur Einschüchterung. Ein Stemmer lässt sich nicht einschüchtern. Und schon gar nicht von einem unbekannten Hiasl. Trotzdem fragt er sich, wer hinter diesen beiden Drohbriefen stecken könnte. Der SA-Lümmel Ohst? Seine vermeintliche Ulrike? Oder jemand ganz anderes, den er nicht kennt? Wenn er wüsste, wer Lechner verschwinden ließ, hätte er einen Hinweis. Wem es nicht passt, dass er über die Ermordung Hanussens schreibt, kann er sich denken.

Scheiß drauf, sagt er sich, zerreißt den Zettel und wirft die Fetzen und die drei Kugeln in die Mülltonne, die zur Leerung auf dem Trottoir steht.

»Der Führer hat Geburtstag, kommt und singet alle mit, wünscht Gesundheit und viel Glück, der Führer hat Geburtstag!« So klingen die fröhlichen Kinderstimmen aus dem Klassenzimmer im Erdgeschoss einer Volksschule. Schulgesang, das Volk wird geschult. Ihm fällt ein, dass heute der 20. April ist. Seine zweite Drohung erhält er an Hitlers Geburtstag. Na, servus.

Stemmer erinnert sich, was er als Kind in Wien in seiner Schule freudig gesungen hat: »Gott erhalte Franz, den Kaiser, unsern guten Kaiser Franz! Lange lebe Franz, der Kaiser, in des Glückes hellstem Glanz!« Dann kam der Krieg. Jetzt hört er die Kinder fröhlich singen, und Hitler schwadroniert vor Reichswehrkommandeuren vom neuen Krieg. Aus den Fenstern hängen die Hakenkreuzfahnen, auf den Plätzen blasen die Militärkapellen, aus den Lautsprechern in den Straßen dröhnen die pathetischen Reden, und immer wieder kreuzen Aufmärsche Stemmers Weg. Die ganze Stadt ist in akustischem Aufruhr. Für ihn ein Terror gegen das Ohr. Im Vergleich zu diesem Lärm klingt das Geburtstagsständchen der Kinder treuherzig.

Stemmer muss weiter zu David. Ihm die Tüte mit den neuen Kleidern bringen. Zuerst wird er sich wahrscheinlich genieren und das Geschenk nicht annehmen wollen. Dann aber wird er sich darüber freuen und ihm dafür dankbar sein.

Zu Stemmers Erstaunen ist die Neue Schönhauser Straße seltsam leer, kaum Menschen zu sehen. Vergangene Woche waren die Gassen des Scheunenviertels voll von quirligem Gedränge und Geschäftigkeit. Heute kaum Leben auf den Straßen. Da sieht er zertrümmerte Ladenfenster und die zerborstenen Fenster der Kellerwohnungen. Er steigt über das Glas auf dem Bürgersteig. Etwas entfernt kehrt ein älterer bärtiger Mann mit einem schwarzen Hut die Scherben auf einer Schaufel zusammen. Auf dem Rest des eingeschlagenen Schaufensters kann er noch die Beschriftung lesen, »Leihbibliothek Zeitschriften Schreibwaren«, und ein paar Worte in hebräischen Buchstaben. Seitlich daneben wurde ein Hakenkreuz an die Wand geschmiert, von dem die weiße Farbe hinuntergelaufen ist.

»Was ist passiert?«, fragt er den Bärtigen.

Der Mann antwortet nicht. Er schaut nicht einmal hoch, kehrt nur gebückt weiter die Scherben auf.

Stemmer kommt an den Kellerläden mit der Aufschrift »Eisenwaren«, »Bäckerei Koscher«, »Schusterei« und den Werkstätten von Korbflechtern und Schirmflickern vorbei. Auch ihre Fenster sind zertrümmert, die eingetretenen Holztüren stehen offen. Niemand ist im Innern zu sehen. Ein paar Kinder hocken stumm auf den Steinstufen der Hauseingänge. Er nähert sich einer Gruppe von Männern in dunklen Anzügen und Schiebermützen. In dem Moment wenden sie sich von ihm ab. Ein paar Meter weiter diskutieren Prostituierte in dicken Mänteln und mit Topfhüten. Auch sie will er fragen, was passiert ist, auch sie drehen sich verächtlich weg. Er kommt an der Kaschemme vorbei, vor der vergangene Woche die Männer Schwarzhandel trieben, jetzt ist kein Mensch zu sehen. Da ist wieder das kleine koschere Restaurant mit dem Judenstern. Wieder eingeschlagenes Glas und Hakenkreuze.

Neben einer Kellertür liegen ein umgeworfener Küchentisch und ausgekippte Weidenkörbe. Um sie herum sind auf dem Bürgersteig Kohlköpfe, Rettiche, Kartoffeln und Zwiebeln verstreut. Kinder und Frauen holen, was sie gebrauchen können, und stopfen es eilig in ihre Säcke.

»Was ist passiert?«, fragt er eine dicke Frau, die das Gemüse in ihre Schürze packt.

Verständnislos schaut sie auf. »Sehn Se dit nich?«

Endlich erreicht er die Ecke Münzstraße mit Davids »Biograph-Theater«. Die Schaukästen und die gläserne Flügeltür sind eingeschlagen, an die Wand ist ein Hakenkreuz gekleckst. Die Plakate sind herausgerissen, die Scherben der Vitrinen liegen auf dem Pflaster. Er geht durch die offen stehende Flügeltür, gerät in einen finsteren Flur und ruft: »David! Beile!«

Niemand antwortet. Hinter einem Vorhang ertastet er einen Lichtschalter. Er befindet sich in einem winzigen Zimmer mit einem kleinen Fenster zum Hof. Ihr Aufenthalts- und Schlafraum. Der Raum ist völlig verwüstet. Tisch, Stühle und die beiden Betten sind umgeworfen, die Matratzen aufgeschlitzt, die Filmkataloge zerrissen und auf dem Boden verstreut.

Auch die wenigen Bücher, die David besaß, liegen zerfetzt herum.

Wieder ruft er: »David! Beile!«

Keine Antwort.

Zwischen zwei Schränken öffnet er eine Tür. Finsternis umgibt ihn. Neben dem Türrahmen findet er einen Schalter. Dämmriges Licht glimmt auf. Es ist der schlauchförmige Kinosaal, in dem er vor einer Woche stand. In den Reihen die demolierten Sitze, an den Wänden kleben die Reste von herabgerissenen Plakaten. Vor ihm auf dem Boden liegt im zerschlagenen Rahmen Lechners Artikel über das »Biograph-Theater«. Stemmer hebt die Überbleibsel auf und steckt sie ein.

Plötzlich steht ein alter Mann mit eisengrauen Haaren neben ihm. Er trägt einen fleckigen Arbeitskittel. In seinen blauen Augen blitzt Feindseligkeit. Sein bleiches Gesicht flackert.

»Wat willste hier?«

»Ich suche David. Und Beile.«

»Sind weg«, sagt er tonlos.

»Wo sind sie?«

»Frag de SA. Wer bist'n du?«

»Ein Bekannter.«

»Hättst zwee Stundn früha komm müssn. Se bei dich verstecken müssn. Jetzt isses zu spät.« Seine brüchige Stimme klingt vorwurfsvoll.

»Wo sind sie jetzt?«

Der Mann zuckt mit den Schultern. »Ob se noch lebn.«

Stemmer hält noch immer die Tüte mit der Aufschrift »Wertheim« in der Hand. Darin die Cordhose und das Jackett für David.

»Haben Sie die beiden gekannt?«

»Na, hör mal, war mit denen befreundet. Wohn nebenan.«

Der Alte wischt sich Tränen aus den Augen. Mit einem Mal fällt seine Feindseligkeit ab. Es dauert einen Moment, bis Stemmer wieder sprechen kann. Schließlich fragt er: »Haben Sie erlebt, wie das passiert ist?«

»Wie de SA kam, hab ick mia versteckt. Die Bande hat uns schon öfters übafalln. Heut ham se de Judn wegjeschleppt. Ooch den David und de Beile. Aba de meistn Judn ham se nich erwischt«, sagt der Alte. »Die ham sich im letztn Moment vakrochn. In de Keller, uff de Dachbödn, in voabereitetn Versteckn. Da traun se sich voaerst nich meha raus.«

»Wo kann ich David und Beile finden?«

»In irgendeinm Foltakella, wenn se noch da sin.«

Er zeigt auf das Klavier. »Ooch dit habn se zertrümmert. Konntn se nua mit 'ner Axt kleinkriegen.«

Wie ausgeschlagene Zähne liegen die Tasten auf dem Boden, und die Saiten hängen heraus wie dünne Gedärme. Es gibt nichts mehr zu bereden. Zum Abschied gibt Stemmer dem Alten die Tüte.

»Hab ich eigentlich für David mitgebracht«, sagt er. »Wenn Sie das jetzt haben möchten? Hoffentlich passt es Ihnen.«

Der Alte schaut in die Tüte. »Na ja, so wat könn wa imma brauchn.«

Verstört steht Stemmer auf der Straße. Er muss zur Besinnung kommen. Vor ihm zerschlagene Fenster und Türen, unter ihm zerborstenes Glas und hinter ihm Davids zertrümmertes Kino. David und Beile irgendwohin geschleppt.

So oft hat er das Wort Folter gelesen. Wie aber geschieht so eine Folter? Was macht man da? Konkret, genau, was macht man da mit den Menschen? Man schlägt sie mit Peitschen, mit Eisenstangen, drückt glühende Zigaretten an ihren Fußsohlen aus, bricht ihnen irgendwie die Knochen. Wenn sie bewusstlos geworden sind, überschüttet man sie mit eiskaltem Wasser, damit sie wieder zu sich kommen. Er will es sich nicht vorstellen. Schon der Gedanke daran schmerzt ihn am ganzen Körper.

Was wollen sie denn von ihnen wissen, was sollen sie gestehen? Dass sie Juden sind, wissen die Drecksäcke. Man hat sie abgeholt, weil sie Juden sind. Noch vor einer Woche hat David ihm stolz sein Kino gezeigt. Stemmer sieht ihn wieder vor sich, das schmächtige, etwas heruntergekommene Kerlchen in seiner zerschlissenen Kleidung, in seiner zu weiten Jacke und zu kurzen Hose. Er sieht wieder seine strubbeligen Haare, seine hellen, wässrigen Augen, die ihn quirlig anblickten. Hört wieder seine wienerische, jiddisch klingende Stimme. Vor einer Woche war David bei der Beerdigung seines Bruders, jetzt ist er vielleicht selbst tot. Und seine Beile. Wie Hanussen und vielleicht auch Lechner. Und heute Morgen lag für ihn die zweite Morddrohung im Briefkasten. Mit drei Patronen.

Judith darf er über die Verwüstung des Scheunenviertels nichts sagen. Auch nicht, dass man David und Beile abgeholt hat. Sie würde in Panik geraten und fürchten, dass auch sie bald dran ist. Er muss es ihr aber sagen. Morgen wird es in der Zeitung stehen. Besser, sie erfährt es von ihm als aus der Zeitung.

Als Stemmer nach Hause kommt, braucht er ihr nicht von der Verwüstung des Scheunenviertels zu berichten. Sie weiß es bereits aus dem Radio. Eine »Razzia« und »Säuberung von kriminellen Elementen« hat man in den Nachrichten gemeldet. Judith weiß, was »Razzia« und »Säuberung« bedeuten.

»Und dein David?«, will sie wissen.

Nun muss er es aussprechen. Mit trockener Kehle bringt er hervor: »Ist abgeholt worden. Mit seiner Beile.«

Judith wird kalkweiß im Gesicht. Stemmer umarmt sie liebevoll, streichelt ihre blutleeren Wangen und küsst sie. Eng umschlingt sie ihn, als wollte sie sagen: Lass mich nicht allein, bleib bei mir, beschütze mich. Als Versprechen drückt er sie fest an sich, obwohl er nicht weiß, wie er sie beschützen kann. Langsam löst sie sich von ihm und wischt sich die Tränen aus den Augen.

Er tapst durch ein dunkles, feuchtes Gewölbe. In der Finsternis muss er bei jedem Schritt den zerklüfteten Boden abtasten, ob da nicht eine Grube ist, in die er hineinstürzen könnte. Aus der er nicht mehr herauskommen würde. Eine Falltür. Die engen Ziegelwände an beiden Seiten fühlen sich glitschig an. Die Decke ist so tief, dass er sich bücken muss. Kein Lichtschimmer glimmt am Ende des Gewölbes. Stolpernd taumelt er voran. Da tritt er ins Leere, fällt tief hinab, findet keinen Halt, fällt immer tiefer und schlägt in einem Schlammloch auf. Der Morast steht ihm bis zum Knie. Er ist in eine Falle gestürzt. Die Öffnung hoch über ihm ist kaum zu erkennen. Schlangen winden sich um seine Beine, Kröten kriechen an seinen Beinen hoch. Er will sie wegschlagen, hat Angst, sie zu berühren. Grauen erfasst ihn. Er schreit, brüllt, kreischt, doch seine Stimme ist lautlos. Als hätte er nur stumm den Mund bewegt.

Da spürt er Judiths Hand auf seiner Schulter. Sie schüttelt ihn. Schweißnass wacht er auf. Langsam wird ihm bewusst, dass er neben Judith im Bett liegt.

»Du hast geträumt«, sagt sie.

Stockend erzählt er ihr seinen Traum. Ist er in Berlin in einen Hinterhalt gestürzt? Umgeben von Schlangen und Kröten? Noch lange liegt er wach, während Fetzen seines Traums durch seinen Kopf ziehen und Judith ihn streichelt. Endlich lösen sich die Nebelschwaden auf.

»Hat nichts zu bedeuten«, murmelt er. »Alles Tinnef.«

Judith schweigt und küsst ihn auf die Stirn.

Die Flundern, die werden sich wundern

»Am Mittwoch, den 19.04. d. J., wurde aus dem Landwehrkanal eine männliche, bis zur Unkenntlichkeit entstellte Leiche geborgen. Nach ihrem Zustand zu schließen, muss sie bereits längere Zeit im Wasser gelegen haben. Es konnten zwei Einschüsse in ihrem Rücken und ein Einschuss im Hinterkopf festgestellt werden. Nähere Umstände sind nicht bekannt. Die Leiche wurde zur Obduktion in das Institut für Rechtsmedizin der Charité gebracht.«

Fünf Zeilen in der »Vossischen Zeitung«, der heutigen Morgenausgabe vom 22. April, die er eben bei Matzke kaufte. Beinahe hätte Stemmer diese kleine Notiz im Lokalteil überblättert. Er liest die fünf Zeilen nochmals. Lechner!, denkt er. Ist das Lechner, den man erschossen aus dem Landwehrkanal gezogen hat? Er muss sofort zur Charité.

Ende Januar war er schon einmal im Leichenschauhaus, um nach Lechner zu fragen. Und später noch einmal. Jetzt muss er in das danebenliegende gerichtsmedizinische Institut in der Hannoverschen Straße. Er muss wissen, ob diese Wasserleiche sein Lechner ist.

Vor dem roten Klinkerbau parken zwei Leichenwagen, daneben sitzen die Fahrer und Träger auf einer Bank und trinken Bier aus Flaschen. Laut streiten sie über ein Fußballspiel, das heute im Deutschen Station stattfindet.

Bei der Anmeldung muss er wieder die gleiche penible Prozedur über sich ergehen lassen wie schon damals bei seiner Frage nach Lechner.

»Sind Sie ein Familienangehöriger, ein Verwandter?«

»Nein, Kollege.«

»Können Sie sich ausweisen?«

Er legt seine Papiere vor. Man lässt einen Gerichtsmediziner kommen. Ein Mann mittleren Alters im weißen Kittel. In seinem Mundwinkel hängt eine brennende Zigarette. Wieder muss Stemmer seinen Spruch vortragen.

»Sie wollen diese Leiche identifizieren?«, fragt der Gerichtsmediziner skeptisch. »Da bin ich gespannt.«

Stemmer zeigt ihm Lechners Fotos von Lotte.

»Damit können wir gar nichts anfangen.«

»Warum nicht?«

»Kommen Sie mit. Sie werden schon sehen.«

Der Gerichtsmediziner führt Stemmer hinab in den Keller.

»Das geht hier am laufenden Band«, sagt er, während sie durch ein langes Gewölbe gehen. »Dauernd rennen uns Journalisten die Bude ein. Jedes Mal, wenn was in der Zeitung steht, wollen sie wissen, wer die Leiche ist. Das geht natürlich nicht. Dürfen wir gar nicht. Aber bei Ihnen ist das was anderes.«

Sie betreten den Kühlraum. Er ist vollgestellt mit Leitern, die Fliesen sind bedeckt mit meterlangen Papierbahnen und großen Farbkübeln. Auf den Leitern balancieren Arbeiter in weißer vollgekleckerter Kluft und mit Hauben auf den Köpfen und streichen die Decke. Immer wieder tropft weiße Farbe herab, ein paarmal dicht neben Stemmer.

»Passen Sie auf«, sagt der Gerichtsmediziner. »Sonst kriegen Sie was ab.«

An einer Seite des Kühlraums sind in die Wand große Fächer mit der Aufschrift »Unbekannt« eingelassen. Der Gerichtsmediziner, immer noch die brennende Zigarette im Mundwinkel, will an eines der Fächer herantreten, doch eine Leiter versperrt ihm den Zugang. Ein Maler muss mit seinem Farbkübel von der Leiter herabsteigen und sie beiseiteziehen. Jetzt kann er an das Fach, holt aus seiner Kitteltasche einen Schlüsselbund und schließt das Türchen auf. Neugierig bleibt der Maler stehen, er will sehen, was das für eine Leiche ist.

Im Kühlfach stehen fünf Flaschen Sekt. Kein Lechner, sondern Sekt!

»Hat jemand für eine Feier reingestellt«, murmelt er und will zum Kühlfach daneben. Auch hier muss der Maler erst seine Leiter wegräumen. Der Gerichtsmediziner weist die Arbeiter an, den Raum zu verlassen. Alle klettern von ihren Leitern und gehen nach draußen. Dann schiebt er ein Eisengestell vor die Kammer, streift sich weiße Handschuhe über, schließt die Klappe auf und zieht eine Metallwanne heraus, in der eine nackte Wasserleiche liegt.

Das soll Lechner sein?

»Hat über drei Monate im Wasser gelegen«, sagt er, während er seinen Zigarettenstummel in eine Farbpfütze wirft und sich einen neuen Glimmstängel anzündet.

Der Leichnam sieht entsetzlich aus. Völlig aufgequollen. Die Augenhöhlen sind leer. Große schwarze Krater. Der aufgedunsene dunkle Körper ist übersät mit tiefen schwarzen Löchern. Stemmer erschrickt. Es schaudert ihn. Er hat noch nie eine Wasserleiche gesehen.

»Die dunkle Färbung des Körpers kommt von der Fäulnis im Wasser«, erklärt der Mann mit der Zigarette im Mundwinkel. »Und die leeren Augenhöhlen und die Löcher im Körper stammen vom marinen Tierfraß. Kleine Fische, Kaulquappen, Molche, Krebse. Sie haben an ihm geknabbert und auch das Gallert des Augapfels herausgefressen. Aasfresser. Die Muschelbesiedlung am Körper haben wir bei der Obduktion entfernt.«

Die Haut des Kopfes, der Füße und Hände ist völlig verschrumpelt und bildet dicke hellgraue Wülste. Wie eine aufgekochte, verwirbelte Gummimasse sieht sie aus.

»Wachshautbildung«, kommentiert der Gerichtsmediziner knapp.

Das aufgequollene Gesicht mit den leeren Augenhöhlen ist nicht mehr zu erkennen. Unmöglich zu sagen, ob das Lechner ist. Am rechten Zeh hängt an einer Schnur ein Zettel mit dem Vermerk »Unbekannt«.

»Wäre gut, wenn Sie den Toten identifizieren könnten. Soweit das überhaupt noch möglich ist. Drei Monate hat er auf dem Grund gelegen. Die fortschreitenden Fäulnisgase trieben dann den aufgeblähten Körper nach oben. Die Wasserschutzpolizei hat ihn am Mittwoch gefunden. Er trug Kalbslederhandschuhe und mit Dachsfell gefütterte Lederstiefel. Und einen Fuchspelzmantel, vollgesogen vom Wasser. Das Gewicht hat ihn länger als gewöhnlich auf den Grund gedrückt. Seine Kleidung hatte sich im Wasser schon aufgelöst. Der Pelzmantel hing nur noch mit einem Ärmel an ihm. Er hatte keine Ausweispapiere bei sich. Sie hätten sich ohnehin längst zersetzt.«

Der Gerichtsmediziner zeigt auf eine von Wülsten überwucherte Kluft auf der Stirn. »Austritt eines Projektils, das wir leider nicht haben.«

Er dreht die Körpermasse um und zeigt auf dem Rücken auf zwei Stellen, die Stemmer nicht deuten kann.

»Zwei Einschüsse in die Herzgegend. War nicht leicht, die Eintrittswunden bei dem Zustand des Leichnams zu erkennen. Auf der Brust gab es keinen Austritt der Projektile. Wir fanden sie bei der Obduktion im Körper. Sind stecken geblieben. Pistolenmunition.«

Er deutet auf den Hinterkopf. Über dem zersplitterten Schädel wölbt sich die verschrumpelte Haut. »Der Eintritt des dritten, nicht aufgefundenen Projektils.«

Er dreht die Leiche wieder auf den Rücken. »Sie können vermutlich nicht bestätigen, dass das Ihre vermisste Person ist.«

»Vielleicht durch die Schuhe und den Pelzmantel.«

»Vielleicht, vielleicht. Damit können wir nichts anfangen.«

Zwischen den aufgeschwemmten Wülsten eines Fingers sieht Stemmer einen Ehering. Er kennt Lechners Hochzeitsdatum. Er war Trauzeuge bei seiner Heirat mit Lotte. Es war der 14. August 1929. Die ganze Redaktion war zur Hochzeit eingeladen.

»Ich muss das eingravierte Heiratsdatum sehen«, fordert Stemmer.

»Sie haben Glück, dass die Hand und die Finger noch vorhanden sind. Durch das lange Liegen im Wasser und die Fäulnis lösen sie sich oft und treiben fort.«

Aus seiner Brusttasche holt er ein Seziermesser und schneidet den aufgeblähten Ringfinger auf, die brennende Zigarette immer noch im Mundwinkel. Wasser sprudelt aus dem Schnitt. Die Asche seines Glimmstängels biegt sich und fällt auf seinen weißen Kittel. Er schüttelt die Ascheflocken ab, ein Teil rieselt auf die nackte Leiche. Mit einer Hand hält er den Finger fest, damit er sich nicht von der Handfläche löst, mit der anderen dreht er den Ring. Nach einigen Anstrengungen kann er ihn über die schwammige Haut ziehen und überreicht ihn Stemmer. Bevor der das eingravierte Datum lesen kann, muss er die schmierigen Hautfetzen von der Innenseite des Eherings abwischen. Dann sieht er deutlich: 14. August 1929. Lechners Heiratsdatum.

Dieser aufgequollene Koloss ist also tatsächlich sein Lechner! Ihm wird übel. Vor seinen Augen verschwimmt alles. Schweiß tritt auf seine Stirn. In seinen Ohren rauscht es. Er taumelt, muss sich irgendwo festhalten. Der Gerichtsmediziner schiebt ihm einen Hocker hin. Stemmer kann nicht mehr denken. Er hat das Gefühl, sich übergeben zu müssen.

»Machen Sie bloß keine Schweinerei hier«, hört er eine Stimme wie von weit her.

Langsam kehrt das Blut in seinen Kopf zurück. Er wischt sich den Schweiß von der Stirn.

»Sie können die Leiche identifizieren?«

Stemmer nickt stumm.

»Gut, dann können wir eine Nummer und einen Namen eintragen.«

Vor ihm liegt Ludwig Lechner, Gesicht und Körper aufgequollen wie ein Ballon, die Haut dunkel von der Fäulnis, der Körper angenagt von allen möglichen Viechern im Wasser. Im Rücken zwei Einschüsse in die Herzgegend, im Hinterkopf ein Einschuss direkt ins Gehirn. Sein Lechner, nach dem er so lange gesucht hat.

Der Gerichtsmediziner schiebt die Wanne mit Lechners Leichnam zurück in die Kühlkammer, verschließt das Türchen und zündet sich eine neue Zigarette an. »Kommen Sie mit ins Büro.«

Im kahlen Büro des Gerichtsmediziners muss Stemmer seine Identifizierung in einem Protokoll unterschreiben. Und er muss die Adresse von Lotte in der Burggasse angeben, damit sie von Lechners Tod informiert werden kann. Die arme Lotte, denkt Stemmer, die arme Lotte. Sie wird verrückt werden vor Verzweiflung.

»Den Leichnam werden wir baldigst nach Wien überführen.«

Zum Schluss holt er ein Zellophantütchen hervor und zeigt es Stemmer. »Diese beiden Pistolenkugeln steckten in seinem Körper.«

Solche glänzenden Pistolenkugeln lagen auch im Umschlag mit der Morddrohung in Stemmers Briefkasten.

»Wer hat ihn erschossen?«

»Ist nicht unsere Aufgabe, das herauszufinden. Auch andere werden es nicht herausbekommen. Alle Ermittlungen wurden auf höhere Weisung eingestellt.«

»Von wem eingestellt?«

»Darf ich nicht sagen.«

»Warum nicht?«

»Politische Gründe.«

Als Stemmer wieder draußen auf der Hannoverschen Straße zwischen den beiden Leichenwagen und den noch immer palavernden Fahrern und Trägern steht, muss er nach Luft schnappen. Zwei Schüsse in den Rücken und einer in den Hinterkopf, denkt er wieder und wieder. Wie bei Hanussen. Und drei Pistolenkugeln in seinem Briefkasten als Drohung.

Stemmer hat genug von dieser Stadt. Er will weg von hier. Er will zurück in sein Wien. Sofort. Doch im selben Moment weiß er, dass er hierbleiben muss. Er muss erfahren, wer Lechner erschossen hat und wer ihn in den Landwehrkanal warf. Und warum er verschwinden musste. Er wird Berlin nicht eher verlassen, bis er es herausgefunden hat. Außerdem ist da noch Judith. Er kann sie auf keinen Fall verlassen. Er muss bei ihr bleiben. Gerade jetzt, wo auch sie bedroht ist.

Voller Entsetzen hört sie, dass er seinen Freund gefunden und anhand seines Eherings identifiziert hat. Weil es sonst nichts zu identifizieren gab.

»Jetzt ist Schluss mit deiner Sucherei«, entscheidet sie. »Der Fall Lechner ist erledigt.«

Für ihn gar nicht erledigt, solange er nicht Ludwigs Mörder kennt.

»Du unternimmst nichts mehr. Egal, wer ihn umgebracht hat.«

Gar nicht egal, wer dahintersteckt.

»Keinen Schritt machst du mehr in dieser Sache.«

Solange er keine Klarheit hat, muss er weitermachen.

»Schlimm genug, dass Lechner tot ist. Aber du musst am Leben bleiben. Ich brauche dich!«

Er bleibt am Leben. Ihm ist bisher nichts passiert.

Judith ist verzweifelt. Ihre moosgrünen Augen funkeln düster. Wüsste sie, dass er noch eine zweite Morddrohung erhalten hat, sie würde wahnsinnig werden.

Stemmer ruft Gruber an und berichtet ihm mit stockendem Atem: Lechner gefunden! Aus dem Landwehrkanal gezogen! Er wurde erschossen. Sieht nach Exekution aus.

»Recherchieren Sie, wer unseren Lechner umgebracht hat«, kommt es vom anderen Ende der Leitung. »Die Mörder dürfen nicht im Dunkeln bleiben.«

Hätte er Gruber von seinen beiden Morddrohungen berichtet, er hätte ihn sofort nach Wien zurückgeholt. Stattdessen: »Wir brauchen Sie in Berlin. Sie sind nun unser ständiger Korrespondent. Ein wichtiger Mann für uns.« Am Ende fügt er hinzu: »Viel Glück bei Ihrer Spurensuche. Und passen Sie gut auf sich auf.«

Stemmer wendet sich zu Judith.

»Du siehst«, sagt er zu ihr, »ich muss weitermachen.«

Erstarrt sieht sie ihn an.

Eene meene muh und raus bist du

Am Montagvormittag schrillt in der Diele das Telefon. Stemmer hört, dass Judith abnimmt.

Kurz darauf ruft sie in sein Zimmer: »Für dich!«

Stemmer geht in die Diele, sie reicht ihm den Hörer, er meldet sich. »Ja bitte.«

»Kann ich Herrn Stemmer sprechen?«

»Am Apparat. Mit wem spreche ich?«

»Sommer. Sie haben mal Anfang des Jahres bei uns im Volkshaus gewohnt.«

Stemmer erinnert sich an die Dame bei der Anmeldung. Nach dem Überfall hatte er Angst, die SA könnte beim nächsten Mal auch sein Zimmer stürmen, und ist ausgezogen.

»Woher haben Sie meine Nummer?«

»Durch Ihre Redaktion in Wien. Können Sie heute Nachmittag zu mir in die Laubenkolonie Siemensstadt kommen?«

»Worum geht's?«

»Um Ihren Kollegen Lechner. Ich hab da was für Sie.«

Stemmer ist, als hätte er einen Stromschlag erhalten. »Was haben Sie denn?«

»Einen Briefumschlag. Ich habe ihn erst jetzt gefunden.«

»Was ist in dem Umschlag?«

»Sie werden es sehen, wenn Sie hier sind. Parzelle 158. Am besten nehmen Sie den Kolonieeingang beim S-Bahnhof Siemensstadt.«

»Gut, Nachmittag. Ich komme.« Er legt auf.

»Wer war das?«, fragt Judith.

»Frau Sommer damals vom Volkshaus.«

»Was will sie?«

»Sie hat einen Umschlag von Lechner gefunden.«

»Jetzt erst? Nach drei Monaten. Komisch.«

Stemmer muss gestehen, dass das sehr sonderbar ist.

»Du gehst da nicht hin«, entscheidet Judith. »Das ist eine Falle.«

»Es war Frau Sommer. Ich kenne sie.«

»Du weißt nicht, ob es die Sommer war. Es kann doch auch eine andere Frau gewesen sein, die sich mit ihrem Namen meldet.«

»Ich habe ihre Stimme wiedererkannt.«

»Am Telefon klingen alle Stimmen anders. Du gehst da nicht hin. Auf keinen Fall.«

Judith hatte ihm auch verboten, nach Wünsdorf zu fahren. Er ist trotzdem hingefahren und hat Hanussens Leichnam gefunden.

»Ich muss den Umschlag von Lechner haben.«

»Denk an die Morddrohung! Die hat man dir nicht aus Jux geschickt!«

»Vielleicht weiß ich dann mehr über ihn.«

»Dein Lechner ist tot!«, schreit Judith ihn an. »Seine Leiche hat man aus dem Landwehrkanal gezogen! Erschossen! Mit drei Kugeln! Sie wird nach Wien überführt! Vorhang zu. Schluss. Endlich aus. Für immer! Du hast nichts mehr mit ihm zu tun. Was willst du denn da noch wissen?«

Stemmer erschrickt über ihren barschen Ton. So hat sie ihn noch nie angefahren. »Trotzdem. Ich muss sehen, was er hinterlassen hat.«

»Asche von gestern.«

»Vielleicht gibt's noch Glut unter der Asche.«

»Ich komme mit.«

»Du bleibst hier.«

»Ich komme mit. Die Zeit nehm ich mir.«

»Ich gehe allein.« Er muss sich zwingen, mit ihr keinen Streit anzufangen. Noch nie haben sie so heftig miteinander gesprochen. Er weiß nicht, warum er partout allein zur Sommer will. Judith könnte ruhig mitkommen, wenn sie unbedingt will. Aber nun hat er sich entschieden, er bleibt dabei. Basta. Sein Wiener Bockerertrotz. Für einen kurzen Augenblick kommt er sich vor wie ein kleiner eigensinniger Bub. Dann fängt er sich. Besänftigend redet er auf sie ein. Auch um sich selbst zu beruhigen. »Judith, bitte, sei vernünftig. Hab keine Angst. Mir passiert nichts. Ich pass auf mich auf. Das versprech ich dir.«

Sie schweigt, sieht ihn nur verärgert an. Es tut ihm leid, dass er so brüsk zu ihr war und sie im Streit zurücklässt.

In der Siemens-Laubenkolonie stapft Stemmer durch die Pfützen und sucht die Parzelle 158. Widerlicher Nieselregen legt sich wie ein Schleier über die grün schimmernden Obstbäume, Sträucher und über die kleinen Holzhäuschen mit ihren Teerpappedächern. Feuchte Kälte dringt durch seine Kleider. An den Gartentoren sind keine Nummern angebracht. Niemand zu sehen, den er nach der 158 fragen kann. Kein Wunder, bei diesem Wetter. Einen Parapluie besitzt er nicht. Grundsätzlich nicht. Er hasst Schirme. Lästiges sperriges Zeug, das man irgendwo vergisst und stehen lässt. Judith hatte ihm stumm ihren Schirm angeboten. Er wollte nicht mit dem bunten Segeltuch herumlaufen. Das hat er nun davon. Nasse Klamotten.

Nun sucht er und sucht, rennt hin und her. Auf einigen Grundstücken stehen Taubenschläge. Die dicken grauen Viecher fliegen ein und aus. Gurrend sind sie ständig hinter den Weibchen her, sie fressen und fressen und scheißen alles voll. Er hasst Tauben. Versteht nicht, warum das Friedenstauben sein sollen. Enge Kaninchenställe. Die eingepferchten Tiere haben kaum Platz, darin umherzuhoppeln. Hühner hocken auf einer Stange. Ein Hund kläfft hinter einem Lattenzaun. Aborthäuschen. An einigen Stangen hängen schlaff Hakenkreuzfahnen. Gelbliches Licht dringt aus kleinen Fenstern, dünner Rauch quillt aus Ofenrohren. Endlich entdeckt er an einem Gartentor die Nummer 158. »Erwin und Magda Sommer« steht am Jägerzaun. Zwischen dürren Gemüsebeeten, aus denen nur Stängel ragen, geht er zur Holzhütte und klopft an. Magda Sommer öffnet. In einer karierten Küchenschürze steht sie vor ihm. »Hab Sie schon durchs Fenster kommen sehen«, sagt sie. »Kommen Sie rein.«

In der Datsche ist es wohlig warm. Stemmer hört im Ofen das brennende Holz knacken. Auf dem Küchentisch liegt geschnittenes Gemüse. An der Schürze wischt sie sich die Hände ab.

»Hab grad den Wirsing geschnippelt.«

Mit dem Kittel säubert sie heftig die Tischplatte, schüttelt ihn über dem Spülbecken aus und erzählt, warum sie Stemmer herbestellt hat.

»Kurz nachdem dieser Kerl Kanzler wurde, hat die SA unser Volkshaus beschlagnahmt. Wir mussten raus. Mussten schnell alle Sachen zusammenpacken. Wir haben alles in unsere Kisten geworfen, die im Keller standen. Zum Glück hatten wir diese Datsche hier in der Kolonie. Die Kisten haben wir draußen im Werkzeughäuschen gestapelt. Nur das Nötigste ausgepackt, den Rest ließen wir stehen. Erst jetzt, als es wärmer wurde, haben wir wieder darin herumgesucht. Da fanden wir diesen Briefumschlag.«

Von der Anrichte nimmt sie ein Kuvert.

»Hat wohl jemand vom Personal in eine der Kisten geworfen, als wir im Januar Lechners Zimmer räumten. Der Umschlag war offen, ohne Anschrift und Absender. Ich wusste nicht, was das war, und schaute hinein. Da sah ich die drei Fotos mit Ihrem Kollegen darauf. Deshalb hab ich Sie angerufen. Ist er inzwischen wieder aufgetaucht?«

Stemmer schüttelt den Kopf. Er will ihr nicht sagen, dass man ihn aus dem Landwehrkanal gezogen hat.

»Ich hab oft an ihn gedacht. Als ich am Samstag in der Zeitung las, dass man einen Mann aus dem Landwehrkanal gefischt hat, musste ich auch wieder an Ihren Lechner denken. Aus dem Wasser holt man ja immer mal Leichen raus.«

Magda Sommer hält das Kuvert immer noch in der Hand. Stemmer würde es ihr gern aus den Fingern nehmen, muss aber warten, bis sie es ihm gibt.

»Wie geht es Ihnen denn?«, erkundigt sie sich. »Haben Sie eine schöne Unterkunft gefunden? Mein Mann war bei Siemens. Wurde entlassen. Ist jetzt arbeitslos. Ist gerade bei der Wohlfahrt. Das bisschen Stütze abholen. Die Datsche von Siemens durften wir behalten. Keine Ahnung, wie es mit uns weitergeht. Aus Sentimentalität hab ich mir vor Kurzem meine alte Arbeitsstelle angesehen und bin erschrocken. In unserem Volkshaus hat sich eine SA-Standarte eingenistet. Heißt jetzt Maikowski-Haus. Auf dem Dach weht eine Hakenkreuzfahne. Ich habe gesehen, wie durch das Tor offene Lastwagen mit Menschen hineinfuhren. Bewacht von Uniformierten mit Karabinern. Von den Nachbarn hab ich erfahren, dass jetzt im Keller Folterzellen sind. Da bin ich schnell wieder weg.«

Endlich reicht sie ihm den Umschlag. Stemmer bedankt sich, verabschiedet sich von ihr und wünscht ihr für die nächste Zeit viel Glück. Kaum ist er aus der Datsche, reißt er drei Fotos aus dem Umschlag: Auf einem Bild sieht er, wie die reiche Hure vom Café und vom Kurfürstendamm lächelnd ihren Kopf an Lechners Kopf lehnt. Auf einem anderen Bild stehen sie, ihr Geliebter Wilhelm Ohst und Lechner eng zusammen. Lechner in der Mitte. Er war also mit ihnen im Bunde. Auf dem dritten Foto umarmen sich die Hure und dieser SA-Mensch. Beide strahlen glücklich. Diese Hure und ihr Ohst haben jetzt seinen Kalender. Er dreht die Fotos um. Auf einer der Rückseiten steht mit Tintenblei geschrieben: »Meinem lieben Ludwig ganz herzlich, Deine Ulrike«. Sie war also seine Ulrike. Jetzt hat er es schriftlich.

Was für ein Dreiecksverhältnis! Sein Lechner, der die Schweinereien der Gruppenführer Helldorff und Ernst aufdeckte, war befreundet mit diesem SA-Kerl. Sie steckten zusammen unter einer Decke. Unbegreiflich. Wiederum doch begreiflich, wenn Ulrike Lechner in Ohsts Auftrag ausspionierte. Und er hat es nicht bemerkt. Stemmer hat auch nicht bemerkt, wie sie ihm den Kalender aus der Tasche zog. In ihm wächst der Verdacht, dass die beiden Lechner verschwinden ließen, als sie erfuhren, was er über die SA herausgefunden hatte. Das durfte nicht bekannt werden. Lechner wusste zu viel, war eine Gefahr für sie. Wie der Jude Hanussen. Beide mussten stumm gemacht, beseitigt werden.

Als er Judiths Arbeitsraum betritt, schaut sie nicht auf. Er streichelt ihre Schulter, da blickt sie hoch. Sie hat verweinte Augen.

»Ich hatte solche Angst um dich.«

Es schmerzt ihn, dass sie seinetwegen geweint hat. Das wollte er nicht. »Na, siehst du, ich bin wieder da. Keine Falle.«

»Und, was war in dem Kuvert?«

Er zeigt ihr die Fotos.

»Da hat sich dein Lechner mit einer schönen Bande eingelassen. Wundert mich nicht, dass man ihn aus dem Landwehrkanal gezogen hat.«

Am späten Nachmittag erhält Judith einen Anruf von der Bibliothek der Kunsthochschule in der Prinz-Albrecht-Straße. Man teilt ihr mit, dass die SA kistenweise Bücher aus den Regalen der Kunstbibliothek räumt und sie auf Lastwagen abtransportiert. Die Bibliothekare wehren sich dagegen. Vergebens. Warum, wollen sie wissen. Was habt ihr damit vor? Die Lümmel lächeln nur spöttisch.

»Aus meiner Bibliothek«, stammelt sie. »Die Bildbände für meine Kostüme. Ich hab kein Arbeitsmaterial mehr.«

Seit dem Verbot ihrer Aufführung im März erhielt sie keinen neuen Auftrag mehr. Sie braucht dringend ein neues Engagement, muss von etwas leben. Stemmers Geldangebote aus seiner Schublade lehnt sie strikt ab. Sie will nicht in eine dubiose Geschichte hineingezogen werden. Immer noch hofft sie, für irgendein Theater als Kostümbildnerin engagiert zu werden, und entwirft Skizzen für Stücke, von denen sie weiß, dass sie in Planung sind, um sie anzubieten. Dazu braucht sie Vorlagen. Wenn nun die benötigten Bildbände aus den Regalen geräumt wurden, hat sie nichts mehr in der Hand. Sie muss sofort in ihre Bibliothek, um zu sehen, was da los ist. Überstürzt holt sie ihr Fahrrad aus dem Keller und fährt los zur Prinz-Albrecht-Straße.

Immer wieder schaut Stemmer die drei Fotos an. Ludwig lächelt so glücklich. Die Aufnahmen sind zu verschiedenen

Zeiten gemacht worden. Eine im Sommer, da sitzen Lechner und Ulrike im Sonnenschein auf einer Parkbank, hinter ihnen große Bäume in vollem Laub. Eine im Herbst, da stehen alle drei vor einem See, Lechner in der Mitte, dahinter bereits winterfest gemachte Boote. Auf dem dritten Foto umarmen sich Ulrike und Ohst vor einem Café irgendwo in der Stadt.

Lechner trägt bei der Aufnahme im Park sein leichtes blaues Hemd, bei der Aufnahme am See seine Jacke. Die Jacke hatte Stemmer im Volkshaus vergeblich durchsucht, um etwas zu finden, was auf sein Verschwinden hindeuten könnte. Jetzt fällt ihm daran etwas auf. Auf dem Foto ragt aus der äußeren Brusttasche etwas Dunkles heraus. Wahrscheinlich die Hülle für sein Schreibzeug. Auch sie hatte Stemmer schon im Volkshaus durchsucht, nichts gefunden und sie wieder in Lechners Koffer zurückgelegt. Irgendetwas aber juckt ihn jetzt.

Er kann nicht mehr sitzen bleiben, steht auf, holt aus dem Koffer diese Hülle, öffnet den Schnappverschluss, kippt das Schreibzeug heraus und tastet die Innenseiten ab. Nichts Verdächtiges. Da spürt er am Boden eine Verdickung. Merkwürdig, dass sie ihm damals nicht aufgefallen ist. Er hebt eine dünne Abdeckung hoch und sieht ein Stück Papier. Vorsichtig nimmt er es heraus, faltet es auseinander, und vor ihm liegt eine weitere mit Ludwigs Handschrift beschriebene Tagebuchseite. Kleine Zacken am linken Rand. Ist das das fehlende zweite Blatt, das Lechner aus seinem Tagebuch herausgerissen hatte? Erhitzt liest Stemmer den Text: »Fahre heute doch nicht nach Wünsdorf. Habe von einer anderen Geschichte erfahren. Viel heißer als Wünsdorf. SA betreibt eine Falschgelddruckerei. Bezahlt damit ihre Leute. Nur Fünfzig-Mark-Scheine. Zimmerstraße 88. Zweiter Hinterhof. Im Bau der Druckerei ›Völkischer Beobachter‹ und ›Angriff‹. Weiß jetzt, woher Ulrike diese Mengen Fünfziger hat, die sie mir zusteckt. Von ihrem Geliebten Ohst. Werde mir noch heute Abend diese Geldfälscherwerkstatt ansehen. Muss aufpassen.«

Stemmer hält die Seite an den Ausriss in Lechners Tagebuch. Es ist tatsächlich die Fortsetzung seiner Eintragung vom 12. Januar.

Immer wieder muss er diese Zeilen lesen. Er kann kaum glauben, was er da vor sich hat. Die SA betreibt eine Falschgelddruckerei. Ohst versorgte Ulrike mit den falschen Fünfzigern, und sie staffierte ihrerseits Lechner damit aus. Sie hatte ja genug davon. Mit den Blüten bezahlte sie die gemeinsamen Nächte im »Eden«, »Esplanade« und »Adlon«, um ihn besser ausspionieren zu können. Ulrike also doch keine Prostituierte, sondern eine Blüten-Prinzessin. Mit ihrem Falschgeld kaufte er seine Pelzmütze, seine Stiefel, Handschuhe und Ledertasche. Ein Glück, dass er nicht aufflog.

Er holt das Geldbündel aus seiner Schublade, hält die Scheine in der Hand und betrachtet sie. Das schöne Geld. Lechner ist tot, der Reichtum gehört nun ihm. Wie gut könnten er und Judith davon leben. Was könnten sie sich alles davon kaufen! Vielleicht ein eigenes Auto, damit er nicht mehr auf den Mietwagen angewiesen ist. Er könnte Judith alles spendieren, was sie sich wünscht. Sie braucht einen neuen Mantel, neue Schuhe. Gern hätte sie auch einen neuen Plattenspieler und neue Schallplatten. Er könnte ihr von dem Geld alle Bildbände kaufen, die sie für ihre Kostümentwürfe braucht. Sie könnten verreisen. An die Ostsee, in den Harz, in das Riesengebirge, in guten Hotels wohnen. An nichts anderes mehr denken, die See genießen, den Wald und das Gebirge und sich eine Erholung gönnen. Sie könnten sich ein schönes Leben machen, sorgenfrei und glücklich. So viel Geld hatte er noch nie in der Hand. Viel zu schade, um es wegzuwerfen. Auch wenn es Falschgeld ist, was soll's. Bis jetzt hat es noch keiner bemerkt. Wird auch weiter keiner merken. Und wenn doch?

Da kommt er wieder zur Besinnung. Man wird ihn festhalten, die Polizei holen, ihn verhaften, ins Gefängnis werfen, sein Zimmer durchsuchen und die Blüten finden. Was dann? Was wird dann mit Judith? Er zählt nicht mehr, wie viel Geld es ist, er zerreißt die Scheine und stopft die Fetzen in seine Hosentasche.

Seine Recherche über Hanussen ist erledigt. Er weiß nun, warum und von wem er umgebracht wurde. Auch Lechner lebt nicht mehr. Er weiß aber immer noch nicht, wer ihn erschossen und in den Kanal geworfen hat. Das muss er noch herausfinden.

Drei Monate war er wie ein Spürhund hinter ihm her. Jetzt hat er einen Hinweis auf den Ort seines Verschwindens, vielleicht seiner Ermordung: die Falschgelddruckerei der SA. Außerdem, was für eine heiße Geschichte für seine »AZ«! Was für eine große neue Story! Diese Schweinerei muss ans Licht.

Da muss er hin. Heute noch. Er wird nicht auf Judith warten. Diese Tagebuchseite wird er ihr nicht zeigen. Sie würde ihm wieder verbieten, sich das Gebäude dieser Geldfälscherwerkstatt anzusehen. Schon als er nach Wünsdorf wollte, verbot sie ihm, in diese Gegend zu fahren. Hätte er auf sie gehört, hätte er nicht Hanussens Leiche entdeckt.

Was ist schon dabei, in der Dunkelheit, wenn ihn keiner sieht, in diesen Hinterhof zu gehen? Andererseits fragt er sich, was er davon hat, sich den Bau anzusehen. In das Gebäude kommt er sowieso nicht rein. Die Türen werden verschlossen sein. Und wie der Fabrikbau aussieht, kann er sich denken. Dunkle Klinker, große vergitterte Fenster.

Trotzdem, er muss dahin. Es war der letzte Ort, an dem sich Lechner aufgehalten hatte, bevor er verschwand. Diesen Ort muss er sehen.

Nach Einbruch der Dunkelheit ist Judith immer noch nicht zurück. Es ist jetzt dunkel genug, um in diesem Hinterhof nicht gesehen werden zu können. Für Judith schreibt er auf den Einkaufsblock »Komme gleich wieder« und legt ihn auf den Küchentisch. Als er das Haus verlässt, schmeißt er die zerrissenen Geldscheine in eine Mülltonne, die zur Leerung bereitsteht.

Um keinen Verdacht zu erregen, parkt er seinen Wagen an der Ecke Zimmerstraße/Wilhelmstraße. Dann steht er vor der Nummer 88, wo die Nazis ihren »Völkischen Beobachter« und »Angriff« drucken. Durch die Toreinfahrt gelangt er ungehindert in den zweiten Hinterhof. Stemmer sieht sich um. Kein Mensch hier. Alles dunkel. Nur im ersten und zweiten Stockwerk des Klinkerbaus brennt Licht hinter den großen vergitterten Fenstern. Von dort kommt auch das Rumoren der Druckmaschinen für den »Völkischen« und den »Angriff« und für die Fünfzig-Mark-Scheine. Er rüttelt an der schweren Eisentür. Verschlossen. Natürlich. Er sucht nach einer anderen Möglichkeit, da reinzukommen. Nichts zu machen. Plötzlich sieht er grelles Scheinwerferlicht an der Fassade. Er dreht sich um. Ein Pkw rast in den Hof, direkt auf ihn zu. Flucht unmöglich. Der Wagen stoppt dicht neben ihm. Drei Männer in Zivil springen heraus, packen Stemmer, drehen ihm die Arme um, pressen sie auf seinen Rücken, stoßen ihn auf den Fond des Wagens. Einer wuchtet sich neben ihn, hält ihm eine Pistole vor die Nase. Die anderen zwei werfen sich vorn auf die Sitze. Sie preschen mit ihm los in die Dunkelheit. Da fällt ihm ein, dass sein Mietwagen noch an der Ecke Zimmerstraße/Wilhelmstraße steht. Egal. Zu spät. Morgen wird er ihn abholen.

Beim Abbiegen von der Wilhelmstraße kann Stemmer kurz das Schild Hedemannstraße erkennen. Er weiß, dass sich hier das SA-Hauptquartier befindet. An der Ecke steht das »Lustspielhaus«. Für das Klamaukstück »Die tote Tante« entwarf Judith früher mal die Kostüme.

Man zerrt Stemmer aus dem Wagen, treibt ihn in ein Bürogebäude und stößt ihn in einen kahlen Raum. Vor ihm nur ein hölzerner Tisch und zwei Stühle. Sonst nichts. Keine Bilder an den Wänden. Nicht mal von Hitler oder Göring. Auch nicht vom neuen SA-Gruppenchef Ernst. Nichts. Nur kalkweiße Wände. Stemmer will sich setzen.

»Stehen bleiben!«, befehlen die beiden mit Karabinern bewaffneten Wachen und stellen sich seitlich an der Tür auf. Stemmer muss warten. Auf dem Flur hört er Gelächter und Gerenne, hin und her. Stemmer muss lange warten. Er tritt von einem Fuß auf den anderen.

»Nicht bewegen!«, raunzt ihn eine der beiden Wachen an.

Da wird die Tür aufgerissen, die Wachen verschwinden, und herein kommt mit knallendem Stiefelschritt Wilhelm Ohst.

»Sieh an, sieh an, mein Schreiberling«, sagt er hämisch. »So sehen wir uns wieder.«

Er setzt sich auf den Stuhl hinter den Schreibtisch. Stemmer muss vor ihm stehen bleiben.

»Damit wir uns von Anfang an verstehen: Anreden mit Herr Sturmbannführer. Dazu ab heute Adjutant des neuen SA-Gruppenführers von Berlin-Brandenburg Karl Ernst. Und du bist mein Gefangener. Klar?« Er öffnet ein schwarzes Dossier und nimmt eine Seite heraus, betrachtet sie und schießt los: »Was wolltest du in der Druckerei? Unseren ›Völkischen Beobachter‹ und ›Angriff‹ kannst du an jedem Kiosk kaufen. Da brauchst du doch nicht in die Druckerei einbrechen.«

»Ich bin nicht eingebrochen«, protestiert Stemmer.

»Herr Sturmbannführer!«, weist ihn Ohst zurecht.

»Herr Sturmbannführer«, wiederholt Stemmer reflexhaft.

»Auch dein Kollege Lechner wollte da einsteigen. Das versteh ich nicht. Das wär doch nicht nötig gewesen. Auch er hätte unsere Zeitungen jeden Tag am Kiosk kaufen können. Dazu muss er nicht heimlich in unsere Druckerei. Dazu noch mitten in der Nacht. Da haben wir ihn uns gegriffen. Und stell dir vor: Er hatte die Taschen voller Falschgeld. Alles gefälschte Fünfziger. Ist doch merkwürdig, nicht wahr? Wie kam er an dieses Falschgeld? Sonderbar, sonderbar.«

Stemmer wird heiß und kalt zugleich. Ein Glück, dass er das Bündel zerrissen und weggeworfen hat. Nicht auszudenken, wenn die SA es in seiner Schublade gefunden hätte. Was hätten sie dann mit Judith gemacht?

»Du hattest dich in diesem sogenannten Volkshaus versteckt. Bei den Sozischweinen.«

»Ich habe mich nicht versteckt. Ich habe dort gewohnt.«

»Herr Sturmbannführer!«, schnauzt Ohst ihn an. »Wie oft soll ich dir das noch sagen?«

»Herr Sturmbannführer«, murmelt Stemmer. Er kann es nicht fassen, dass dieser Mensch sein damaliger Reisegefährte ist, der sich so gut mit Rubens und Tizian auskannte, mit Kafka und Rilke, Dvorak und Smetana. Der so für Malerei, Dichtung und Musik schwärmte.

»Du hast dich als ausländischer Spion bei Hanfstaengl eingeschlichen. Wir lieben ausländische Journalisten. Wir lieben sie aber nicht, wenn sie bei uns herumschnüffeln. Wie dein Kollege Lechner. Das mögen wir gar nicht.«

Stemmer schweigt. Er will sich nicht noch mal anschnauzen lassen. Ohst lächelt mokant und sieht wieder auf sein Blatt.

»Du hattest Kontakt mit Gennat von der Kripo.«

»Ist es verboten, zu Gennat zu gehen?«, wendet Stemmer ein.

»Herr Sturmbannführer gefälligst!« Ohsts Stimme klingt rasierklingenscharf. »Warum bist du nicht zu unserem Kriminalkommissar Nebe gegangen? Oder zu unserem Leiter der Politischen Polizei Diels? Das wären in deinem Fall die richtigen Männer gewesen. Du hattest Kontakt mit Gustav Franke, diesem Kommunisten. Warum hast du nicht unsere Freunde beim ›Völkischen Beobachter‹ oder beim ›Angriff‹ besucht? Du hast beim Neujahrsempfang bei unserem Führer Adolf Hitler herumspioniert.«

»Ich habe nicht spioniert!«, platzt Stemmer wütend heraus. Jetzt ist es ihm egal, ob der Lümmel vor ihm Sturmbannführer ist oder nicht.

Ohst blickt ihn einen Moment lang verdutzt an, lächelt wieder mokant und schleimt mit seiner öligen Mädchenstimme: »Natürlich, als Auslandskorrespondent warst du dazu eingeladen. Gewiss, gewiss. Das kennen wir.« Dann ergänzt er, plötzlich wieder ätzend: »Du hast dich mit dem Volksverhetzer Bruno Frei getroffen. Im Romanischen Café und in seiner Redaktion. Der ist uns zwar durch die Lappen gegangen, aber den kriegen wir noch.«

Selbstzufrieden lehnt er sich zurück und grinst Stemmer hinterhältig an.

»Bei meinen Besuchen in Wien habe ich mir mal die Wiener Presse angesehen und stieß in der ›Arbeiter-Zeitung‹ auf die Artikel eines gewissen Servus. Das kannst nur du sein. Du hast da recht abfällige Berichte geschrieben über unseren tapferen Sturm 33 und die Bestattung unseres großartigen Nationalhelden Hans Maikowski. Auch über die Ernennung unseres Führers zum Reichskanzler, über den triumphalen Fackelzug und den Reichstagsbrand. Du hattest die Frechheit zu behaupten, dass nicht die Kommunisten und ihr van der Lubbe den Reichstag in Brand gesteckt haben, sondern andere Leute. Wie kommst du darauf? Du hast dir die Vorstellungen dieses Judenschweins Hanussen angesehen, mit ihm ein Interview geführt, du warst in seinem sogenannten ›Palast des Okkultismus‹ und bei seiner Beerdigung. Deine ›Arbeiter-Zeitung‹ werden wir uns mal näher ansehen.«

Wenn er wieder draußen ist, muss Stemmer Gruber darüber informieren, dass die »AZ« gefährdet ist. Aber das weiß Gruber sicher schon längst und ist vorsichtig mit seinen Artikeln.

»Seit dem 25. Januar wohnst du bei der Jüdin Judith Elsner«, giftet Ohst weiter. »Warum gerade bei ihr? Es gibt doch so viele anständige deutsche Frauen. Du hast dir mit deiner Jüdin das

Machwerk ›Das Testament des Dr. Mabuse‹ angesehen. Von einem gewissen Fritz Lang. Schade, dass uns dieser Lang entwischt und ins Ausland abgehauen ist. Gottlob hat unser neuer Propagandaminister Dr. Goebbels diesen Hetzfilm verboten. An Ostern hast du einen gewissen David Steinschneider in seinem Judennest Scheunenviertel besucht. Dazu war er auch noch der Bruder dieses Hanussen. Hast wohl ein Faible für Juden. Nun ja, Hanussen und David sind für uns kein Problem mehr. Als ich vor Kurzem mal wieder in Wien war, habe ich mir im Kunsthistorischen Museum das Gemälde ›Judith mit dem Kopf des Holofernes‹ angesehen. Und das Bild ›Der Triumph der Judith‹. So weit kommt es noch, dass die Jüdin ihrem Feind den Kopf abschlägt und über ihn triumphiert. Da packen wir diesmal vorher zu.«

Stemmer durchrieselt es eisig. Sobald er hier raus ist, muss er mit ihr nach Wien abhauen. Schnellstens, keine Zeit zu verlieren. Noch heute Nacht. Wenn es da nicht schon zu spät ist. Wie eine Schlange züngelt Ohst und biegt sich nach vorn, um ihn blitzartig anzuspringen.

»Du warst hinter meiner Freundin her. Genau wie dein Kollege. Das mag ich gar nicht leiden. Ihr habt ihr unsittliche Anträge gemacht. Sie fühlte sich von euch belästigt. Ihr habt ihr immer wieder aufgelauert, sie permanent verfolgt. Ihr seid scharf auf sie gewesen. Wolltet sie in Luxusrestaurants einladen. Mit ihr ins ›Eden‹, ins ›Esplanade‹, ›Adlon‹. Mit ihr ins Bett. Schmutzige Ferkel, ihr beide!«

Jetzt explodiert Stemmer. »Das ist nicht wahr!«, schreit er Ohst an.

Erstaunlicherweise brüllt Ohst nicht zurück, sondern flötet mit seiner weichen Stimme: »Nicht wahr? Dass ich nicht lache! Wir haben Beweise. Beweise!«

Dabei pocht er auf sein schwarzes Dossier, in dem sicher auch Stemmers Kalender liegt.

»Hier, alles schwarz auf weiß! Mit deiner eigenen Handschrift verfasst. Sehr interessantes Material. Sieht alles sehr schlecht aus für dich. Nun gut. Der Fall Lechner ist lange erledigt. Und dein Fall ist auch bald abgehakt.«

Jetzt weiß Stemmer, dass Ohst die beiden Morddrohungen in den Briefkasten stecken ließ.

»Als österreichischer Staatsbürger bin ich geschützt!«

»Papperlapapp. Keine Faxen jetzt. Du bist ab sofort festgenommen.«

»Das können Sie nicht machen!«, wehrt sich Stemmer.

»Schnauze!«, kläfft ihn das Madonnengesicht an. »Unsere Methoden werden dich zum Reden bringen. Wir haben einen Tanzsaal. Da haben wir so manchem das Tanzen beigebracht. Da wirst auch du auspacken, du kleiner Schreiberling. Auch deinen Lechner haben wir da zum Reden gebracht. Und Hanussen. Sie haben zu viel gewusst. Wer zu viel weiß, dem stopfen wir das Maul. Die Quasselstrippen Swieten und Dzino knöpfen wir uns auch noch vor.«

Wie eine Nadel sticht es in Stemmers Gehirn: Die Swieten erzählte ihm, dass Ernst und Ohst die Schuldscheine und Spendenquittungen aus Hanussens Tresor räumten. Und Dzino berichtete ihm, dass die SA den Reichstag angezündet hat. Das alles darf Stemmer nicht wissen. Wer zu viel weiß, dem stopfen wir das Maul, dröhnt es in seinen Ohren. Nun will Ohst auch noch die Swieten und den Dzino fassen. Woher weiß er, was sie ihm anvertraut haben? Auch sie muss Stemmer warnen.

Ohst geht zur Tür und holt die beiden Wachen herein.

»Abführen«, kommandiert er.

WER WILL NOCH MAL? WER SCHIESST NOCH MAL?

Die beiden Wachen führen Stemmer hinaus in die Hedemannstraße, in die finstere Nacht. Vor dem Bau wartet bereits der schwarze Pkw, in dem man ihn aus dem Hinterhof der Zimmerstraße verschleppt und hergebracht hat. Derselbe Fahrer in Zivil sitzt am Steuer. Ohst gibt den Wachen ein Zeichen, Stemmer auf den Rücksitz zu stoßen, und wirft sich neben ihn.

»Papestraße«, befiehlt er dem Fahrer.

Dann jagen sie los. In der dunklen Stadt kann Stemmer den Belle-Alliance-Platz mit dem großen Engel auf der Säule erkennen. Bald darauf biegen sie nach rechts ab, dann nach links, weiter an den S-Bahn-Gleisen entlang. Beim S-Bahnhof Papestraße geht es in eine kleine Seitenstraße hinein. Vor einem Kasernenbau hält der Wagen an, Ohst zerrt ihn aus dem Fond. Der Bau wird von Scheinwerfern grell angestrahlt. Über der Pforte liest Stemmer »Feldpolizei der SA-Gruppe Berlin-Brandenburg«. Auch hier herrscht der neue Gruppenführer Ernst, der Chef von Ohst. Stemmer weiß, dass in dieses Gefängnis Regimegegner eingeliefert werden. Kommunisten, Sozialdemokraten, Gewerkschaftler, Juden und sonstige Missliebige, sogenannte Volksschädlinge. Er hat auch davon gehört, dass dreißig bis vierzig Menschen in jeden der Kellerräume zusammengepfercht werden. Ohne Brot und Wasser. Dass sie hier gefoltert, totgeschlagen oder erschossen werden.

An der Registratur lümmeln junge Rotzbengel in braunen Hemden herum, mit umgeschnallten Pistolen und Patronentaschen und weißen Armbinden mit der Aufschrift »Hilfspolizei«. Sie nehmen ihm alles ab, was er bei sich hat. Seine Uhr, seinen Pass, Geldbörse, Gürtel, Krawatte. Sogar die Schnürsenkel muss er aus den Schuhen ziehen. Sie fürchten, er könnte sich, bevor sie ihn erschießen, mit dem Gürtel, der Krawatte oder den Schnürsenkeln erdrosseln. Ein Kerl fingert an seinem Anzugsaum herum, ob er darin irgendetwas versteckt hat. Giftkapseln oder Ähnliches. Er findet nichts und ist enttäuscht.

Anscheinend ist es üblich, dass Eingelieferte Derartiges bei sich tragen, um Selbstmord zu begehen, damit sie das Bevorstehende nicht erleben müssen.

»Läuse?«, fragt der Flegel.

Stemmer versteht nicht.

»Ob du Läuse hast«, herrscht er ihn an.

»An Dreck hab i«, gibt Stemmer wütend auf Wienerisch zurück. Eine Frechheit, ihm so was zu unterstellen.

Stemmer wird nicht registriert, erhält keine Gefangenennummer, muss auch keinen Zugangsschein unterschreiben. Ihn gibt es also gar nicht in diesem SA-Gefängnis.

»Ab in den Bunker.«

Ohst und zwei Rabauken stoßen ihn in einen Keller hinab, treiben ihn durch einen langen, düsteren Gang, vorbei an hölzernen Zellentüren. Die Türen zu beiden Seiten sind mit massivem Eisen verriegelt. Zwei Braunhemden mit Stahlruten kommen ihnen entgegen. Sie schleifen eine Frau auf dem Betonboden hinter sich her. Sie ist blutüberströmt und brüllt vor Schmerzen. Ein paar Zellen weiter hört Stemmer hinter einer dicken Holztür einen Menschen entsetzlich schreien. Dann schieben sie ihn in einen der Kellerräume, in ein dämmriges Loch. Die Luft ist stickig. Er kann kaum atmen. In der Zelle gibt es keinen Stuhl, keinen Tisch, keine Bank, keine Pritsche. Nicht einmal ein Brett, um nicht auf dem kalten Betonboden hocken zu müssen. Nichts. Nur ein stinkender Eimer steht als Klo in der Ecke. Er ist noch halb voll von den Vorgängern.

Sie verriegeln die dicke Tür. Mit den Fäusten schlägt Stemmer dagegen, tritt mit den Schuhen gegen das Holz. Brüllt: »Raus! Raus! Ich will raus!«

Draußen rührt sich nichts.

Verzweifelt hüllt er sich in seinen Lodenmantel und lässt sich in der Ecke auf dem verdreckten Beton nieder. Er friert. Es schüttelt ihn.

Am liebsten würde er jetzt schlafen, tief schlafen und von allem nichts mehr wissen. Morgen wird man dann sehen, wie es weitergeht. Doch in seinem Kopf dreht sich ein lärmendes Karussell. Gedanken stürmen auf ihn ein, verschwinden, kommen wieder, verbinden sich zu einem Gewirr, lösen sich wieder auf, springen ihn an, verklumpen sich in seinem Gehirn. Warum wurde ich festgenommen? Es war doch nicht verboten, diesen Hinterhof zu betreten. Wäre er bei seiner Spionage im militärischen Sperrgebiet in Wünsdorf festgenommen worden, das hätte er verstanden. Dort hat ihn niemand geschnappt. Aber jetzt, in diesem beschissenen Hinterhof, plötzlich festgenommen. Nur weil da irgendwo in einem Stockwerk Falschgeld gedruckt wird. Es wusste doch keiner, dass er sich dafür interessierte. Oder wusste es doch jemand? Wer?

Zugegeben, es war blöd von ihm, eine unverzeihliche Dummheit, sich diese Falschgelddruckerei anzusehen. Ein idiotischer Leichtsinn. Welcher Teufel hatte ihn da nur geritten? Lechner war schon längst erschossen, auf den Grund des Landwehrkanals gesackt und lange danach hochgespült worden, aber Stemmer musste unbedingt diesen Ort sehen, wo er sich zuletzt aufgehalten hatte.

Er musste. Er kann nicht über etwas schreiben, was er nicht gesehen hat. Mögen andere über etwas fabulieren, was sie nicht kennen, nicht mit eigenen Augen gesehen haben. Er kann es nicht.

Er muss an Judith denken. Wie mag es ihr gehen? Nach der Rückkehr von der Kunstbibliothek hat sie auf dem Küchentisch seine Notiz gelesen. »Komme gleich wieder«. Jetzt ist es mitten in der Nacht, und er ist immer noch nicht zurück. Sie wird stundenlang in der Küche gesessen und auf seinen Anruf gewartet haben. Sie wird in Panik geraten sein. Tausend Überlegungen wird sie angestellt haben, wen sie anrufen könnte, um zu erfahren, wo er sich befindet. Doch es gab niemanden, den sie fragen konnte. Schon gar nicht am Abend. Und erst recht nicht in der Nacht. Er sieht, wie sie Angst um ihn hat, wie sie weint, wie sie verzweifelt ist. Er fühlt den Schmerz, der sie quält, der ihr den Hals zuschnürt. Er gesteht sich ein: Es war schäbig von ihm, sie in solche Ängste zu stürzen. Das hätte er niemals machen dürfen. Er war ein Schuft, ein gemeiner, sie so zu quälen. Das wird er nie wiedergutmachen können.

In seiner Zelle ist es stockfinster. Nur ab und zu huschen

über die Wände die Lichter von Autoscheinwerfern. Nach einiger Zeit hört er draußen auf dem Gang harte Stiefelschritte und das Schreien von Menschen. Neue Gefangene werden hereingebracht. Noch ein kurzes Aufschreien, dann ist es wieder still.

Nach und nach umspült ihn dumpfe Müdigkeit, Schlaf senkt sich auf ihn nieder. Erschöpft nach diesem langen Tag, sackt er langsam weg. Ein Tag, der damit begann, dass ihn Magda Sommer anrief, gefolgt von Judiths Protest, zu ihr zu fahren. Der Umschlag mit den Fotos von Ulrike und Ohst. Der Anruf für Judith, in ihrer Kunstbibliothek seien die Bildbände ausgeräumt worden. Lechners Zettel über die Falschgelddruckerei der SA. Seine Fahrt in die Zimmerstraße, seine Festnahme im Hinterhof, die Vernehmung durch Ohst, die Einlieferung in dieses Drecksloch. Dann weiß er nichts mehr. Er ist eingeschlafen.

Irgendwann schreckt er hoch. Er weiß nicht, was ihn geweckt hat. Ein Traum oder ein Lärm draußen auf dem Gang oder die Schmerzen in seinen Gliedern, die vor Kälte erstarrt sind. Keine Ahnung, wie früh oder spät es ist. Mit verklebten Augen sieht er dünnes Morgenlicht durch das zugestaubte Kellerfenster und die dicken Spinnweben sickern. Hinter den Gittern scheint der Tag zu beginnen. Welcher Tag ist heute? Vor dem Einschlafen konnte er sich noch an den vergangenen Tag erinnern. Jetzt weiß er nicht mehr, was passiert ist. Wie in einem Kaleidoskop wirbeln seine Gedankensplitter durcheinander. Doch alles ist grau und schwarz. Vergebens versucht er, sich in den Kulissen seiner Erinnerung zurechtzufinden, bringt aber nichts auf die Reihe.

Als er sich vom Betonboden erheben will, versagen seine Beine. Sein Körper ist gelähmt von der feuchten Kälte. Nur langsam kann er sich aufrichten. Draußen ist es heller geworden. Auch in seiner Zelle ist nun mehr Licht. Da entdeckt er auf den rauen Betonwänden getrocknete Blutspritzer. Seine Finger sträuben sich, darüberzufahren, das Blut zu berühren.

Etwas entfernt wurde etwas in die Wand eingeritzt. Er tritt näher und erkennt: »EJH 23.03.33«. Ein Schauder durchrieselt ihn. EJH. Erik Jan Hanussen. Er war an dem Tag in dieser Zelle, bevor man ihn im Wald bei Wünsdorf erschoss. Wie elektrisiert sucht er die Wände nach einem Zeichen von Lechner ab.

Nichts.

Vier Hilfspolizisten platzen herein und halten rostige, blutverklebte Eisenstangen in den Händen. Er ist überzeugt, nun wird er gefoltert. Sie stutzen einen Moment.

»Der Falsche«, sagen sie und verschwinden wieder.

Draußen, wahrscheinlich im Hof, hört er Schüsse. Mehrere hintereinander. Sind es Schießübungen der SA, oder knallen sie da Häftlinge ab? Bald auch ihn? Eine Stichflamme zischt in seiner Erinnerung auf. »Der Tod fuhr mit«. Dieses Schundheft, auf das Ohst immer wieder hinwies. Dieser Reisekumpan ist sein Tod, das erkennt er nun. Verzweiflung treibt ihn um. Lechner erschossen, Hanussen erschossen, im Umschlag mit der Morddrohung an ihn drei Kugeln. Jetzt wird Ohst auch ihn abknallen. Wer zu viel weiß, dem stopfen wir das Maul, hat er gesagt. Stemmer weiß zu viel. Jetzt ist er dran.

Es kann doch nicht aus sein mit mir, redet er sich wie im Fieber ein. Da muss noch etwas zu machen sein. Er hört Hanfstaengl sagen: Wenn Sie mal Hilfe brauchen, wenden Sie sich an mich. Stemmer verflucht sich selbst. Er hätte schon bei der ersten Morddrohung um seine Hilfe bitten müssen und erst recht bei der zweiten. Er hat es nicht getan, weil er ihn für einen Nazispezi hielt. Dabei hatte Hanfstaengl ihm die Einladung zur heimlichen Aufführung von Fritz Langs »Das Testament des Dr. Mabuse« geschickt und vielleicht Kischs Ausweisung in die Tschechoslowakei bewirkt, um ihn vor den Nazis in Sicherheit zu bringen. Das hätte er auch für Stemmer tun können. Jetzt ist es zu spät. Viel zu spät. Er sinkt nieder und hört seine Mutter sagen: Der Tod schleicht sich an jeden ran. Er hatte das mit ihrer Koketterie abgetan und es Schmonzes genannt. Jetzt weiß er, sie hatte recht. Jetzt schleicht sich der Tod auch an ihn heran. Es kann doch nicht aus sein mit ihm. Er hat doch noch kaum gelebt. Er denkt an Wien, an Julischka. Er denkt an den Prater, in den sie mit ihm gefahren ist. Damals blühten die Bäume. Auch jetzt blühen im Prater wieder die Bäume. Und er ist nicht dort. Wird nie wieder dort sein. Jeden Augenblick können SA-Männer in seine Zelle stürmen und ihn zum Erschießen herausholen. Schon hört er ihre Stiefel auf dem Gang. Sie bleiben vor seiner Tür stehen, schließen auf, schieben krachend die Eisenriegel zur Seite.

Ohst und zwei SA-Lümmel kommen herein. Er ist frisch rasiert, sein zitronengelbes Haar akkurat gekämmt, sein Scheitel penibel gezogen, seine SA-Uniform sitzt korrekt. Die drei stellen sich breitbeinig vor ihm auf.

»Na, wie gefällt's dir in der Zelle deiner Freunde Lechner und Hanussen?«, spöttelt Ohst lächelnd. »Haben dich hierhergebracht, damit du schon mal 'nen Vorgeschmack bekommst. Wir werden dich nicht mit Knüppeln, mit Eisenstangen und Peitschen blutig prügeln, dir nicht die Zähne ausschlagen.«

»Wir werden auch keine glühenden Zigaretten auf deine Fußsohlen drücken oder Streichholzflammen daranhalten«, ergänzt der andere grienend.

Und der Dritte verspricht: »Wir werden auch keine Säure in deinen Pinsel spritzen. So viel Mühe machen wir uns nicht mit dir.«

»Was habt ihr mit mir vor?«

»Wirst schon sehen.«

»Wollt ihr mich erschießen?«

»Wart's ab.«

»Warum wollt ihr mich erschießen? Warum?«, schreit er sie an.

»Los, aufstehen!«, brüllt Ohst.

Stemmer steht auf. Ohne seinen Gürtel rutscht ihm die Hose hinunter. Schnell hält er sie fest.

»Was der Junge für einen schönen Anzug hat«, höhnt einer der beiden Uniformierten und betastet Stemmers Jackett und Hose und fasst ihm zwischen die Beine. »Biste schwul?«

»Hose runter, Schwanz raus!«, kommandiert Ohst, der Kunstsinnige.

Stemmer zögert. Von diesem Dreckschwein will er sich so was nicht befehlen lassen. Der dritte SA-Mann knallt ihm seine Peitsche ins Gesicht. Brennender Schmerz flammt in Stemmer auf, als hätte er ihm mit einem Messer das Gesicht zerschnitten.

Er merkt, dass er blutet, und will sich das Blut abwischen, doch der Kerl schlägt grob seine Hand weg. In dem Moment fällt seine Hose hinab.

»Pimmel raus!«, schreit Ohst.

Es hilft nichts, er muss seine Unterhose abstreifen. Enttäuscht betrachten die drei seinen kleinen Schwanz, der sich vor Kälte und Angst verkrochen hat.

»Schade, dass du kein Jude bist«, bedauert Ohst. »Sonst hätten wir dir eine Sonderbehandlung verpasst.«

Dann gehen sie und schieben krachend den Riegel vor.

Stemmer muss an seinen Traum denken, an das Schlammloch, in das er fiel. An die Schlangen und Kröten, die ihm an den Beinen hochkrochen. Das hier aber ist kein Traum.

Seit wie vielen Stunden er in dieser Gruft hockt, weiß er nicht. Bei seiner Einlieferung sah er an der großen Wanduhr über der Registratur: kurz nach elf Uhr abends. Jetzt ist es irgendwie Tag. Seit er einschlief, hat er kein Zeitgefühl mehr. Es kann noch Vormittag sein oder schon Mittag oder gar Nachmittag. Am einfallenden schwachen Licht kann er es nicht erkennen. Anscheinend ist der Himmel bewölkt, keine Sonnenstrahlen, nach denen er sich richten kann. Er versucht zu dösen, an nichts mehr zu denken. Unmöglich.

Drei Hilfspolizisten stürmen herein.

»Mitkommen!«, bellen sie.

Jetzt werde ich erschossen, flammt es durch sein Gehirn. Wie Lechner und Hanussen. Jetzt ist es aus mit mir. Vor Angst kann er sich kaum erheben. Es dauert eine Weile, bis er schwankend stehen kann. Die Flegel sind ungeduldig.

»Dalli, dalli!«, kommandieren sie.

Bevor sie ihn erschießen, lassen sie ihm keine Zeit, zur Besinnung zu kommen. Sie führen ihn aus der Zelle, durch den langen, düsteren Gang, durch den er bei seiner Einlieferung getrieben wurde. Einer der Hilfspolizisten boxt ihn hart in den Rücken. Vorwärts. Vorwärts. Es geht ihm nicht schnell genug, er kann es nicht erwarten, ihn abzuknallen.

An der Registratur steht Hanfstaengl und lächelt. Stemmer bleibt wie angewurzelt stehen. Das Bild vor ihm, der lächelnde Hanfstaengl: eine Fata Morgana. Eine Luftspiegelung. Eine Täuschung.

Hanfstaengl winkt ihm freundlich zu. »Kommen Sie, Stemmer. Kommen Sie.«

Träumt er? Hat er eine Halluzination? Der Hitler-Freund und Naziunterstützer holt ihn heraus aus diesem SA-Gefängnis? Das kann nicht sein. Noch immer steht er da wie gelähmt. Hanfstaengl macht ein paar Schritte auf ihn zu und reicht ihm die Hand.

»Ich hab Sie rausgeboxt. War nicht einfach.«

Stemmer begreift nichts. Er ist wie betäubt.

»Was ist los?«, stammelt er.

»Später«, sagt Hanfstaengl.

Auf dem Tresen liegen schon alle seine Sachen bereit, die er bei seiner Einlieferung abgeben musste. Seine Uhr, Geldbörse, Gürtel, Krawatte. Sogar die Schnürsenkel. Und sein Pass. Mit seinen verfrorenen Fingern stopft er alles in seine Taschen. Als er nach seinem Pass greifen will, legt Hanfstaengl die Hand darauf.

»Den muss ich nehmen.«

»Warum?«

»Später«, sagt Hanfstaengl wieder und steckt ihn ein. Dann führt er ihn hinaus auf die Papestraße.

Stemmer steht in der dünnen Sonne des Spätnachmittags, kühler Wind umweht ihn. Er kann es nicht fassen, dass er frei ist. Unbegreiflich.

»Steigen Sie ein.« Hanfstaengl zeigt auf seinen Mercedes.

Im Wagen zündet sich er eine Zigarette an und lehnt sich zurück. »Sakra«, sagt er. »War ein hartes Stück Arbeit, Sie da rauszuholen.«

Stemmer starrt ihn noch immer entgeistert an.

»Dass Sie noch leben, können Sie Ihrer Judith verdanken.«

»Judith? Was hat sie gemacht?«

»Sie hat mich heut in der Früh angerufen. ›Der Stemmer ist weg!‹, hat sie gschrien. ›Seit einer Nacht weg! Verschwunden! Ich werd verrückt vor Angst! Helfen Sie mir!‹ – Hab mir schon denken können, wo Sie stecken, Sie mit Ihrem Wahrheitswahn.«

»Wie geht es ihr?«

»Geweint hat sie. Hat kaum reden können vor lauter Schluchzen. Schlecht ging's ihr. Sehr schlecht. Hab ihr schon Bescheid gesagt, dass Sie kommen. Jetzt geht's ihr wieder besser.«

»Es tut mir so leid.«

»Sollte es auch, nach dem, was Sie ihr angetan haben. Aber Ihnen müsst noch was anderes leidtun.«

»Was?«

»Dass Sie sich nicht früher bei mir gemeldet haben. Ihre Judith hat mir von der Morddrohung erzählt, die Sie erhalten haben. Und mir haben Sie nix davon gesagt, Sie Dödl. Warum nicht? Da hätt ich gleich was machen können. Da rennen Sie mit so einem angedrohten Tod herum und sagen nix. Das geht doch nicht! Da hätten Sie schon vor Wochen tot sein können.«

Stemmer verschweigt ihm, dass er noch eine zweite Morddrohung sogar mit drei Kugeln erhalten hat und dass er davon auch Judith nichts gesagt hat. Hanfstaengl würde ihn für vollkommen idiotisch halten. Ein Dödl war er. Da hat er recht.

Vor dem Gefängnis fährt ein schwarzer Pkw vor. So ein Wagen hat auch Stemmer hierhergebracht. Aus dem Auto wird ein schreiender Mann herausgezerrt und in den Bau hineingeprügelt. Stemmer mag gar nicht hinsehen.

»Schauen Sie sich das an, Stemmer. So geht das Tag und Nacht. Aufräumen, Ordnung schaffen nennen die Braunen das.«

Der schwarze Pkw fährt wieder weg.

»Jetz holen sie sich eine neue Beute, die Drecksaun.«

Stemmer reicht Hanfstaengl die Hand, drückt sie kräftig und dankt ihm für seine Befreiung.

»Wie haben Sie das geschafft, mich herauszuholen?«

»Hatte mit dem Kisch den gleichen Schlamassel.«

»Was war da?«

»Den haben die Braunen noch in der Nacht vom Reichstagsbrand verhaftet und ins Spandauer Gefängnis gebracht. Wegen angeblicher Teilnahme an Hochverrat. So 'n Quatsch. Das geht ja gar nicht, dass die Braunen unseren Kisch wegsperren. Ich lasse mir meine Leut nicht wegnehmen. Auf keinen Fall. Den hab ich nur unter der Bedingung bekommen, dass er nach Prag abgeschoben wird. Da ist er jetzt sicher, in seinem Prag.«

Kisch in Sicherheit. Dank Hanfstaengl. Stemmer dachte sich so was schon. Ihm ist aber immer noch nicht klar, wie er auch ihn raushauen konnte.

»Für den Schutz und die Unversehrtheit der ausländischen Korrespondenten bin allein ich zuständig. Das sind meine Kinder. Über meine Auslandskorrespondenten bestimme ich. Und sonst keiner. Auch nicht der Ernst und dieser Ohst. Das hab ich mit dem Führer von Anfang an abgemacht. Das hab ich vom Hitler verbrieft. Wie stehen wir denn da in der Welt, wenn wir unsere ausländischen Journalisten einsperren und ihr Wissen aus ihnen rausprügeln? Dem Saukerl Ohst hat es gar nicht gepasst, dass ich Sie raushol. Hat sich aber fügen müssen. Der kann mich mal, der Lackaff!«

Hanfstaengl zieht aus dem Armaturenbrett den kleinen Aschenbecher heraus und zerdrückt darin den Rest seiner Zigarette.

»Die Nazis sind kein fester Block«, sagt er. »Da gibt's so manchen, der mit ihrer Politik gar nicht einverstanden ist. Schauen Sie mich an.«

Stemmer ist irritiert. Er hat Hanfstaengl immer für einen Hitler-Freund gehalten, für einen Vertrauten des Führers, der die Nazis auch finanziell unterstützt. So hatte man ihm das erzählt.

Hanfstaengl kann Stemmer dessen Ungläubigkeit vom Gesicht ablesen.

»Ich war früher ein überzeugter Nazi und hab den Hitler großartig gefunden. Pfundig, wie man bei uns in Bayern sagt. Aber das war bald vorbei. Ich bin schon lange kein Freund mehr von diesem Gesindel. Nach dem, was die jetzt aufführen. Na, servus. Mir langt's. Ich mach das mit denen nimmer lang mit. Irgendwann hau ich ab. Aber bis dahin mach ich noch

Widerstand, wo's geht. Mein Raushauen vom Kisch und Ihre Freilassung sind auch so ein Widerstand gegen diese Drecksbande.«

Nach einer Pause sagt Hanfstaengl: »Hätt ich gewusst, dass die SA Ihren Lechner geschnappt hat, hätt ich auch ihn herausholen können. Aber ich hab nix gewusst davon. Der hatte keine Judith wie Sie, die mich informiert hat.«

»Und wie geht's jetzt weiter mit mir?«, fragt Stemmer ängstlich.

»Das ist ganz einfach. Sie nehmen sich ein Beispiel am Kisch. Ich hab auch Sie nur unter der Bedingung rausgekriegt, dass Sie abgeschoben werden. In drei Stunden geht Ihr Zug nach Wien.«

Stemmer ist wie vor den Kopf geschlagen. Das gleiche Gefühl, das er hatte, als ihm Gruber vor drei Monaten erklärte, dass er nach Berlin muss. Jetzt zurück nach Wien. Und Judith? Sie kann er nicht alleinlassen. Schon gar nicht jetzt, wo sie als Jüdin um ihr Leben fürchten muss.

»Wir haben nicht mehr viel Zeit«, sagt Hanfstaengl und zündet den Anlasser. »Ich fahr Sie jetzt zu Ihrer Judith, Sie packen Ihre Koffer und sagen ihr Adieu. Dann fahr ich Sie zum Anhalter Bahnhof.«

Stemmer sackt im Polster zusammen. Er ist unfähig, noch irgendetwas zu sagen. Um ihn herum dreht sich alles. Er sieht immer nur Judith vor sich. Dass er wegmuss aus Berlin, dass er seinen Job als Auslandskorrespondent aufgeben muss, ist ihm egal. Dass er sich aber von Judith trennen muss, das ist ihm unerträglich. Ihm wird übel bei diesem Gedanken. Er ist nahe daran, kotzen zu müssen. Aber nicht in den schönen Mercedes von Hanfstaengl.

Schon chauffiert ihn sein Befreier über die belebte Papestraße. Vorbei an Kasernen, vorbei an Speditionen und Wohnblöcken. Entlang der S-Bahn, vorbei an Schrebergärten, in denen Laubenpieper ihr kleines Paradies für den Frühling vorbereiten. Lieferwagen und Pkws kommen ihnen entgegen, Handwerker ziehen ihre voll beladenen Karren, Kinder spielen auf dem schmalen Wegrand. Hanfstaengl biegt links ab und kämpft sich durch das Stadtgewühl. Wie im Traum sieht Stemmer irgendwann die Lutherstraße mit der »Scala«, wo er Hanussen erlebte. Hier in der Nähe ist auch die Lietzenburger Straße, wo Hanussen im »Palast des Okkultismus« seinen Hokuspokus vorführte und Dzino ihm einiges über seinen schurkischen Chef erzählte. Dann die Motzstraße beim Nollendorfplatz, wo er sich mit der blonden Virginia traf. Sie fahren über den Wittenbergplatz, wo ihm Ulrike im Café seinen Kalender stahl. Sie fahren an der Gedächtniskirche vorbei, am Romanischen Café, wo er Bruno Frei traf. Am Kurfürstendamm sieht er Hanussens Prunkbau, wo er ihn interviewen wollte und wo Ulrike vor ihm floh. Ohne dass er es begreift, sind sie in der Potsdamer Straße angekommen, vor Judiths Haus.

»Ich warte hier unten, bis Sie Ihre Koffer gepackt und sich von Ihrer Judith verabschiedet haben. Dann geht's weiter zum Anhalter Bahnhof.«

Dieser Gang zu Judith, um sich von ihr zu verabschieden, ist ihm fast unmöglich. Zentnerschwere Gewichte hängen an seinen Füßen. Er kommt kaum die Treppe hoch. Stufe für Stufe muss er sich hinaufzwingen. Unten wartet Hanfstaengl, in zwei Stunden geht sein Zug. Er schleppt sich nach oben. Sie steht schon in der geöffneten Tür. Wahrscheinlich hat sie durch das Fenster seines Zimmers, das nun nicht mehr sein Zimmer ist, Hanfstaengls Wagen kommen und ihn aussteigen sehen. Noch bevor er die Wohnung betreten kann, umarmt sie ihn schluchzend, lässt ihn nicht mehr los. Sie taumeln in die Diele, in die Küche, immer noch eng umschlungen. Ihr tränenüberströmtes Gesicht ist vom Weinen angeschwollen. Sie kann kaum aus den Augen schauen. Ihre moosgrünen Augen sind wie ein tiefer dunkler See. Und ihre wirren roten Haare lodern wie Feuer, heben sich grell von ihrem totenbleichen Gesicht ab, auf dem ihre Sommersprossen glühen. Sie kann immer noch nicht sprechen. Sie weint nur und weint. Wimmert, stöhnt, schreit auf im Schmerz, schluchzt. Ihr Weinen sticht ihm ins Herz.

Langsam versickern ihre Tränen, sie kann wieder atmen und sprechen. Nur stockend.

»Ich komme von der Bibliothek zurück, du bist weg. Nur dein Zettel auf dem Tisch. ›Komme gleich wieder‹. Du bist nicht wiedergekommen. Ich bin zur Geschke rüber. Die hat versucht, mich zu trösten, gab mir einen Schnaps. Der Hüttig weg. Die Aufführung verboten. Die Bücher weg. Und jetzt du weg. Ich hab geschrien vor Verzweiflung. Die halbe Nacht hab ich am Küchentisch gesessen und immer wieder auf deinen Zettel gestarrt. Konnte niemanden mehr anrufen so spät. Hab die ganze Nacht nicht geschlafen. Hab in der Früh bei Gruber angerufen. Dann den Hanfstaengl. Er sagte mir, er wird was machen.«

Stemmer muss ihr nicht sagen, dass er abgeschoben wird. Sie weiß es bereits von Hanfstaengl.

»Du hast mir das Leben gerettet«, stammelt er.
»Und wer rettet meines?« Ihre Stimme klingt tonlos.
»Komm mit mir nach Wien. Da bist du sicher.«
»Bei deinen Nazis in Wien?«
»Vielleicht wird es dort nicht so schlimm wie hier.«
»Und was mach ich da?«
»Wir haben das Burgtheater, das Theater in der Josefstadt, das Raymond-Theater, das Volkstheater. Auch die Oper. Da kannst du überall arbeiten. Komm jetzt mit.«
»So schnell kann ich nicht.«
»Dann komm morgen. Verlier keine Zeit. Ich erwarte dich.«
»Gut«, sagt Judith und lächelt wieder ein klein wenig. »Ich komme nach. Morgen. Spätestens übermorgen.«
»Ruf an. Ich hole dich am Bahnhof ab. Du kannst bei mir wohnen. In Wien werden wir schon sehen. Hauptsache, du bist raus aus dieser Stadt.«
Eilig packt er seine Sachen zusammen. Seine Kleider, sein Schreibzeug, alles, was ihm in die Finger kommt, wirft er hastig in seinen Koffer. Was er nicht hineinstopfen kann, lässt er liegen. Noch einmal umarmen sie sich und küssen sich innig. Jetzt muss er sie verlassen. In einer Stunde geht sein Zug.
Bevor er aus seinem Zimmer geht, sieht er sich noch einmal um. Da steht sein Schreibtisch, sein Bett, in dem er die wenigste Zeit geschlafen hat, das Regal, sein Archiv mit den Ordnern voller Zeitungsausschnitte, die er kaum gelesen hat. Und auf dem Boden neue Stapel alter Zeitungen. Ein Glück, dass er das Bündel mit den gefälschten Fünfzigern aus der Schublade genommen, zerrissen und in die Mülltonne geworfen hat.
Ruckartig dreht er sich um und verlässt mit Judith die Wohnung. Er trägt seinen und Lechners Koffer, Judith die beiden Schreibmaschinenkästchen. Mit Hanfstaengls Hilfe verstauen sie das Gepäck im Kofferraum und auf dem Rücksitz. Noch eine heftige Umarmung und ein brennender Kuss. Judith hat keine Tränen mehr. Ihre Augen sind ausgetrocknet.
Hanfstaengl sieht auf die Uhr. Dann muss Stemmer in den Wagen steigen. Beim Wegfahren sieht er durch das Heckfenster

Judith auf der Straße stehen. Sie winkt schwach. Dann entschwindet sie seinem Blick.

Wieder Anhalter Bahnhof. Diesmal Ade, Berlin, Servus, Wien. An der Sperre zum Bahnsteig nach Wien steht ein stämmiger Mann in Zivil. Hanfstaengl hält Stemmer kurz zurück.

»Der ist von der Politischen Polizei. Er wird Sie bis zur deutschen Grenze begleiten. Dann kommt bis zur österreichischen Grenze ein Tscheche. Machen Sie keine Geschichten unterwegs.«

Hanfstaengl und der politische Wachhund begrüßen sich kurz. Stemmer wird ignoriert. Hanfstaengl überreicht Stemmers Aufpasser die Abschiebepapiere und seinen Pass. Jetzt muss er sich von seinem Befreier verabschieden. Am liebsten hätte er seinen Retter umarmt, doch Hanfstaengl tritt zackig einen halben Schritt zurück. Er muss im Beisein des amtlichen Aufpassers auf die Etikette achten, damit er sich nicht der privaten Kungelei verdächtig macht.

»Und viel Glück für Sie weiterhin«, wünscht ihm Stemmer.

»Wird schon klappen«, sagt Hanfstaengl knapp. Dann wendet er sich um und geht.

Für die beiden Reisenden ist in der zweiten Klasse ein Extraabteil reserviert. Für diese Abschiebung, für sie allein. Beim Verstauen seiner beiden Koffer und der Schreibmaschinenkästchen hilft ihm sein Aufseher nicht. Stemmer muss seine Bagage allein in die Gepäcknetze wuchten.

Als der Zug in der Dunkelheit aus der gigantischen Bahnhofshalle hinausfährt, muss er daran denken, wie er vor genau drei Monaten hier ankam. Mit dem Auftrag, das Schicksal seines Lechners zu erkunden. Jetzt weiß er es. Abschuss. Abgeschossen aus seiner Lebensflugbahn.

Nur sein Koffer und seine Schreibmaschine über ihm sind übrig geblieben. Und sein Tagebuch, das Stemmer in seiner Tasche neben ihm hütet.

Er zieht den Vorhang vor die Coupétür und drückt sich in die Ecke seines Sitzes. Jetzt nur noch Rollen durch die Nacht. Er will von allem nichts mehr wissen. Doch wie auf einer Filmwand ziehen vor ihm Bilder vorbei. Judith, wie sie nackt und glücklich im Bett neben ihm liegt, wie sie lacht und bitter weint. Hanussens von weißlichen Maden bedecktes Gesicht, angefressen von Tieren. Lechners vom Wasser aufgequollenes, völlig entstelltes Gesicht.

Wie überführen sie seine Leiche nach Wien?, überlegt Stemmer. Wie wird sein Sarg transportiert? Im Gepäckwagen eines Zuges? Vielleicht sogar im Gepäckwagen des Zuges, in dem Stemmer sitzt. Vielleicht reist Lechner jetzt in seinem Sarg mit ihm zurück. Er als Abgeschobener in der zweiten Klasse und Lechner hinten im Gepäckwagen. Schöne Heimkehr. Am liebsten würde er an der nächsten Station aussteigen und im Gepäckwagen nachsehen, ob da sein Sarg steht.

Sein Gegenüber schweigt. Im Gegensatz zu dem Widerling auf der Hinfahrt. Bei ihrem ersten Halt in Dresden kein Geschrei über die Semperoper und Wagner und Richard Strauss. Auch sonst kein Wort von seinem Wachhund. An der Grenze wird er von einem tschechischen Aufpasser abgelöst, er übergibt ihm Stemmers Papiere und verlässt grußlos das Abteil. Auch der Tscheche schweigt. Sie halten in Leitmeritz. Kein Wort von ihm über Hanussens Prozess. Sie halten in Prag. Auch hier nichts über Kafka, Rilke, Smetana und Dvorak. Und in Brünn nichts über Janácek. Nur Schweigen. Eine Wohltat für ihn. Fast die ganze Nacht hindurch kann Stemmer in seiner Ecke dösen, dahindämmern, sogar etwas schlafen. Er wacht nur kurz auf, als der Tscheche ihm hinter der österreichischen Grenze seinen Pass aushändigt und geht. Jetzt ist Stemmer wieder in seinem Heimatland. Jetzt ist er wieder ein freier Mensch.

Als er sich Wien nähert, ist es bereits hell geworden. Er sieht die ersten Häuser der Stadt, der Zug passiert die Brücke, unter ihm wieder die Donau, immer noch schwarz. Er sieht die Stellwerkhäuschen, Signale ziehen vorbei. Noch brennen die gelblichen Straßenlaternen, schon leuchten hinter Wohnungsfenstern die Lampen. Endlich angekommen, in aller Früh im Nordwestbahnhof. Morgen, spätestens übermorgen wird Stemmer hier seine Judith abholen. Auf dem Bahnsteig sieht er wieder die vertrauten Dienstmänner und auf dem Bahnhofsvorplatz die Fiaker.

In seiner Wohnung in der Doderergasse ist alles unverändert. Alles ist noch an seinem Platz, so wie er es vor drei Monaten verlassen hat. Nur dicker Staub hat sich überall niedergelassen.

Am Vormittag will er in seine Redaktion. Er muss ihnen begreiflich machen, warum er plötzlich wieder zurück ist. Davor aber ruft er Judith in Berlin an, um ihr zu sagen, dass er gut angekommen ist. Er muss sie fragen, wie es ihr geht und ob sie schon weiß, wann sie heute oder morgen zu ihm nach Wien kommt.

Am Telefon meldet sich nicht Judith, sondern die Geschke. Sie teilt ihm mit, dass er Judith nicht mehr sprechen kann. Die SA ist in der Nacht in ihre Wohnung eingedrungen und hat auch sein Zimmer durchsucht. Dann hat man Judith festgenommen und abgeführt. Sie weiß nicht, wohin sie sie gebracht haben.

Paul Kohl
NAZIGOLD
Broschur, 272 Seiten
ISBN 978-3-95451-033-7

Oberbayern 1946: Anton Nafziger, Chef des Bordells »Crazy Horse« in Mittenwald, wird ermordet aufgefunden. Nur widerwillig kehrt der Münchener Kriminalkommissar Martin Gropper für die Aufklärung des Verbrechens in seine Heimatstadt zurück, in der man ihm mit Misstrauen und Ablehnung begegnet. Tatsächlich stößt er mit seinen Ermittlungen in ein Wespennest, denn Mittenwald beherbergt mehr als nur ein Geheimnis. Um seinen Fall aufzuklären, muss Gropper das Schweigen durchbrechen und die letzten Tage des Opfers ebenso durchleuchten wie das Geschehen in Mittenwald kurz vor Kriegsende.

Paul Kohl

GOETHES LEICHEN

Broschur, 288 Seiten

ISBN 978-3-95451-716-9

Weimar 1783: Eine Kindsmörderin wird enthauptet, junge Burschen werden als Rekruten nach Preußen verkauft, ein Schmied und ein Bauer ermordet. Auf der Suche nach einer wertvollen Handschrift irrt Archivar Kestner im Labyrinth dieser Verbrechen umher – und erhofft sich Hilfe von Geheimrat Goethe. Doch dieser fürchtet die Aufklärung seiner Taten und weist ihn ab. Da erscheint Kestner Mephistopheles persönlich und lockt ihn in einen Keller des abgebrannten Schlosses. Jetzt wird es für Kestner höllisch heiß.

Paul Kohl

111 ORTE IN BERLIN
AUF DEN SPUREN DER NAZI-ZEIT

Broschur, 240 Seiten

ISBN 978-3-95451-220-1

»Der Autor Paul Kohl führt die Leser nicht nur an Orte des Grauens, sondern auch dahin, wo mutige Menschen Zivilcourage bewiesen haben. Nachzulesen sind viele kleine Geschichten und Porträts von Tätern und stillen Helden.« Der Tagesspiegel

www.emons-verlag.de